Jennifer Bright
Everything We Lost

JENNIFER BRIGHT

EVERYTHING WE LOST

Roman

Ullstein

Besuchen Sie uns im Internet:

www.ullstein.de

Wir verpflichten uns zu Nachhaltigkeit
- Klimaneutrales Produkt
- Papiere aus nachhaltiger Waldwirtschaft und anderen kontrollierten Quellen
- ullstein.de/nachhaltigkeit

MIX
Papier
FSC FSC® C083411

Originalausgabe bei Forever
Forever ist ein Verlag der Ullstein Buchverlage GmbH, Berlin
1. Auflage April 2022
© Ullstein Buchverlage GmbH, Berlin 2022
Umschlaggestaltung: zero-media.net, München
Titelabbildung: © FinePic®
Autorenfoto: © privat
Gesetzt aus der Quadraat Pro powered by pepyrus.com
Druck- und Bindearbeiten: CPI books GmbH, Leck
ISBN 978-3-86493-162-8

Content Note:

Prolog

Hope

»Stalkst du mich?« Mit verschränkten Armen und dem Blick, den ich meiner kleinen Schwester immer zuwerfe, wenn sie wieder mal etwas aus meinem Zimmer gestohlen hat, schiebe ich den freien Stuhl nach hinten und setze mich ihm gegenüber.

»Was?« Lees dunkle Augen werden groß, während er sein Tablet aus den Händen legt. Seine Lippen teilen sich für den Bruchteil einer Sekunde, nur um sich direkt wieder zu schließen, als müsste er meine Worte erst einmal in seinen Gedanken ordnen. Mein Blick bleibt an seinem Mund hängen, und ich frage mich, ob ich mich in einer Guinevere-Beck-Situation befinde und auf irgendeine kranke Art und Weise meinem Stalker ins Gesicht sehe.

»Hör zu. Ich habe *You* mindestens viermal gesehen. Staffel eins und zwei. Und du beobachtest mich in guter alter Joe-Goldberg-Manier.« Ich verschränke die Arme vor der Brust. »Seit Silvester haben wir kein Wort mehr gewechselt, bis auf die Bestellungen, die ich für dich aufnehme. Trotzdem sitzt du hier jedes Mal und glaubst, dass ich nicht merke, wie du mich beobachtest.« Ich ziehe das Zopfgummi um meinen Pferdeschwanz enger. »Ich bin gerade auch nur so direkt, weil wir hier unter Menschen sind und ich mir sicher sein kann, dass du mir nicht vor allen den

7

Schädel einschlägst und mich bewusstlos in irgendeinen Verschlag schleifst.«

Lee sieht erst mich und dann die Leute um uns herum entsetzt an. Dabei habe ich bewusst leise gesprochen, um nicht alle Blicke auf uns zu ziehen. Ich möchte ihn auch gar nicht vorführen, nur ein klein wenig ärgern. Seine langen Finger fahren durch sein rabenschwarzes Haar, das durch das hineinfallende Tageslicht dunkelbraun leuchtet.

Es ist April, und der Frühling zeigt sich von seiner besten Seite. Alles beginnt zu blühen, und London erstrahlt in einem Meer aus Sonnenstrahlen. Seit ich denken kann, ist dies meine liebste Jahreszeit. Jeder Frühling ist wie ein Neuanfang. Die Welt wird nach langen, dunklen Monaten endlich wieder bunt und hell. Der Frühling bringt Hoffnung. Immer und immer wieder.

»Ich ...« Lee umklammert die Tasse Kaffee mit beiden Händen, als wäre sie sein Rettungsanker. Es braucht all meine Beherrschung, um nicht in lautes Gelächter auszubrechen. Die Panik steht ihm ins Gesicht geschrieben. »Ich stalke dich nicht.«

Dass er kein Joe Goldberg ist, ist mir natürlich bewusst. Wobei ... Man weiß nie. Hinter dem freundlichsten Gesicht kann sich der tiefste und gruseligste Abgrund befinden. Doch irgendwas an Lee lässt mich glauben, dass er keinen Funken Boshaftigkeit in sich trägt.

»Wie nennst du es dann, wenn du jemanden monatelang beobachtest?«, frage ich ihn, ohne dabei auch nur eine Miene zu verziehen.

Ich weiß schon gar nicht mehr, wann es mir das erste Mal aufgefallen ist. Es müsste meine beste Freundin Mora gewesen sein, die mich auf ihn aufmerksam gemacht hat. Seither spüre ich seine Blicke auf mir, und eigentlich sollte es mich stören. Doch das tut es nicht. Im Gegenteil. In den Momenten, in denen er in sein Tablet vertieft ist und mit dem Stift darauf herumkritzelt, beobachte ich ihn auch. Seine konzentrierten Gesichtszüge, den fokussierten Blick, den leicht geneigten Kopf.

Lee beginnt zu lächeln. »Wenn ich dir diese Frage beantworte, hältst du mich vermutlich wirklich für einen verrückten Stalker.« Er trinkt einen großen Schluck der schwarzen Brühe, die ich ihm vor einer Stunde gebracht habe und die nun schon kalt sein muss. In meinem ganzen Leben habe ich noch nie auch nur einen Schluck Kaffee probiert, auch nicht, seit ich im Cosy Corner arbeite.

»Ich bin ein ziemlich direkter Mensch und ...«

»Ich weiß«, entgegnet er mir, bevor ich weitersprechen kann.

»Woher ... Ach, vergiss es. Ich möchte es lieber nicht wissen.« Bei dem Gedanken daran, was für eine absurde Unterhaltung wir gerade führen, muss ich lachen. »Mora meinte, du seist vielleicht einfach nur zu schüchtern, um mich nach einem Date zu fragen. Deshalb übernehme ich dieses Gespräch jetzt für dich und sage dir, dass ich nicht interessiert bin.«

Ich umfasse den Anhänger meiner goldenen Kette, ein kleiner Notenschlüssel, und lasse ihn am Gliederband auf- und abfahren.

»Du bist wirklich ... besonders.« Er lehnt sich zurück in den Stuhl und legt die Hände in den Nacken. Das schwarze T-Shirt spannt um seine Schultern. »Aber ich möchte gar kein Date mit dir.«

»Nicht?«

»Nein.«

»Oh.« Ich rutsche auf dem Stuhl hin und her. Mora und ich waren uns so sicher, dass dies der Grund ist, weshalb er mich kaum aus den Augen lässt, wenn er hier ist.

»Ich wäre gerne mit dir befreundet.«

Ich blinzle. Einmal. Zweimal. Dreimal.

Mit einem Grinsen im Gesicht beginne ich schließlich zu nicken. Seine Worte sind genauso überraschend wie meine. Auch wenn er zurückhaltend wirkt, erkenne ich die Abenteuerlust und die Aufgeschlossenheit, die in ihm zu schlummern scheinen.

»Um ehrlich zu sein, habe ich nicht viele Freunde«, gestehe ich und denke dabei an Mora, die immer wieder versucht, mich in ihre Clique miteinzubeziehen. Es ist nicht so, dass ich Menschen verabscheue und nichts mit ihnen zu tun haben will. Na gut, manche schon. Aber viel eher möchte ich niemanden zu nah an mich heranlassen. Ich weiß, wie das klingt, aber ich weiß auch, dass es mir damit besser geht. Meine kleine Welt ist so voll und bietet nicht viel Platz für neue Menschen, neue Gefühle, neue Erinnerungen.

»Könnte an deiner direkten Art liegen.« Lee legt die Ellenbogen auf den runden Tisch und beugt sich leicht zu mir herüber. »Ich mag das.«

Dass mir etwas die Sprache verschlägt, kommt nicht häufig vor. Doch Lee hat es geschafft. Ich weiß nicht, was ich erwidern soll. Aber er weckt eine Neugier in mir, die ich die meiste Zeit über an kurzen Zügeln halte.

»Also, was sagst du?«

»Wozu?« Auch ich lehne mich etwas vor. Eine Gänsehaut breitet sich über meinen Armen aus, als meine nackte Haut die kalte Tischplatte berührt. Im Café ist es so warm, dass ich nur ein T-Shirt mit bunten Streifen trage und darüber meine liebste Jeanslatzhose.

Von außen betrachtet müssen wir ziemlich gegensätzlich aussehen. Er gedeckt in dunklen Farben, ich auffällig in bunten. Trotzdem werde ich das Gefühl nicht los, dass unser Innerstes gar nicht mal so unterschiedlich ist. Ich wünschte, ich könnte erklären, wieso oder woher diese Ahnung kommt. Doch ich weiß es selbst nicht. Sie ist einfach da.

»Möchtest du mit mir befreundet sein?«

»Seit dem Kindergarten hat mich das niemand mehr gefragt.« Ich denke zurück an Liz, der ich damals unmissverständlich mitgeteilt habe, dass ich an keiner Freundschaft mit ihr interessiert bin. Sie hat mir nach jedem Mittagessen den Nachtisch geklaut und mir beim Spielen immer Sand in die Augen geworfen. Meine Entscheidung damals war also definitiv kein Verlust.

»Eigentlich schade, dass so was heutzutage keiner mehr fragt. Es kommt bestimmt nicht selten vor, dass man Menschen sieht und auf Anhieb das Gefühl hat, dass man sich gut verstehen würde.«

Meine Augen wandern wie von selbst über Lees Gesicht. Seine Haut wirkt beinahe makellos. Ein kleines, dunkles Muttermal am markanten Kiefer. Seine Nase ist weder groß noch klein. Schwarze, volle Augenbrauen, dunkle Wimpern und tiefbraune Augen.

Kurzerhand schalte ich meinen Kopf aus. Höre nicht auf die Stimme, die mir zuflüstert, dass in meinem Leben kein Platz für jemand Fremdes ist. Es ist verrückt, aber Lee wirkt speziell, auf eine gute Art und Weise. Und speziell mag ich. Also folge ich meiner Intuition und halte ihm meine Hand entgegen.

»Hi. Ich bin Hope.«

Wir lächeln uns an, als er meine Hand ergreift und sie schüttelt.

»Hallo, Hope. Ich bin Lee.«

Kapitel 1

Hope

Meine Fingerspitzen brennen bereits. Als ich den Bogen ein letztes Mal über die Saiten streifen lasse, verstummt die Musik mit einem letzten Echo um mich herum und hinterlässt eine erschreckende Stille. Doch in meinem Kopf höre ich noch immer Caprice No.24 von Niccolò Paganini. Die Melodie, die mich beinahe schon mein gesamtes Leben begleitet, in der ich aufblühe und gleichzeitig untergehe. Dic Mclodic, aus der sowohl meine Träume als auch meine Albträume gemacht sind. Musik ist viel mehr als aneinandergereihte Noten. Sie ist der Motor, der mich am Laufen hält.

Das Spielen ist für mich wie Atmen. Ich tue einfach nur das, was mein Herz höherschlagen lässt. Mit sechs Jahren nahm ich das erste Mal eine von Dads Geigen in die Hand. Meinen ersten Unterricht bekam ich mit sieben. Wenn ich das Leuten in meinem Umfeld erzähle, sind sie felsenfest davon überzeugt, dass meine Eltern mich dazu gezwungen hätten. *Welches kleine Kind wünscht sich, solch ein klassisches Instrument zu lernen? Haben deine Eltern Druck auf dich ausgeübt? Würdest du nicht viel lieber den ganzen Tag mit deinen Freundinnen spielen?*

Dabei habe ich es geliebt. Von der ersten Sekunde an habe ich die Melodien gespürt und gelebt.

Ich atme tief ein und muss mich regelrecht zwingen, meine Geige, die ich liebevoll Poppy nenne, in ihrem schwarzen Geigenkoffer zu verstauen und mich der Realität zu stellen. Heute ist der zwanzigste April. Mein zwanzigster Geburtstag, und früher war das mein Lieblingstag. Ich habe all meine Freunde eingeladen, und gemeinsam haben wir mit meiner Familie in unserem riesigen Garten unter einem bunten Pavillon gefeiert. Heute wäre der Pavillon zu groß. Denn mittlerweile sind beide geschrumpft: mein Freundeskreis und meine Familie.

Da sind so viele schöne Erinnerungen, die niemals verblassen werden. Sie werden immer so farbenfroh bleiben, wie ich sie erlebt habe, und das gibt mir Hoffnung. Hoffnung, nicht in einem Meer aus Grau zu ertrinken. Vielleicht ist genau das der Grund, warum meine Kleidung nie schlicht ist, warum ich alle möglichen Farben miteinander kombiniere, um nicht matt zu wirken. Ausgeblichen. Um nicht so auszusehen, wie ich mich fühle.

»Hippie-Hope?« Daisy, meine kleine Schwester, stürmt zur Tür herein und hüpft auf den Schaukelsitz, der von der Zimmerdecke hängt. Den Spitznamen hat sie mir verpasst, als sie vor einem Jahr mit Dad auf der Couch saß und im Fernsehen irgendwas über Hippies lief. Sie meinte, ich sehe genauso aus wie die Leute in der Flimmerkiste.

»Papa sagt, ich soll dich holen kommen, dir aber nicht verraten, dass er stundenlang in der Küche stand, um dir einen Kuchen zu backen.« Ihre grünen Augen, die sie von Mum hat, werden mit einem Mal doppelt so groß. Sie presst ihre kleine Hand auf den Mund. »Upsi.«

Ein Lächeln breitet sich auf meinen Lippen aus, während in meinem Kopf die Worte von Mora widerhallen, ob ich nicht langsam ausziehen wollen würde und dass ein Zimmer in ihrer WG frei wäre. Manchmal würde ich gerne aus diesem Stadthaus inmitten von South Kensington verschwinden, nur um mich direkt wieder daran zu erinnern, dass das nicht geht. Dass ich Daisy hier nicht allein lassen kann. Noch vor wenigen Jahren hätte ich das komplett anders gesehen. Mein Plan war es, nach meinem Jahr in Lima in Peru zurück nach London zu kommen und noch vor Beginn meines Studiums in eine WG zu ziehen. Doch seit unsere große Schwester Manon verstarb, ist in diesem Haus nichts mehr, wie es einst war. Ich würde es niemals übers Herz bringen, Daisy allein zu lassen.

Oft liege ich nachts wach und frage mich, wie ich Manons Tod verarbeitet habe, bis mir klar wird, dass ich es nie getan habe. Ich verdränge. Tag für Tag. Und darin bin ich verdammt gut. Ein Stück weit aus Egoismus und Selbstschutz. Ein viel größeres Stück aber, um für Daisy stark zu sein. Jetzt bin ich die Älteste. Die große Schwester. Die Schulter, an die sie sich immer anlehnen kann. Die Person, die immer auf sie aufpassen wird. Ich möchte für sie all das sein, was Manon für mich war. Der Mittelpunkt meines Universums und der Mensch, den ich immer am meisten bewundert habe.

»Bitte verrate Papa nichts.« Sie läuft auf mich zu, nimmt mir den Geigenkoffer aus der Hand, der neben ihr viel zu groß wirkt, und legt ihn behutsam auf den Boden. Dann schlingt sie ihre Arme um meinen Körper und drückt ihren Kopf gegen meinen Bauch.

»Schokolade?«, frage ich Daisy und wuschle ihr durch das hellbraune Haar. Mit Schokolade kann man mich immer glücklich machen. Ich kann mich an keinen Geburtstag erinnern, an dem es keine Schokotorte gab, bis auf den einen. Doch dieser Tag zählt nicht. Diesen einen Geburtstag vor zwei Jahren haben wir alle aus unserem Gedächtnis radiert. Zumindest reden wir uns das ein.

Sie nickt, nimmt meine Hand und zieht mich hinter sich her. Wann ist sie so groß geworden? Ich erinnere mich an die Zeit, in der sie noch Windeln getragen hat, als wäre es gestern gewesen, und heute ist sie bereits acht. Mum sagt immer, dass ich das schwarze Schaf der Familie sei. Während Manon und Daisy ruhige Kinder waren, war ich laut und hatte schon damals einen Dickkopf. Sie hat es nie böse gemeint, aber der Ton ihrer Stimme verriet mir stets, dass es ihr in gewisser Weise doch ein Dorn im Auge war und noch immer ist.

Als Daisy und ich gerade Hand in Hand mein Zimmer verlassen wollen, werfe ich noch einen kurzen Blick in den Spiegel. Ich bin das Ebenbild von Mum. Braune, wilde Locken, die spitze Nase, das ovale Gesicht, die vollen Lippen. Das Einzige, das ich optisch von Dad geerbt habe, sind die blauen Augen. Manon und Daisy hingegen kommen ganz nach ihm, nur dass die zwei die grünen Augen von Mum haben.

Gerade als ich die Tür hinter uns schließen möchte, macht sich mein Handy durch ein lautes Vibrieren bemerkbar. Ich beuge mich zu meiner Schwester hinunter und gebe ihr einen Kuss auf den Scheitel. »Gehst du schon einmal vor? Ich komme sofort und tue so, als wäre ich ganz überrascht von der Schokoladentorte. Versprochen.«

»Aber beeil dich, sonst hast du gleich keine Kerzen mehr zum Auspusten«, erwidert sie und rennt aus meinem Zimmer.

Barfuß laufe ich zu meinem Schreibtisch und erkenne auf dem Display eine eingehende WhatsApp-Nachricht von Lee. Die erste, seit wir Nummern ausgetauscht haben. Ich kann noch immer nicht glauben, dass ich sie ihm einfach so gegeben habe, als wäre es kein großes Ding. Normalerweise gebe ich nicht jedem x-Beliebigen meine Nummer.

Von: Lee

Happy Birthday. Hoffe, du hast einen schönen Geburtstag und genießt die Sonne. PS: Bin gerade im Cosy Corner, und Mora hat mir verraten, dass du heute Geburtstag hast. Bevor du wieder denkst, ich sei ein Stalker. ☺

Erst als ich das Display wieder ausschalte, fällt mir in der schwarzen Spiegelung auf, dass ich ein breites Lächeln auf den Lippen trage. Mora glaubt vermutlich immer noch, dass Lee auf mich steht. Noch bin ich nicht dazu gekommen, ihr von unserem gestrigen Gespräch zu berichten. Sie wird Augen machen, wenn ich ihr sage, dass Lee mich gefragt hat, ob ich mit ihm befreundet sein möchte. In ihrer Vorstellung haben wir uns sicher zu einem Date verabredet.

Den ganzen gestrigen Abend über lag ich mit offenen Augen im Bett und habe den weißen mit Lichterketten beleuchteten Betthimmel über mir angestarrt. Unser Gespräch ging mir dabei unentwegt durch den Kopf. Auch wenn ich früher einen großen Freundeskreis hatte, so habe ich mich trotzdem stets schwergetan, neue Freundschaften zu schließen.

Obwohl es keine dreißig Sekunden dauern würde, mich bei ihm zu bedanken, beschließe ich trotzdem, mich später bei ihm zu melden. Ich möchte jetzt erst einmal den Tag hinter mich bringen, der mich vermutlich für den Rest meines Lebens an meine tote Schwester erinnern wird. Wieso? Wir haben am selben Tag Geburtstag. Heute wäre sie zweiundzwanzig geworden. Nur ist unser Geburtstag mittlerweile auch ihr Todestag.

Keiner in unserer Familie verbindet den zwanzigsten April noch mit etwas Positivem. Das Leben ist ein Arschloch und das Schicksal sein großer Bruder. Wieso sonst würde es einem Menschen an ein und demselben Datum das Leben schenken und dann wieder nehmen?

Noch immer barfuß laufe ich die Treppen hinunter. Unser gesamtes Haus ist sehr hell. Weiße Wände und Türen, helles Holz, helle Grautöne und sehr viel Beige. Im Bereich der Treppe und des Flures hängen unsere Familienfotos, und es wundert mich, dass wir es jeden Tag schaffen, an ihnen vorbeizulaufen, ohne in ein Meer aus Tränen auszubrechen.

Im Garten steht meine Familie, oder das, was noch davon übrig ist, mit dem Rücken zu mir. Dad hat seinen Arm um Mums Schultern gelegt, während ich Daisys rosafarbenes Kleid zwischen ihnen erkennen kann.

Ich schließe die Augen und sehe meine große Schwester vor mir. Wie sie tanzend auf mich zukommt. Ihre kurzen braunen Haare mit den blond gefärbten Spitzen hüpfen in der Luft auf und ab. Sie trägt das schönste Lächeln, das die Welt je gesehen hat. Sobald sie einen Raum betrat, war es, als würde alles leuchten.

Tief atme ich ein, stelle mir vor, ich könnte ihr blumiges Parfüm riechen, und beginne zu seufzen. Ein leichter Windzug streift mein Gesicht, und ich bin mir sicher, dass sie heute hier ist. Bei mir. Bei uns. Langsam öffne ich wieder die Augen, gewöhne mich blinzelnd an das helle Sonnenlicht, das durch die großen Fenster und die geöffnete Schiebetür von draußen in den geräumigen Wohnbereich fällt.

»Nichts von dir wird jemals verloren gehen. Nicht dein Mut. Nicht deine Kraft und auch nicht deine Unbeschwertheit. Ich halte alles ganz fest. Halte dich ganz fest. Du bleibst ewig«, flüstere ich und wische mir die Träne aus dem Gesicht, bevor sich noch jemand umdreht und mich sieht.

Ich setze das strahlende Lächeln auf, das ich in den letzten zwei Jahren perfektioniert habe, und verdränge mein schmerzendes Herz und die Dunkelheit, die sich über meine Gedanken legt und mich betäubt. Ich bin eine Meisterin darin, so zu tun, als ginge es mir gut. Darin, alle glauben zu lassen, dass ich glücklich bin und mich nicht in manchen Nächten weinend unter meiner Bettdecke verstecke und mir wünsche, aus diesem Albtraum aufzuwachen. Mir wünsche, endlich wieder richtig atmen zu können, ohne diesen Schmerz zu spüren, der mich beinahe zerreißt.

Gerade als ich mich in Bewegung setze, dreht Dad sich um und beginnt damit, mir ein Geburtstagslied zu singen, in das Mum und Daisy sofort mit einstimmen. Einer nach dem anderen nimmt mich in den Arm, bevor wir uns alle an den gedeckten Tisch im Garten setzen, der mit Blumen und Konfetti geschmückt wurde. Dads Schokoladentorte steht in der Mitte, und obwohl mir der reine Anblick bereits das Wasser im Mund zusammenlaufen lässt, ist meine Aufmerksamkeit auf den leeren und dennoch gedeckten Platz neben mir gerichtet.

Seit Manons Tod deckt Mum bei jedem Familienessen für sie mit, als würde sie jeden Augenblick durch die Tür spaziert kommen und sich zu uns setzen. Ich weiß, wie sehr Dad unter dem Anblick dieses leeren Platzes leidet, und doch würde es ihm niemals in den Sinn kommen, Mum darum zu bitten, dies nicht mehr zu tun. Wir wissen eben alle, dass wir unterschiedlich trauern. Der eine leise, die andere laut. Der eine ruhig, die andere wütend.

Kapitel 2

Hope

»Er wollte dich nicht auf ein Date einladen? Ich hätte meinen letzten Penny darauf verwettet, dass er an dir interessiert ist.« Mora greift sich in das volle schwarze Haar und bindet es im Gehen zu einem Dutt. Durch den gemauerten Torbogen betreten wir den Strand Campus des King's College, der sich am Nordufer der Themse befindet und die Kunst- und Wissenschaftsfakultäten beherbergt.

Nachdem wir gestern meine Geburtstagstorte aufgegessen hatten, musste Mum zur Arbeit. Es war nicht anders zu erwarten. Für ein oder zwei Stunden wurde der Schein einer funktionierenden Familie gewahrt, bis sie sich wieder zurückgezogen und uns die kalte Schulter gezeigt hat. Doch davon möchte ich mir jetzt nicht die Laune verderben lassen und schiebe den Gedanken daran beiseite.

Die Sonne küsst meine nackte Haut an den Armen und hinterlässt eine angenehme Wärme. Ich danke der Wetterfee dafür, dass wir Ende April solche Temperaturen haben und ich endlich wieder meine farbenfrohen Shirts und lockeren Kleider aus dem Schrank holen kann. Der Winter war viel zu grau, kalt und stürmisch.

»Er möchte einfach mit mir befreundet sein.« Ein Grinsen schleicht sich auf meine Lippen, während ich an das Gespräch mit Lee denke. Niemals hätte ich damit gerechnet, dass er so was sagt. Auf der Silvesterparty bei Aidans Tante haben wir uns alle wirklich blendend verstanden und viel Spaß gehabt. Aber wirklich kennengelernt haben Lee und ich uns dort nicht. Doch ab diesem Abend fiel mir auf, dass seine Blicke länger als gewöhnlich an mir klebten.

»Kenne ich. Diese Situation, in der man auf jemanden zugeht und fragt, ob die Person mit einem befreundet sein will. Ganz normal«, meint Mora, und ihr lautes Lachen, das immer alle Aufmerksamkeit auf sich zieht, bringt mich dazu, mit einzustimmen. Zwischen ihr Gelächter mischen sich leise Grunztöne von ihr, was mich jedes Mal nur noch mehr zum Lachen bringt.

»Vor allem ...« Sie hält kurz inne und stützt ihre Hand auf meiner Schulter ab, während sie versucht, nach Luft zu schnappen. »Dass ausgerechnet du darauf eingegangen bist. Das gleicht einem Wunder. Seit wann schließt *du* neue Freundschaften?«

»Das ist eine sehr gute Frage. Ich weiß auch nicht, welches Pferd mich geritten hat, als ich zugestimmt und ihm dann auch noch meine Handynummer gegeben habe.« Durch die dunkle Holztür betreten wir den Eingangsbereich unserer Fakultät, und ich nicke einigen Studierenden zu, mit denen ich gemeinsame Kurse habe. Mora weiß genauso gut wie ich, dass ich an der ganzen Universität nur eine Freundin habe. Und diese steht gerade neben mir.

»Vielleicht die dunklen Welpenaugen, umrahmt von diesen wirklich tollen Wimpern? Oder doch eher das perfekte Lächeln? Nein, warte. Es waren die schätzungsweise ein Meter neunzig Körpergröße, die dich dazu gebracht haben?« Sie zwinkert mir zu, als hätte sie ein Geheimnis gelüftet, von dem nur wir beide wissen. Dabei glaube ich, sie redet eher von sich selbst. Immerhin ist sie diejenige, die mir seit Silvester damit in den Ohren liegt, wie attraktiv Lee doch ist.

»Ich glaube, es war der Gedanke daran, *euch* zwei zu verkuppeln.« Ich gehe seitlich die Steintreppen nach oben und zwinkere Mora ebenfalls zu.

»Bloß nicht. Die Sache mit James ist noch immer nicht beendet, und selbst wenn es das wäre, habe ich keinen Nerv für einen neuen Typen.« Die Worte kommen nur sehr zaghaft über ihre Lippen, und ich weiß ganz genau, wieso. Sie wollte schon letzte Woche mit James Schluss machen, nachdem er sich mal wieder einen glorreichen Fehltritt erlaubt hatte. Zu sagen, dass ich ihre Beziehung nicht verstehe, wäre noch untertrieben.

»Wieso nicht? Mora!« Ich hasse es, wenn meine Stimme diesen belehrenden Ton annimmt. Er lässt mich jedes Mal kurz zusammenzucken, weil er mich so sehr an Mum erinnert. »Dieser Kerl verarscht dich nach Strich und Faden. Und das nicht zum ersten Mal. Wo soll das hinführen? So darfst du dich nicht behandeln lassen, und das weißt du auch.«

Obwohl Mora meine beste Freundin ist, steht es mir nicht zu, mich in ihre Beziehung einzumischen. Aber in diesem Fall geht es nicht anders. James und Mora führen eine On-off-Beziehung, und selbst in On-Phasen hält ihn dies nicht davon ab, sich auf Partys zu betrinken und mit anderen Frauen rumzumachen. Ich ertrage es nicht, wie er ihr jedes Mal aufs Neue das Herz bricht.

Oben angekommen lehnt sich Mora mit dem Rücken gegen die Wand und sieht mich aus ihren dunklen Augen an. Sie schiebt sich die große Brille, die ihrem Gesicht schmeichelt und es noch mehr zur Geltung bringt, hoch auf den Nasenrücken. Eine ihrer vielen Angewohnheiten, wenn sie nach den richtigen Worten sucht.

»Es ist so dämlich. Ich weiß das alles. Wirklich. Aber wenn ich vor ihm stehe und er sich bei mir zum hundertsten Mal entschuldigt, vergesse ich irgendwie all die Tränen und den ganzen Stress, den ich wegen ihm habe.« Sie zieht an dem Saum ihres eng anliegenden weißen Shirts und vergräbt die Hände in den Taschen ihrer Jeans.

Obwohl ich Mora keine Sekunde um ihre Beziehung mit James beneide, frage ich mich doch manchmal, wie es sich anfühlt, verliebt zu sein. Es ist nicht so, dass ich noch nie jemanden gedatet hätte. Im Gegenteil, ich hatte auch bereits die ein oder andere Schwärmerei und Sex. Aber echte Gefühle kamen bei mir nie auf. Ich habe mich nie mit jemandem verbunden gefühlt. Hatte nie Schmetterlinge im Bauch oder Herzklopfen bei jeder noch so zarten Berührung.

»Wie hat sich unser Gesprächsthema jetzt nur von einem so tollen Kerl wie Lee zu einem solchen Arschloch wie James gewandelt?« Mora verdreht die Augen.

»Gute Frage.« Ich lasse meine Schulter sinken und spüre, wie der Gurt meines Geigenkoffers über meine Haut hinabgleitet, bis der Koffer in meinen Händen liegt und ich ihn an meine Brust drücke. »Aber mal ganz abgesehen davon, woher willst du wissen, dass Lee ein toller Kerl ist?«

»Hm ...« Mora legt ihren Daumen unters Kinn und fährt sich mit dem Zeigefinger über die Lippen. »Das spüre ich einfach.«

»Wegen seines Dackelblicks, ja?«, ziehe ich sie auf.

Ich möchte mir selbst nicht eingestehen, dass ich dieses Gefühl auch habe. Dass ich glaube, Lee sei ein guter Mensch, ohne ihn überhaupt zu kennen. Vielleicht liegt es wirklich an diesen Augen, die zwar beinahe schwarz, aber gleichzeitig auch unglaublich warm wirken. Dabei ist es für mich eher die Aura, die ihn umgibt und mich neugierig gemacht hat. Sie ist dafür verantwortlich, dass ich mich tatsächlich mit ihm anfreunden möchte. Er strahlt dieselbe Offenheit aus, wie es meine Schwester Manon immer getan hat.

»Ach, hör doch auf.« Mora schüttelt den Kopf und geht an mir vorbei. Hier trennen sich unsere Wege. Während ich Musik studiere, hat sie sich damals für Digital Humanities entschieden, und ähnlich wie ich, weiß auch sie noch nicht, was sie später mal damit anfangen möchte oder in welche Richtung es sie verschlagen wird. »Bleibst du nach deinem Kurs noch?«

»Ja, ich wollte noch ein wenig proben«, antworte ich ihr und ziehe den Geigenkoffer dabei noch enger an meine Brust, als müsste ich meinen Worten Ausdruck verleihen.

»Wozu? Du kannst jedes erdenkliche Stück im Schlaf spielen.«

»Red keinen Unsinn«, entgegne ich. Okay, vielleicht brauche ich gerade nicht zu proben, weil ich schon seit Tagen an dem erforderlichen Stück arbeite, aber ich *möchte* proben. In jeder freien Minute will ich spielen.

Ich liebe es, andere im Geigespielen zu unterrichten und ihnen das Talent zu entlocken, das in ihnen schlummert. Aber mein Herz schlägt auch höher, wenn ich auf der Bühne stehe und für ein Publikum spiele. So stelle ich mir vor, wie es ist, verliebt zu sein. Dieses nervöse Kribbeln im Bauch, das klopfende Herz, das vor lauter Vorfreude beinahe aus der Brust springt, und das Glücksgefühl, das einen überkommt, sobald der erste Ton die Stille durchbricht.

Mora zieht mich in eine kurze Umarmung. »Dann sehen wir uns spätestens morgen im *Cosy Corner*. Spiel dir die Finger nicht blutig.« Ich höre ihr stummes *schon wieder* zwischen den Zeilen.

Wir verabschieden uns voneinander, und während sie links abbiegt, gehe ich den Gang weiter geradeaus und freue mich schon auf den Kurs, der in wenigen Minuten beginnt und bei dem ich wie die größte Streberin ganz vorn sitzen werde. Wie immer.

Während ich mich in meiner Schulzeit manchmal dabei erwischt habe, wie ich mich für den Streberstempel geschämt habe, trage ich ihn inzwischen mit Stolz. Es interessiert mich nicht, wenn mich jemand dumm anschaut, weil ich mal wieder die Antwort auf eine Frage weiß und nicht damit zögere, meinen Arm zu heben. Ich habe für all das hart gearbeitet. Ja, vielleicht wurde ich mit dem Segen geboren, die Musik nicht nur zu hören, sondern sie auch zu fühlen. Doch das bedeutet nicht, dass ich weniger übe als andere und nicht auch meine Kindheit und Jugend damit verbracht habe, immer besser und besser werden zu wollen.

»Hallo, Hopeless Hope.« Gabriel Dixton. Weit davon entfernt, mein fester Freund zu sein, aber auch weit davon entfernt, ein Niemand für mich zu sein. Irgendwas zwischen Kumpel und One-Two-Three-Night-Stand.

Die blonden Locken fallen ihm in die Stirn, während er dabei ist, sich die Ärmel des karierten Hemdes hochzuschieben.

Ich nicke ihm zu und setze wie immer ein Lächeln auf, das nicht einmal ansatzweise meine Augen erreicht. Was nicht daran liegt, dass ich Gabriel nicht leiden kann. Wäre dies der Fall, hätte ich nicht ein einziges Mal mit ihm geschlafen. Auch wenn das zwischen uns nie etwas Ernstes war oder sein wird, könnte ich trotzdem nicht über einen schlechten Charakter hinwegsehen, nur, weil er augenscheinlich verdammt heiß aussieht. Er hat diesen Surfer-Boy-Vibe, den man eher am Byron Bay in Australien vermuten würde als inmitten von London.

Von Mr Crawford werden wir immer das unschlagbare Duo genannt. Gabriel am Klavier, ich an der Geige. Nicht nur unsere Melodien harmonieren miteinander, was wohl auch der Grund dafür ist, weshalb ich mich mehrmals auf eine Nacht mit ihm eingelassen habe.

»Möchtest du hier noch weiter wie der größte Checker an der Wand gelehnt stehen, oder hast du vielleicht vor, mir den Weg frei zu machen, damit ich pünktlich zu Musikalische Analyse komme?« Ich mache einen Schritt zur Seite, um an ihm vorbeizugehen. Er reagiert so schnell, dass ich mit meiner Stirn volle Kanne gegen seine Brust renne. »Du bist so eine Nervensäge«, schnaube ich, hake mich bei ihm unter und ziehe ihn hinter mir her.

Leider, oder vielleicht auch zu meinem Glück, da er der Einzige in meinem Studienfach ist, mit dem ich mich super verstehe, haben wir alle Kurse gemeinsam.

Das dritte Trimester des zweiten Studienjahres ist gerade angebrochen, und ich muss zugeben, dass ich mir wünsche, das Studium würde länger gehen. Ich liebe es. Jeden Kurs, jeden Dozenten und jede Dozentin, jedes Musikinstrument und jede noch so trockene Theorie. Während wir im ersten Jahr noch Pflichtmodule hatten, konnten wir im zweiten frei wählen, solange wir unsere hundertzwanzig Credits erreichen. Ich habe mich für Kompositionsstudien, Musikalische Analyse, Ethnografische Methoden in der Musikwissenschaft und für Musikalische Darbietung entschieden.

»Sag mal. Sucht diese ultrareiche Familie in Kensington noch immer einen Klavierlehrer für ihre Tochter?«, möchte Gabriel wissen, während wir den langen Flur entlangeilen, um nicht zu spät zu kommen.

»Wieso? Hast du deine Meinung etwa geändert?« Es ist nicht einmal zwei Wochen her, seit ich ihm davon erzählt habe und er abgelehnt hat. Mittlerweile gebe ich dem kleinen Nicholas bereits seit einem Jahr Unterricht im Geigespielen. Die Johnsons sind eine freundliche und respektvolle Familie, und als ich gehört habe, dass Nicholas' große Schwester Louise gerne Klavier lernen würde, habe ich sofort an Gabriel gedacht, der aber direkt verneinte.

»Deine Schwärmerei von der Familie hat mich eventuell umstimmen können.«

»Aber du meintest doch, du willst auf gar keinen Fall für irgendwelche reichen Schnösel arbeiten und hast sowieso mit dem Job im Diner genug zu tun?«, erinnere ich ihn an seine eigenen Worte. Innerlich freue ich mich jedoch darüber, weil Louise einen hervorragenden Klavierlehrer bekommen wird. Ich kann nur hoffen, dass die Johnsons nicht schon jemand anderes für ihre Tochter gefunden haben.

»Ich habe im Diner gekündigt. Und ohne die Kohle bin ich echt aufgeschmissen. Meine Eltern haben einfach nicht die Mittel, mich all-inclusive durch das Studium zu bringen.«

Auch wenn ich selbst mit diesem Thema nicht konfrontiert bin, trifft mich diese Ungerechtigkeit des Lebens immer wieder aufs Neue, wenn ich sie so knallhart vor Augen geführt bekomme. Wie kann es sein, dass Bildung so unfassbar viel kostet und für einige erst gar nicht zugänglich ist?

»Ich werde ein gutes Wort für dich einlegen.« Meine Finger gleiten zu Gabriels Unterarm, und ich drücke sanft zu. »Louise wird dich lieben.«

»Wie alt war sie noch gleich?« Aus seinen grünen Augen sieht er mich schmunzelnd an, und ich kann nicht anders, als laut loszulachen.

»Zu jung für dich. Viel zu jung, du Casanova.«

Eine Traube Menschen versammelt sich vor der riesigen Tür zum Hörsaal und quetscht sich nach und nach hindurch. Ich presse meine Geige mit beiden Händen fest an mich, wodurch sie mir beinahe die Luft abschnürt. Nichts gegen Menschen, echt nicht, aber so viele auf einem Haufen müssen nun wirklich nicht sein.

Mit der Geige als Schutzschild lässt mir Gabriel den Vortritt, und alles, worauf ich mich jetzt noch konzentrieren werde, ist die Musik. Mit all ihren Facetten, wozu eben auch die eher trockene musikalische Analyse gehört.

Kapitel 3

Hope

Von: Lee
Test. Test. Test.

Mit gerunzelter Stirn starre ich auf das Display meines Handys und frage mich, was genau er mir mit dieser Nachricht sagen möchte. Es ist jetzt drei Tage her, seit ich ihm meine Nummer gegeben habe und er mir seine. Im Grunde weiß ich gar nichts über ihn. Und doch habe ich seine Hand ergriffen und in dem Moment das Gefühl gehabt, genau das Richtige zu tun.

Von: Lee
Ich möchte nur sehen, ob du mir auch deine richtige
Nummer gegeben hast. Nachdem du auf meine
Geburtstagsgrüße nicht reagiert hast.

Von: Hope
Oh, Mist. Das tut mir leid, hatte ich am Abend echt
noch vor. Aber hey, auf meinem Profilbild grinse ich
in die Kamera, und auch mein Name bei WhatsApp

ist Hope. Und du zweifelst trotzdem daran, dass dies
meine Nummer ist?

An den Punkten unter seinem Namen sehe ich, dass er gerade schreibt, und ich nutze die Zeit, um es das erste Mal zu wagen, mir sein Profilbild anzusehen. Er sitzt auf einem Hügel, hinter ihm Bäume, an denen nur noch vereinzelt braune Blätter hängen. Er trägt eine blaue Jeans, helle Sneaker, ein weißes T-Shirt und eine leichte karamellfarbene Jacke darüber. Seine Beine sind angewinkelt und die Ellenbogen auf die Knie gestützt. Mit geschlossenen Augen scheint er die Sonne zu genießen. Es ist ein schönes Foto. Nicht gestellt oder übertrieben. Es ist ehrlich und strahlt eine gewisse Ruhe aus.

Von: Lee
Wie geht's dir?

Ist das sein Ernst? Ich habe sein Profilbild so lange betrachtet, dass ich mir sicher bin, dass es mich selbst in meinem Schlaf noch verfolgen wird, und er hat in dieser Zeit ganze drei Wörter geschrieben? Entweder wusste er nicht, was er schreiben soll, und hat alles immer wieder gelöscht, oder aber selbst Dad ist schneller im Tippen und er benutzt dabei nur seinen Zeigefinger.

Von: Hope
Gut und dir? 😄

Von: Lee
Ein wenig gestresst, ansonsten auch gut. Was machst du gerade?

Von: Hope
Proben

Von: Lee
Proben wofür?

Von: Hope
Weißt du was? Hast du Zeit? Kennst du das SOHO
Coffee Co. am Strand 138?

Von: Lee
Beim King's College? Klar. Gib mir dreißig Minuten.

Von: Hope
Ich warte. 😇

Langsam setze ich mich auf die breite Fensterbank und blicke auf die Häuserfassade gegenüber. Meine Geige lege ich zurück in den Koffer und verschließe ihn. Habe ich gerade wirklich ein Treffen mit Lee ausgemacht? Wofür? Um ihm zu erklären, was ich probe? Seit wann habe ich ein so großes Mitteilungsbedürfnis?

Ich binde den Knoten meines gelben T-Shirts auf Höhe meines Bauchnabels neu. Dazu trage ich eine Mom-Jeans und Sneaker, die eigentlich mal weiß waren. Mittlerweile haben sie eine eher gräuliche Farbe angenommen.

Mit dem Rucksack auf dem Rücken und dem Geigenkoffer über der Schulter verlasse ich den Proberaum und den Strand Campus. Auf der Straße tummeln sich die Menschen, und zwischen den riesigen roten Bussen gehen die vielen schwarzen Taxis beinahe unter. Der typische Londoner Trubel.

Im SOHO angekommen, gehe ich an die Theke, greife nach einer kalten Limonade und bezahle sie mit dem restlichen Bargeld, das ich aus meinem uralten Portemonnaie zusammenkratze. Das Ding ist sieben Jahre alt und war damals ein Geschenk von Manon. Ich war dreizehn und sie fünfzehn. Und obwohl es bereits am Auseinanderfallen ist, bedeutet es mir alles.

Ich steuere zwei freie Hocker direkt an der Fensterfront an und nehme dort Platz. Mit dem Gedanken daran, dass ich morgen sowohl eine Schicht im *Cosy Corner* habe als auch Geigenstunden bei den Johnsons gebe, beobachte ich die Leute auf der Straße.

London ist meine große Liebe. Ich liebe, dass hier immer etwas los ist, es nie langweilig wird und man in der Masse untergehen kann. Und trotzdem freue ich mich auf den Tag, an dem ich meine eigenen vier Wände habe und es mich aus dem Kern Londons rauszieht. Die Frage ist nur, wann der richtige Zeitpunkt für genau diesen Tag kommt.

Die kalte Limonadenflasche beginnt in meinen Händen zu schwitzen, und kleine Wasserperlen tropfen auf meine Finger, als ich Lee plötzlich unter all den Leuten erblicke. Als hätten meine Augen die ganze Zeit nur darauf gewartet, ihn zu finden. Er läuft gerade am Lyceum Theater vorbei, in dem ich schon dreimal mit Daisy war, weil sie nicht genug von *König der Löwen* bekommen kann.

Seine langen Beine stecken in einer blauen Jeans, die Füße in schwarzen Chucks. Er trägt ein schwarzes Shirt und darüber eine Art grauen Blazer. Nicht unbedingt das perfekte Outfit für einen warmen Tag in der Innenstadt.

Während er über die Straße geht und das *SOHO* ansteuert, fährt er sich durch das schwarze Haar und streckt sein Gesicht der Sonne entgegen. Fast so, wie auf seinem WhatsApp-Foto.

In diesem Moment, in dem ich mich vollkommen unbeobachtet fühle, sieht er mich direkt an. Als würde mir ein Blitz durch

Mark und Bein jagen, zucke ich zurück und blicke auf meine Hände, die mittlerweile komplett nass sind, weil sie die Flasche fest umklammern. Hastig wische ich sie mir an meiner Jeans ab und hinterlasse dunkle Wasserflecken auf dem Stoff. Hervorragend.

Mit einem Mal bin ich nervös. Ich beiße mir auf die Unterlippe und kneife die Augen zusammen, in der Hoffnung, dass er mich vielleicht doch nicht beim Starren erwischt hat. Was ist nur in mich gefahren? Mich mit Lee zu verabreden, als wäre es vollkommen selbstverständlich.

»Hi.« Noch bevor ich aufsehe, setzt sich Lee auf den Hocker neben mir.

Ich tue überrascht und begrüße ihn. Wäre ich gerade nicht die Protagonistin dieser Szene, würde ich vermutlich darüber lachen. Glaube ich ernsthaft, dass er mich durch die Fensterscheibe nicht gesehen hat und er mir abkauft, wie überrascht ich von seinem Auftauchen bin? *Wow, Hope. Reiß dich zusammen. Oder arbeite an deinen Schauspielkünsten.*

»Das waren nicht einmal ansatzweise dreißig Minuten«, sage ich und komme auf seine Textnachricht von vorhin zurück.

Lees Lippen ziehen sich langsam nach oben, und kleine Lachfalten bilden sich um seine Augen.

Auf dieser Welt gibt es nichts Schöneres als den Klang einer Geige und ein aufrichtiges Lächeln. An dieser Stelle würde ich Dads Worte gerne unterstreichen.

»Als du mir geschrieben hast, war ich in der Gegend. Hatte ein Treffen mit einem zukünftigen Kunden und war gerade auf dem Sprung«, erklärt er mir und streift dabei den grauen Blazer über die Schultern, der beim näheren Betrachten ein feines Karomuster hat. »Jetzt kann ich das blöde Ding auch endlich ausziehen. Du kannst dir nicht vorstellen, wie warm mir gerade ist.«

»Oh. Ich wollte dich nicht stören.«

»Das hast du nicht. Im Gegenteil, ich habe mich sehr über deine Nachrichten gefreut. Hätte ja nicht gedacht, dass du es mit der Freundschaft so eilig hast.«

Mein Herz hüpft im Takt seiner Worte. Als wäre jeder Buchstabe eine Note, die die Melodie meines Herzens schreibt. Shit. Bei meinen kitschigen Gedanken wird mir beinahe übel. Aber ich wusste es. Wusste, dass das keine gute Idee ist. Dass er mich fasziniert. Dass er mein Interesse weckt. Dass es sich anders anfühlt als sonst. Dabei ist das absoluter Schwachsinn. Liebe auf den ersten Blick gibt es nur in Filmen, und einen Seelenverwandten kann man lange suchen. Dieser ganze romantische Quatsch ist nichts, wonach ich mich sehne. Und trotzdem reagiert mein Körper, als stünde mein Traumprinz höchstpersönlich vor mir. Und dabei möchte dieser Traumprinz eigentlich nur mit mir befreundet sein. Ironie des Schicksals?

Ohne groß darüber nachzudenken, springe ich vom Hocker.

»Du hast bestimmt Durst. Ich hole dir was.« Noch bevor er mir überhaupt sagen kann, was er trinken möchte, stehe ich schon vor dem offenen Kühlregal und starre auf die riesige Auswahl an Getränken. *Atme, Hope.*

Cola? Wasser? Oder irgendein hippes Teegetränk? Ich versuche, mir in Erinnerung zu rufen, was er sich immer im *Cosy Corner* bestellt, nur um schnell zu der Erkenntnis zu kommen, dass es jedes Mal Kaffee ist.

Gerade als ich das Wasser nehmen möchte, schrecke ich auf. Im Blickwinkel erkenne ich einen Arm, der an meinem Gesicht vorbei nach der Flasche greift, die ich im Visier hatte. Ich drehe mich zu schnell um. So schnell, dass meine Wange Lees Unterarm streift.

»Du bist so blitzartig aufgebrochen, dass ich dir nicht einmal sagen konnte, was ich gerne trinken würde«, erklärt er mir grinsend.

Während Lee sein Wasser bezahlt, gehe ich kopfschüttelnd zurück zu unserem Platz am Fenster. Ich bin gerade nicht ernsthaft aufgesprungen, um aus der Situation zu flüchten? Ohne Geld. Ohne überhaupt zu wissen, was er möchte. Unser freundschaftliches Kennenlernen könnte ja kaum besser beginnen.

»Was studierst du?«, möchte Lee von mir wissen, als er wieder neben mir sitzt. »Du hast gesagt, du hast für irgendwas geprobt.« Er rückt mit dem Hocker näher an mich heran und lässt mich mit seinem neugierigen Blick nicht aus den Augen.

Ich weiß nicht, woran es liegt, doch mit einem Mal werde ich ruhiger. »Musik.« Die Wasserflecken auf meiner Jeans sind mittlerweile komplett getrocknet. »Seit ich sieben bin, spiele ich Geige, und als ich mich nach der Schule der Frage stellen musste, was ich später mal machen möchte, gab es nur eine Antwort für mich. Was genau ich allerdings am Ende mit dem Abschluss anfangen werde, steht noch in den Sternen.«

»Das habe ich mir gedacht.«

»Dass ich Musik studiere oder dass ich noch nicht weiß, welchen Job ich später machen möchte?«

Lee öffnet seine Glasflasche und trinkt einen großen Schluck, wobei sich sein Adamsapfel auf und ab bewegt. »Dass du Musik studierst. Du hast diesen Koffer oft bei dir, wenn du ins *Cosy Corner* kommst.« Er deutet mit einem Kopfnicken in Richtung meiner Geige, die gegen die Wand gelehnt ist.

»Wenn ich könnte, würde ich Poppy überall mit hinnehmen«, gebe ich zu und beobachte jede Regung in Lees Gesicht. Wie sich leichte Grübchen beim Lächeln bilden. Wie sich sein Lippenbogen bei jeder Silbe bewegt und seine Augenbrauen bei manchen Wörtern in die Höhe schnellen.

»Poppy?« Sein Lachen bringt mich zum Grinsen. Es ist leise und gleicht eher einem Kichern. »Du hast deine Geige Poppy genannt?«

»Ja, so hieß auch mein erstes Haustier. Poppy war ein weißes Kaninchen mit Schlappohren. Als mir meine Geige irgendwann zu klein wurde, kauften meine Eltern mir eine neue. Kurz vorher ist Poppy leider verstorben.«

»Deine Geige ist also ein Tribut an dein verstorbenes Kaninchen?«

»Im Grunde ist meine Geige alles.«

Er nickt, als wüsste er ganz genau, was ich damit meine. Was ist wohl sein Alles? Spielt er ein Instrument? Macht er Sport? Kocht er vielleicht in seiner Freizeit? Ich weiß nichts von ihm, und aus irgendeinem dummen Grund stört mich das. Es stört mich sogar sehr. Ich möchte mehr wissen. Viel mehr.

»Erzähl mir etwas von dir«, fordere ich ihn auf, während ich meine Locken hinter die Ohren schiebe und ihn gebannt ansehe.

»Was möchtest du denn wissen?« Sein Gesicht strahlt, und man könnte glatt meinen, dass ihn meine Worte glücklicher machen als Kaffee. Und wenn ich wenigstens schon eine Sache von Lee weiß, dann, dass Kaffee ihn sehr glücklich macht.

»Alles«, platzt es zu schnell aus mir heraus, und ich lege reflexartig meine Finger über die Lippen, als könnte ich das Wort wieder zurück in meinen Mund schieben. Doch dafür ist es zu spät.

»Fangen wir mit meinem Namen an.«

»Den kenne ich doch schon«, entgegne ich ihm hörbar verwirrt.

»Ach, du wusstest, dass ich eigentlich Yeonjun heiße?«

Mit zusammengezogenen Augenbrauen neige ich meinen

Kopf nach rechts. Er heißt nicht Lee? Bevor ich weiter darüber nachdenken kann, beginnt er, es mir zu erklären.

»Lee ist mein Nachname. Ich bin in Südkorea geboren, aber als ich nach London kam und die meisten Leute meinen Namen nicht aussprechen konnten, habe ich irgendwann angefangen, mich nur noch mit Lee vorzustellen.« Er kratzt sich im Nacken und sieht für den Bruchteil einer Sekunde aus dem Fenster.

Ich folge seinem Blick. »Traurig.«

»Hm?« Er sieht mich wieder an.

Es gibt so viele ignorante Menschen da draußen. Nicht, dass mir das neu wäre, nur wird es einem immer wieder vor Augen geführt.

»Es ist traurig, dass sich die Menschen keine Zeit nehmen, um dich zu fragen, wie man deinen Namen richtig ausspricht. Dann sagen sie es eben zweimal falsch, und beim dritten Mal können sie es.« Ich schaue ihm direkt in die dunklen Augen. »Du bist Lee. Aber viel mehr bist du Yeonjun.«

Es vergehen ein paar Sekunden, in denen niemand etwas sagt, wir uns einfach nur ansehen. Sein Name ist wunderschön. Er klingt wie eine zarte Melodie, die mich an das Geräusch sanfter Wellen erinnert. Und an die Sonne, die in einem azurblauen Ozean ertrinkt.

»Ich wollte dir damit nicht zu nahe treten«, durchbreche ich schließlich die Stille. Nachdem das Lächeln wie in Zeitlupe aus seinem Gesicht verschwunden ist.

»Nein. Das ... Das ist es nicht. Es ist einfach nur so ungewohnt, meinen Namen zu hören.« Er lacht kurz auf und klingt beinahe verbittert. »Und du hast recht. Ich habe mich einfach damit abgefunden und den Leuten dann nicht mal mehr die Chance gegeben, meinen Namen auszusprechen. Irgendwann war ich einfach nur noch Lee.«

»Für mich bist du auf jeden Fall Yeonjun.« Ich bekomme eine Gänsehaut. Dabei ist mir warm. Viel zu warm. »Yeonjun. Yeonjun. Yeonjun«, wiederhole ich.

Seine Wangen erröten leicht, und es ist wahrscheinlich das Niedlichste, das ich seit Langem gesehen habe.

Ich ziehe kurz mein Handy aus der Hosentasche, öffne meine Notizen und speichere mir das Wort Südkorea ab. Sobald ich zu Hause bin, werde ich mein Wissen erweitern. Noch nie zuvor habe ich mich mit dem Land befasst, und mein Wissen darüber begrenzt sich darauf, dass es ein Nord- und ein Südkorea gibt.

»Wann bist du oder seid ihr hergekommen?«, frage ich nach, um das Thema zu wechseln.

Yeonjun lehnt sich zurück und legt die Hände in den Nacken. »Ich bin allein gekommen. Meine Mutter und mein jüngerer Bruder leben noch immer in Busan.« In Gedanken speichere ich mir auch Busan ab, um danach googeln zu können, bevor er weitererzählt. »Mit neunzehn bin ich dann nach London.«

»Mit neunzehn? Also vor zwei Jahren. Drei Jahren?«

Da ist es wieder. Dieses melodische Lachen. »Tatsächlich ist das schon sieben Jahre her. Ich bin sechsundzwanzig. Werde bald siebenundzwanzig.«

Ich spüre, wie sich tiefe Falten in meine Stirn graben. Er ist fast sieben Jahre älter als ich? Das hätte ich niemals gedacht. Ich habe ihn höchstens auf dreiundzwanzig geschätzt. Die sieben Jahre erklären natürlich, wieso er so gut Englisch spricht. Das wäre nämlich meine nächste Frage gewesen. Hätte er mir nicht gesagt, dass er in Südkorea geboren sei, wäre ich felsenfest davon überzeugt gewesen, er hätte niemals woanders gelebt. Dabei ist er am anderen Ende der Welt aufgewachsen. Hat die meiste Zeit seines Lebens dort verbracht. Sosehr ich das Reisen auch liebe, ich würde es niemals länger als ein oder zwei Jahre woanders aushalten. Es würde mich immer zurück nach England ziehen. Zurück in meine Heimat.

»Hat es dir in ...« So viel zum Thema, dass ich mir die Stadt in Gedanken abspeichere.

»Busan«, hilft er mir auf die Sprünge.

»Hat es dir in Busan nicht gefallen?«

Er schüttelt vehement den Kopf. »Ich liebe Busan. Die Stadt ist riesig und bunt. Gleichzeitig hat sie auch etwas Entspanntes an sich, da sie direkt an der Küste liegt.« Bei seinen Worten habe ich sofort ein Bild in meinem Kopf und wünsche mir, diesen Ort mal zu erleben. Yeonjun blickt verträumt in die Ferne, während er weiter von seiner Heimat spricht. »Ich bin wirklich froh darüber, dort aufgewachsen zu sein. Ich habe mich schon früh für digitales Zeichnen interessiert und Webtoons kreiert. Anfangs nur für mich, später habe ich auch welche veröffentlicht. Auch wenn der Markt in Südkorea dafür sehr groß ist, hat es mich schon immer nach England gezogen, wobei mein Interesse auch Amerika galt. Ich habe mit Serien und Büchern Englisch gelernt, und meine Familie hat mich stets bei meinem Wunsch, auszuwandern, unterstützt. Eigentlich wollte ich nur drei Jahre wegbleiben, um mich in Europa in Grafikdesign weiterzubilden.«

Das erklärt, weshalb er im *Cosy Corner* ständig an seinem Tablet hängt und daran arbeitet. Am liebsten würde ich ihn nach seinen Arbeiten fragen und mir einen seiner Webtoons anschauen, auch wenn ich kein Koreanisch verstehe. Doch ich halte meine Neugier im Zaum. Ich möchte ihn nicht unterbrechen. In seinen Worten spüre ich dieselbe Leidenschaft für seinen Job, die ich bei der Musik empfinde, und da weiß ich plötzlich, was sein Alles ist. Seine Arbeit. Dieser Gedanke lässt den Wunsch in mir nur stärker werden, irgendwann einen Beruf auszuüben, der mich vollends erfüllt und meine Augen so zum Strahlen bringt wie die von Yeon-jun.

»Als ich hier mit meinem Ersparten ankam, war ich erst einmal überfordert. Und wie«, betont er, und ein leises Lachen mischt sich zwischen seine Sätze. »Ich habe bei einer kleinen Firma angefangen und später bei einer größeren Werbeagentur. Vor noch gar nicht allzu langer Zeit ergab sich eine Chance für mich, in New York bei einer renommierten Agentur anzufangen. Ich habe lange überlegt, da ich mich wirklich in London verliebt habe. Trotzdem war es schon immer ein großer Traum, mal nach New York zu gehen.«

»Wow. Du musst unglaublich viel bei alldem gelernt haben. Allein schon, dass du dich mit neunzehn allein auf einen anderen Kontinent gewagt hast. Hut ab.« Ich ziehe meinen imaginären Hut vor ihm und beuge mich vor.

»Definitiv. Ich möchte keine dieser Erfahrungen missen. Aber New York war so gar nicht meins. London ist voll und laut, aber New York war noch eine Nummer größer. Auch in der Firma habe ich mich nicht wohlgefühlt, weshalb ich nach fast einem Jahr wieder zurück nach London bin, und seitdem arbeite ich selbstständig.«

»Also gestaltest du Werbung?«, frage ich noch einmal nach, weil ich mich zuvor noch nie mit dem Job als Grafikdesigner auseinandergesetzt habe.

»Nicht nur. Ich biete Webdesign an, gestalte Logos und bastle noch immer ab und zu an dem ein oder anderen Webtoon. Gerade hatte ich zum Beispiel ein Meeting mit einem potenziellen Kunden, der jemanden sucht, um seine Unternehmenswebsite aufzubauen.«

»Lief es gut?«, möchte ich wissen.

Yeonjun nickt. »Sehr gut sogar. Ich werde nachher wohl auch direkt an die Arbeit gehen.«

Ich greife nach meiner Limonade, die mittlerweile warm geworden ist, und leere sie. »Also arbeitest du von zu Hause aus?«

Wieder nickt er.

»Wow. Ist das genial. Du kannst morgens aufstehen und dich in deinem Schlafanzug an die Arbeit machen. Bestimmt die Wunschvorstellung vieler Menschen.« Ich muss zugeben, dass das verlockend klingt. Den ganzen Tag im Pyjama rumzulaufen, mit zerzausten Haaren und der Möglichkeit, sich zu jeder Zeit einen Snack nach dem anderen reinzustopfen.

»Es ist anstrengender, als man es sich vorstellt. Wenn man keinen Arbeitgeber hat, bei dem man pünktlich erscheinen muss, kann es manchmal echt zum Fluch werden, wenn man sich keine eigene Routine verschafft«, erklärt er mir, während er mit seinem Arm versehentlich die Wasserflasche streift, die mir daraufhin in den Schoß fliegt.

Ich springe ruckartig auf und wünsche mir die wenigen Wasserflecken von vorhin zurück, denn jetzt ist meine komplette Jeans nass.

»Oh, Shit. Sorry.« Auch Yeonjun steht sofort auf, läuft zum Verkaufstresen, greift nach einer Handvoll Servietten, und noch ehe ich michs versehe, kniet er vor mir und versucht, meine Hose zu trocknen. Ich sollte ihm vielleicht sagen, dass das nicht viel bringen wird. Stattdessen klebt mein Blick jedoch an seinen dunklen Haaren, die so voll und glänzend sind, dass ich am liebsten meine Finger durch sie gleiten lassen würde.

Ich öffne meinen Mund, möchte ihm sagen, dass er das nicht tun muss, doch genau in diesem Moment sieht er zu mir auf. Seine Pupille umgibt ein dunkles Braun, das fast schon schwarz ist, gefolgt von einem bernsteinfarbenen Ring. Entweder habe ich noch niemals jemandem so tief in die Augen gesehen, oder mir ist einfach nur nicht aufgefallen, wie vielschichtig Iriden sind. Wie viele Töne sich in ihnen widerspiegeln und miteinander harmonieren. Irgendwo inmitten dieser dunklen Facetten verliere ich mich.

Keine Sekunde länger halte ich es aus, ihn so anzusehen. Also greife ich nach seinem Oberarm und ziehe ihn hoch. Mit einem Mal überragt er mich wieder um einige Köpfe und zeigt mir dieses Lächeln, in das man sich eigentlich nur verlieben kann.

Kapitel 4

Yeonjun

Die beste Investition, die ich in meinem Leben bisher getätigt habe, ist vermutlich der Kaffeevollautomat in meiner Küche, den ich über eine App am Smartphone steuern kann. Okay, vielleicht ist das ein wenig übertrieben, und ich habe schon für sinnvollere Dinge Geld ausgegeben, und dennoch ist es Gold wert, dass ich vom Bett aus meinen Kaffee machen kann und sich schon vor dem Aufstehen der köstliche Duft in der ganzen Wohnung verteilt.

Ich strecke meine Gliedmaßen in alle Richtungen aus, ehe ich mich aufrichte und meinen Nacken kreisen lasse. Nachdem ich gestern noch stundenlang mit Hope im Café saß, habe ich mich zu Hause direkt an die Arbeit gemacht und bis in die Nacht hinein an den ersten Entwürfen für meinen neuen Kunden getüftelt. Das ist auch der Grund, weshalb ich kein schlechtes Gewissen habe, wenn mein Tag erst nach zehn Uhr startet.

Die Efeutute, die auf einem Regal über dem Kopfende meines Bettes steht, kitzelt mich mit ihren Blättern. Mittlerweile ist sie so sehr gewachsen, dass ich mir langsam Gedanken darum machen sollte, sie woanders zu platzieren oder Ableger abzuschneiden. Ansonsten muss ich mir bald mein Bett mit ihr teilen.

Mein Schlafzimmer gleicht einem Gewächshaus und in meinem Wohnzimmer sieht es nicht viel anders aus. Den grünen Daumen muss ich von meiner Mutter haben. Ich war schon in meiner Kindheit immer von Grün umgeben. Als ich nach London kam und für eine lange Zeit nur in einem winzigen WG-Zimmer gewohnt habe, reichte der Platz gerade mal für ein Bett, einen Schrank und eine Monstera. Doch nach meinem Aufenthalt in New York habe ich meine erste eigene Wohnung bezogen und wusste sofort, welche Pflanze ich wo haben möchte, und das, noch bevor ich überhaupt ein Möbelstück gekauft hatte.

Der Kaffeeduft lockt mich aus den Federn. Nur mit schwarzen Boxershorts bekleidet, öffne ich die dunklen Vorhänge meines Schlafzimmerfensters und lasse Tageslicht hinein, ehe ich durch das geräumige Wohnzimmer in die kleine Küche gehe. Aus der Tasse, die ich gestern Nacht noch schnell unter der Maschine platziert habe, steigt Dampf auf, und allein der Geruch dieser Koffeinbombe lässt mich die Augen aufreißen und direkt um einiges wacher werden.

Mit der heißen Tasse in der Hand gehe ich weiter in mein Wohnzimmer. Eine schwarz gestrichene Wand erzeugt einen starken Kontrast zu dem weißen Dielenboden und der Zimmerdecke, die weiß vertäfelt ist. Mein dunkelgraues Ecksofa steht vor einem riesigen Regalsystem mit schwarzen Metallstäben und braunen Holzbrettern. Das Braun findet sich auch in meinem Couchtisch und den riesigen Holzbalken wieder, die den Arbeitsbereich optisch ein wenig vom Wohnbereich abtrennen. Einer der Punkte, weshalb ich mich auf Anhieb in diese siebzig Quadratmeter große Wohnung verliebt habe. Der einzige Farbakzent, der sich in diesem großen Raum befindet, ist das Grün meiner Pflanzen.

Ich fahre meinen iMac hoch und werfe einen Blick auf mein Tablet, das über Nacht an der Ladebuchse war. Manchmal verfluche ich diese Apple-Produkte, und gleichzeitig habe ich mich durch meinen damaligen Job in der Agentur so sehr daran gewöhnt, dass es echt eine Umgewöhnung sein würde, mich wieder mit einem anderen Betriebssystem vertraut zu machen. Deshalb habe ich auch für meine Selbstständigkeit auf den berühmt-berüchtigten Apfel zurückgegriffen.

Die Notizen, die ich mir während des Briefings mit dem Kunden gemacht habe, liegen verstreut über der riesigen Arbeitsplatte aus Massivholz. Websiteaufbau. Verlagswesen. Minimalistisch. Animationseffekte. Clippings für den Pressebereich. SEO-Check. Header mit sechs Unterseiten. Wiedererkennungswert. Corporate Identity. FAQ-Seite im Footer. Responsive Design. Und viele weitere Begriffe, die ich mir aufgeschrieben habe.

Ich lehne mich in meinem Stuhl zurück, verschränke die Arme hinter dem Kopf und gehe in Gedanken meine ersten Entwürfe durch. Überlege mir, wie ich das Logo nach den Wünschen des Kunden gestalten könnte. Einen Wimpernschlag später ist mein Kaffee auch schon leer und ich hellwach und motiviert.

Langsam schlendere ich mit meinem Handy in der Hand ins Badezimmer, bringe auf dem Weg dahin meine leere Tasse in die Küche und freue mich schon insgeheim auf den zweiten Kaffee, der nicht mehr lange auf sich warten lässt. Keine zehn Sekunden, nachdem ich mir Musik zum Duschen angemacht habe, verstummt diese auch schon wieder, und mein Smartphone beginnt auf der Ablage zu vibrieren.

Auf dem Display strahlt mir meine Mutter entgegen. Das Bild ist ein Jahr alt. Bei jedem Besuch in der Heimat schieße ich ein Bild von ihr am Strand, und bis zum nächsten Besuch ziert es meinen Sperrbildschirm.

»Yeoboseyo[1]«, begrüße ich sie und schaue noch kurz auf die Uhr. In Busan ist es gerade kurz vor acht am Abend. In meiner

Vorstellung steht sie gerade auf unserem Dach und blickt auf ihre Pflanzen und das kleine Gewächshaus.

Meine Mutter beginnt, in 9.175 Kilometer Entfernung durch den Hörer zu seufzen. »Du hast dich eine Woche lang nicht gemeldet. Ist alles okay? Bist du gesund? Hast du Probleme bei der Arbeit? Isst du genug?«

Sie löchert mich mit ihren Fragen und klingt dabei so streng, dass ein Außenstehender vermutlich glauben würde, sie schimpft mich aus. Dabei höre ich in jeder Silbe ihre Fürsorge und Liebe. Ich hatte schon immer eine enge Bindung zu ihr, doch seit dem Tod meines Vaters hat es sich noch mal intensiviert. Plötzlich war ich mit Ende sechzehn der Mann im Haus und musste in gewisser Weise eine Vaterfigur für meinen kleinen Bruder sein.

»Mir geht es gut, Eomma[2]«, beruhige ich sie. »Ich hatte die Tage über viel zu tun, aber es läuft super. Ich esse und schlafe genug und bin kerngesund.«

»Und dein Magen?«

»Dem geht es auch gut.« Das entspricht nicht ganz der Wahrheit, doch ich möchte sie nicht damit belasten. Stress schlägt bei mir sehr schnell auf den Magen und löst immer mal wieder eine Gastritis aus. Selbst nach so vielen Jahren im Job habe ich noch immer nicht gelernt, mal einen Gang runterzuschalten. Seit meiner Kindheit gebe ich in allem hundert Prozent. Irgendwas in mir hat eine unglaubliche Angst davor, zu versagen. Egal, in welchem Bereich. Meine Ärztin hat mir mehr als einmal gesagt, wie ungesund diese Einstellung ist und dass mir nur gute Ernährung und eine Stressreduzierung bei meinen Beschwerden helfen werden.

---

[1] Yeoboseyo = 여보세요 = »Hallo« am Telefon
[2] Eomma = 엄마 = Mama

45

»Ich wünschte, ich könnte dir eine große Portion Samgyetang vorbeibringen. Das würde deinem Bauch guttun. So wie früher.« Meine Mutter spricht oft über die Vergangenheit, über die Zeit, in der ich noch zu Hause gelebt habe und nicht meilenweit entfernt war. Ich weiß, wie hart das für sie ist. Aber ich weiß auch, dass sie stolz auf mich ist und mir meine Entscheidung, in London zu bleiben, nie übel genommen hat.

Doch bei dem Wort Samgyetang werde selbst ich etwas nostalgisch und denke an vergangene Tage zurück, in denen sie mir das Essen als kleines Kind ans Bett gebracht hatte, sobald ich Bauchschmerzen bekam. Während ich die Ginseng-Suppe mit Hähnchenfleisch gegessen habe, hat sie jedes Mal von ihrer Kindheit erzählt.

Ob ich ihr sagen sollte, dass ich seit meinem letzten Besuch in Busan kein Fleisch mehr gegessen habe? Auch wenn meine Mutter bei vielen Sachen sehr offen ist, würde sie vermutlich einen kleinen Herzinfarkt bekommen. Also behalte ich diese Information für mich. Zumindest bis zu meinem nächsten Besuch.

Meine Haare fallen mir in die Stirn, und als ich meinen Kopf schüttle, um sie beiseitezuschaffen, fällt mir mal wieder auf, wie stark mein Nacken verspannt ist. Mit der freien Hand wische ich mir über die Augen, bevor ich einen Blick in den Spiegel werfe. »In ein paar Wochen bin ich wieder da. Aber sag mal, wie läuft es bei Dowon? Wenn ich mit ihm telefoniere, hat er nie Lust, über das Studium zu sprechen.«

»Dein Bruder macht sich gut. Er hat jetzt den Nebenjob im Café angefangen, und auch in der Uni gibt es keine Probleme. Du kannst dich ruhig auf dich und dein Leben konzentrieren.«

Ich fühle mich ertappt, und doch schleicht sich ein Lächeln auf meine Lippen. Sie kennt mich einfach zu gut. So wie sie sich andauernd Sorgen um mich macht, so mache ich mir ständig Gedanken um Dowon. In seiner stürmischen Teenagerzeit hat er unserer Mutter schon das ein oder andere Kopfzerbrechen beschert. Mittlerweile ist er zwanzig und hat sich seit der Uni wieder gefangen.

Wir unterhalten uns noch kurz über ihre Rückenschmerzen, die immer schlimmer werden, und ich sage ihr, dass sie regelmäßiger zur Akupunktur gehen soll. In Gedanken speichere ich mir ab, ihr wieder Geld zu überweisen mit der Anmerkung, es für ihre Gesundheit auszugeben.

»Versprich mir, dass du dich in ein paar Tagen wieder meldest.« Ihre Stimme ist warm, und ihre Worte fühlen sich an wie eine liebevolle Umarmung. Ich vermisse meine Familie. Alles andere wäre gelogen. Egal, wie sehr ich London und das Leben hier liebe, Busan ist und bleibt meine Heimat, mein Wohlfühlort.

»Versprochen. Und in zwei Monaten bin ich wieder da.«

»Du kannst auch in London bleiben und arbeiten.«

»Na, danke. Ich dachte, du freust dich«, entgegne ich ihr schmunzelnd.

»Du sollst dich nur nicht verpflichtet fühlen, hier ...«

Noch bevor sie weitersprechen kann, unterbreche ich sie.

»Das geht jetzt schon seit sieben Jahren so. Langsam solltest du doch wissen, dass ich wirklich gerne nach Hause komme, Eomma.«

»Du hast ein neues Zuhause.«

Ich würde ihr gerne sagen, dass das nicht stimmt. Doch wenn ich das tue, würde sie nur wieder anfangen, sich Sorgen um mich zu machen. Sie würde mich zum wahrscheinlich hundertsten Mal fragen, ob ich endlich eine Frau gefunden hätte oder ich nicht langsam mal an die Familienplanung denke. Dabei könnte dieser Wunsch nicht entfernter sein. Im Gegensatz zu meiner Mutter habe ich nicht das Gefühl, als würde mir mit meinen bald siebenundzwanzig Jahren die Zeit davonlaufen.

»Mein Zuhause sind und bleiben du und Dowon«, versichere ich ihr, bevor wir uns voneinander verabschieden und ich ihr eine gute Nacht wünsche.

Ich öffne WhatsApp und schaue für einen Augenblick lang Hopes Profilbild an. Mal wieder.

Sie lacht. Die Augen sind dabei geschlossen, beinahe schon zusammengekniffen. Sie zieht ihre Nase kraus, sodass sich kleine Fältchen um ihren Nasenrücken abzeichnen. Ihre lockigen braunen Haare hat sie sich hinters Ohr gesteckt, wobei ihr zwei Haarsträhnen ins Gesicht fallen. Es ist dieses Lachen, das mich von Anfang an fasziniert hat. Das mir das Gefühl von Wärme vermittelt.

Man hört oft von der Redewendung, dass die Sonne aufgeht, sobald eine Person den Raum betritt. Bevor ich Hope das erste Mal im *Cosy Corner* gesehen habe, habe ich es für eine dumme und romantisierte Floskel gehalten. Dabei gibt es diese Menschen tatsächlich. Und Hope ist einer von ihnen. Sie strahlt so viel Lebensfreude und Energie aus, was jedes Mal ansteckend auf mich wirkt, sobald ich sie nur ansehe.

Der Kaffee im *Cosy Corner* ist gut, aber was mich am meisten bewogen hat, meine Arbeit dorthin zu verlegen, war Hope. Vielleicht klingt das ein wenig verrückt. Okay, für Außenstehende klingt das definitiv verrückt. Aber ich habe es schon einmal zu Kate gesagt: Hope inspiriert mich.

Seit Silvester war mir klar: Ich möchte mit Hope befreundet sein. So komisch das auch klingen mag. Ich war noch nie jemand, der Schwierigkeiten damit hatte, auf andere Menschen zuzugehen oder neue Leute kennenzulernen. Was mit Sicherheit ein großer

Vorteil für mich war, als ich auf einen anderen Kontinent gezogen bin.

Es gibt Personen, mit denen ist man sofort auf einer Wellenlänge. Man weiß einfach, dass man miteinander harmoniert und sich gut unterhalten kann. Ich habe sie gespürt. Diese Harmonie. Diesen Einklang.

> *Von: Yeonjun*
> *Da wir gestern vom Barbican Conservatory*
> *gesprochen haben ... 😄 Wann hast du Zeit?*

Dass Hope die Leidenschaft zu Pflanzen mit mir teilt, hat sie direkt noch ein wenig sympathischer gemacht. Obwohl ich glaube, dass wir viele Gemeinsamkeiten haben, spüre ich gleichzeitig auch die Unterschiede und dass ich noch viel von ihr lernen kann. Trotz des Altersunterschiedes von über sechs Jahren oder vielleicht auch gerade deswegen. Sie wirkt, als hätte sie viel erlebt, viel zu erzählen und viel zu verarbeiten.

Ihr Status wechselt zu online, und nur eine Sekunde später beginnt sie zu schreiben.

> *Von: Hope*
> *Morgen Vormittag. Habe weder eine Schicht noch*
> *eine Vorlesung, erst später. Würde dir elf Uhr passen?*

> *Von: Yeonjun*
> *Passt perfekt. Treffen wir uns am Eingang?*

> *Von: Hope*
> *Jap. Bis morgen.* ☺

Kapitel 5

Hope

Ich verlagere mein Gewicht vom einen auf das andere Bein, während ich vor dem riesigen Gebäude aus Beton stehe. Nicht gerade eine schöne Erscheinung. Doch Geschmäcker sind bekanntlich verschieden.

Nachdem Yeonjun von meiner Zimmerpflanzensucht erfahren hat, hat er gar nicht mehr aufgehört, von dem Barbican Conservatory zu sprechen. Dass ich mich schon zwei Tage später mit ihm dort treffen würde, habe ich nicht geahnt. Das Gewächshaus ist mir natürlich ein Begriff, nur war ich eben noch nie dort. Stattdessen habe ich immer mal wieder das größte in London besucht: Kew Garden. Dabei liegt das Barbican Conservatory viel zentraler, doch dieser graue und triste Betonklotz hat mich von außen stets abgeschreckt.

Fünfzehn Minuten noch bis elf Uhr. Als Yeonjun mir gestern geschrieben hat, war ich gerade inmitten einer Vorlesung, und obwohl es mich wahnsinnig fasziniert hat, was unser Professor gerade über die Intonationsforschung erzählt hat, blickte ich sofort auf mein Handy und zögerte keine Sekunde, zu antworten.

Ein Freund mehr würde dir sicher guttun. Das waren Moras Worte, als ich ihr davon erzählt habe, dass ich mich schon wieder mit

Yeonjun treffe. Als ich seinen Namen fallen ließ, sah ich förmlich die Fragezeichen in ihrem Blick. Doch nachdem ich es ihr erklärt hatte, sprach sie seinen Namen auf Anhieb richtig aus. Es wird auch genau so ausgesprochen, wie man es schreibt, wobei man das e ein wenig verschluckt und das j ausgesprochen wird wie bei dem Namen Jay. Es gibt definitiv schwierigere Namen, und selbst die sind es wert, ausgesprochen zu werden. In mir beginnt es wieder, zu brodeln, bei dem Gedanken daran, wie sich manche Menschen nicht einmal die Mühe machen und nachfragen. Stattdessen geben sie ihrem Gegenüber lieber einen Spitznamen, um sich bloß nicht anstrengen zu müssen.

Ich lege meinen Kopf in den Nacken. Der Wind weht meine Haare umher, die ich zu einem Pferdeschwanz gebunden habe, und die Haarspitzen kitzeln mich zwischen den Schulterblättern. Wolken schieben sich vor den sonnigen Himmel. Sie sehen aus wie Zuckerwatte. Weich und fluffig. Als hätte sie jemand mit dem Pinsel auf das satte Blau getupft.

Es stimmt, dass der April macht, was er will. Sonnig. Bewölkt. Regnerisch. Sonnig. Bewölkt. Regnerisch. Die Wetterverhältnisse wechseln sich fast im Minutentakt ab. Heute früh zeigte mir mein Handy einundzwanzig Grad an. Doch jetzt, wo sich die Wolken vor die Sonne drängen, kommt es mir um einiges kälter vor.

Vielleicht hätte ich doch auf Dad hören sollen, der mir noch hinterherrief, dass ich mir eine Jacke mitnehmen soll. Stattdessen stehe ich hier in einer gelben Bluse, die vorne einen Herzausschnitt und am Rücken einen quadratischen hat. Am Oberkörper sitzt sie eng an und ist blickdicht. Die langen Ärmel hingegen sind leicht durchsichtig und sehr weit. Immerhin habe ich mich gegen offene Schuhe und für Sneaker entschieden.

Langsam, aber sicher bricht die Sonne wieder durch die Wolken hervor. Neben meinem Schatten auf dem Asphalt erscheint ein weiterer, größerer. Und gerade als ich dabei bin, mich umzudrehen, höre ich seine Stimme. »Wenn ich eines schon von dir weiß, dann, dass Gelb deine Lieblingsfarbe sein muss.«

»Dir auch einen schönen guten Morgen.« Ich lächle ihm entgegen und werde dabei von der Sonne geblendet, die direkt über Yeonjuns Kopf steht. Innerlich stelle ich mich schon darauf ein, gleich überall Pünktchen zu sehen, weshalb ich instinktiv die Augen zusammenkneife, bis plötzlich seine Hand vor mir schwebt und mein Gesicht vor der Sonne abschirmt.

Mein Lächeln gefriert in dem Moment, in dem ich sein Gesicht erkennen kann und das warme Lächeln, das auch seine dunklen Augen erreicht.

»Es ist elf Uhr«, teilt er mir mit, als würde ich das nicht wissen. »Ich glaube, für ein guten Morgen ist es zu spät.«

»Es ist nie zu spät, um jemandem einen guten Morgen zu wünschen. Wenn du um zwei Uhr erst aufstehst, wünscht man dir ja auch keinen guten Nachmittag«, entgegne ich und zucke mit den Achseln.

»Touché.« Seine Hand wirft noch immer einen angenehmen Schatten auf mein Gesicht und lässt es überhaupt erst zu, dass ich etwas sehen kann. Trotzdem lege ich meine Finger auf seinen Oberarm. Berühre den weichen Stoff seines schwarz-weiß karierten Hemdes und drücke seinen Arm behutsam nach unten.

»Lass uns reingehen«, sage ich und drehe mich um, flüchte aus der Situation, die mir ganz plötzlich viel zu intim wurde.

Nicht anfassen, Hope. Behalte deine Griffel bei dir, wiederhole ich immer wieder in meinem Kopf, während wir stillschweigend in das Gebäude gehen und den Aufzug betreten, der uns in den dritten Stock und somit ins Barbican Conservatory bringt. Wir scheinen nicht die Einzigen zu sein, die dort hinwollen. Der Fahrstuhl ist bis zum Anschlag voll. Seite an Seite stehen wir zwischen fremden Leuten. Meine Schulter berührt seinen Arm. Und als wäre das nicht schon unangenehm genug, fängt mein Hals plötzlich an zu kratzen, sodass ich mich wie verrückt räuspern muss.

Ich spüre Yeonjuns Blick auf mir, zwinge mich aber dazu, weiterhin den Rücken der Frau vor mir anzustarren. Lenke meine Konzentration auf die Farbe ihres Blazers. Irgendwas zwischen Grau und Grün. Oder doch Grau und Blau? Undefinierbar und trotzdem schön.

»Vor ein paar Monaten war ich das erste Mal hier«, erklärt mir Yeonjun, als die Fahrstuhltüren aufgehen und die Leute hinausströmen. Man spürt sofort das andere Klima, die Luft ist frisch und trotzdem auch ein wenig schwül. Wir biegen um eine Ecke und stehen dann auch schon in einer Art Eingangshalle. Vor uns erstrecken sich mehrere Etagen des grauen Betons, an dem unzählige Pflanzen hinaufwachsen.

Die Kombination aus tristen Mauern und dem lebendigen Grün fesselt mich auf Anhieb. Ich weiß gar nicht, wo ich zuerst hinschauen soll. Palmen, Schlingpflanzen, Farne. »Wow«, kommt es über meine Lippen.

»Wunderschön, oder? Dieser Kontrast zwischen hart und weich.«

Wenn ich in den Spiegel schaue, sehe ich genau das, was Yeonjun sagt: einen Kontrast aus hart und weich. Es ist beinahe schon lächerlich, dass ich bei Yeonjuns Beschreibung sofort an mich selbst denken muss. Doch ich weiß, ich bin voller Gegensätze. Voller verwirrter Gefühle und Gedanken. Voller Widersprüche. So war ich schon immer. Als wäre es ein Fluch, den ich nicht loswerde. Mal bin ich direkt und offen. Mal bin ich verschlossen und zurückhaltend. Im einen Moment sprudele ich vor Glück fast über, und eine Sekunde später übermannt mich das ewige Grau, dieser Schatten, der seit dem Tod meiner Schwester da ist.

Ich schaue zu Yeonjun, der seinen Blick schweifen lässt. Obwohl er hier schon war, sieht er alles mit einer Begeisterung an, als hätte er es noch nie zuvor gesehen.

»Komm mit. Ich zeige dir meinen Lieblingsbereich.«

Wir gehen eine kleine Treppe hinauf. Manche Bäume ragen meterweit nach oben, fast bis unter die Decke, die komplett aus Glas besteht und die meisten Bereiche mit Sonnenlicht durchflutet. Obwohl wir hier nicht die einzigen Menschen sind, ist es trotzdem nicht überfüllt oder laut. Im Gegenteil, es ist fast schon gespenstisch still, was wahrscheinlich der Grund dafür ist, dass Yeonjun seine Stimme etwas dämpft, während er mir zu fast jeder Pflanze den Namen nennt.

Ich bin zwar süchtig danach, mein Zimmer mit Pflanzen vollzustellen, kenne mich aber nicht ansatzweise so gut mit der Thematik aus wie Yeonjun. Wie es wohl bei ihm aussieht? Mit Sicherheit ist seine Wohnung doppelt so grün wie mein Zimmer.

In meinem Au-pair-Jahr in Peru vor meinem Studium habe ich dieses Faible entwickelt. Meine Gastfamilie in Lima hatte in ihrem Haus so viele Pflanzen, dass ich mich auch um sie und nicht nur um die Kinder gekümmert habe. Meine Gastmutter Fiorella meinte, ich sollte jeden Tag mit ihnen sprechen, da sie genauso viel Liebe brauchen wie ein Mensch. Das war vielleicht etwas übertrieben von ihr, und dennoch spreche ich noch heute gelegentlich mit meinen Zimmerpflanzen.

Während mir Yeonjun gerade die Besonderheit von Kaffeepflanzen näherbringt, nehme ich ein leises Plätschern wahr, und gerade als ich ihn fragen möchte, woher das Geräusch kommt, bleiben wir vor einem großen Wasserbecken stehen. Der Anblick, der sich uns bietet, ist einmalig. Am anderen Ende des Beckens ist eine riesige Fensterfront, die einen daran erinnert, dass man sich in London und keinem Dschungel befindet. Die Sonne spiegelt sich auf der Wasseroberfläche.

Ich schnappe nach Luft, weil ich nicht glauben kann, wie magisch dieser Ort ist. Als ich strahlend zu Yeonjun blicke, beginnen seine Lippen, sich zu einem zufriedenen Grinsen zu verziehen. Er wusste, dass dies auch zu meinem Lieblingsort werden könnte.

Er geht auf die Fensterfront zu, dreht sich zu mir um und läuft rückwärts weiter vor mir her. Die Hände hat er dabei hinter dem Rücken verschränkt.

»Pass lieber auf, sonst fällst du noch hin.«

Doch er schüttelt nur den Kopf. »Das ist es wert.«

»Was genau?«, frage ich nach und ziehe dabei meinen Pferdeschwanz enger.

»Dein Gesichtsausdruck. Als würdest du jeden Zentimeter in dich aufsaugen.«

Ich frage mich, ob er jeden Zentimeter von sich oder dem Barbican Conservatory meint, und bemerke, dass ich vermutlich selbst nicht weiß, was von beidem eher zutrifft.

Es fehlt nur noch ein Schritt, und er knallt mit dem Rücken gegen die Fensterfront. Gerade als er seinen letzten Schritt rückwärts gehen möchte, schnelle ich vor und greife nach dem Saum seines Flanellhemdes, um ihn zum Stehen zu bringen.

Er reagiert zu spät, stößt mit der Schulter gegen das Fenster und beginnt anschließend, zu lachen. Anstatt mitzulachen, beobachte ich jede noch so kleine Regung in seinem Gesicht. Seine Haut ist makellos, was schon beinahe gruselig ist, irgendwie unmenschlich und viel zu perfekt, um wahr zu sein.

Wir setzen uns auf die Mauer vor der Fensterfront, von der wir einen freien Blick auf das Grün und das Wasserbecken vor uns haben. Schulter an Schulter, Bein an Bein. Es ist nicht so, als würden hier so viele Leute sitzen, dass wir keinen Platz mehr haben.

Wir sind hier ganz allein, und wenn wir es wollten, könnten Meter zwischen uns liegen. Doch scheinbar möchte das keiner von uns. Und obwohl wir uns noch nicht lange kennen, fühlt sich alles so vertraut an. Mit ihm zu reden. Seine Nähe. Sein Lachen. Diese Leichtigkeit, die ich in seiner Anwesenheit fühle.

»Da schwimmen Fische!«, stelle ich etwas zu laut fest und zeige mit dem Finger auf das Wasser vor uns.

»Es gibt hier drei Wasserbecken, und zwei davon haben Fische. Vor allem Kois. Der kleinere Pool, den kann ich dir nachher auch mal zeigen, hat sogar Sumpfschildkröten.«

Ich blicke zur Seite und ihm direkt in die Augen. »Das ist nicht dein Ernst. Hier gibt es Schildkröten?« Meine Stimme wird zwei Oktaven höher, bei dem Gedanken daran, dass ich gleich süße Schildkröten sehen werde. So ungefähr die coolsten Tiere, die es gibt, neben Pandabären und Waschbären.

»Wieso hast du mich bitte nicht schon eher angesprochen und gefragt, ob ich mit dir befreundet sein möchte? Wieso hast du mir die Schildkröten nur so lange vorenthalten?«, frage ich mit gespielter Empörung.

»Das ist eine sehr gute Frage.«

»Ich habe übrigens gegoogelt«, wechsle ich das Thema. Wie so oft. In meinem Kopf ist so viel, dass es eine doofe Angewohnheit von mir ist, einfach von einem Gedanken zum nächsten zu springen. Etwas, was meine Mutter manchmal rasend macht.

»Mich?« Er gibt ein gespielt entsetztes Keuchen von sich.

»Nein. Ganz so verrückt bin ich nun auch nicht. Kann man dich etwa googeln?«

Yeonjun nickt. »Wenn du meinen Namen und London oder Grafikdesigner eingibst, sollte im besten Fall meine Website kommen. Ansonsten habe ich etwas falsch gemacht.«

»Ist abgespeichert. Nein, aber ich habe deine Heimatstadt gegoogelt. Denn ich bin mit Südkorea so gar nicht vertraut.« Ich lehne mich etwas nach hinten, und meine Haut berührt das kalte Fenster hinter uns. Eine leichte Gänsehaut bildet sich auf meinen Armen, und ich zucke kurz zusammen.

»Und was hast du herausgefunden?«, fragt Yeonjun und lehnt sich ebenfalls nach hinten.

»Busan ist nach Seoul die zweitgrößte Stadt in Südkorea und hat über dreieinhalb Millionen Einwohner. Aber soll ich ehrlich sein?«

»Immer«, antwortet er sofort und sieht mich von der Seite an.

Ich starre weiter auf die schwimmenden Fische, deren Farben immer mal wieder an der Wasseroberfläche aufblitzen und kleine Wellen auslösen. »Bei Google gab es so schöne Bilder, und es endete damit, dass ich mir mehr Bilder von Busan angeschaut habe, anstatt mir etwas Informatives durchzulesen.«

Andere Länder und Städte haben mich schon immer interessiert. Es gibt eine Website, bei der fährt man virtuell durch verschiedene Städte. New York. Seattle. Tokio. Berlin. Rom. Und, und, und. Die Auswahl ist riesig, und irgendwie beruhigt es mich, wenn ich am Lernen bin und nebenbei durch eine mir unbekannte Stadt fahre. Ich habe auch nach Busan geschaut, doch es war leider nicht dabei. Dafür aber Seoul, und irgendwie habe ich mich in die Straßen verliebt. Meine Liste mit zu bereisenden Orten ist lang und nun um ein Land ergänzt worden.

»Man sieht online natürlich immer nur die schönen Ecken. Wie in jeder anderen Stadt auch, ist nicht jedes Fleckchen ästhetisch.« Yeonjun beginnt, kurz zu lachen, als würde er sich an irgendwas zurückerinnern. »Aber Busan ist definitiv einen Besuch wert.« Er rückt ein Stück weit nach vorne, um sein Handy aus der Hosentasche zu ziehen. »Hier, du kannst dich gerne durch die Bilder klicken«, sagt er, umfasst mit seinen Fingern mein Handgelenk, um es anzuheben, und legt mir sein Smartphone in die Hand.

Er hat einen Ordner erstellt mit dem Titel *Hometown*. Ich beginne zu grinsen und würde am liebsten nachschauen, ob er für verschiedene Kategorien Ordner erstellt hat. Irgendwie kann ich es mir sehr gut vorstellen. Alles an ihm wirkt strukturiert und ordentlich. Dagegen gleichen mein Handy und mein Leben dem reinsten Chaos.

Ich klicke auf das erste Bild. Es zeigt eine Vielzahl an bunten Häusern, die auf einem Hügel stehen müssen, sodass es aussieht, als würde jede Häuserreihe eine Etage höher liegen. Gelb. Blau. Orange. Beige. Grün. Es sieht so farbenfroh und lebendig aus.

»Das ist das Gamcheon Culture Village«, kommentiert Yeonjun und beugt sich dabei etwas näher zu mir rüber, um auch auf das Display schauen zu können.

Das nächste Foto zeigt eine schmale Steintreppe, die zwischen zwei Häusern weit nach oben führt und bunt bemalt wurde. Jede Stufe ist mit koreanischen Schriftzeichen beschriftet, die man Hangul nennt, wie mir mein Googeln beigebracht hat. Weiter oben sehe ich eine Mauer, die so bemalt wurde, dass sie den Anschein erweckt, es würde sich um ein Bücherregal handeln.

Ich wische von einem Strandfoto zum nächsten und bleibe bei einem stehen, auf dem Yeonjun, ein Junge und eine ältere Frau zu sehen sind.

»Meine Mum und mein jüngerer Bruder«, erklärt er mir.

Ohne darüber nachzudenken, ob ich damit zu weit in seine Privatsphäre eingreife, zoome ich näher an die Gesichter. Wobei ich mir keine Sorgen machen brauche, wenn ich darüber nachdenke, dass er mir einfach so sein Handy in die Hand gedrückt hat.

Sein Bruder sieht aus wie er. Dunkle, aufgeweckte Augen.

Dasselbe schöne Lächeln, volle Lippen, spitzes Kinn, schmale Nase, volles Haar. Doch auch in seiner Mutter erkenne ich ihn wieder. Sie steht zwischen den beiden Männern und ist gute zwei Köpfe kleiner, was das Bild nur um so niedlicher macht. Ob sein Vater das Foto gemacht hat? Mich würde wirklich interessieren, wie er aussieht.

»Das Bild ist so verdammt süß«, spreche ich meine Gedanken laut aus, was ihm ein leichtes, aber gleichzeitig wehmütiges Lächeln entlockt. Es muss schwer sein, so weit weg von seiner Familie zu leben. Ich würde es nicht ertragen, für eine lange Zeit über so viele Kilometer von meiner Schwester getrennt zu sein. Für ein paar Monate vielleicht. Aber sieben Jahre?

»Wie oft siehst du deine Familie?«

Ein Pärchen läuft Hand in Hand an uns vorbei, bleibt dann kurz stehen. Sie schauen aus dem Fenster und genießen den Ausblick über London.

»Wenn wir Videoanrufe außen vor lassen, dann fliege ich meistens einmal im Jahr zu ihnen. Manchmal auch zweimal. Dieses Jahr war ich noch nicht, aber Ende Juni bleibe ich für vier Wochen in Busan.« Seine sonst so starke Stimme wird ganz sanft, während er davon spricht, und ich höre die Vorfreude in jedem einzelnen Wort.

»Sobald du dort und am Strand bist …« Ich stoppe kurz und überlege, ob ich nicht einfach das Thema wechseln sollte, entscheide mich dann aber doch dazu, meinem Bauchgefühl zu folgen. »Kriege ich dann auch einen Videoanruf? Mit dem Meer im Hintergrund?«

Für ein paar Sekunden ist es ganz still. Selbst die Stimmen der anderen Menschen verstummen für mich. Habe ich etwas Dummes gesagt? Eine gefühlte Ewigkeit später durchbricht Yeonjun aber doch die Stille, was mich erleichtert aufatmen lässt.

»Kriegst du. Versprochen.« Er sieht mich an, als würde er mit seinem Blick seine Worte unterstreichen wollen, und irgendwas an diesem Ausdruck geht mir durch Mark und Bein.

Ich spüre, wie meine Wangen warm werden. Bevor ich mich noch mehr in den Moment hineinsteigere, wische ich zu dem nächsten Foto, und so sitzen wir hier nebeneinander, schauen uns zweihundertsiebenundzwanzig Bilder an, und jedes einzelne davon hat seinen ganz eigenen Charme. Irgendwann bin ich beim letzten angelangt und reiche ihm sein Handy zurück.

Seine Fingerspitzen streifen dabei leicht wie eine Feder meinen Handrücken, was mich kurz die Luft anhalten lässt. Ruckartig ziehe ich meine Hand zurück und friemele am Saum meiner gelben Bluse herum.

Yeonjun steht auf. Ich blicke zu ihm auf und sehe ihn fragend an.

»Komm. Die Schildkröten warten.«

Kapitel 6

Hope

»Was hat die kleine Hope gemacht, bevor sie mit dem Geigespielen angefangen hat?« Yeonjun hat seine Hände hinter dem Rücken verschränkt und läuft neben mir her. Wir steuern eine kleine Brücke an, an deren Geländer eine junge Frau steht und verträumt hinabblickt.

»Ich kann mich kaum an eine Zeit erinnern, in der ich es nicht getan habe.« Für einen Augenblick grüble ich, versuche, irgendeine Erinnerung abzurufen, die nichts mit der Geige zu tun hat. Doch da ist keine. »In meiner allerersten Kindheitserinnerung halte ich Dads Geige in der Hand. Er hatte sie für einen kurzen Moment abgestellt, da habe ich sie mir sofort geschnappt und bin durch das Wohnzimmer unserer damaligen Wohnung gelaufen. Oh, wie sehr ich dieses Zuhause geliebt habe. Es war kleiner als unser Haus, aber dafür um einiges gemütlicher.«

»Also spielt dein Vater auch Geige?«, hakt Yeonjun weiter nach und betritt die Brücke. In der Mitte von ihr bleiben wir stehen und lehnen uns an das Geländer.

»Ja, aber er hat das Spielen früh sein lassen, weil er immer das Gefühl hatte, die Musik nicht zu fühlen. Trotzdem liebte er das Instrument sehr und konnte es nicht aus seinem Leben verbannen. Also ist er Geigenbauer geworden. Doch als meine jüngere Schwester auf die Welt kam, hat er den Job an den Nagel gehängt. Laut Mum hat er nicht genug Geld damit verdient, und so fing er irgendwann an, für sie in ihrem Maklerbüro zu arbeiten.«

»Dann ist er sicherlich glücklich, eine Tochter zu haben, die die Geige so sehr liebt wie er selbst. Vielleicht solltest du deine öfter Mal fallen lassen, um ihm den Gefallen zu tun, sie reparieren zu können.«

Schnaufend schüttle ich den Kopf. »Oh Gott, bloß nicht. Poppy war schweineteuer, und am Ende geht etwas kaputt, das nicht mehr zu reparieren ist.«

Dad poliert meine Geige häufiger, als sie es vermutlich nötig hätte. Spätestens alle zwei Monate wechselt er die Saiten und hat dabei das größte Strahlen im Gesicht.

»Du hast deine jüngere Schwester erwähnt, hast du also mehr als eine?«

Für einen Sekundenbruchteil verspanne ich mich. Ich verstehe seine Neugier, da ich ihn genauso gerne mit Fragen durchlöchern will wie er mich, und doch nicke ich nur. Nicht mehr und nicht weniger. Stattdessen wechsle ich das Thema.

»Eine Zeit lang habe ich es auch mit Klavierspielen versucht.« Bei der Erinnerung an meine damalige Klavierlehrerin und ihr feuerrotes Gesicht jedes Mal, wenn ich mich verspielt habe, muss ich kurz lachen. »Ich war grauenhaft. Man sollte meinen, wenn man ein Instrument gut spielt, ist man automatisch so musikalisch, dass man für jedes Instrument ein Händchen hat. Aber nein. Definitiv nicht. Dabei liebe ich Klaviermusik und höre nichts anderes beim Lernen. Irgendwie bringt es mich total runter.«

»Geht mir genauso. Ich kann mich bei Klavierstücken auch

immer am besten fokussieren, während ich arbeite. Früher habe ich auch Klavier gespielt.«

Mein Kopf schnellt in Yeonjuns Richtung, und ich stelle ihn mir vor, wie er an einem großen Flügel sitzt und seine langen Finger über die Tasten gleiten. Wie er beim Spielen die Augen schließt und die Musik in sich aufsaugt. Eine Vorstellung, an die ich mich durchaus gewöhnen könnte. Ich glaube, ich sollte eine Yeonjun-To-do-Liste schreiben, und ganz oben steht der Punkt: ihn *Time* von Hans Zimmer spielen hören.

»Was genau bedeutet früher?«, frage ich nach, weil ich unbedingt mehr darüber wissen möchte und den nicht ganz uneigennützigen Gedanken hege, eventuell mit ihm gemeinsam zu spielen.

Beim Lächeln bildet sich eine kleine Falte waagerecht über seinem geschwungenen Lippenbogen. »Für meinen Vater war es irgendwie wichtig, dass seine Söhne von klein auf ein Instrument lernen. Am Anfang, ich glaube, ich war sieben oder acht, da musste er mich zum Unterricht zerren. Ich bin wirklich nicht gern hingegangen, weil mich Instrumente so gar nicht interessiert haben und ich lieber mit meinen Freunden draußen spielen wollte.« Er lacht kurz auf, als hätte sich plötzlich ein Bild vor seinem inneren Auge manifestiert, das ihn an eine vergangene Zeit erinnert. »Mein Klavierlehrer war der beste Freund meines Vaters. An Tagen, an denen ich überhaupt keine Lust hatte, haben wir stattdessen Eis gegessen und uns über Comics unterhalten. Es hat bestimmt zwei Jahre gedauert, bis ich Spaß am Klavierspielen gefunden habe.«

»Zwei Jahre? Du hast es zwei Jahre lang gehasst und dann plötzlich geliebt?« Bei mir war es andersherum. Bei mir war es meine Mutter, die mir ein Hobby aufdrängen wollte, mit dem ich so gar nichts anfangen konnte. Ballett. Sie selbst hat lange Ballett getanzt. Noch heute sieht man es ihr an. Ihre Haltung ist immer gerade und kontrolliert. Sie nennt es Anmut, andere würden es eher als steif bezeichnen. Auch Manon hat früh mit Ballett angefangen. Im Gegensatz zu mir hat sie es jedoch geliebt. Ich bin Dad unglaublich dankbar. Ohne ihn hätte ich Mum vermutlich nie davon überzeugen können, mich beim Ballett abzumelden und mich das machen zu lassen, was ich möchte.

Yeonjun nickt. »Bei einer Schulaufführung habe ich ein Klavierstück gespielt. Es war das erste Mal, dass meine Mutter mich spielen sah, und ich werde nie vergessen, wie sie mich dabei angesehen hat. Für mich gab es in diesem Moment nur sie, als wäre sie mein einziges Publikum gewesen. Da habe ich, glaube ich, zum ersten Mal gesehen und auch begriffen, was für Gefühle ich beim Spielen in anderen Menschen auslösen kann, und seitdem bin ich gerne zum Unterricht gegangen. Eine Zeit lang wollte ich sogar Pianist werden.«

Ich könnte stundenlang Yeonjuns warmer Stimme lauschen, mich voll und ganz auf seine Worte konzentrieren, ohne wie sonst in die Welt meiner Gedanken abzuschweifen.

»Oh, schau!« Mit ausgestrecktem Arm zeigt er hinunter zu einem Teich, an dessen Rand sich kleine Schildkröten tummeln. Dicht an dicht liegen sie auf dem Stein und sind völlig regungslos. Erst als eine von ihnen ins Wasser abgleitet, bin ich mir sicher, dass es sich nicht um Attrappen handelt.

»Was glaubst du, wie sie heißen?«, fragt Yeonjun.

»Hm?«

»Die Schildkröten«, ergänzt er und beugt sich etwas über die Reling. Sein Oberarm streift leicht meinen, und ich frage mich, wann ich mir jemals den Berührungen eines anderen Menschen so bewusst war.

»Die ganz links ist definitiv eine Rosalie.«

»Und wenn sie eigentlich ein Junge ist?«

»Trotzdem Rosalie«, antworte ich voller Überzeugung.

»Okay, dann liegt neben ihr Elizabeth.«

»Wie die Queen?«

»Ganz genau. Sie sieht aus, als wäre sie die Anführerin der Bande.«

Bei der Vorstellung, dass die zwei wirklich Rosalie und Elizabeth heißen, kann ich nicht anders, als laut loszulachen. Die Frau, die bis eben noch neben uns auf der Brücke stand, sieht mit hochgezogener Augenbraue zu uns, dreht uns den Rücken zu und geht. Ich halte mir die Hand vor den Mund, um das Barbican Conservatory nicht mit meiner Lache zu behelligen und noch mehr Aufmerksamkeit auf uns zu ziehen.

Yeonjun beobachtet mich mit einem Grinsen im Gesicht. »Die anderen zwei müssen dann William und Harry sein.«

»Ich weiß ja nicht, ob William aktuell wirklich mit Harry abhängen würde. Ich tippe eher auf William und Kate.« Als wäre es gestern gewesen, erinnere ich mich an das Interview von Meghan Markle mit Oprah Winfrey. Ganz England hat die Luft angehalten. Okay, das ist vielleicht übertrieben. Aber für viele war dieses Interview wirklich ein Unding, und auch meine Mutter hat sich wochenlang darüber empört.

Während wir starr auf die Schildkröten hinabblicken, komme ich auf unser eigentliches Thema zurück. Wenn ich über eines stundenlang reden könnte, dann ist es Musik. Und Animes. Okay, über Essen könnte ich mich auch stundenlang unterhalten. »Wann hast du das letzte Mal Klavier gespielt?«

»Das müsste vor zwei Jahren gewesen sein. Der Mann meines Kumpels ist Komponist. Dementsprechend hatten sie einen riesigen Flügel in ihrer dafür eigentlich viel zu kleinen Wohnung. Aber seit sie in Manchester wohnen, hatte ich keine Möglichkeit mehr, irgendwo zu spielen.«

Während wir noch weiter durch das Barbican Conservatory spazieren, vergeht die Zeit wie im Fluge. Er erzählt mir mehr über seine Heimat, ich erzähle ihm mehr über mein Studium, an dem er großes Interesse zeigt. Dabei kann ich mir nicht vorstellen, dass es für ihn besonders spannend ist, zu erfahren, wie das Trommelfell mit dem Schall in Schwingung versetzt wird und diese Schwingungen sich dann auf den Hammer, Amboss und Steigbügel übertragen, welche als Druckwandler im Ohr zu betrachten sind. Eine der Grundlagen, die man über Psychoakustik lernt, aber sicher nicht für jeden interessant.

»Wann hast du deine nächste Vorlesung?«, möchte Yeonjun wissen, als wir schließlich draußen sind und frische Luft schnuppern. Mittlerweile haben sich dunkle Wolken vor die Sonne geschoben, und das eintönige Grau verheißt nichts Gutes. Es wird bestimmt bald zu regnen beginnen.

Ich schaue auf die Uhr meines Handys und überfliege in Windeseile die Nachricht, die mir von Mora angezeigt wird, in der sie mich fragt, wie mein Nicht-Date mit Yeonjun läuft. »In drei Stunden«, antworte ich ihm und stecke mein Handy zurück in meinen kleinen Rucksack.

»Also bleibt noch genug Zeit für ein Mittagessen.« Langsam setzt er sich in Bewegung, während ich noch immer an Ort und Stelle stehe und ihm nachsehe.

»Musst du denn gar nicht arbeiten?«

Er bleibt stehen und sieht über die Schulter. »Doch. Aber das ist das Gute an der Selbstständigkeit: Ich kann mir meine Zeiten meistens frei einteilen, und in diesem Fall verschiebe ich die Arbeit auf später. Wir können ja irgendwo in der Nähe vom Campus essen, dann hast du es nicht mehr weit«, schlägt er lächelnd vor.

Irgendwas in mir sträubt sich gegen die Leichtigkeit, die ich in Yeonjuns Gegenwart verspüre, und doch möchte ich sie zulassen. Also hole ich ihn mit drei großen und sprunghaften Schritten ein, boxe ihm leicht gegen den Oberarm und werde das Gefühl nicht los, dass dies eine großartige Freundschaft wird.

Unterwegs habe ich Vorschläge gemacht, wo wir etwas essen gehen könnten, doch Yeonjun hat darauf bestanden, das Lokal auszusuchen. Beim nächsten Mal darf ich dann entscheiden, wo es hingeht. Vor einem kleinen Restaurant, dessen Außenfassade schwarz gestrichen ist, bleiben wir in der Catherine Street stehen. YORI *Korean* BBQ steht über der Fensterfront mit den gelben Fensterrahmen geschrieben, und ein breites Grinsen schleicht sich auf meine Lippen, weil ich zum einen noch nie koreanisch essen war und es mich zum anderen Yeonjuns Heimat näherbringt. Und ihm.

»Isst du Fleisch?«, fragt er mich plötzlich, kurz bevor wir den Laden betreten.

Das Lokal ist klein und trotzdem gemütlich mit den dunklen Wänden, dem vielen Holz und Pflanzen. Es gibt nicht viele Tische, weshalb ich umso erleichterter bin, dass in der hinteren Ecke noch einer frei ist. Wir werden mit einem Wort begrüßt, welches ich noch nie zuvor gehört habe, und als wir uns hinsetzen, wird uns auch schon direkt die Karte gebracht. Yeonjun unterhält sich kurz auf Koreanisch mit dem Mann. Die Sprache klingt melodisch und irgendwie interessant. Dann wendet er sich wieder mir zu.

»Eher selten. Ich bin aber nicht strikte Vegetarierin. Wieso?«

»Ich frage bloß, weil man in Korea wirklich viel Fleisch isst. Was aber nicht bedeutet, dass es nicht auch vegetarische Gerichte gibt oder man Gerichte nicht auch in eine fleischlose Alternative umwandeln könnte«, erklärt er mir und blättert die Speisekarte für mich auf. »Schau dir die Karte in Ruhe an, aber wenn ich dir einen Tipp geben darf?«

»Natürlich.« Mit den Augen folge ich der Bewegung seines Zeigefingers, der bei der Nummer elf hängen bleibt. »Falls du Meeresfrüchte und knusprige Pfannkuchen magst, kann ich dir Haemul Pajeon empfehlen. Als vegetarische Option empfehle ich immer ganz gerne Japchae. Das ist eine Süßkartoffelnudelspeise mit verschiedenem gebratenen Gemüse. Oder das vegetarische Bibimbap, bei dem Reis die Grundlage ist, getoppt mit Gemüse, Tofu und einem gebratenen Ei. Das werde ich wohl bestellen. Meine Mutter liebt Bulgogi, das ist mariniertes Rindfleisch, das habe ich auch sehr gerne bestellt, als ich noch Fleisch gegessen habe.«

»Du lebst vegetarisch? Oder vegan?«

Yeonjun zieht seine Hand zurück und schiebt die Karte näher an mich heran. »Vegetarisch. Aber erst seit einem Jahr. Jedes Mal, wenn mich das Heimweh packt, komme ich hierher. Sie wandeln mir jedes fleischhaltige Gericht in ein vegetarisches um, wodurch ich auch meine alten Lieblingsspeisen noch essen kann.«

»Wie lieb von ihnen. Ich glaube, dann nehme ich auch das Bibimbap«, sage ich entschlossen und klappe meine Karte zu, ohne mich noch weiter nach einer Alternative umzuschauen.

»Das musst du aber nicht. Ich hoffe, das weißt du. Es stört mich nicht, wenn du in meiner Gegenwart Fleisch isst.«

»Ich möchte aber. Und das nächste Mal empfiehlst du mir was anderes, was auch immer es ist, ich werde es essen«, verspreche ich, ohne darüber nachzudenken, dass ich das vielleicht noch bereuen könnte.

»Das nächste Mal solltest du doch ein Restaurant aussuchen.«

»Mache ich auch, nämlich dieses hier. Ich möchte die ganze Karte ausprobieren und dir als Stammgast Konkurrenz machen«, erkläre ich ihm. Kurz darauf wird auch schon unsere Bestellung aufgenommen. Ich würde zu gerne mit einem koreanischen, alkoholischen Getränk auf den heutigen Tag mit Yeonjun anstoßen, doch das ist wohl eher keine gute Idee. Ich bin mir ziemlich sicher, dass Professor Crawford alles andere als begeistert davon wäre, wenn ich mit einer Alkoholfahne erscheine, um für die kommende Aufführung zu proben.

»Du bist verrückt. Wir bräuchten sicherlich ein Jahr, um jedes einzelne Gericht zu essen, wenn ich nur daran denke, wie groß die Portionen sind.« Yeonjun legt die Ellenbogen auf den Holztisch und sieht mich mit einem herausfordernden Blick an.

Ich lehne mich im Stuhl zurück und verschränke die Arme vor der Brust. »Dir sind 365 Tage scheinbar zu viel des Guten. So lang soll unsere Freundschaft also nicht gehen. Interessant.«

Er lacht spöttisch auf, und ein schiefes Grinsen macht sich in seinem Gesicht breit. »Wenn es nach mir geht, können wir befreundet sein, bis wir alt und grau werden.«

»Wohl eher, bis du alt und grau wirst. Immerhin bist du fast sieben Jahre älter als ich«, witzele ich und möchte nur ungern zugeben, dass er viel jünger aussieht. Ich werde mit fast siebenundzwanzig sicherlich nicht mehr so aussehen. Erst neulich habe ich mein erstes weißes Haar auf dem Kopf entdeckt.

»Du hast doch das Bild meiner Mutter gesehen. Sie ist neunundfünfzig und hat kaum Falten. Du wirst schon sehen. In fünfzig Jahren überhole ich dich locker mit meinem Krückstock.«

In meinem Kopf formt sich ein Bild von Yeonjun und mir. Alt und grau. Wie wir genau an diesem Tisch sitzen und ich jedes einzelne Gericht ohne Probleme aussprechen kann. Es ist ein schönes und albernes Bild zugleich. Doch manchmal entstehen die engsten und beständigsten Freundschaften einfach aus einem Moment heraus. Oder aus der absurden Frage: *Stalkst du mich?*

Kapitel 7

Hope

»Yeonjun ist also nur ein guter Freund. Ist klar. Ich weiß nicht, ob du mich veräppeln willst oder dich selbst.« Der für Mora so typische Sarkasmus ist in ihrer Stimme nicht zu überhören. Während sie die große Holztür raus zum Campus aufzieht, weht uns ein solcher Windstoß entgegen, dass ihre langen schwarzen Haare mir beinahe ins Gesicht peitschen.

Der ganze Tag bestand aus Proben des Streichorchesters für die Aufführung im British Museum. Dank der Partnerschaft zwischen dem King's College und der Royal Academy of Music können wir Studierende an solch großen Aufführungen teilnehmen.

Bevor wir unter dem Vordach hervortreten, ziehe ich meinen Regenschirm aus dem Rucksack und spanne ihn über unsere Köpfe. Mora hakt sich bei mir unter und drückt sich Schutz suchend eng an mich. »Hätte ich gewusst, dass heute mal wieder die Welt untergeht, hätte ich mir definitiv etwas anderes angezogen.« Sie trägt ein kurzes Strickkleid und dazu schwarze Boots. Eigentlich ein perfektes Outfit für solch einen verregneten Tag, wären es nicht nur acht Grad.

»Um das zu wissen, hättest du dir nur die Wettervorhersage ansehen müssen.« Wobei auf die auch nie zu hundert Prozent Verlass ist. Für gestern war Regen angesagt, doch stattdessen schien die Sonne. Ich schätze, mittlerweile muss man einfach für alle Fälle gewappnet sein, weshalb ich heute einen Zwiebellook trage: Jeans, Boots, T-Shirt, Strickjacke und Jeansjacke darüber.

»Lenk nicht vom Thema ab«, meint Mora wie aus der Pistole geschossen.

»Du hast vom Wetter angefangen. Tut mir leid, aber ich bin dir nur gefolgt.« Seit mindestens einer Stunde kennt meine beste Freundin kein anderes Gesprächsthema als Yeonjun. Sie wollte jedes noch so kleine Detail von unserem Treffen vor zwei Tagen erfahren. Ich kann es ihr nicht verübeln. Wenn wir uns in einer Sache ähneln, dann in unserer unstillbaren Neugier.

»Du hast recht. Es ist mehr als ungewöhnlich für mich, und normalerweise schließe ich nicht so leicht Freundschaften.« Einer der vielen Gründe, weshalb ich auf andere zwar aufgeschlossen, aber gleichzeitig auch distanziert wirke. Nicht selten bekomme ich mit, wie in Kursen über mich getuschelt wird, wenn ich den Raum betrete. Auch Gabriel sagt mir oft, dass ich zwei Gesichter habe. Die Hope, die sich zurückzieht, alles beobachtet und unnahbar erscheint. Und die Hope, die trotzdem immer lächelt und freundlich ist.

»Ungewöhnlich ist untertrieben. Aber ich finde es cool. Echt. Irgendwie macht es mich glücklich. Auch wenn ich viel lieber Amor für euch beide gespielt hätte und mir weiterhin einbilde, dass ihr euch auch auf einer anderen Ebene kennenlernen könntet.« Mora lehnt sich mit ihrem Oberkörper nach vorne, während wir die Straße entlanglaufen, und zwinkert mir von der Seite zu, als würde sie glauben, ich würde sonst nicht verstehen, was sie damit sagen möchte. »Du brauchst mehr Leute um dich.«

»Brauche ich nicht«, setze ich ihr entgegen. Ich kenne Mora schon seit unserer gemeinsamen Schulzeit, mitten im siebten

Schuljahr kam sie in die Klasse. Neben mir war der einzige freie Sitzplatz, und damit begann unsere gemeinsame Geschichte.

An einer roten Ampel bleiben wir mit einem großen Sicherheitsabstand zu der Pfütze stehen, die nur darauf wartet, uns dank eines vorbeifahrenden Autos nass zu spritzen. »Doch, brauchst du. Seit Manons Tod ...« Sie macht eine Pause, legt ihre Hand auf meine, die den Knauf des Regenschirmes bei dem Namen meiner Schwester fester drückt, als es nötig wäre. »Du weißt, ich erwähne das nur ungern, aber manchmal muss man einfach die Fakten auf den Tisch legen, Hope. Seit ihrem Tod hast du dich von allem distanziert, außer der Musik und deiner Geige.«

»Wenn dem so wäre, hätte ich mich auch von dir distanziert. Hab ich aber nicht«, entgegne ich ihr, weiß aber, dass dies nicht ganz der Wahrheit entspricht. Ich habe auch Mora versucht von mir zu stoßen. Sie war nur die Einzige meiner Freundinnen, die es nicht zugelassen hat. Dabei war ich grauenvoll. Ich habe monatelang alles und jeden gehasst.

»Wäre ich nicht so hartnäckig gewesen und würdest du mir nicht so verdammt viel bedeuten, wäre ich heute sicherlich auch kein Teil mehr deines Lebens«, spricht Mora das aus, was ich denke. »Gut. Du hast noch deine Familie, und meinetwegen zähle ich auch Gabriel dazu, auch wenn ich bis heute nicht dahinter blicke, ob ihr nun Freunde seid oder euch nur diese Zwecksgeschichte verbindet.«

Die Ampel schaltet auf Grün, und wir überqueren die Straße. »Das hast du sehr diplomatisch beschrieben. Du kannst das Kind ruhig beim Namen nennen.«

Mora blickt sich um und spricht so leise, dass ich sie nur mit Mühe verstehen kann. »Na gut. Wenn du willst. Ich bin mir nicht sicher, ob es Sex ist, der euch verbindet, weil ihr beide einfach solche lockeren Hippies seid, die das Körperliche von Gefühlen trennen können, oder ob es eine echte Freundschaft ist.«

»Genau, weil nur Hippies sich auf ungezwungene Beziehungen einlassen«, sage ich und bleibe vor den Treppen stehen, die zur U-Bahn-Station Temple führen.

»Jaja, ich höre schon auf mit den Klischees. Aber um auf den Punkt zu kommen: Alles, was ich damit sagen wollte, ist, dass ich es wirklich gut finde, dass du eine Verbindung zu Yeonjun aufbaust und deinen Freundeskreis erweiterst. Vielleicht bereue ich es ganz bald, das gesagt zu haben, weil er mich vom Thron deiner besten Freunde stürzt. Aber nur damit du das weißt, ich teile mir den Platz auch gerne.« Mora zieht mich in eine Umarmung, verabschiedet sich und läuft rasch die Treppen hinunter. Ich bleibe noch hier stehen, mit meinem Regenschirm und den nassen Boots, bis sie unten um die Ecke verschwindet, und mache mich erst dann auf den Weg zur Bushaltestelle.

Frisch geduscht und in meinen liebsten Kuschelklamotten lasse ich mich rücklings auf mein Bett fallen. Ich genieße für einen Moment die Stille. Mum ist noch im Büro, und Dad fährt Daisy gerade zu ihrer Freundin, bei der sie das Wochenende verbringt. Seit Montag schon freut sie sich darauf und hat von kaum etwas anderem mehr gesprochen.

Obwohl ich mir eigentlich vorgenommen habe, den Abend dafür zu nutzen, weiter für den kommenden Auftritt im Orchester zu üben, verweile ich kurz an Ort und Stelle. Atme tief ein und wieder aus. Zähle jeden einzelnen Atemzug und versuche, an rein gar nichts zu denken und meinen Kopf vollkommen auszuschalten. Ich konzentriere mich darauf, wie sich meine Bauchdecke hebt und senkt.

Vor einigen Monaten habe ich mit Meditation angefangen,

habe den Dreh aber noch nicht ganz heraus. Einfach mal an nichts zu denken ist schwerer, als man es sich vorstellt. Und doch hat es sich gelohnt, es immer wieder auszuprobieren. Fünfzehn Minuten am Tag reichen schon aus, um meinen Akku wieder aufzuladen und neue Energie zu tanken.

Als ich meine Augen öffne, müssen sie sich erst einmal an die Helligkeit gewöhnen, auch wenn es langsam beginnt, draußen zu dämmern. Ich stehe auf und gehe über den Teppich, der sich unter meinen Füßen wie Seide anfühlt, zu meinem Schreibtisch, wo mein Handy liegt. Mir wird eine ungelesene Nachricht angezeigt.

Von: Yeonjun

Hey! ☺ *Hast du heute Abend schon etwas vor? Ich wollte gleich Feierabend machen und habe mir gedacht, wir könnten gemeinsam ins Wochenende starten.*

Mein Bauchgefühl drängt mich unmissverständlich dazu, zuzusagen. Doch mein Kopf spricht eine andere Sprache. Er erinnert mich daran, dass ich gut spielen möchte. Nein. Nicht einfach nur gut. Herausragend. Ich möchte endlich ein Solo bekommen. Und dafür muss ich auch bei einer einfachen Orchesteraufführung an der Uni herausstechen.

Obwohl ich jede freie Minute probe, obwohl alle mich für so talentiert halten, bekommt es immer jemand, der besser ist als ich. Was nur fair ist, weil es bei der Musik eben um das Gesamtpaket geht. Um die Technik und um das Gefühl. Es gibt Sonaten und Sinfonien, bei denen ich beim Spielen Gefühle nach außen transportieren kann. Es gibt aber auch welche, die ich vielleicht perfekt spielen kann, aber nicht fühle.

Die Orchestersinfonie für Sonntag gehört leider nicht gerade zu meinen liebsten. Ich kann sie als eine der ersten Violinen fehlerfrei spielen, aber ich möchte mehr als fehlerfrei sein, weshalb ich mir fest vorgenommen habe, heute Abend und den morgigen Tag nichts anderes zu tun, als mich in das Stück einzufühlen.

Von: Hope
Hi, so verlockend das auch klingt, muss ich dich leider versetzen. Das Wochenende ist schon komplett verplant. Aber vielleicht kannst du mich nächste Woche von der Uni abholen, und wir gehen zu YORI?

Von: Yeonjun
Du meinst es also wirklich ernst damit, die komplette Speisekarte auszuprobieren.

Von: Hope
Todernst. 😎 Das Problem ist nur, dass das Bibimbap vorgestern so lecker war, dass ich es am liebsten wieder bestellen würde. Nur komme ich mit der Taktik wohl nie ans Ziel.

Von: Yeonjun
Keine Sorge. Laut meiner Prognose haben wir noch mindestens fünfzig Jahre. Ich denke, in der Zeit sollte das zu schaffen sein.
Was machst du gerade?

Von: Hope
Übermorgen haben wir eine Orchesteraufführung für
alle Lehrkräfte und Studierenden am King's College,
und das ist aktuell so ziemlich das Einzige, woran ich
denken kann. Ich bin aber neugierig und frage mich,
was du mit mir vorhattest?

Von: Yeonjun
Ich habe gedacht, ich könnte dir das God's Own
Junkyard zeigen. Aber dann verschieben wir das auf
die kommende Woche.

Von: Hope
God's Own Junkyard?

Noch bevor er mir erklären kann, was genau das sein soll, verlasse ich WhatsApp und öffne Google, um der Frage selbst auf den Grund gehen zu können.

NICHT GOOGELN! erscheint als Nachrichtenbanner von Yeonjun, bevor ich überhaupt das erste Wort in die Suchleiste tippen konnte. Es kribbelt mich in den Fingern, und trotzdem schließe ich die App wieder und öffne seine Nachricht.

Von: Hope
Okay, okay. Dann muss ich mich wohl oder übel
überraschen lassen.

Von: Yeonjun
Sehr gut. ☺ Ich störe dann mal nicht weiter. Melde

dich einfach nächste Woche, wenn es dir passt.

Schönes Wochenende, Hope.

Von: Hope

Das wünsche ich dir auch, Yeonjun. Bis dann.

Gerade als ich mein Handy beiseitelege, höre ich, wie die Haustür mit einem lauten Knall ins Schloss fällt. Keine zwei Sekunden später poltert Mum los. Das war es dann wohl mit der Ruhe.

Erst vor zwei Wochen habe ich mir selbst versprochen, bei keinem Streit meiner Eltern mehr zu lauschen und mich vor allem nicht einzumischen. Das hat beim letzten Mal nur zu einem noch größeren Streit geführt. Und doch fällt es mir schwer, das Geschrei zu überhören, nicht daran zu denken, dass es Zeiten gab, in denen sie nichts als Liebe füreinander empfunden haben. Zeiten, in denen sie nie gestritten haben, in denen sie glücklich waren, in denen wir als Familie glücklich waren.

Ich höre Dads Stimme nun klar und deutlich. Scheinbar ist er auch wieder da. »Ist die Arbeit nun deine neue Ausrede, Aurelle?«

»Ausrede wofür?«, fragt meine Mutter.

»Für deine immer häufiger werdenden Barbesuche. Für die Alkoholfahne, mit der du fast jeden Abend hier auftauchst. Lass dir doch helfen. Wir sind alle für dich da.«

Mum schnaubt verachtend. »Seit Manon nicht mehr lebt, ist in diesem Haushalt niemand mehr für mich da.«

Autsch. Ob sie meint, was sie sagt? Hat sie wirklich das Gefühl, wir sind nicht für sie da? Dass wir ihren Schmerz nicht verstehen, obwohl wir ihn allesamt teilen? Sie hat nie einen Hehl daraus gemacht, dass Manon ihre Lieblingstochter war. Natürlich hat sie es nie laut ausgesprochen. Aber es gibt Dinge, die bedürfen keiner Worte, die spürt man.

Ich sollte mir Kopfhörer auf die Ohren setzen und die beiden ignorieren. Sollte solche Gespräche nicht mithören und mich ablenken. Leichter gesagt als getan. Ich erwische mich dabei, wie ich auf Zehenspitzen zu meiner Tür schleiche und die Finger um den Türknauf lege. Bereit, trotz aller Warnsignale jeden Moment dazwischenzugehen und zu versuchen, den Streit zu schlichten.

»Das ist nicht wahr, und das weißt du auch. Wir werden alle immer für dich da sein, aber so geht es nicht weiter.« Dad bemüht sich, ruhig zu sprechen. Dieselbe Stimmlage hat er schon benutzt, als ich noch klein war. Sobald ich an der Supermarktkasse zu nörgeln angefangen habe, wenn ich ein Spielzeug oder eine Süßigkeit nicht bekam. Wenn ich weinend aus dem Kindergarten lief, weil mich Lucia mal wieder geärgert hatte. Wenn ich enttäuscht davon war, dass Mum meinem Hobby nicht dieselbe Beachtung schenkte wie Manons.

»Du hast recht, Bill. So geht es nicht weiter.« Erst jetzt erkenne ich das leichte Lallen in ihrer Stimme. »Ich ertrage das hier alles nicht mehr.«

Bei ihren Worten schießen mir unvermittelt Tränen in die Augen. Es ist nicht das erste Mal, dass ich merke, dass die Ehe meiner Eltern nicht mehr funktioniert. Und obwohl ich die Bilder von ihnen Arm in Arm und mit so viel Gefühl in den Augen liebe, frage ich mich, wie viel Schmerz und wie viel Leid eine Beziehung ertragen kann, bevor sie in die Brüche geht. Ist dieser Punkt bei meinen Eltern schon erreicht? Kommt er bald? Oder können sie ihren Weg noch in eine gemeinsame Richtung lenken? Fragen, auf die sie vermutlich selbst keine Antwort wissen.

»Du solltest dich hinlegen und dich etwas ausruhen«, schlägt Dad mit sanfter und doch erschöpfter Stimme vor.

»Sag du mir nicht, was ich zu tun und zu lassen habe!«

Der nächste Knall. Die nächste Tür, die voller Wucht ins

Schloss fällt. Ich kann gar nicht mehr zählen, wie oft ich dieses Geräusch in den letzten zwei Jahren gehört habe und wie oft ich versucht habe, Daisy so gut es geht abzulenken, damit sie bloß nichts von den Streitereien mitbekommt.

Ich blicke zu meiner Geige, die auf der kleinen Sitzbank vor meinem Fenster liegt und nur darauf wartet, dass ich sie zur Hand nehme und zum hundertsten Mal *Eine kleine Nachtmusik* von Mozart spiele. Doch mit einem Mal habe ich das Gefühl, als würde sie mir zuflüstern und mir sagen wollen, dass ich es auch mal gut sein lassen kann. Dass ich meinen Freitagabend nicht mit Spielen verbringen sollte, während meine Gedanken im Minutentakt zu meinen Eltern abschweifen und ich mich nur fragen werde, wann das nächste Gebrüll losgeht.

Also mache ich das Einzige, das sich gerade richtig anfühlt. Ich greife nach meinem Handy und öffne meinen letzten Chatverlauf.

Von: Hope
Eventuell hätte ich doch Zeit.

Von: Yeonjun
Ich wusste es. Du kannst dem Charme eines alten Mannes wie mir nicht widerstehen. Sag mir, wann ich wo sein soll, und ich hole dich mit einem Uber ab. Es sind ungefähr 25 Minuten bis dorthin, den grausamen Londoner Verkehr nicht mitberücksichtigt. 😇

Ich antworte ihm, dass er meinetwegen gerne direkt losfahren kann, und nenne ihm unsere Adresse. Mit dem Smartphone in der Hand blicke ich an mir hinab. Gut, vielleicht sollte ich mir noch etwas anderes anziehen. Was auch immer das *God's Own Junkyard* ist, ich glaube, mein Outfit passt nicht ganz, vor allem nicht mit dem Schokoladenfleck auf meinem Shirt.

Aus meinem Kleiderschrank ziehe ich einen gelben Strickpullover, der unten an den Handgelenken weit auseinandergeht, und eine lockere Jeans mit einem Riss am Knie. Tatsächlich habe ich die Hose nicht so gekauft. Der Riss kommt von einem kleinen Unfall, als ich geglaubt habe, Skateboardfahren sei leicht, weil es bei Mora immer so aussieht.

Ich entscheide mich gegen Schminke. Meine luftgetrockneten Haare lassen mich beinahe wie ein explodierter Pudel aussehen, weshalb ich sie zu einem Dutt im Nacken stecke, als mein Handy auf der Ablage vor dem Spiegel vibriert und mir eine Nachricht anzeigt.

Von: Yeonjun
Bin gleich da.

Kapitel 8

Yeonjun

Ich staune nicht schlecht, als der Uber-Fahrer bei der von mir angegebenen Adresse stoppt. Wir stehen vor einem typischen Londoner Stadthaus, das jetzt nicht außergewöhnlich groß ist, aber gerade in dieser Lage ein Vermögen kosten muss. Ich ziehe mein Handy aus der Tasche meiner Hose und schreibe Hope wie vereinbart, dass sie rauskommen kann. Als ihre Nachricht kam, dass sie es sich doch anders überlegt hat, habe ich mich zum einen gefragt, was so plötzlich ihre Meinung geändert hat, zum anderen und zum viel größeren Teil habe ich mich aber gefreut wie ein kleiner Junge.

Hope tritt durch die schwarze Tür. Und obwohl mein Tag aufgrund einer kurzfristig geänderten Abgabefrist so stressig war wie schon lange nicht mehr, fällt all der Ballast von meinen Schultern, sobald ich ihr Strahlen sehe.

Mit Schwung öffne ich die Autotür von innen und winke ihr zu. Sie trägt mal wieder etwas Gelbes, und ich bin mir sicher: Diese Farbe wurde nur für sie geschaffen.

»Das ging jetzt aber wirklich schnell«, sagt sie, während sie sich neben mich setzt und anschließend den Fahrer begrüßt. Sie duftet nach einem frischen Duschgel, das mich an einen Tag am Strand erinnert, an Sonnencreme und Meeresrauschen.

»Ich stand quasi schon in den Startlöchern und habe nur darauf gewartet, bis du mir noch einmal schreibst und dich umentscheidest«, flunkere ich. In Wahrheit hatte ich mich schon längst in meine bequemen Klamotten geschmissen und es mir mit einer Packung Chips und meinem Tablet auf dem Sofa bequem gemacht. Bereit dafür, das Wochenende mit meinem Webtoon und dem Nichtstun zu verbringen. Es ist lange her, seit ich ein neues Kapitel hochgeladen habe. Was nicht an meiner mangelnden Lust liegt, weiterzuzeichnen. Mir hat schlicht und ergreifend die Zeit dafür gefehlt, weil ich so sehr in meine Arbeit versunken war, dass ich nichts anderes mehr gesehen habe.

Ich liebe meinen Job, aber ich weiß auch, dass mir nicht damit geholfen ist, wenn ich irgendwann vor lauter Überarbeitung tot umfalle. Wow, jetzt zitiere ich schon meine Ärztin. Meine Mutter wäre vermutlich stolz auf mich.

Im Autoradio läuft gerade *Bad Habits* von Ed Sheeran. Einer dieser Songs, den man beim ersten Mal nicht mag, der dann aber doch zu einem Lieblingssong wird, je öfter man ihn sich anhört. Vor Kurzem erst wurde ich von Zoe auf ein Konzert von ihm gezwungen, weil sie niemanden sonst gefunden hat, der mit ihr mitgehen möchte. Nicht einmal ihr Freund Noah, geschweige denn ihre beste Freundin Kate. Ich muss aber einräumen, dass es mir besser gefallen hat als gedacht. Seine Stimme ist unglaublich.

»Wie war dein Tag?«, frage ich Hope, die bis eben zum Song mitgesummt hat.

Mit ihren strahlend blauen Augen sieht sie mich an, und eine kleine Kerbe bildet sich zwischen ihren Brauen. Sie zieht ihre Nase leicht kraus, was mir jetzt schon öfter bei ihr aufgefallen ist.

Es wirkt beinahe so, als würde sie überlegen, wie viel sie preisgeben möchte.

»Hm. Betiteln wir ihn einfach als bescheiden. Ich habe in der Uni viel geprobt. Dann ist mir in der Pause mein heißer Tee in den Schoß gefallen. Typisch. Zu Hause wollte ich dann weiterproben, aber wie du siehst, wurde daraus nichts.«

»Wieso hat es nicht geklappt? Also mit dem Weiterproben?«, möchte ich wissen.

»Ach.« Sie sieht zur Seite und scheint, nach den richtigen Worten zu suchen. »Ich hatte einfach keine Lust mehr«, sagt sie schließlich und wechselt das Thema.

Die nächsten vierzig Minuten der Fahrt unterhalten wir uns über Mora, die Arbeit im Café und ihr Studium. Bei jedem Satz aus ihrem Mund spüre ich erneut, wie viel ihr die Musik bedeutet. Ich kann mir kaum vorstellen, wie hoch der Konkurrenzkampf in solch einem Fach sein muss. Hope erzählt mir davon, dass sie nicht nur im *Cosy Corner* bedient, sondern auch Geigenunterricht gibt.

»Immer wenn mich jemand fragt, was ich später mit meinem Musikstudium anfangen möchte, befinde ich mich in einem Zwiespalt. Ich liebe es, zu unterrichten und die Fortschritte meiner Schüler und Schülerinnen mitzuerleben. Aber ich liebe es auch, auf der Bühne zu stehen. Mit dem Klang der Geige einen riesigen Saal zu füllen, Menschen mit dem, was ich erschaffe, zu berühren.« Sie lässt die Schultern hängen.

»Du kannst doch beides machen. So wie du es jetzt auch tust. Du gibst Unterricht, und du nimmst an Aufführungen teil. Wieso solltest du dich für eines entscheiden müssen?«, werfe ich ein, während der Wagen langsam zum Stehen kommt und wir unser Ziel erreicht haben. Mittlerweile ist es draußen dunkel geworden.

»Das hört sich bei dir so einfach an.« Hope schnallt sich ab und lächelt mich mit traurigen Augen an.

Bevor wir aussteigen, bezahle ich noch schnell die Fahrt. Es hat sich deutlich abgekühlt, weshalb ich die hochgekrempelten Ärmel meines dunkelgrauen Hoodies runterziehe. »Vielleicht wird es nicht leicht, aber es ist auch nicht unmöglich, und solange etwas nicht unmöglich ist, sollte man es wenigstens versuchen. Vor allem, wenn es einen so glücklich macht wie dich das Geigespielen.«

Ihr Lächeln ist ehrlich und warm. Zwei kleine Grübchen graben sich in ihre Wangen, was sie noch niedlicher macht, als sie es mit ihrer Stupsnase und den Sommersprossen sowieso schon ist. »Gib's zu. Du hast ein Notizbuch voll mit solchen Weisheiten und hast sie alle auswendig gelernt, um in jeder Lebenslage den richtigen Spruch parat zu haben.«

»Nicht ganz. Aber meine Mutter hat mir zu jedem koreanischen Neujahr einen Jahreskalender mit Weisheiten für jeden Tag geschenkt, und die sind manchmal gar nicht so verkehrt«, erwidere ich grinsend. »Bei uns zelebriert man den ersten Januar nicht so wie in den westlichen Ländern. Stattdessen feiern wir Seollal. Der Tag fällt immer zwischen den einundzwanzigsten Januar und den zwanzigsten Februar und wird nach dem chinesischen Mondkalender festgelegt. Dieses Jahr, im Jahr des Büffels, war es der zwölfte Februar.«

»Ich habe mich in Peru mal mit meinem chinesischen Sternzeichen auseinandergesetzt. Die Nachbarn meiner Gastfamilie hatten auch ein Au-pair-Mädchen bei sich. Sie kam aus China und wollte als Erstes mein Geburtsjahr wissen«, erzählt mir Hope und beginnt zu lachen. »Okay, auseinandergesetzt ist vielleicht übertrieben. Aber immerhin weiß ich, dass mein Sternzeichen Schlange ist. Und was ist deins?«

Wir gehen auf das auffälligste aller Gebäude hier zu. In der Straße befinden sich viele kleine Lagerhallen, doch das *God's Own Junkyard* sticht mit der bunten Plastikkuh vor dem Eingangstor und der vielen Leuchtreklame im Innenbereich heraus.

»Ich bin im Jahr des Hundes geboren. Allerdings habe ich mich nie dafür interessiert und kann dir daher absolut gar nichts dazu sagen«, gestehe ich ihr und schiebe meine Hände in die Taschen meiner Jeanshose. In der Hoffnung, dass Hope es nicht bemerkt, drehe ich meinen Kopf leicht zur Seite und beobachte sie, wie sie ihre Umgebung in sich aufnimmt. Mit ihrem gelben Pullover, den braunen, lockigen Haaren und der leicht gebräunten Haut erinnert sie mich an eine Sonnenblume. Stark und wunderschön.

»Was ist das für ein Ort?«

»Im vorderen Bereich kann man einfach durchlaufen und sich die verschiedenen Leuchtschilder anschauen. Der Laden hat unglaublich viel Krimskrams rumstehen. Hinten ist ein kleines Bistro. Den Cheesecake kann ich mit voller Überzeugung weiterempfehlen.« Ich lege meine Hand auf die Brust, als würde ich einen Eid auf meine Worte schwören. »Aber sie haben auch eine kleine Karte mit herzhaften Sachen, falls du Hunger mitgebracht hast.«

»Mit Hunger kann ich immer dienen«, sagt sie und betritt das *God's Own Junkyard*. Das erste Mal war ich vor drei Jahren hier, als mich ein ehemaliger Arbeitskollege mitgeschleppt hat. Eigentlich hatte ich an dem Abend keine Lust, noch auszugehen, und wollte nur noch nach Hause und ins Bett fallen. Ich wollte einen großen Kunden für unsere Firma gewinnen, habe es jedoch nicht geschafft, was mich so sehr runtergezogen hat, dass ich die nächsten Wochen doppelt so hart gearbeitet habe wie zuvor. Der Abend endete damit, dass ich mir ordentlich die Kante gegeben habe und am nächsten Morgen mit einem ungeheuren Kater zur Arbeit musste.

Laute Musik dröhnt aus den Boxen von der Decke. Irgendein Popsong, den ich schon häufiger gehört habe, von dem ich aber nicht weiß, wer ihn singt. Alles hier leuchtet in einer Mischung aus Rot und Pink. Langsam lässt Hope ihre Finger über die alte Telefonzelle gleiten, über den uralten Reisekoffer, der voll mit Aufklebern ist. Mit jedem Schritt, den wir weiter hineingehen, werden die Stimmen der Leute lauter, die es sich an den Tischen und auf den Sofas bequem gemacht haben.

»Bist du öfter hier?« Hope bleibt stehen und dreht sich zu mir um. Ihr Gesicht erstrahlt durch die leuchtende Regenbogenflagge, die nur wenige Zentimeter neben ihr hängt, in vielen bunten Farben. Und wieder habe ich das Bedürfnis, meinen Arm nach ihr auszustrecken und sie zu berühren. Ihre Ausstrahlung ist so einnehmend, dass ich alles andere um uns herum vergesse.

»Yeonjun?« Sie beugt sich mit dem Oberkörper leicht nach vorne, geht auf die Zehenspitzen und tippt mir mit dem Zeigefinger gegen die Stirn. »Bist du noch da?«

»Mhm«, murmele ich wie ein in Trance steckender Vollidiot. »Ja, also. Nein, ich bin nicht oft hier. Aber irgendwie hatte ich das Gefühl, es könnte dir hier gefallen.«

»Damit liegst du goldrichtig.«

Ich nehme sie an die Hand, als wäre es das Normalste auf der Welt. Als hätte ich das schon hundertmal gemacht und als würde es absolut nichts bedeuten. Mir wird warm, doch ich versuche, das aufkeimende Kribbeln zu verdrängen. »Komm. Lass uns etwas essen.«

Hopes Blick gleitet nur flüchtig über unsere ineinander verschlungenen Hände und erreicht dann meine Augen. Sie öffnet ihren Mund, nur um ihn direkt wieder zu schließen, als hätte sie beschlossen, lieber doch nichts zu sagen. Im ersten Moment sieht sie überrascht aus, doch im nächsten kommen ihre Grübchen wieder zum Vorschein, als sie zu nicken beginnt und wir gemeinsam auf einen kleinen rechteckigen Tisch zugehen.

»Ist dir draußen zu kalt?«, frage ich sie und deute mit einer Kopfbewegung zu der schmalen Tür, die in den Außenbereich zeigt, in dem es um einiges leerer ist als hier in dem stickigen und vollen Raum.

Jetzt ist sie es, die mich an der Hand hinter sich her nach draußen ins Freie zieht. Der kleine Innenhof ist umgeben von einer Backsteinmauer, die man nur noch schwer erkennen kann, weil sie vollkommen mit Efeu bedeckt ist. An Lichterketten haben sie hier definitiv nicht gespart und die Bäume üppig damit behangen. Deren Stromrechnung muss unvorstellbar hoch sein.

»Wie viel Geld sie wohl am Tag für Strom ausgeben?«

Mit aufgerissenen Augen sehe ich auf sie hinab. »Ich habe mich gerade genau dasselbe gefragt.«

Sie lächelt erstaunt.

Außer uns scheint sich nur eine kleine Gruppe draußen hingesetzt zu haben, alle anderen Plätze sind unbesetzt, weshalb wir die freie Auswahl haben. Sie lässt meine Hand los, geht auf den Tisch neben dem großen, silbernen Heizpilz zu und klopft schließlich auf einen der freien Stühle.

Breit grinsend folge ich ihr. »Wenn dir kalt ist, können wir auch reingehen«, biete ich ihr an, bevor ich mich setze.

»Wozu gibt es denn dieses gute Teil hier?« Sie lehnt sich näher an die Heizstrahler. »Es ist zwar etwas frisch, aber hier draußen finde ich es um einiges angenehmer. Außerdem war es drinnen ganz schön laut, und da ich dich noch immer viel zu wenig kenne, um dich wirklich als Freund zu bezeichnen, habe ich vor, dich den ganzen Abend mit Fragen zu durchlöchern.« Hope versucht, ihre

Wörter wie eine Drohung klingen zu lassen, doch der weiche Ausdruck in ihrem Gesicht verrät sie.

»Hast du dir schon einen Fragenkatalog zusammengestellt? Oder etwa eine Checkliste gemacht, welche Punkte ich erfüllen muss, um mit dir befreundet sein zu dürfen?«

»Nicht ganz.«

»Nicht ganz?«

»Eventuell habe ich da eine To-do-Liste angefangen«, antwortet sie und legt dabei ihre Unterarme auf den Tisch. »Eine Yeonjun-To-do-Liste.«

Mein Lachen übertönt die Musik, die von innen zu uns durchdringt. Was würde ich jetzt dafür geben, um mir diese Liste anschauen zu können. Obwohl ich mir sicher bin, dass sie meine Frage nicht beantworten wird, versuche ich trotzdem mein Glück.

»Was steht dort so drauf?«

»Sachen.« Ihr Mund verzieht sich zu einem geraden Strich, und sie macht eine Geste, als würde sie ihn abschließen und den imaginären Schlüssel dazu wegschmeißen.

Ich greife die Bänder meines Hoodies und ziehe die Kapuze etwas enger. »Gibt es auch nur die geringste Chance, diese Liste irgendwann zu Gesicht zu bekommen? Oder ist das eher aussichtslos?«

»Eher aussichtslos. Ja, sogar ausgeschlossen.«

Wir beginnen zu lachen und hören erst wieder auf, als eine junge Frau mit feuerroten Haaren uns fragt, ob wir bereits was bestellen möchten. Wir haben uns die ganze Zeit unterhalten, sodass wir nicht einmal einen Blick in die Karte geworfen haben.

»Kannst du mir was empfehlen?«, fragt Hope die Bedienung.

»Das Clubsandwich ist echt gut.«

»Nehme ich.«

»Ich auch, aber bitte ohne Bacon«, werfe ich schnell ein.

»Möchtet ihr zwei Süßen einen Cocktail trinken?«

Hope und ich sehen uns an und antworten im gleichen Moment. Sie mit einem Ja und ich mit einem Nein. Ich bestelle ein Glas Zitronenlimo, während Hope die junge Frau entscheiden lässt, was für ein Getränk sie bekommt. Mutig. Sie könnte gleich ein Glas puren Wodka bekommen. Ich kenne niemanden, dem das wirklich schmecken würde. Doch da das *God's Own Junkyard* nicht nur durch die vielen Leuchtschilder bekannt ist, sondern auch für seine guten Cocktails, bin ich beruhigt.

»Hast du viele Frauen als Freundinnen?«, fragt Hope und löst nebenbei ihren Zopf im Nacken. Ihr braunes Haar fällt wie ein Schleier hinunter und bedeckt ihre Schultern. Ich folge ihrer Bewegung, wie sie sich einige Male mit den Fingern hindurchfährt, was irgendwie hypnotisierend auf mich wirkt. Es kostet mich einiges an Konzentration, Sätze zu formen und ihr zu antworten.

»Definiere viele«, stammle ich vor mich hin.

»Verstehe. Du bist eben ein Frauenversteher.«

»Drückst du mir gerade den Stempel eines Machos auf?«

»Dass Machos Frauenversteher sind, wäre mir neu.«

»Auch wieder wahr.« Ich lehne mich zurück in den Stuhl. »Um deine Frage zu beantworten. Nein, ich habe genau zwei Freundinnen. Die eine kennst du sogar. Zoe, die beste Freundin deiner Chefin, und Sora, meine Kindergartenfreundin, die mittlerweile in Seoul lebt und sich frecherweise nur noch an meinem Geburtstag bei mir meldet«, gestehe ich lachend. »Und wie sieht es bei dir aus? Hast du viele männliche Freunde?«

»Bei mir müsste die Frage eher lauten, ob ich überhaupt Freunde habe.« Sie klingt ernst, kein bisschen ironisch oder spaßig.

»Also Mora kenne ich schon mal«, entgegne ich ihr, frage

89

mich jedoch gleichzeitig, ob ich die Situation zwischen den beiden falsch eingeschätzt habe. Auf mich machte es im Café immer den Eindruck, als seien sie unzertrennlich.

Ich komme nicht dazu, genauer nachzuhaken, weil schon unsere Getränke und die Sandwiches gebracht werden. Das waren nicht einmal zehn Minuten seit unserer Bestellung. Während ich ein großes Glas klarer Flüssigkeit mit Eiswürfeln, Zitronenscheiben und zwei Blättern Minze bekomme, bekommt Hope einen knallbunten Cocktail mit gelben Schirmchen. *Natürlich Gelb. Was auch sonst*, denke ich schmunzelnd.

Sie nimmt einen großen Schluck der viel zu süß aussehenden Flüssigkeit. »Wow. Wie lecker. Fruchtig und frisch. Möchtest du probieren?«

Ohne zu zögern, schiebt sie mir ihr Glas entgegen und hält mir den Strohhalm hin. Der Cocktail schmeckt genau so, wie ich ihn mir vorgestellt habe. Nach der reinsten Zuckerexplosion.

»Lass mich raten. Er ist dir zu süß?«

»Was hat mich verraten?«

Sie fuchtelt mit ihrem Finger vor meinem Gesicht herum. »Alles. Die zusammengezogenen Augenbrauen, die gerümpfte Nase, der verzogene Mund. Ja, es war so ziemlich jeder Zentimeter in deinem perfekten Gesicht.«

Ihre Augen weiten sich.

»Perfektes Gesicht also.« Ich fahre mir aus purer Provokation durch die Haare und recke mein Kinn in die Höhe.

Die Fassungslosigkeit über ihre eigenen Worte verschwindet aus ihrem Gesicht, und zurück ist die selbstbewusste und schlagfertige Hope. »Ach, komm. Als ob du dich noch nie im Spiegel angeschaut hast?«

»Doch schon, aber was genau soll ich da sehen?«

»Deine Haut ist so makellos, dass es dich schon beinahe unsympathisch macht. Einfach aus Prinzip.«

Ich schaue sie für einige Sekunden an, vielleicht zu lange, für meinen Geschmack aber zu kurz. »Deine Haut ist auch makellos.«

Sie zieht scharf die Luft ein. »Ich habe gerade mindestens drei Freunde zu Besuch in meinem Gesicht, die wie eine Sirene rot aufleuchten und zwei Narben auf der Stirn.«

»Macht deine Haut nicht weniger makellos und dich als Person schon gar nicht.«

Ich lächle sie an, warte nur auf den nächsten sarkastischen Spruch von ihr. Doch er kommt nicht. Stattdessen schweigt sie und beginnt zaghaft, zurückzulächeln. »Ich glaube, mich hat noch nie jemand makellos genannt.«

»Vielleicht weil die Leute immer so lange nach Makeln suchen, bis sie sich selbst welche einreden.«

»Oder vielleicht bist du nur noch nicht so weit, all meine Makel zu erkennen«, erwidert sie und klingt dabei vollkommen überzeugt von ihren Worten.

Eine gewisse Melancholie legt sich über uns, während wir in unsere Sandwiches beißen.

Kapitel 9

Hope

Mit Yeonjun ist es leicht, nicht mehr an den Streit meiner Eltern zu denken. Jeden Tag sehe ich meiner Familie dabei zu, wie sie auseinanderbricht. Dabei, wie wir uns verändern. Wie der Tod meiner Schwester uns nicht enger zusammenschweißt, sondern das Gegenteil bewirkt. Es gibt Tage, an denen tun wir alle so, als wäre nie etwas passiert. Doch dann gibt es welche, an denen ich den Schmerz in Dads Augen sehe, die Wut in Mums und die Sehnsucht in Daisys.

Ich frage mich, was man in meinen Augen sieht.

»Wie es scheint, schmeckt dir das Sandwich«, bemerkt Yeonjun und sieht mich dabei mit einem schiefen Lächeln auf den Lippen an.

Mit vollem Mund nicke ich und habe große Mühe, meinen Blick von ihm abzuwenden. Seine dunklen Haare fallen ihm in die Stirn, als wären sie frisch gewaschen und an der Luft getrocknet. Über seinem Lippenherz zieht sich eine Mulde bis zur Nase, was seinem Gesicht noch mehr Definition verleiht und besonders seine Oberlippe betont. Die dunklen Augen verschlingen einen geradezu, und seine vollen Augenbrauen machen seinen Blick nur noch ausdrucksstärker.

Wir sind Freunde, erinnere ich mich selbst immer wieder. Es ist doch nichts dabei, seinen Freund oder seine Freundin attraktiv zu finden. Genauso begegnet man im Alltag ja auch wildfremden Menschen, die eine äußerliche Anziehung auf einen haben. Ich kann nichts für meine Gedanken. Er ist einfach ein hübscher Mann, und man müsste blind sein, um das nicht zu sehen.

»Genau das habe ich jetzt gebraucht. Ich hatte einen Bärenhunger«, lasse ich ihn wissen und wische mir schnell den Mundwinkel ab, an dem ich einen Klecks Mayonnaise vermute. »Wo sind wir stehen geblieben, bevor uns dieses fantastische Sandwich gebracht wurde?«

»Du hast mich zu meinem kleinen Bruder ausgequetscht, als würdest du wollen, dass ich euch zwei verkupple«, frischt er meine Erinnerungen auf und lacht.

Ich schüttle vehement den Kopf. »Da muss ich dich enttäuschen. Ich habe keinerlei Interesse an irgendwelchen romantischen Gefühlen.«

»Das wäre dann schon eine Gemeinsamkeit von euch beiden. Dasselbe sagt Dowon immer, wenn unsere Mutter ihn fragt, ob er denn endlich mal eine Freundin hat.« Yeonjun lehnt sich zurück, während er das letzte Stück seines Sandwichs in den Mund schiebt.

»Er ist ein Jahr älter als ich, einundzwanzig, oder? Mum fragt mich so was auch ständig. Bei ihr klingt es immer so, als sei ein Partner eine Art Trophäe. Etwas, was man sich hart erarbeitet hat.« Ich fahre mit den Fingern über den Rand des leeren Tellers. Er ist genauso bunt wie dieser ganze Ort.

Yeonjun sieht mich aufmerksam an, erwidert aber nichts. Also lasse ich alles raus. Rede mir die Wut von der Seele, die sich heute mal wieder in mir angestaut hat, während ich einfach nur froh war, dass Daisy nichts von dem Gebrüll mit anhören musste.

Vielleicht ist es unfair, aus meiner Wut heraus mich über Mums Eigenarten zu beschweren. Vielleicht hat sich das aber auch einfach über Jahre aufgestaut, und ich habe nur auf jemanden wie Yeonjun gewartet, der vollkommen unbefangen ist und meine Mum nicht kennt.

»Ich frage mich, ob sie diese Ansichten schon damals hatte, als sie mit Dad zusammenkam. Hat sie ihn auch nur als schönes Accessoire an ihrer Seite gesehen? Eigentlich kam mir ihre Beziehung nie so vor. Viel eher beschwert sie sich ständig darüber, dass Dad nichts Richtiges gelernt hat, kein Arzt oder Anwalt ist.« Ich schnaube. »*Bring mir ja keinen Kerl nach Hause, der nicht weiß, was er im Leben möchte, und der keine Ambitionen hat, erfolgreich zu sein*«, äffe ich sie nach und habe im Kopf ihre Stimme. Eine Stimme, die ich als Kind immer mit den Liedern, die sie mir vorsang, verbunden habe. Eine sanfte Stimme, die mir half, in den Schlaf zu finden. Diese Stimme ist irgendwo zwischen meinem Entschluss, die Geige nicht nur als Hobby zu sehen, und Manons Tod verloren gegangen.

»Hast du es denn mal gemacht? Also einen Mann mit nach Hause gebracht und ihr vorgestellt?«

»Nein. In meiner Vorstellung habe ich mir immer gewünscht, einen volltätowierten, gepiercten Biker als Freund zu haben, den ich ihr unter die Nase reiben kann. Sie wäre vor Entsetzen wahrscheinlich umgekippt. Aber ich war noch nie verliebt, weder in einen Biker noch in sonst irgendwen«, gestehe ich und warte nur darauf, dass das kommt, was immer kommt, wenn ich jemandem erzähle, dass ich in meinen zwanzig Jahren noch nie verliebt war. Ein schockiertes *Noch nie? Nicht einmal ein bisschen? Bist du dir sicher?*

»Ich kenne deine Mutter nicht, aber ich nehme an, sie will nur das Beste für dich, wie es die meisten Mütter für ihre Kinder wollen. Manchmal schlagen sie damit leider über die Stränge und vergessen, dass sie nicht darüber bestimmen können, was ihre Kinder glücklich macht.« Yeonjuns Lippen verziehen sich zu einem leichten Schmollmund.

»Klingt, als würdest du aus Erfahrung sprechen. Wann stellst du mir dein Kind vor?«, frage ich ironisch und bin dennoch gespannt auf seine Antwort. Er ist siebenundzwanzig und könnte durchaus bereits Vater sein.

»Die Erfahrung rührt eher daher, dass ich meine Mutter manchmal zügeln musste, wenn es um ihre Erwartungen an Dowon ging.« Yeonjun senkt den Blick und zieht an den Ärmeln seines Hoodies. »Als ich sechzehn war, ist mein Vater verstorben. Es kam nicht plötzlich, wir haben es alle kommen sehen und konnten uns darauf einstellen. Sollte man zumindest meinen. Aber ehrlich gesagt trifft es einen, wenn es so weit ist, doch immer unvorbereitet.«

Ich stütze einen Ellbogen auf den Tisch und lege mein Kinn in die Hand. »Das tut mir leid«, murmele ich und erkenne gleichzeitig diesen bittersüßen Schmerz in seinen Augen. Dieser Blick, der einem verrät, dass er sich irgendwo zwischen schönen Erinnerungen und quälender Trauer befindet.

»Dowon konnte von uns allen am wenigsten mit dem Verlust umgehen. Er hat sich zurückgezogen, hat aufgehört, mit seinen Freunden Fußball zu spielen, hat seine Hausaufgaben und das Lernen vollkommen vernachlässigt. Während es mich angetrieben hat, immer härter zu arbeiten, hat es ihn total aus dem Leben gerissen, und er geriet auf die schiefe Bahn. Unsere Mutter hat ihn nicht verstanden, konnte seinen Hilferuf nicht erkennen. Er war nicht ansatzweise so tough, wie er sich zu der Zeit gab. Das Ganze ging drei Jahre lang. Er lief öfter von zu Hause weg und blieb tagelang fort. Unsere Mutter wollte auch nur das Beste für ihn und hat es mit Bestrafungen und Ausschimpfen versucht, sie hat ihn damit aber nur noch mehr in die Enge getrieben.«

»Das muss eine harte Zeit für euch gewesen sein. Ich mag mir nicht ausmalen, was für einen Kummer und was für Sorgen deine Mutter gehabt haben muss. Du hast erzählt, er studiert mittlerweile. Wie hat er die Kurve gekriegt?«, hake ich nach und lehne mich nach vorne.

Im Außenbereich des *God's Own Junkyard* sind jetzt nur noch Yeonjun und ich. Seine Augen funkeln durch die Spiegelung der Lichterkette hinter mir, und von innen ertönt *Stay* von Gracie Abrams, eine meiner Lieblingskünstlerinnen.

»Ich habe ihm von meinem Traum erzählt, nach London zu gehen. Zu dem Zeitpunkt kam es eigentlich für mich nicht infrage, Mama und Dowon zurückzulassen. Einfach weil ich nicht wollte, dass sie allein mit seinen Launen fertigwerden muss. Genau das habe ich ihm auch gesagt, und das war wohl der Weckruf, den er gebraucht hat.« Yeonjuns Stimme ist sanft. Jedes Wort steckt voller Gefühl. »Dowon ist in Tränen ausgebrochen, hat zum ersten Mal über Vaters Tod gesprochen und darüber, wie er sich fühlt. Danach hat er keine Sekunde gezögert, ist zu unserer Mutter gegangen und hat sich für alles entschuldigt und ihr versprochen, sich ab sofort zusammenzureißen. Er hat angefangen, wieder für die Schule zu lernen, sodass er einen guten Abschluss machen konnte. Am Ende bin ich nur gegangen, weil die beiden darauf bestanden haben, dass ich meinen Traum verwirkliche, und Dowon mir geschworen hat, auf sie aufzupassen und sich um sie zu kümmern.«

Vielleicht hat Yeonjun genau deshalb den Mut gehabt, alles hinter sich zu lassen und auf einen fremden Kontinent zu ziehen, weit weg von allem, was er bisher kannte. Weil er schon früh erwachsen werden musste und weil er wusste, wie kurz das Leben sein kann. Der Verlust eines Meschen nimmt einem so viel, und doch macht er einen stärker. Ich könnte gut und gern darauf verzichten, wenn ich dafür meine Schwester wiederhaben könnte, und ich denke, genau so sieht es Yeonjun auch. So sieht es wahrscheinlich jeder. Aber die Gesetze der Natur geben einem keine Möglichkeit, zu wählen. Wir leben in keiner Fantasiewelt, in der man Tote wieder zurückholen oder die Zeit zurückdrehen kann. Wir leben in der Realität, und die tut manchmal verdammt doll weh.

»Ich wollte damit nicht die Stimmung runterziehen, tut mir leid«, sagt er und fährt sich mit den Fingern durch das volle Haar.

»Nein!«, erwidere ich etwas lauter als geplant. »Das hast du nicht. Ganz und gar nicht. Du hast mich gerade nur sehr zum Nachdenken gebracht mit dem, was du erzählt hast. Ehrlich gesagt könnte ich dir stundenlang zuhören.«

Dies könnte der Moment sein, in dem auch ich von meiner Vergangenheit spreche. Doch die Betonung liegt hierbei auf *könnte*. Ich rede nicht darüber. Mit niemandem. Ich denke viel darüber nach. Spreche es jedoch nie laut aus. Und obwohl ich mich wohlfühle, mit ihm, hier an diesem Ort, weiß ich, dass ich es nicht schaffe, ihm davon zu erzählen. Laut auszusprechen, dass ich nicht diejenige bin, die ich nach außen zu sein scheine.

»Nimm das lieber zurück. Ich könnte Ewigkeiten über meine Heimat und Familie sprechen.«

»Nur zu«, fordere ich ihn auf und nippe an meinem Cocktail, von dem nicht mehr viel übrig ist, weshalb ich Ausschau nach der netten Bedienung halte.

Gerade als sie einen Blick nach draußen zu uns wirft und ich meine Hand hebe, reißt mich Yeonjun aus dem Geschehen, und ich erstarre kurz. »Aber erst musst du mir von deinen Schwestern erzählen.«

Kurz frage ich mich, wann ich Manon jemals in seiner Gegenwart erwähnt habe, bis mir wieder unser Gespräch über Ballett einfällt. Die Frau mit den leuchtend roten Haaren kommt auf uns zu und fragt mich, wie mir ihre Empfehlung geschmeckt hat.

»Ich habe selten so etwas Leckeres getrunken, weshalb ich auch gerne einen zweiten hätte.«

Auch Yeonjun bestellt sich noch etwas, diesmal einen Maracujasaft. Kurz herrscht absolute Stille zwischen uns, bis ich an seinem Blick erkenne, dass er darauf wartet, dass ich zu erzählen beginne. Bisher weiß er nicht viel über meine Schwestern, und nachdem er mir so viel Privates erzählt hat, ist seine Neugier meiner Familie gegenüber verständlich.

»Daisy ist erst vor Kurzem acht geworden. Sie ist ein echter Engel. Aufgeweckt und voller Energie. Manchmal hat sie ein wenig zu viel davon, sodass ich mit ihr Verstecken oder Fangen im Haus spielen muss«, erzähle ich mit einem Lächeln. »Ich lasse sie meistens gewinnen. Nicht die feine englische Art, aber ich kann nicht anders. Ihre Freude darüber macht mich zu glücklich, als dass ich darauf verzichten wollen würde. Sie kann sich an so vielen Dingen erfreuen. Du kannst sie dir ungefähr so vorstellen, dass sie den ganzen Tag singend und tanzend durch das Haus hüpft und ihre gute Laune verbreitet.«

»Also eine kleine Version von dir. Na ja, zumindest so weit, wie es noch kleiner geht«, neckt er mich und grinst breit.

»Ey. Ich bin gar nicht so klein. Eins sechsundsechzig. Neben dir wirkt jeder winzig.« Ich verenge meine Augen und werfe ihm meinen fiesesten Blick zu, während die Bedienung unsere Getränke bringt.

»Und deine ältere Schwester? Wie ist sie so?«

Mein Herz gerät ins Stolpern, und mir fehlen kurz die Worte.

»Keine Sorge, auch ich habe kein Interesse daran, verkuppelt zu werden«, fügt er schnell hinzu, weil er wahrscheinlich anhand meines Gesichtsausdruckes gemerkt hat, dass irgendwas nicht stimmt.

»Sie heißt Manon und ist zwei Jahre älter als ich. Sie ist wunderschön, hat Mums grüne Augen und ihre anmutige Ausstrahlung von ihr geerbt. Oder vielleicht liegt es auch einfach daran, dass sie schon lange Ballett tanzt. Trotzdem ist sie ein Sturkopf wie ich, das haben wir wohl beide von Dad. Sie arbeitet als Erzieherin.« Das tut sie nicht, aber das wollte sie. Kurz vor ihrem Tod hat sie ihr Studium in Wirtschaftswissenschaften abgebrochen, um Erzieherin werden zu können.

Ich rede von meiner Schwester, als würde sie zu Hause auf mich warten. Manchmal fühlt es sich tatsächlich so an. Als könnte ich ihr Parfüm noch riechen, ihr ansteckendes Lachen hören, ihre Energie in jedem einzelnen Raum spüren. Wenn ich meine Augen schließe, dann ist sie da. Umarmt mich sanft von hinten und flüstert mir ins Ohr, für Daisy stark zu sein. Dass sich unsere Eltern wieder einkriegen werden und alles irgendwann wieder gut wird.

Ich weiß nicht, wie lange ich noch auf dieses *Irgendwann* warten kann.

Manchmal erwische ich mich sogar dabei, wie ich mir wünsche, Mum und Dad würden sich scheiden lassen, damit das alles endlich ein Ende hat.

Yeonjun räuspert sich. »Wie kamen eure Eltern auf eure Namen? Ich meine, Daisy und Hope sind beides englische Namen. Manon tanzt da schon ein wenig aus der Reihe«, hakt er nach und reißt mich damit aus meinen dunklen Gedanken. Aus den grauen Wolken, die wie eine Last täglich über mir schweben und nur darauf warten, in einen Regenschauer auszubrechen.

»Mum kommt aus Frankreich und ist mit ihrer Familie nach

London gezogen, als sie dreizehn war. Als sie ausgezogen ist, sind ihre Eltern dann mit ihrer Schwester zurück nach Frankreich. Eigentlich wollte sie immer nur ein Kind haben, und als sie wussten, dass sie mit einem Mädchen schwanger ist, musste sie nicht lange überlegen. Ihre Oma hieß Manon. Dad hat sich aber noch weitere Kinder gewünscht, und auch Mum schien auf den Geschmack gekommen zu sein, nachdem Manon ein richtiges Vorzeigebaby war, total unkompliziert, ruhig und überhaupt nicht quengelig. Das komplette Gegenteil von mir«, erkläre ich lachend. »Es ist ein Wunder, dass sie nach mir, dem laut Mum anstrengendsten Baby auf Erden, noch ein Kind wollten. Dad wollte mich unbedingt Hope nennen. Seine Mutter erkrankte während Mums Schwangerschaft mit mir an Bauchspeicheldrüsenkrebs, und ich glaube, er hat genau das zu dem Zeitpunkt gebraucht. Hoffnung. Leider verstarb sie, bevor ich ein Jahr geworden bin, weshalb ich keinerlei Erinnerungen an meine Oma habe.«

»Solche Krankheiten sind ein richtiges Arschloch«, wirft Yeonjun ein, und sein Blick verdunkelt sich.

»Der Tod allgemein ist ein Arschloch.« Noch bevor ich mich zu sehr in diesen Gedanken stürze, lenke ich mich mit der Sonne in meinem Leben ab. »Mum wollte ihr drittes Kind Rose nennen, während Dad für Daisy war. Am Ende haben sie Manon und mich entscheiden lassen, und da wir Gänseblümchen schöner fanden als Rosen, stand der Entschluss fest.«

Yeonjun lächelt und zeigt seine geraden Zähne. »Das ist eine schöne Geschichte. Sind Gänseblümchen deine Lieblingsblumen?«

Ich überlege kurz, weil ich noch nie darüber nachgedacht habe. »Nein. Sonnenblumen.«

Sein Lächeln wird nur noch breiter. »Habe ich mir beinahe gedacht. Und deine Lieblingsfarbe ist wirklich Gelb, oder?«

»Leugnen würde an dieser Stelle wohl nichts bringen. Ich weiß auch nicht, ich mag es einfach bunt, aber ja, Gelb ist einfach ...« Wärme breitet sich in meiner Brust aus, während ich daran denke, wie viele schöne Erinnerungen ich mit der Farbe verbinde. Mein erstes Fahrrad und das Lernen darauf mit Dad. Mein erstes Notenbuch. Daisys erstes richtiges Kuscheltier in Form einer Giraffe, das ich ausgesucht habe. Manons Kleid bei meinem Abschluss. Alles Gute hatte diese eine Farbe. »Gelb passt einfach zu meinem Leben.«

Ich habe mittlerweile drei Cocktails intus, die mir langsam den Kopf vernebeln. Mein Blick ist nach unten gerichtet, und ich beobachte meine Schuhe, wie sie mich durch die dunkle Nacht tragen. Sneaker, die so ausgeleiert sind, dass ich sie vermutlich wegwerfen sollte.

»London ist wunderschön, oder?«, frage ich Yeonjun, der dicht neben mir geht. So dicht, dass meine Schulter ab und an seinen Oberarm streift. Ich kann nicht sagen, ob es daran liegt, dass ich dank des Alkohols ins Wanken komme, oder er einfach nur nah bei mir sein möchte.

»Besonders abends. Wenn die Laternen und die Fenster der Wohnungen leuchten. Wenn es langsam ruhig wird und man irgendwo in dieser Dunkelheit seinen Frieden findet. Gut, nicht unbedingt am Piccadilly Circus, dort wird es nie ruhig. Aber hier zum Beispiel. Diese alten Backsteinmauern, die schmalen Straßen und dunklen Dächer.« Selbst wenn ich nichts getrunken hätte, hätte ich vermutlich keinen blassen Schimmer, wo wir gerade sind. Das liebe und hasse ich an London. »Ich lebe schon mein ganzes Leben lang hier, und trotzdem gibt es so viele Ecken, die ich noch nie gesehen habe. Ich könnte nicht einmal sagen, in welchem Stadtteil wir gerade sind«, gestehe ich und lege die Arme um meine Brust, als mich der Windzug erwischt, während wir gerade um die Ecke biegen, ohne jegliches Ziel vor den Augen.

Noch bevor Yeonjun etwas erwidern kann, zeige ich mit ausgestrecktem Arm auf ein Parkhaus direkt vor uns. »Lass uns auf das Parkdeck!«

»Bist du gar nicht müde?« Er sieht mich an, und ich verliere beinahe den Verstand, weil ich stundenlang einfach nur in diese dunklen warmen Augen blicken könnte. Zu blöd nur, dass Freunde so was nicht tun. Und obwohl Freunde sich im besten Fall auch nicht küssen, frage ich mich, wie sich seine Lippen wohl auf meinen anfühlen würden.

»Machst du etwa schlapp? Ich erinnere dich gern an deine eigenen Worte. Du wolltest nämlich das Wochenende mit mir einleiten. Und noch haben wir Freitag.« Ich schaue auf mein Smartphone, das an einer bunten Schnur über meiner Schulter hängt. »Es bleiben genau zehn Minuten davon übrig, bevor man es wirklich Wochenende nennen kann.«

»Du bist süß, wenn du betrunken bist«, lässt er mich wissen und läuft schnellen Schrittes an mir vorbei und geradewegs auf das Parkhaus zu.

»Ey!«, rufe ich und renne ihm hinterher. »Ich kann noch ganz klar denken und sprechen. Woran machst du also fest, dass ich betrunken bin?«

Yeonjun zieht sein Handy aus der hinteren Hosentasche, stellt sich neben mich und öffnet seine Kamera. Wir werden beide von einer Laterne angeleuchtet. Er steht hinter mir, streckt den Arm nach vorne, damit ich mich ausgiebig im Display betrachten kann.

»Eventuell erschließt sich das für mich durch deine roten Wangen und die rote Nasenspitze. Und das Wissen darüber, dass du drei Cocktails getrunken hast, die nicht gerade wenig Alkohol enthielten.«

Über den Bildschirm sehen wir uns direkt an, es dauert keine Sekunde, bis sein Lächeln mich ansteckt, als er plötzlich auf den Auslöser drückt. Immer und immer wieder. Selbst dann noch, als ich schon dabei bin, mir die Hände vors Gesicht zu halten und mich wegzudrehen.

»Erinnerungen müssen festgehalten werden«, sagt er mit einem frechen Grinsen auf den Lippen.

»Ach, halt die Klappe und komm!«

Unendlich viele Stufen und hundert schwere Atemzüge später sind wir oben auf dem Parkdeck angekommen. Die eiserne Tür, die zum Treppenhaus führt, fällt hinter uns zu. Wir sind sieben Stockwerke über London. Sieben Stockwerke weit weg von der Welt, dem Boden unter unseren Füßen und der Stadt, die anscheinend doch nicht immer und überall belebt ist.

Mit ausgestreckten Armen und geschlossenen Augen drehe ich mich einige Male um meine eigene Achse. Atme die frische Nachtluft ein und lausche dem Straßenlärm, der sich irgendwo in der Ferne abspielt. Alles, was jetzt noch fehlt, ist Musik.

»Hast du ein Lieblingslied?«, frage ich Yeonjun, bleibe stehen und öffne wieder die Augen. Er steht neben der Mauer, die uns von dem Abgrund trennt, und beobachtet mich. Ich gehe zu ihm und setze mich mit Schwung auf den Beton. Seine Augen weiten sich, während er seinen Arm vorschnellen lässt und um meinen Rücken legt.

»Keine Sorge, ich habe meinen Gleichgewichtssinn noch im Griff. Versprochen. Du kannst mich ruhig loslassen.«

Doch er schüttelt nur den Kopf. »Mein Lieblingslied ist *Yellow*«, wispert er, ohne meinen Rücken freizugeben, als würde er befürchten, ich würde jeden Moment nach hinten und somit in die Tiefe stürzen.

»Von Coldplay?« Meine Stimme klingt quietschig. Nichts gegen Coldplay, die machen gute Musik. Nur ist das eines dieser Lieder, bei denen ich das Radio abschalte, sobald die ersten Töne erklingen. Nicht unbedingt, weil der Song schlecht ist, viel eher, weil man ihn schon zu oft gehört hat.

»Nein, wobei deren Version auch toll ist. Aber mein Lieblingslied ist die Coverversion von Cenji.«

Ich öffne Spotify auf meinem Smartphone und tippe den Namen des Künstlers ein. Ganz oben, auf Platz eins befindet sich *Yellow*, und ich klicke drauf.

»Look at the stars, look how they shine for you. And everything you do ...« Leise, fast schon flüsternd, singt Yeonjun Strophe für Strophe mit, während wir auf die Lichter Londons blicken.

Der Song endet, und ich drücke bei meinem aktuellen Lieblingslied auf Play. *Malibu Nights* von LANY.

Ich lege mich mit dem Rücken auf die breite Mauer, auf der ich bis eben noch dicht an dicht neben Yeonjun saß. Nun liegt mein Kopf nur wenige Zentimeter von seinem Oberschenkel, und wären wir nicht nur Freunde, würde ich diesen Abstand überqueren, um meinen Kopf in seinem Schoß zu betten und ihm ins Gesicht zu schauen. Stattdessen schaue ich in den schwarzen Himmel. Keine Spur von dem Mond oder auch nur einem einzigen Stern. Über mir schwebt das endlose Nichts.

»Heavy thoughts when it gets late put me in a fragile state. I wish I wasn't going home ...«, ertönt es aus den Lautsprechern.

»Manchmal glaube ich, ich bin nur ein Schatten meiner selbst«, gestehe ich mit geschlossenen Augen. Der Wind treibt mir Yeonjuns Parfüm in die Nase. Holzig und frisch. Stark und doch weich.

»Wie kommst du darauf?«

»Ich weiß nicht. Ich ...« Statt weiterzusprechen, versuche ich, ruhig zu atmen. Meinen Mut zu finden und einmal zu sagen, was ich wirklich denke.

»Du kannst mit mir über alles reden, Hope.« Seine Finger spielen mit meinen Haarspitzen, die auf dem kalten Stein der Mauer liegen.

»Alle glauben, dass es mir gut geht. Ich lächle jeden Tag. Ich lächle so viel, dass ich abends manchmal ins Bett falle und mir das Gesicht wehtut, weil ich so zwanghaft versuche, dieses Bild von mir aufrechtzuerhalten. Das Bild einer stets gut gelaunten und glücklichen Hope. Wenn ich mal nicht lächle, glaube ich, zu viel von mir preiszugeben, Menschen zu tief blicken zu lassen.« Mein Herz bleibt kurz stehen, und ich schnappe nach Luft, ungläubig darüber, so viel gesagt zu haben. »Sie sollen nicht die Verletztheit in mir sehen oder mich mit Mitleid in der Stimme fragen, ob es mir gut geht, weil sie mir ansehen können, dass dem nicht so ist. Niemand sieht mein wahres Gesicht, weil ich es niemandem zeige. Da ist nur diese Maske, und das Schlimme daran ist, dass ich sie nicht einmal ablegen will.«

»Es hört sich für mich eher so an, als würdest du nach einem Zufluchtsort suchen, sei es eine Person oder wirklich ein Ort, bei dem du deine Maske ablegen kannst. Nur weil du den Menschen auch deine verletzliche Seite zeigst, heißt es nicht, dass du ihnen dein Herz ausschütten musst. Nur hab bitte nicht das Gefühl, eine Rolle spielen zu müssen. Ja, du wirkst auf Außenstehende wie der reinste Sonnenschein, und auch ich war und bin fasziniert von deiner positiven Ausstrahlung. Aber habe ich jemals geglaubt, dass es dir deshalb immer gut geht? Dass du nicht auch mal wütend sein darfst? Oder traurig? Oder verzweifelt? Nein, natürlich nicht. Es klingt bescheuert, aber du bist gut, so wie du bist. Mit und ohne Lächeln.«

Eine Träne läuft mir die Wange hinunter und tropft auf den Beton unter mir. Ich weiß nicht, ob es daher kommt, weil ich mich zum ersten Mal geöffnet und meine Gedanken geteilt habe, oder an Yeonjuns Worte, die mitten ins Schwarze getroffen haben. »Danke«, flüstere ich.

»Komm, steh auf«, fordert er mich auf, steht innerhalb von Sekunden vor mir und hält mir seine Hand hin.

Ohne nachzufragen, ergreife ich sie und lasse mich in seine Arme ziehen. Meine Wange schmiegt sich an seine Brust, und seine Hand legt sich sanft an meinen Hinterkopf. Ich war nie ein Mensch, der gerne umarmt wurde. Zumindest habe ich das bisher geglaubt. Denn jetzt, hier, in diesem Moment, fühle ich mich so gut wie lange nicht mehr. So geborgen und sicher. So als könnte ich in Yeonjuns Armen alles um mich herum vergessen und mich nur auf seinen Herzschlag konzentrieren. Seine Umarmung schenkt mir Hoffnung. Hoffnung darauf, dass das Leben nicht nur grau und stürmisch ist. Und darauf, dass ich nicht auf ewig mit dieser Maske rumrennen werde.

Kapitel 10

Hope

Kate rast mit einer Geschwindigkeit an mir vorbei, dass ich mich beinahe am Tresen festhalten muss, um nicht mitgerissen zu werden. Sie hat offensichtlich nicht mit diesem Ansturm im Café an einem verregneten Montag Mitte Mai gerechnet, weshalb sie mir und Mora auch freigegeben hatte.

Vor drei Stunden kam ihre Nachricht, ob ich heute Zeit hätte, um spontan einzuspringen. Obwohl ich am Nachmittag mit Yeonjun verabredet bin, habe ich zugesagt. Nicht nur wegen des Geldes, sondern auch, weil ich meine Chefin nicht guten Gewissens im Stich lassen kann. Die Arbeit im *Cosy Corner* macht mir wirklich Spaß, und auch wenn der Drahtseilakt zwischen dem Café, Geigenunterricht und dem Studium manchmal sehr anstrengend ist, könnte ich es mir gar nicht anders vorstellen.

»Ich bin da! Ich bin da!«, ruft Mora, als sie durch die Glastür den Laden betritt und sich hektisch umsieht. Unsere Blicke treffen sich, und sie beginnt, bis über beide Ohren zu strahlen. »Bin sofort bei dir, bringe nur den nassen Regenschirm nach hinten.«

Hinterm Tresen bin ich gerade dabei, einen Cappuccino to go für den Anzugtypen vor mir zuzubereiten, als Kate wieder neben mir steht. »Ist es in Ordnung, wenn du doch etwas länger bleibst?

Ich habe Cole die Woche freigegeben, weil er zu seinen Eltern fahren wollte. Hätte echt nicht gedacht, dass diesen Montag so viel los sein würde. Tut mir leid.«

Cole ist noch relativ neu im Team. Da Mora und ich nur Aushilfen sind, hat sich Kate eine Teilzeitkraft mit mehr Stunden gesucht und diese in Cole gefunden hat.

Eigentlich haben wir ausgemacht, dass ich bis drei Uhr arbeite, da ich um halb vier mit Yeonjun ins YORI gehen wollte, um an meinem Ziel zu arbeiten, die komplette Speisekarte des Lokals durchzuprobieren. »Fünf Uhr?«, schlage ich ihr vor, woraufhin Kate sich bedankt und den Zopf enger zieht, bevor sie das Stück Käsekuchen einer älteren Dame an den Tisch bringt.

Ich reiche dem Mann seinen selbst mitgebrachten Becher und wünsche ihm noch einen schönen Tag. Hinter ihm wartet gerade niemand, der bedient werden möchte, da die meisten Kunden es sich im Laden bequem gemacht haben und nur vereinzelt mal jemand kommt, der etwas zum Mitnehmen möchte. Ich nutze die Gelegenheit, um mein Handy aus der Schublade zu nehmen und Yeonjun eine Nachricht zu schreiben.

Von: Hope
Kannst du mich erst um fünf abholen? ☺ Hier steppt
der Bär, und Kate braucht meine Unterstützung.

Von: Yeonjun
Mach ich. Passt auch ganz gut. Bin mit meiner Arbeit
etwas in Verzug. Wahrscheinlich komme ich schon
etwas eher vorbei und trinke noch einen Kaffee im
CC. Dann kann ich dort am Tablet weiterarbeiten.

Unzählige Kaffeespezialitäten und Muffins später, betritt er das

Café. Yeonjun trägt eine schwarze, enge Jeans, einen weißen Pullover und darüber einen schwarzen Mantel, der ihm bis zu den Knien reicht und ihn noch größer aussehen lässt, als er es sowieso schon ist. Wieder mal fällt mir auf, dass er mit seiner Ausstrahlung einen ganzen Raum erleuchtet. Es müsste verboten sein, so unfassbar gut auszusehen. Dass sich einige Gäste nach ihm umdrehen, wundert mich kein bisschen.

Ich begrüße ihn mit einem warmen Lächeln, das Yeonjun sofort erwidert. Er setzt sich hinten auf das kleine Sofa und zieht sein Tablet aus dem Rucksack.

»Ach, sieh mal einer an, wer sich mal wieder hierherverirrt hat.« Kate stupst mich mit ihrer Hüfte an. »Natürlich ausgerechnet an einem Tag, an dem du arbeitest. Ich sag's dir, er ist fast nie hier, wenn du freihast. Ich bin mir nicht einmal sicher, ob ihm der Kaffee hier überhaupt schmeckt oder er nur die Aussicht genießt.«

Ich verdrehe nur die Augen, was Mora und Kate zum Lachen bringt. Gerade als ich einen Schritt nach vorne mache, höre ich erneut Kates Stimme.

»Hast du nicht vorhin darum gebeten, heute den Tag nicht in der Bedienung, sondern nur hinter dem Tresen zu verbringen?«

»Nimm es ihr nicht übel«, sagt Mora und dreht sich zu Kate. »Sie hat ihren neuen besten Freund lange nicht mehr gesehen. Ich glaube seit ...« Mora hält sich den Zeigefinger ans Kinn und blickt theatralisch in die Ferne. »Vierundzwanzig Stunden. Vielleicht auch eher zweiundzwanzig. Sie sind zwar nach ihrem Feierabend verabredet, aber ihre Vorfreude scheint so groß zu sein, dass sie bis dahin nicht mehr warten mag.«

»Du spinnst doch. Ich habe ihn gestern gar nicht ...« Verdammt, doch, habe ich. Wenn auch nur kurz. Ich habe den ganzen Tag im Proberaum auf dem Campus verbracht. Wir haben immer mal wieder getextet, und er wollte wissen, wann ich Pause habe, also sind wir kurz etwas trinken gewesen. »Okay, vielleicht ist es keine vierundzwanzig Stunden her. Na und? Mit dir treffe ich mich auch fast jeden Tag.«

Seit dem Abend im *God's Own Junkyard* vor zwei Wochen gab es keinen einzigen Tag, an dem Yeonjun und ich nicht mindestens miteinander geschrieben haben. Wir waren im Kino, viel spazieren und noch mehr essen. Dass ich jemals einen Menschen so schnell so nah an mich heranlasse, hätte ich noch vor wenigen Monaten niemals geglaubt. Aber es ist so einfach, mit Yeonjun befreundet zu sein. Seit er mir gesagt hat, dass ich nicht jeden Tag fröhlich sein muss, habe ich mich langsam mit dem Gedanken angefreundet, Fremde ruhig sehen zu lassen, wenn ich mal schlecht drauf oder traurig bin. Jedes Gefühl hat seine Daseinsberechtigung.

Kate bindet sich ihre Schürze neu, bevor sie mich breit grinsend ansieht.

»Was ist?«

»Nichts, nichts«, winkt sie ab.

Ich stemme die Hände in die Hüften. »Jetzt sag schon.«

Sie räuspert sich und rückt dann mit ihrem Kopf etwas näher an mich heran, als würde sie ernsthaft glauben, irgendwer könnte uns zuhören. »Sag Yeonjun bitte nicht, dass ich dir davon erzählt habe. Eigentlich wollte ich es dir auch gar nicht sagen.«

Dass sie seinen richtigen Namen verwendet, erwärmt mein Herz. Vor ein paar Tagen waren Zoe und Noah zu Besuch im *Cosy Corner*, was ich zum Anlass genommen habe, um sie alle zu fragen, ob sie seinen Vornamen kennen. Alle haben mich mit einem entsetzten Blick angesehen. Zoe, Noah und Yeonjun sind schon länger befreundet, und doch wussten nicht einmal sie, dass Lee nur sein Nachname ist. Nicht, weil sie nicht bereit dazu wären, seinen vollen Namen auszusprechen. Es lag einzig und allein daran, dass er es ihnen nie gesagt hat, weil er so lange einfach nur Lee war, durch die Macht der Gewohnheit und der Engstirnigkeit mancher Menschen.

»Ich kann dir gar nicht mehr genau sagen, wann es war, aber definitiv noch bevor wir gemeinsam Silvester bei Aidans Tante gefeiert haben«, erklärt Kate, und auch Mora rückt nun ein Stück näher an uns heran, sodass wir jetzt alle drei die Köpfe zusammenstecken. »Ich habe ihn gefragt, wieso er dich dauernd ansieht. Und weißt du, was seine ekelig kitschige Antwort war? ›Wenn Hope auf einen zukommt, hat man das Gefühl, die Sonne würde aufgehen.‹ Und wenn ihn seine Kreativität verlässt, bist du eine Art Muse für ihn. Okay, das Wort Muse hat er nie erwähnt, aber im Grunde war das die Bedeutung hinter seinen Worten. Aber sag ihm das bloß nicht!«

»Das hättest du ihr nicht sagen dürfen. Schau mal bitte, wie sie grinst.« Mora legt ihre Handfläche unter mein Kinn, um Kate meinen Gesichtsausdruck quasi auf dem Präsentierteller zu servieren. Wofür sind beste Freundinnen auch sonst da.

Unentschlossen darüber, was ich von Kates Worten halten soll, gehe ich einen Schritt zurück und blicke zu Yeonjun, der den Stift seines Tablets gekonnt zwischen den Fingern kreisen lässt, während er nachdenklich auf den Bildschirm in seinem Schoß starrt.

Wie oft ich in meinem Leben schon als Sonnenschein bezeichnet wurde, kann ich schon gar nicht mehr zählen. Besonders Freunde oder Arbeitskollegen meiner Eltern haben mich schon von klein auf so genannt. Früher traf dieses Wort auch noch auf mich zu. Da war ich wie Daisy: unbefangen, fröhlich, ausgelassen. Wenn mich heute jemand so nennt, hinterlässt es nur einen bitteren Beigeschmack. Doch wenn Yeonjun es sagt, ist es anders.

So, als würde er durch die Gewitterwolken hindurch auch die Sonne in mir sehen können.

»Schnapp dir deine Jacke und dann verschwinde hier«, fordert Kate mich auf und ist schon dabei, mir die Schleife im Rücken zu lösen, um mir die Schürze über den Kopf zu ziehen.

»Was? Nein. Ich habe doch gesagt, ich bleibe bis fünf. Yeonjun weiß das auch.«

»Ich bin deine Chefin, und ich sage dir, dass du jetzt Feierabend hast.« Kate verschränkt die Arme vor der Brust und setzt einen bösen Blick auf, der bei ihren braunen Rehaugen und den engelsgleichen blonden Haaren nicht wirklich einschüchternd wirkt. Trotzdem gehorche ich ihr, falte meine Schürze zusammen und lege sie in das Fach unter dem Tresen.

»Yeonjun!«, ruft Kate einmal quer durch das Café und lächelt alle, die hochblicken, entschuldigend an. Sie macht eine Handbewegung, die ihm verdeutlichen soll, herzukommen. »Na los, hol deine Sachen«, flüstert sie, ohne den Blick von ihm zu nehmen.

Also tue ich, was sie sagt, hole meine beige-weiß karierte Hemdjacke und den kleinen braunen Lederrucksack. Keine Minute später stehe ich mit Yeonjun vor der Tür. Er schaut zu mir runter, ich zu ihm rauf.

»Ich glaube, meine Chefin hat mich gerade rausgeschmissen. Also, was machen wir bei diesem wunderschönen Wetter? Hunger habe ich noch nicht, und ehrlich gesagt habe ich echt Rückenschmerzen. Heute Vormittag habe ich Dad geholfen, neue Blumen im Garten einzupflanzen.«

»Wir könnten uns bei mir einen Film oder eine Serie anschauen«, schlägt er vor.

Am liebsten würde ich sofort Ja brüllen, halte mich dann aber doch zurück. Seit ich ihn kennengelernt habe, habe ich mich gefragt, wie seine Wohnung aussieht, und vor allem, wie viele Pflanzen er wirklich zu Hause hat. Ich versuche, ganz lässig zu antworten, als würde ich lieber was anderes machen wollen, aber das Wetter lässt es leider nicht zu. »Klar, warum nicht.«

Eine zwanzigminütige Bahnfahrt später stehen wir in seinem Treppenhaus, und mein Herz schlägt mir bis zum Hals, während Yeonjun seine Tür aufschließt und mir dann den Vortritt in seine Wohnung lässt. Ich weiß gar nicht, weshalb ich so extrem nervös bin. Vielleicht, weil dies der nächste Schritt in unserer Freundschaft ist? Das Zuhause ist etwas so Privates, in das ich definitiv nicht jeden lassen würde.

Ein langer Flur liegt vor mir. Weiße Wände, voll mit abstrakten Kunstwerken. Ich schlüpfe aus meinen Schuhen und stelle sie ordentlich vor den großen Spiegel, direkt neben Yeonjuns Sneaker. Meine Jacke hänge ich an die schwarze Garderobe. Sofort umgibt mich ein Geruch, an den ich mich schon fast gewöhnt habe. Seine Wohnung riecht genau wie er: warm und einladend.

Den Rucksack drücke ich mit einer Hand fest an meinen Oberkörper. »Hast du die Bilder gemacht?«

Er folgt der Bewegung meiner Finger, die über die raue Oberfläche der Leinwände fährt. Jede einzelne Leinwand ziert viel Schwarz, Weiß und ein kühler Beigeton. »Nein, leider bin ich mit dem Pinsel nicht einmal ansatzweise so kreativ und gut wie mit einem Apple Pencil oder einem Bleistift. Aber ich habe eine Schwäche für abstrakte Ölgemälde«, erklärt er das Offensichtliche, während wir das Wohnzimmer betreten.

»Ach du Scheiße!« Die Worte entgleisen mir, und schnell halte ich meine Hand vor den Mund. »Sorry, ich bin gerade nur etwas überwältigt von den ganzen Pflanzen. Und überhaupt. Wie um alles in der Welt bist du mitten in London an diese Wohnung gekommen, und wie um alles in der Welt kannst du die bezahlen?«, frage ich ihn mit einem Lachen.

Das Wohnzimmer ist riesig. Eine Wand ist in einem matten Schwarz gestrichen, alle anderen Wände sowie der Parkettboden und die Decke sind weiß. In der Mitte des Raums steht ein geräumiges graues Ecksofa. Drei große Fenster erstrecken sich links von mir, davor ein Schreibtisch aus Massivholz. Egal, wo man hinsieht, überall gibt es grüne Farbtupfer. Pflanzen auf den Regalen, eine Monstera, die vermutlich größer ist als ich, und weitere Pflanzen hängen mitsamt schwarzen Blumentöpfen in den Ecken von der Decke.

»Da war das Glück wohl auf meiner Seite. Die Wohnung gehört einem guten Bekannten von mir, weshalb ich einen Freundschaftspreis bekommen habe. Ich fühle mich hier so wohl, dass ich am liebsten nie wieder ausziehen mag«, erklärt er und lehnt sich an den Türrahmen, durch den wir eben ins Wohnzimmer gekommen sind.

Ich höre das Aber in seinen Worten mitschwingen. »Aber?«

»Ich weiß einfach nicht, ob ich für immer in London bleiben möchte. Es gibt Momente, in denen es mich schon zurück nach Busan zieht oder in denen ich mir auch eine andere europäische Großstadt gut vorstellen könnte.«

Irgendwas in mir zieht sich zusammen bei dem Gedanken, dass Yeonjun vielleicht nicht immer hier sein wird. Es ist lächerlich. Wir sind seit ein paar Wochen befreundet, und schon habe ich das Gefühl, als könnte ich ihn mir gar nicht mehr aus meinem Leben wegdenken.

Im Schneidersitz mache ich es mir auf dem Sofa bequem.

»Also wenn du dann endlich ausziehst, hätte ich gerne den Kontakt zu deinem Kumpel, in der Hoffnung, dass er mir auch einen

Freundschaftspreis gibt«, übertünche ich dieses beklemmende Gefühl in der Brust gespielt.

»Da kann es jemand kaum abwarten.«

Wie wenig du doch recht hast, Yeonjun.

»Möchtest du etwas trinken? Wasser? Tee? Limo?« Er macht eine kurze Pause und fügt noch hinzu: »Soju?«

»Nur wenn du den mit Pflaumengeschmack hast.« Als wir das zweite Mal beim Koreaner essen waren, habe ich den Schnaps zum ersten Mal probiert. Es gibt verschiedene fruchtige Geschmacksrichtungen, und ich habe sie alle durch. Pflaume ist mit Abstand mein liebster.

Mit meinen gelben Socken an den Füßen schleiche ich Yeonjun hinterher. Durch die Tür gegenüber vom Wohnzimmer geht es in die Küche. Der Boden sieht aus wie ein Schachbrett – schwarz-weiß gekachelt. Die Wände sind in einem leicht gräulichen Tannengrün gestrichen. Die Küchenzeile ist weiß, mit einer hellen Holzplatte. Ein kleiner Holztisch und zwei schwarze Stühle stehen am anderen Ende des Zimmers vor dem Heizkörper.

Yeonjun öffnet den Kühlschrank, holt die grüne Glasflasche heraus und zwei Shotgläser aus dem Hängeschrank. »Als hätte ich gewusst, dass du kommst«, sagt er und hält mir den Soju entgegen.

Sein Lächeln erwärmt mein Inneres so sehr, dass ich mich erneut frage, wie es wohl sein würde, wenn er nicht mehr in London lebt, oder wie es wäre, nicht mehr mit ihm befreundet zu sein. Vielleicht ist das Wort *einsam* die Antwort darauf.

»Du könntest dir also wirklich vorstellen, England den Rücken zu kehren?«, hake ich nach, auch wenn seine Worte unmissverständlich waren.

»Niemand weiß, was die Zukunft bringt. Das ist der Grund, warum ihr Potenzial unbegrenzt ist.«

»Wow, wieder eine Weisheit aus dem Kalender deiner Mum?«

»Ausnahmsweise nicht. Eine Weisheit von Rintarou Okabe.« Ich verstehe nur Bahnhof, während wir wieder zurück ins Wohnzimmer gehen.

»Von wem?«

»Das ist ein Wissenschaftler aus einem Anime«, erklärt er mir, setzt sich auf das Sofa und schenkt uns ein.

Mit großen Augen schaue ich ihn an, stütze meine Hände auf den Knien ab und beuge mich zu ihm vor. »Aus welchem Anime? Du schaust Animes? Oft? Welcher ist dein liebster?«

Er legt den Kopf leicht in den Nacken und beginnt zu lachen. Ich gebe zu, ich werde euphorisch, sobald ich jemanden treffe, der ebenfalls Animes schaut. »Das Zitat ist aus *Steins;Gate*. Ja, ich schaue Animes, seit ich denken kann. Sehr oft, und mein Lieblingsanime ist neben *Steins;Gate* noch *Fullmetal Alchemist: Brotherhood*.«

Ich halte mein Glas in die Luft. »Darauf müssen wir anstoßen!«

Innerhalb von Sekunden ist die brennende Flüssigkeit in unseren Kehlen verschwunden. Ich liebe die Stärke und die Süße des Sojus.

»Deinem begeisterten Blick nach zu urteilen, guckst du auch Animes. Welchen magst du am meisten, und welchen guckst du aktuell?« Yeonjun lehnt sich zurück und verschränkt die Arme hinter seinem Nacken.

»Achtung, es folgt eine Standardantwort. *Death Note*. Aber eigentlich liebe ich alle Animes. Die Geschichten sind einfach so einzigartig, da können normale Serien nicht mithalten. Leider fehlt mir gerade irgendwie die Zeit, um etwas zu schauen. Aber das Letzte war die aktuelle Staffel von *Attack on Titan*, von der ich leider etwas enttäuscht war.«

»Danke, endlich jemand, der das auch so sieht.« Er hält mir seine Hand entgegen. Ich halte sie länger, als es eigentlich nötig wäre. Seine Haut ist warm und weich. Irgendwas beginnt in meinem Bauch, zu kribbeln, doch so schnell, wie dieses Gefühl kommt, verdränge ich es auch wieder. Erst als ich wieder loslasse, redet er weiter. »Es war so verwirrend. Das Ende war total offen und hat einige Fragen unbeantwortet gelassen. Aber ich habe gehört, dass es nun plötzlich doch noch eine Staffel geben soll.«

»Echt? Das habe ich noch gar nicht mitbekommen. Zum Glück kommt da noch was. Aber *Steins;Gate* steht auch schon lange auf meiner Liste. Habe nur Positives gehört, trotzdem habe ich dann doch immer wieder einen anderen Anime angefangen«, gestehe ich und lege mein dickes Haar über die linke Schulter.

Wir sitzen uns gegenüber, und meine Augen wandern wie von selbst zu dem winzigen Muttermal an seinem Kinn, bis mir plötzlich noch ein genauso kleines am Wangenknochen auffällt. Beide auf seiner linken Gesichtshälfte.

Es kribbelt mir in den Fingern, als wären Ameisen unter meiner Haut, die mich förmlich anflehen, den Arm nach Yeonjun auszustrecken und über seine Wange zu fahren; eine imaginäre Linie zwischen den zwei Muttermalen zu ziehen.

»Dann lass es uns doch gucken, es sind nur vierundzwanzig Episoden à dreiundzwanzig Minuten. Fünf Stunden und fünfzig Minuten.«

Mein Blick fällt wie von selbst auf die digitale Uhr über dem Schreibtisch. Es ist halb vier. Würden wir alles an einem Stück gucken, wäre ich gegen zehn Uhr zu Hause. Es ist Montag, einer der arbeitsreichsten Tage für Mum. Für gewöhnlich ertränkt sie ihren Kummer am Anfang der Woche nicht in Alkohol und bringt ihre Tochter ins Bett, ohne sich vorher mit Dad zu streiten. Ich kann nur hoffen, dass es heute auch so ist.

»Schmeiß du Netflix an, und ich bestelle uns Pizza. Was für eine möchtest du?«, frage ich bereits mit meinem Handy in der Hand und der Lieferservice-App geöffnet.

»Lass uns doch bei der Pizzeria nebenan bestellen? Dort schmeckt es echt gut, und dann müssen wir nicht so lange warten. Mein Bauch ist schon ordentlich am Knurren.« Yeonjun greift nach der Fernbedienung, die auf dem Couchtisch liegt, der aus zwei rustikalen Weinkisten besteht. Optisch perfekt abgestimmt, zu den Holzbalken und dem Schreibtisch.

»Am Kühlschrank hängt deren Karte und die Telefonnummer«, erklärt er, während er Netflix öffnet und unzählige Animes auf seiner Startseite erscheinen. Das ist mein neuer bester Freund, denke ich mit einem zufriedenen Grinsen im Gesicht. »Ich würde die vegane Pizza nehmen, davon haben sie nur eine. Nummer zehn.«

In der Küche schnappe ich mir die Karte, wobei ich gar nicht erst reinschauen brauche. Ich nehme immer ganz langweilig eine Pizza Margherita mit extraviel Käse. Während ich mit dem Handy die Nummer wähle und darauf warte, dass jemand abnimmt, bleiben meine Augen an den Polaroidfotos am Kühlschrank hängen. Eines zeigt seinen jüngeren Bruder beim Fußballspielen. Ein anderes seine Mutter inmitten eines atemberaubenden Gartens. Eines zeigt alle drei zusammen am Strand, und dann ist da noch ein Bild mit zwei kleinen Jungs, der eine deutlich größer als der andere, und in ihrer Mitte steht ein Mann, der ihr Vater sein muss.

»Pizzeria Giovanni, was darf ich für Sie tun?«

»Hallo. Ich hätte gerne die vegane Pizza und eine Margherita mit Extrakäse«, gebe ich unsere Bestellung auf.

»Gerne. Wohin dürfen wir liefern?«

»Das ist jetzt etwas peinlich, aber ich weiß weder die Straße noch die Hausnummer. Auf jeden Fall die Tür direkt neben Ihrem Eingang. Bitte bei dem Nachnamen Lee klingeln.«

Der Herr lacht am Telefon und bedankt sich anschließend für die Bestellung.

»Also ... Du musst dich auf jeden Fall auf *Steins;Gate* einlassen. Am Anfang kann es etwas seltsam wirken, aber du musst ihm eine Chance geben«, erklärt er mir, als ich wieder den Raum betrete, und klopft auf den freien Platz neben sich.

»Das trifft auf so gut wie jeden Anime zu, Yeonjun.«

Sein bis eben noch zaghaftes Lächeln wird um einiges breiter.

»Was ist?«, frage ich und setze mich neben ihn.

Er zuckt mit den Achseln. »Weiß nicht. Mag es einfach, wenn du meinen Namen sagst.« Die Worte kommen ihm so leicht und sanft über die Lippen, dass ich kurz eine Gänsehaut bekomme.

Es bleibt keine Zeit, um irgendwas zu erwidern, da er plötzlich auf Play drückt und der typische Netflix-Sound ertönt. Das ganze Opening von *Steins;Gate* über kann ich an nichts anderes als seine Worte denken. Mag er es, wenn ich seinen Namen sage, weil es so wenig Leute tun? Oder weil *ich* ihn ausspreche?

Keine fünfzehn Minuten später klingelt es auch schon, und wir müssen die erste Folge pausieren. Ich springe sofort auf und wühle in meinem Rucksack nach meinem Portemonnaie. Als ich es dann endlich in der Hand halte, sieht mich Yeonjun mit einer hochgezogenen Augenbraue an. »Ich bezahle.«

»Auf keinen Fall. Du hast die letzten beiden Male schon unser Essen bezahlt.«

»Ja, und die zwei Male davor hast du darauf bestanden«, erwidert er und möchte mir meine Geldbörse aus der Hand nehmen.

»Und jetzt bestehe ich wieder darauf!« Ich halte so sehr an meinem Portemonnaie fest, dass ein Geräusch von reißender Naht erklingt. Sofort lasse ich los, um den Schaden nicht noch größer zu machen. Doch anscheinend hat Yeonjun den gleichen Gedanken gehabt, weil es zu Boden fällt.

Genau in diesem Moment klopft es an der Tür. »Oh, Mist. Tut mir leid.« Er bückt sich und legt mir die gelbe Geldbörse in die Hand, bevor er zur Tür eilt, um dem Pizzaboten aufzumachen.

Mein Blick gleitet langsam nach unten zu einem der wertvollsten Gegenstände, die ich besitze.

Dank des Risses, der schon vorher drin war, hängen beide Seiten nur noch schlaff hinunter. Meine Augen füllen sich mit Tränen, während ich wie versteinert noch immer mitten im Raum stehe und nicht glauben kann, dass ich einen weiteren Teil meiner Schwester gehen lassen muss. Nicht glauben kann, dass alles irgendwann kaputtgeht und mich verlässt.

Erst als Yeonjun direkt vor mir steht, seine Hände um mein Gesicht legt und mir die Tränen von den Wangen streicht, merke ich, dass ich zu weinen angefangen habe.

»Hey«, flüstert er. Und als wüsste er genau, was los ist, nimmt er mir das Portemonnaie langsam aus der Hand. »Das kriegen wir wieder hin.«

Aus tränendurchfluteten Augen sehe ich zu ihm hoch. Mein Blick ist verschwommen, und ich schniefe zweimal, bis ich seine Worte begreife.

»Es tut mir wirklich leid. Ich nähe sie dir wieder zusammen, dann sieht sie fast aus wie neu. Versprochen. Ich bin gut darin. Wenn man früh auszieht und wenig Geld hat, dann lernt man schnell, Löcher zu flicken und Risse zusammenzunähen«, erklärt er mir mit einem entschuldigenden, sanften Lächeln auf den Lippen, das mich glauben lässt, dass manches in meinem Leben vielleicht doch noch zu reparieren ist.

Aber, wenn es eine Sache gibt, die auf gar keinen Fall kaputtgehen darf, dann ist es unsere Freundschaft.

Kapitel 11

Yeonjun

Der letzte Maitag taucht London in ein Meer aus warmen Farben. Wie orangefarbene Zuckerwatte schweben die Wolken über unseren Köpfen, und während ich Hope dabei beobachte, wie sie in einem hellgrünen und mit Blumen bedruckten Kleid an die Mauer gelehnt steht und auf mich wartet, frage ich mich, wie ich es schaffen soll, mich nicht in diese einzigartige Frau zu verlieben. Denn das habe ich mir geschworen. Abgesehen davon, dass ich mich einfach nicht in sie verlieben *darf*, wäre sie sowieso an nichts interessiert, was über eine Freundschaft hinausgeht. Das hat sie deutlich gesagt, und um ehrlich zu sein, war ich froh darüber. Es ließ mich beinahe erleichtert aufatmen, weil es dadurch leichter ist, sie nur als gute Freundin zu betrachten.

In den vergangenen Wochen verging kaum ein Tag, an dem wir uns nicht gesehen haben, und wenn dies doch mal vorkam, haben wir miteinander telefoniert oder geschrieben. Ja, ich war derjenige, der die Freundschaft ins Rollen gebracht hat, weil Hope mich so sehr fasziniert hat, dass ich sie einfach näher kennenlernen und in meinem Leben haben wollte. Und trotzdem hätte ich nicht mit solch einer Verbindung gerechnet. Dass es sich ab der ersten Sekunde anfühlt, als wäre es nie anders gewesen.

Hope fährt sich durch das lange, gelockte Haar, bevor sie plötzlich mit einer Frau ins Gespräch kommt. Sie lacht über irgendetwas, geht in die Hocke und streichelt dem Golden Retriever der Frau mehrmals über den Kopf, wobei ihr Lächeln immer strahlender wird. Sichtlich erfreut über die Aufmerksamkeit – was ich ihm nicht verübeln kann – beginnt er damit, Hopes Gesicht von oben bis unten abzulecken.

Ich verkneife mir das Lachen und lasse sie nicht länger auf mich warten. Heute Morgen habe ich direkt nach dem Aufstehen eine Nachricht von ihr erhalten, in der sie mich gebeten hat, um zwei Uhr am Eingang zum Strand Campus des King's College zu sein.

Die Frau mit dem Hund entfernt sich von Hope, und gerade als ich über die Ampel gehen möchte, verändert sich der Ausdruck in ihrem Gesicht. Das Lächeln verschwindet, und zurück bleibt eine Traurigkeit, die mich an unser Gespräch auf dem Parkdeck erinnert. Daran, wie sie mir gesagt hat, dass sie es leid ist, eine Maske zu tragen. Sie scheint über die letzten Jahre hinweg ein Bild von sich selbst erschaffen zu haben, das nicht vollendet ist. Niemand bekommt das gesamte Kunstwerk zu sehen, sondern nur das, was sie einen sehen lassen möchte. Auch wenn ich das Gefühl habe, dass sie sich mir gegenüber bereits ein wenig geöffnet hat, so hoffe ich trotzdem, dass sie irgendwann bei mir ganz sie selbst sein kann.

»Hi. Wartest du schon lange?«, frage ich und nehme sie in den Arm. Seit sie das erste Mal bei mir zu Hause war, haben wir damit begonnen, uns zur Begrüßung und Verabschiedung zu umarmen. Manchmal fühlt es sich falsch an, sie wieder loszulassen. Ich wünschte mir, ich könnte sie so lange festhalten, wie ich möchte, ohne damit falsche Signale zu senden.

Sie löst sich von mir. »Höchstens zehn Minuten, aber kein

Problem. Ich wollte nach dem trockenen und durchaus langweiligen Kurs sowieso ein wenig Luft schnappen, bevor wir wieder reingehen.«

Ein Sonnenstrahl reflektiert sich im Notenschlüsselanhänger von Hopes Kette. Das Kleid, das ihr bis zu den Knien reicht, steht ihr so gut, und am liebsten würde ich es ihr sagen, lasse es dann aber doch bleiben.

»Wohin entführst du mich?« Dass sie mir nach meiner letzten Nachricht nicht mehr geantwortet hat, hat mich nur noch neugieriger werden lassen. »Ins YORI?« Es war das Erste, das mir in den Sinn kam, da wir schon oft dort waren und es in der Nähe der Uni ist, allerdings würde sie darum kein großes Geheimnis machen. Mittlerweile hat sie schon neun verschiedene Gerichte von der Karte probiert, und jedes einzelne hat ihr geschmeckt, nur die Tteokbokkis waren ihr ein wenig zu scharf, weshalb ich den halben Teller für sie aufessen musste.

Ihr Lachen erfüllt die Luft. »Nein, ausnahmsweise mal nicht. Komm mit!«

Durch einen großen Steinbogen betreten wir den Campus. Uns kommt eine Menschentraube entgegen, allesamt mit Gitarrenkoffern auf dem Rücken. Es ist unübersehbar, dass hier die Fakultät für Musik ist. Der Vorhof liegt dank der hohen Mauern im Schatten, worüber ich gerade sehr dankbar bin. Obwohl ich gesehen habe, wie warm es heute wird, habe ich nicht damit gerechnet, dass es auch so schwül sein würde, weshalb ich mich gegen Shorts und für eine lange dunkle Hose entschieden habe. Im Nachhinein betrachtet war dies definitiv ein Fehler.

»Schleppst du mich jetzt etwa in deinen nächsten Kurs, damit es dank meiner Anwesenheit nicht ganz so langweilig wird?« Ich frage mich wirklich, was sie vorhat.

Aus dem Augenwinkel sehe ich, wie sie den Kopf schüttelt, sagen tut sie jedoch nichts, was mich stutzig macht. Nicht, dass ich ihr zuliebe nicht einen Kurs besuchen würde, jedoch könnte ich mir an diesem sonnigen Tag schönere Unternehmungen mit ihr vorstellen, als in einem Saal voller musikbegeisterter Menschen zu sitzen und einem Professor zuzuhören.

Dass Hope für ihre Verhältnisse sehr still ist, hinterlässt ein flaues Gefühl in meinem Magen, während wir durch eine Holztür nach innen gelangen und eine Steintreppe nach oben gehen. Vor einer großen Flügeltür bleibt sie stehen und dreht sich zu mir um.

»Also es kann sein, dass ich hiermit eher mir selbst einen Gefallen tue als dir. Das weiß ich noch nicht so genau. Ich hoffe aber trotzdem, du wirst dich ein wenig freuen. Ähm ...« Sie verschränkt ihre Finger ineinander und verlagert ihr Gewicht von einem Bein auf das andere. Ich habe sie selten so nervös gesehen, was meinen Puls sofort beschleunigt. Sie beißt sich auf die Unterlippe. Mit ihren ozeanblauen Augen sieht sie zu mir auf, und als ihr Blick mich trifft, will ich für einen Moment alles für sie sein. Alles, außer bloß ein guter Freund.

»Ich will dich damit jetzt auch nicht überrumpeln oder so, aber ...«

»Hope! Jetzt sag schon. Was hast du vor? Ich platze gleich vor Nervosität.« *Und lauter zurückgehaltener Gefühle.*

Ohne ein weiteres Wort öffnet sie die Tür. Die Sonne scheint durch die bodentiefen Fenster und blendet mich kurz. Als sich meine Augen an die Helligkeit gewöhnt haben, fallen mir erst die dünnen weißen Vorhänge auf, die durch die geöffneten Fenster in den Raum reinwehen. Erst dann erweckt etwas anderes meine Aufmerksamkeit. Ein schwarzes Klavier steht in der Mitte. Langsam betrete ich den kleinen Saal, nehme nur leise wahr, wie Hope hinter mir die Tür schließt und näher an mich herantritt.

Es ist lange her, seit ich das letzte Mal vor einem Klavier

stand, und noch länger, seit ich auf einem gespielt habe. Doch ich stand auf jeden Fall noch nie vor einem Klavier von Steinway & Sons. Die Lenkrollen erstrahlen in einem glänzenden Gold, genau wie auch die einzelnen Scharniere, das Logo und der Schriftzug der Marke. Die Eleganz, die es ausstrahlt, ist kaum zu übertreffen.

»Wir haben den Proberaum für zwei Stunden, also ...« Sie spielt mit den Enden ihrer Haarsträhne, bevor sie sie hinters Ohr schiebt. »Wenn du Lust hast, dann gehört das Klavier für diese Zeit dir. Wenn du nicht spielen möchtest, ist das natürlich auch okay. Ich dachte nur ...«

»Danke, Hope«, unterbreche ich sie, weil sie sich um Kopf und Kragen redet und ich sie einfach sofort wissen lassen muss, dass sie mir damit eine riesige Freude bereitet.

Sie lächelt erleichtert und beobachtet mich, wie ich mit den Fingern über die Tasten gleite, was den Raum mit Klängen erfüllt. Eine leichte Gänsehaut überkommt mich. Erst als ich mich auf den Hocker setze, merke ich, wie sehr ich es vermisst habe.

Hope setzt sich neben mich, faltet ihre Hände im Schoß und wartet. Die Luft ist wie elektrisiert. Mein Körper steht unter Anspannung und ist zugleich völlig entspannt. Ich fühle mich so leicht – schwerelos.

Mein Fuß legt sich wie von selbst auf das Klavierpedal, und als ich mit den Fingern die ersten Tasten drücke, entfacht der Funke, der bis eben noch in der Luft war, ein überwältigendes Feuer. Ich denke an nichts. Mein Kopf ist wie leer gefegt, als hätten diese ersten Töne alle Gedanken ausradiert.

Mit geschlossenen Augen spiele ich das Stück, das ich als allererstes auswendig gelernt habe. Meine Mutter ist wie besessen von Elvis Presley, und im Gegensatz zu mir war sie ganz begeistert von Dads Idee, mich zum Klavierunterricht zu schicken. Als ich ihr das erste Mal *Can't Help Falling In Love* von Elvis vorgespielt habe, war ich so stolz, und als ich die Tränen meiner Mutter sah, wollte ich nie wieder etwas anderes tun, als für sie zu spielen.

Ich versinke in der Musik, spiele, ohne nachzudenken, weil jeder einzelne Fingergriff automatisch geht. Langsam bewege ich mich zu der Musik. Ich war noch nie gut darin, während des Spielens still und komplett steif dazusitzen. Mein Lehrer hat mir immer gesagt, dass es zwei Arten von Spielern gibt: diejenigen, die diszipliniert aufrecht sitzen, und diejenigen, die nicht anders können, als die Musik durch ihren ganzen Körper dringen zu lassen.

Erst als der letzte Akkord ausklingt und schließlich verhallt ist, öffne ich die Augen. Ich kann die Emotionen in ihrem Gesicht nicht deuten. Ihr Ausdruck verrät nicht, ob sie glücklich oder traurig ist. Ob sie gleich lacht oder weint.

»Das war wunderschön. Das war Elvis, oder? Ich komme bloß nicht auf den Songtitel.« Sie dreht sich auf dem Hocker leicht zur Seite, um mich besser ansehen zu können.

Die Worte kommen nur schwer über meine Lippen. »*Can't Help Falling In Love*«, antworte ich ihr und erkenne meine eigene Stimme kaum wieder. Für wenige Sekunden blitzt etwas in ihren Augen auf. Etwas, das mich kurz glauben lässt, dass sie denselben Gedanken hat wie ich. Wie passend dieser Titel doch zu unserer Situation ist.

»Es ist das Lieblingslied meiner Mutter.«

»Und welches ist dein Lieblingslied auf dem Klavier?«

Anstatt es ihr zu sagen, zeige ich es ihr und beginne wieder, zu spielen. *Pearl Harbor* ist einer dieser Filme, der bei mir hängen geblieben ist, den man nicht einen Tag nach dem Schauen wieder vergisst und an den man sich mit einer Schwere in der Brust zurückerinnert. Hans Zimmer hat – wie auch schon bei unzähligen anderen Filmklassikern – mit dem Lied *Tennessee* ein perfektes Lied für den Film erschaffen. Ein Lied mit Höhen und Tiefen. Seine Musik berührt jedes Mal und vermittelt die Tragik des Lebens verpackt in einzelnen Tönen.

Hopes Augen sind glasig, als ich meinen Blick hebe und sie ansehe. Zarte Falten bilden sich auf ihrer Stirn, während sie die Augenbrauen beinahe gequält nach oben zieht. Das Gute – aber gleichzeitig auch Verheerende – an Musik ist, dass man nie weiß, was Menschen mit bestimmten Stücken verbinden. Welche Erinnerungen es in ihnen weckt und welche Gefühle ausgelöst werden.

Sie muss die Sorge in meinem Blick gesehen haben, weil sie schnell zu lächeln beginnt und ihre Hand auf meinen Oberarm legt. »Mir geht's gut. Es war nur ... Ich weiß nicht. Stücke von Hans Zimmer sind einfach ... anders?«

»Anders?«

Sie nickt. »Ja, sie gehen tiefer. Tun weh und sind trotzdem atemberaubend schön.« Während die Vorhänge in der Luft tanzen, fallen immer mal wieder Sonnenstrahlen in Hopes Gesicht und betonen ihre Sommersprossen, die wie kleine Farbtupfer über ihrem Nasenrücken und den Wangen verteilt sind.

»Wenn du *Tennessee* spielen kannst, dann doch sicher auch *Time*, oder? Bitte sag Ja!«, fleht sie mich an und hebt ihre gefalteten Hände in die Höhe.

Ein schelmisches Grinsen schleicht sich auf meine Lippen, und ich fange an, das Lied zu spielen, das durch einen meiner Lieblingsfilme – *Inception* – bekannt geworden ist.

Und während ich mich der Musik hingebe und in ihr versinke, bemerke ich, dass Hope näher bei mir sitzt als zu Beginn. So nah, dass ich in manchen Bewegungen ihre Schulter mit meiner streife. Doch anstatt wegzurücken, bleibt sie, wo sie ist, an meiner Seite.

Die letzten Stunden vergingen so schnell, dass es sich jetzt, hier inmitten des Regent's Parks beinahe so anfühlt, als wäre all das nie passiert. Als hätte ich nicht noch vor Kurzem alles auf dem Klavier gespielt, was mir nach all der Zeit noch im Gedächtnis geblieben ist.

Ich habe mich so oft bei Hope bedankt, dass sie mir nach dem fünften Mal lachend gedroht hat, beim sechsten Danke mir nie wieder einen Gefallen zu tun.

»Wann fliegst du noch einmal? Ich muss mir diesen Tag rot im Kalender anstreichen.« Wir schlendern in der prallen Sonne durch den zwei Quadratkilometer großen Park und unterhalten uns gerade über meine baldige Reise in die Heimat.

»Am fünfundzwanzigsten Juni«, antworte ich ihr, und als von ihr nichts mehr kommt, hake ich nach. »Wieso rot anstreichen? Bist du so traurig darüber und möchtest bis dahin jeden Tag mit mir auskosten?«

»Du spinnst! Im Gegenteil. Es ist der Tag der Erlösung. Ich habe dann vier Wochen Ruhe vor dir.« Sie streckt mir die Zunge entgegen. Das freche Grinsen auf ihrem Gesicht verrutscht für einen Augenblick, der aber ausreicht, um mir zu sagen, dass sie sich nicht über meine Abreise freut. Doch bevor ich etwas erwidern kann, legt sie einen Schritt zu, sodass sie ein paar Meter zwischen uns bringt.

Ob es in Ordnung wäre, ihr zu sagen, dass es auch für mich das erste Mal ist, dass ich mich nicht zu hundert Prozent auf Busan freue? Dass ich lieber den Sommer mit ihr erleben oder sie noch lieber einfach mitnehmen wollen würde, um ihr meine Heimat zu zeigen?

»Wir sind gleich da«, sagt sie eine Spur zu euphorisch und blickt über die Schulter zu mir zurück.

»Wo genau ist da?«

»Bei den Kirschbäumen. Wenn wir Glück haben, dann hängen schon Kirschen dran. Soweit ich weiß, kann man die von Ende Mai bis Ende Juli ernten, je nach Sorte.«

Mittlerweile habe ich sie eingeholt und gehe wieder neben ihr den Kiesweg entlang, der uns zum Queen Mary's Rose Garden, in der Nähe des Open-Air-Theaters, führt. Ich war bisher nur einmal dort. Vor vier Jahren im Herbst bei einem Konzert von Mumford & Sons.

Hope kickt im Gehen mit ihrem Fuß gegen die kleinen Steine auf dem Boden und blickt angestrengt nach unten. »Arbeitest du in Busan auch, oder nimmst du dir von der Arbeit vier Wochen eine Pause?«

»Ich versuche, die Zeit wirklich, so gut es geht, mit meiner Familie und meinen Freunden zu verbringen. Ich habe den letzten Auftrag auch gestern erfolgreich abgeschlossen und jetzt nur kleine Sachen angenommen wie zum Beispiel die Gestaltung eines Logos für eine Cateringfirma. So ganz kann ich es dann doch nicht sein lassen. Man könnte sagen, wenn ich mehrere Tage nicht wenigstens mein Tablet in der Hand halte und etwas entwerfe, werde ich langsam, aber sicher verrückt. Das ist auch der Grund, weshalb ich gerne Webtoons mache. Ich sehe das überhaupt nicht als Job, auch wenn man damit natürlich auch etwas Geld verdienen kann, aber für mich ist es nur ein Hobby. Etwas, bei dem ich abschalten kann. Fast so wie beim Klavierspielen«, erkläre ich ihr und denke an meinen aktuellsten Webtoon, bei dem sich die Kommentare von Lesenden häufen, mit der Bitte darum, so schnell wie möglich das nächste Kapitel online zu stellen.

»Du bist also ein kleiner Workaholic.«

»Könnte man so sagen. Bin mir nur nie sicher, ob das etwas Positives oder etwas Negatives ist. Eigentlich doch eher negativ.«

»Finde ich nicht. Ich habe bei dir nicht den Eindruck, als würdest du arbeiten, um viel Geld zu scheffeln und der erfolgreichste Typ überhaupt zu werden. Jedes Mal, wenn du mir von deinen Projekten erzählt hast, warst du so voller Begeisterung. Es ist irgendwie inspirierend. Ich hoffe, dass ich irgendwann genau so von meiner Arbeit reden kann.«

Schon von Weitem ist unschwer zu erkennen, dass wir unser Ziel fast erreicht haben. Die Rosensträucher, die ich bisher noch nie gesehen habe, da sie im Oktober vor Jahren nicht geblüht haben, erstrahlen in vielen verschiedenen Farben. Doch Rot hat eindeutig die Überhand.

»Das wirst du. Du musst mit zwanzig noch nicht dein ganzes Leben planen. Sowieso muss das niemand. Was ist so schlimm daran, sich einfach treiben zu lassen und das zu tun, was sich in genau diesem Moment richtig anfühlt, ohne immer mit den Gedanken bei der Zukunft zu sein?«, frage ich sie und scheine einen Nerv getroffen zu haben. Sie zieht die Augenbrauen nach oben und rümpft die kleine Stupsnase.

»Mir fällt es schwer, im Hier und Jetzt zu leben. Stattdessen …« Ihr Blick verdunkelt sich, und ich erkenne so viel Schmerz in ihren Augen, dass es wehtut. »Stattdessen lebe ich in der Vergangenheit. Stecke da irgendwo fest. Es fühlt sich an, als wäre ich an sie gefesselt. Und die Zukunft macht mir Angst. Das Ungewisse macht mir Angst.«

Ich bleibe stehen.

»Hope …« Aus irgendeinem Grund fehlen mir die Worte. Ich habe keinen Kalenderspruch in petto, mit dem ich ihren Schmerz verschwinden lassen kann. Worte sind schön, sie tun gut, aber sie können einen nicht immer retten. Manchmal sind sie mehr Hohn und Spott. Ich könnte gewiss etwas sagen. Doch einfach irgendwas zu sagen, fühlt sich gerade nicht richtig an.

»Aber weißt du was?« Ihr Lächeln ist wieder zurück, und es erreicht dieses Mal ihre Augen. Es ist ehrlich und aufrichtig.

»Hm?«

»Wenn ich Zeit mit dir verbringe, bin ich genau hier.« Sie deutet mit dem Finger auf den Boden. »Da vergesse ich die Vergangenheit und das Ungewisse. Und dafür ... Ja, dafür bin ich dir sehr dankbar.«

Ihr hellgrünes Kleid, das von der Hüfte abwärts locker über ihre Beine bis zu den Knien fällt, weht im Wind, und die Sonne wirft ihren Schatten auf den Kies. »I-ich auch«, stammle ich, weil ich schon wieder nicht weiß, was ich sagen soll, und das passiert mir verdammt selten.

Sie lächelt mich an, die Grübchen graben sich wieder in ihre Wangen, und obwohl sie nichts sagt, weiß ich, dass es okay ist und ich nicht viel sagen muss. Weil sie weiß, wie ich mich fühle. Weil sie sich genauso fühlt. Weil diese Freundschaft uns beiden guttut.

Hope dreht sich um, ihre braunen Locken tanzen in der Luft, als sie plötzlich auf einen der großen Kirschbäume zurennt. Langsam nähere ich mich ihr und sehe dabei zu, wie sie unentwegt in die Höhe springt, um an eine der Kirschen zu kommen. Wieder wünsche ich mir, ich könnte Hope Südkorea zeigen, besonders im Frühling. Wenn die zahlreichen Kirschbäume noch ihre rosafarbenen Blüten tragen und es an manchen Tagen regelrecht Kirschblätter regnet.

»Argh. Ich komme nicht ran«, beschwert sie sich, als ich neben ihr zum Stehen komme, und stemmt die Hände in die Hüften. »Kannst du mir bitte eine pflücken?«

»Nein.«

Blitzartig dreht sie ihren Kopf in meine Richtung und sieht mich aus großen blauen Augen an. »Nein?« Sie klingt, als wäre sie sich nicht sicher, mich richtig verstanden zu haben, als könnte sie nicht glauben, dass ich ihrer Bitte nicht nachkomme.

»Du sollst sie dir selbst pflücken«, erwidere ich und gehe vor ihr in die Hocke. Mit der rechten Hand klopfe ich mir auf die Schulter.

»Vergiss es. Ich werde mich nicht auf deine Schultern setzen.«

»Wieso nicht?« Mein Blick fällt auf eine kleine Raupe, die sich gerade durch das kurze Gras schlängelt.

»Weil du fast zwei Meter groß bist. Wenn ich falle, breche ich mir den Hals.« Sie lacht kurz auf. »Okay, das ist vielleicht etwas übertrieben, aber trotzdem.«

»Ich würde dich niemals fallen lassen, Hope.«

Scheinbar reicht dieser eine Satz aus, um sie umzustimmen. Vorsichtig legt sie ihr linkes Bein über meine linke Schulter. Ich schlinge meinen Arm um ihr Bein und halte sie in Höhe des Knies fest, während sie das andere auf meine rechte Schulter legt und ich mich langsam aufrichte.

Mit ihrem Kopf steckt sie irgendwo zwischen den Ästen des Baums. »Wow, die Aussicht ist klasse. Dort hinten steht ein älterer Herr und spielt Gitarre. Da müssen wir gleich hin.«

Keine Minute später bittet sie mich, sie wieder runterzulassen. Mit glänzenden und glücklichen Augen hält sie mir ihre Handinnenfläche entgegen, in der einige knallrote Kirschen liegen. Ich greife nach einem Stiel, an dem zwei der dunkelroten Früchte hängen.

»Probier«, fordert sie mich auf.

Doch stattdessen mache ich einen Schritt auf sie zu. Ihre Augen weiten sich, als ich meinen Arm nach ihr ausstrecke. Ich lege ihr die Haare hinters Ohr, bevor ich den Kirschstiel darüberhänge. Wie versteinert steht sie da und blickt mir tief in die Augen, bis ihre Lippen zu zucken beginnen und ein kleines, fast schon schüchternes Lächeln offenbaren.

Kapitel 12

Hope

Die Lichterketten, die an der Decke meines Balkons befestigt sind, tauchen alles in ein warmes Licht. Obwohl wir Ende Juni haben und somit offiziell Sommer, ist es abends ziemlich kühl, weshalb Mora und ich uns zwei meiner liebsten Kuschelpullover aus dem Schrank geholt und übergezogen haben. Sie stößt gerade den Rauch ihrer Zigarette aus, der kleine Wölkchen in der Dunkelheit hinterlässt. Es ist schon zehn Uhr. Daisy ist längst im Bett. Mum ist noch immer nicht zu Hause. Und meine beste Freundin wollte vor einer Stunde schon gehen. Doch ich will mich nicht beschweren, ich genieße ihre Anwesenheit und ihr lautes, ansteckendes Lachen.

»Dieses Mal ist es wirklich vorbei mit James. Ich schwöre, Hope. Hoch und heilig. Auf alles, was mir lieb ist. Der Mistkerl kann mir gestohlen bleiben.« Zwischen der Wut, die man deutlich heraushört, schwingt auch eine gewisse Melancholie mit. Es ist nicht das erste Mal, dass sie sich von ihm trennt, und doch hoffe ich, es ist das letzte Mal und dass sie nie mehr zu ihm zurückkehren wird.

»Das wäre gut für dich und deinen Seelenfrieden. Es klingt abgedroschen, aber du hast so was von etwas Besseres verdient.« Ich lehne meinen Kopf auf ihre Schulter und blicke auf die Baumkronen, die im Wind wehen.

Wir sitzen auf der kleinen Holzbank, die Dad vor Jahren gebaut hat und die mit gemütlichen Polstern ausgelegt ist. Mein Balkon ist das Highlight an meinem Zimmer. Er ist nicht riesig, aber groß genug für einen kleinen Tisch, die Bank und zwei kleine Sitzsäcke. Ganz links steht ein Regal mit Pflanzen, die draußen besser aufgehoben sind als in meinem Zimmer. Unter unseren Füßen liegt ein beige-braun gestreifter Teppich.

Mora drückt ihren Zigarettenstummel im Aschenbecher aus. »Bist du sehr traurig?«

»Worüber?«, frage ich verwundert, denn wenn sie glaubt, ich sei enttäuscht, dass sie sich von James getrennt hat – auch wenn es das sechste Mal ist –, dann kennt sie mich schlechter, als ich dachte.

»Dass Yeonjun übermorgen fliegt und ihr euch vier Wochen nicht sehen werdet.« Sie versucht schon die ganze Zeit, das Gespräch wieder auf ihn zu lenken. Dass ich ihn das erste Mal mit zur Uni genommen habe, ist bereits drei Wochen her. Seitdem waren wir noch fünf weitere Male im Proberaum. Erst höre ich ihm beim Klavierspielen zu, und dann er mir mit der Geige. Gestern hat er versucht, mir Time von Hans Zimmer beizubringen. Vergebens. So gut ich mit der Geige auch bin, so schlecht bin ich am Klavier.

»So ein Quatsch«, sage ich wie aus der Pistole geschossen und weiß selbst, dass meine Antwort zu schnell war, um glaubwürdig zu sein. Morgen werde ich ihn das letzte Mal für vier Wochen sehen, einen ganzen verdammten Monat. Achtundzwanzig lange Tage. Ja, ich bin traurig, aber gleichzeitig freue ich mich für ihn.

»Ihr seht euch fast jeden Tag. Wenn ich dich mal spontan frage, ob du Zeit hast, vertröstest du mich immer auf später oder morgen, weil du mit ihm unterwegs bist. Ich frage mich langsam, wie du das alles unter einen Hut bekommst. Das *Cosy Corner*, Geigenunterricht, die Uni, mich – deine beste Freundin – und deinen … Ich habe keine Ahnung, was er für dich ist.« Mora rückt ein wenig von mir weg, um mich direkt ansehen zu können. Sie begutachtet jeden Zentimeter meines Gesichts, wartet auf irgendeine Regung von mir, die ihr eine Antwort geben könnte.

»Er ist mein bester Freund.« Das auszusprechen macht es nur noch realer. Ich habe innerhalb weniger Monate jemanden kennengelernt, der mir zuvor fremd war, und nun fühlt es sich an, als wäre es so was wie Schicksal gewesen. »Du weißt, ich bin absolut nicht spirituell oder Ähnliches, aber manchmal glaube ich, es war Schicksal. Und ja …« Ich lasse die Schultern hängen und mache mich mit meiner Ehrlichkeit vor ihr nackt. Wenn nicht vor ihr, vor wem dann? »Ja, ich bin traurig. Ich habe mich so an ihn gewöhnt. Es ist fast schon gruselig.«

»Du redest von ihm, als wäre er mehr als nur ein Freund für dich.«

»Ist er auch.«

»Also bist du verliebt?« Ihre Frage lässt mich aufschrecken.

»Was? Nein! Er ist einfach jemand, den ich in meinem Leben haben möchte. Jemand, bei dem ich mich wohlfühle und mit dem ich Spaß habe. Jemand wie du«, versuche ich irgendwie, meine Gefühle zu erklären.

»Oh nein, Hope. Nicht wie ich. Oder bist du in mich etwa auch verliebt?«, bohrt sie nach, als würde sich meine Antwort dadurch ändern.

»Mora, du weißt genauso gut wie ich, dass ich noch nie verliebt war.« Noch nie habe ich mein Herz an jemanden verschenkt. Und jedes Mal, wenn jemand darauf entsetzt reagiert, frage ich mich, was daran so schlimm sein soll? Bin ich etwa erst ein vollwertiger Mensch, wenn ich verliebt bin? Nein, verdammt. Liebe ist mit Sicherheit was Wunderschönes, aber nichts, was einen Menschen definiert.

»Vielleicht bist du ja gerade dabei, dich zu verlieben. Aber auch wenn nicht, ich freue mich für dich. Yeonjun tut dir gut. Du lachst mehr«, sagt sie, und ich weiß, was sie meint. Irgendwas an dieser Freundschaft verändert mich, macht mich besser, aufrichtiger.

»Ich lache immer.«

»Aber nicht so. In letzter Zeit ist dein Lachen anders. Es ist echt.« Ich erwidere nichts auf ihre Worte. Stattdessen sitzen wir noch minutenlang nebeneinander und genießen den Abend, bevor sich Mora auf den Weg nach Hause macht.

Kurze Zeit später finde ich mich mit meinem Handy in der Hand auf meinem Bett wieder. Gerade als ich Yeonjun eine Nachricht schreiben möchte, um zu fragen, ob er schon seinen Koffer gepackt hat, höre ich einen lauten Knall. Das Geräusch kann nur eins bedeuten: Mum ist zu Hause.

Vorher war alles ruhig. Daisy schläft, und Dad sitzt im Wohnzimmer und schaut *Modern Family*. Zum Glück hat Daisy einen so guten und festen Schlaf, dass sie vermutlich nicht einmal der Lärm eines Feuermelders wecken könnte. Was nicht gerade eine beruhigende Vorstellung ist.

Mit einem Kloß im Hals lege ich das Handy beiseite, stehe auf und gehe zu meiner Zimmertür. In der Dunkelheit stolpere ich über eines der vielen Kissen, die ich vor dem Schlafen vom Bett schmeiße. »Mist!«

Als ich die Tür einen Spalt weit öffne, höre ich das Gebrüll laut und deutlich. Mum schreit Dad an. Ihr Lallen ist kaum zu überhören, weshalb ich mir einbilde, ihre Alkoholfahne bis hier oben hin riechen zu können. Mir wird schlecht, und der Kloß in meinem Hals wird immer dicker, schnürt mir die Luft ab. Langsam fahre ich mit meinen Fingern über den Kehlkopf, schließe die Augen und versuche, mich zu beruhigen.

Sie streiten nur, Hope. Es ist nur ein Streit. Das kommt in den besten Ehen vor. Kein Grund, jedes Mal in Panik auszubrechen.

Ich erinnere mich an all die Male davor. Erinnere mich an die Worte, an die knallenden Türen, an das hysterische Weinen von Mum, an Dads ruhige Stimme, immer mit der Absicht, sie zu besänftigen. Alles spielt sich in Dauerschleife vor mir ab. Und nicht nur vor meinem geistigen Auge. Nein. Es spielt sich in diesem Haus mittlerweile so oft ab, dass ich es langsam nicht mehr aushalte. Ich habe Angst, Daisy könnte etwas davon mitbekommen. Angst, wie sie reagieren würde, wenn sie Mum so sehen würde.

»Du bist ein Loser, Bill.«

Mein Herz zieht sich zusammen, und ruckartig kneife ich mich am Oberschenkel, um den Schmerz woanders auszulösen. Irgendwo, wo es nicht so sehr wehtut. Irgendwo, nur nicht in der Seele. Wie sehr leidet Dad? Wie sehr muss es ihm wehtun, das zu hören?

Meine Tränen verschleiern mir die Sicht, während ich auf Zehenspitzen auf den Flur hinaustrete und dem Geländer immer näher komme. Das Parkett unter meinen Füßen fühlt sich fremd an, die Wände mit den Familienfotos fühlen sich fremd an, alles an diesem Zuhause fühlt sich so erschreckend fremd an.

»Du weißt nicht, was du da redest.« Dads Stimme ist ruhig. Wie immer. Weil das sein Alltag ist und die Streitereien, die betrunkene Wut meiner Mutter, seine Realität. Während er weiter versucht, auf Mum einzureden, laufen mir die Tränen unaufhörlich über die Wangen, versickern im Kragen meines Schlafanzuges. Er ist gelb. Natürlich ist er das. Alle guten Dinge in meinem Leben sind gelb.

Doch jetzt gerade hasse ich es. Den albernen Schlafanzug. Die Farbe Gelb. Dieses Haus. Meine Eltern. Mein Leben. Wäre Manon noch da, wäre es niemals so weit gekommen. Hätte sie uns nicht verlassen, hätten Mum und Dad keine gebrochenen Seelen. Sie wären noch immer das Ehepaar, direkt aus einem Bilderbuch entsprungen. Zwei Verliebte, die sich necken und doch alles füreinander sind.

Die Stimmen werden immer lauter. Auch Dad verliert langsam seine Geduld. »Du musst endlich zur Vernunft kommen, Aurelle!«

»Muss. Muss. Muss.«

»Ja, muss. Du hast noch immer eine Familie. Du hast nicht *alles* verloren. Aber das Schlimmste ist, dass du dich selbst kaputtmachst. Mit jedem weiteren Glas Alkohol rutschst du tiefer in diese Sucht, und du bist eine Närrin, wenn du wirklich glaubst, du könntest da noch allein und ohne Hilfe rauskommen. Bitte. Lass dir helfen. Wir schaffen das. Gemeinsam schaffen wir das.« Ich höre die Verzweiflung in seinen Worten, die Hilflosigkeit und Angst.

Meine Finger klammern sich um das Geländer. Kälte bahnt sich ihren Weg durch meinen Körper. Alles an mir steht unter Hochspannung. Bereit, jeden Moment nach unten zu stürmen und ihnen zu sagen, sie sollen aufhören. Mum zu sagen, dass es so nicht weitergehen kann. Dad zu sagen, dass alles wieder gut wird. Und doch traue ich mich nicht, irgendwas hält mich zurück.

Ich beuge mich etwas vor und sehe Mum im Flur stehen. Sie trägt noch immer ihre Schuhe und ihren Mantel. Ihre sonst stets ordentliche Frisur sieht aus, als hätte sie sich so oft die Haare gerauft, bis sie ihr komplett zu Berge stehen. In der Hand hält sie eine Weinflasche, und als ich ihre verschmierte Schminke sehe, breche ich zusammen. Ich kauere mich auf den Boden, drücke mir die Hand, so hart es geht, gegen den Mund, um keinen schluchzenden Ton von mir zu geben. Ein Meer aus Tränen stürzt über mich ein. Reißt mich mit den stürmischen Wellen mit, bis ich das Gefühl habe, zu ertrinken.

Jedes weitere Wort meiner Eltern dringt nur als Dröhnen an mein Ohr. Ich bin viel zu sehr damit beschäftigt, keine Panikattacke zu bekommen. Mein Herz rast wie verrückt. Mein Hals ist staubtrocken. Auf meiner Stirn und meinen Handinnenflächen bildet sich kalter Schweiß. Ich wische mir mit den Ärmeln meines Schlafanzuges die Tränen aus dem Gesicht und reibe mir über die Augen.

Plötzlich höre ich das Zersplittern von Glas und beuge mich sofort wieder nach vorne. Dads hellgraues Shirt ist komplett in Rotwein getränkt. Scherben liegen überall vor seinen Füßen. Und als ob das noch nicht genug wäre, geht Mum einen Schritt auf ihn zu, holt aus und schlägt ihm ins Gesicht.

Ich möchte schreien, aber kein einziger Ton verlässt meine Kehle, als hätte man mir nicht nur die Luft, sondern auch die Stimme abgeschnürt. Doch in meinem Kopf ist der Schrei umso deutlicher zu hören.

»Ich hasse dich! Ich hasse alles hier!«, brüllt sie, bevor sie zur Treppe stürmt. Wie in Trance laufe ich so leise wie möglich den Gang entlang, bis ans Ende und verschwinde in Daisys Zimmer.

»Daisy?«, flüstere ich mit brüchiger Stimme, um sicherzugehen, dass sie wirklich schläft und nichts von alldem mitbekommen hat. Ich würde es nicht ertragen, zu wissen, dass sie Mums anderes Gesicht kennt. Denn das, was gerade passiert ist, war nicht das erste Mal. Vier Mal habe ich schon gesehen, wie sie die Hand gegen Dad erhoben hat und förmlich auf ihn eingeprügelt hat. Und er hat nichts gemacht. Nichts, außer es über sich ergehen zu lassen. Zu warten, bis der Albtraum vorbei ist und am nächsten Morgen die Frau zurückkehrt, in die er sich einst verliebt hat. Ich möchte nicht wissen, wie oft es tatsächlich schon passiert ist, ohne, dass ich es mitbekommen habe.

Daisys Zimmer ist dank der blau leuchtenden Wallampe an der Wand ein wenig erhellt. Meine Schwester rührt sich nicht. Auf dem türkisfarbenen Teppich, der ein Wellenmuster hat, schleiche ich zu ihrem Bett hinüber. Für eine Achtjährige ist ihr Bett riesig und hat ein Holzgestell, das die Form eines Hauses hat. Dad hat es ihr zu ihrem siebten Geburtstag gebaut. Wieder laufen mir die Tränen über das Gesicht. Vielleicht habe ich aber auch einfach nicht aufgehört zu weinen.

Behutsam hebe ich ihre Decke an und schlüpfe darunter. Daisy murmelt kurz etwas vor sich hin, was sich nach meinem Namen anhört. Dann dreht sie sich um und kuschelt sich an mich. Ich lege einen Arm um sie und streiche langsam über ihr Haar, während ich an die Zimmerdecke starre, an der Leuchtsterne kleben, und lausche dem gedämpften Geschrei.

Wie konnte das alles nur passieren? Dieses Haus war einst voller Liebe. Es gab nie auch nur einen Streit. Alles wurde friedlich und mit Worten geklärt. Selbst wenn Mum mich und irgendeine meiner Entscheidungen mal wieder kritisiert hat und wir aneinandergeraten sind, hat Dad sich immer mit uns hingesetzt und alles ausdiskutiert, bis wir uns wieder in den Armen lagen. Wir haben jeden Morgen zusammen gefrühstückt. Sonntags gingen wir gemeinsam als Familie spazieren, ganz egal, wie das Wetter aussah. All das gibt es nicht mehr. Dieser Ort, der einem Sicherheit und Geborgenheit schenken sollte, verschwindet von Tag zu Tag immer mehr. Ich habe so eine Angst vor dem, was am Ende übrig bleibt. Was von uns übrig bleibt.

Bei dem Gedanken driftete ich langsam in einen unruhigen Schlaf ab.

Mit Bauchschmerzen und gemischten Gefühlen stehe ich an der Bushaltestelle Queensbridge Road. Wäre heute nicht Yeonjuns letzter Tag in London, bevor er morgen nach Busan fliegt, hätte ich unser Treffen vermutlich abgesagt. Zu sehr sitzt mir der Streit meiner Eltern in den Knochen. In der Nacht bin ich mehrere Male mit einem rasenden Herzen aufgewacht und habe mich erschrocken zu Daisy umgedreht, um zu schauen, ob sie noch neben mir liegt und im Gegensatz zu mir ruhig schläft.

Wir wurden von Dad geweckt, der überrascht darüber war, mich in Daisys Bett vorzufinden, und uns fragte, ob alles okay sei. Ich hätte ihn gerne gefragt, ob denn bei ihm alles okay sei, habe es aber sein gelassen. Mit welcher Ausrede er wohl den kleinen Riss auf seiner Wange begründet hätte? Von Mum fehlte jede Spur, doch das ist morgens nichts Neues. Sie verschwindet so früh, wie es nur geht, ins Büro und kommt so spät wie möglich wieder nach Hause. Ich weiß nicht, wann sie das letzte Mal Daisy zur Schule gebracht hat.

Ein Bus kommt vor mir zum Stehen, und noch bevor die Türen sich öffnen, erkenne ich Yeonjun hinter einer älteren Dame mit Rollator. Als er mich sieht, beginnt er zu lächeln, und plötzlich verkriechen sich meine negativen Gedanken irgendwo ganz hinten in meinem Kopf. Sie verschwinden nicht, aber sie spielen nicht mehr die Hauptrolle, und dafür bin ich ihm unendlich dankbar: für dieses Lächeln, seine Zeit und sein Dasein.

Ohne zu zögern, hilft er der älteren Frau, hebt erst ihren Rollator hinunter auf den Asphalt und stützt sie anschließend beim Aussteigen. Sie bedankt sich bei ihm und tätschelt seinen Arm. Sie ist mindestens drei Köpfe kleiner als er, und ich platze innerlich beinahe, weil das Bild, das sich mir ergibt, einfach viel zu süß ist.

»Hi. Heute mal nicht in Gelb.« Yeonjun beugt sich zu mir hinunter, und ich lege meine Arme um ihn und halte ein wenig länger als sonst fest. Der frische, holzige Duft seines Parfüms steigt mir in die Nase. Ich atme noch dreimal tief ein, bis ich ihn loslasse.

Ich habe nicht nur nichts Gelbes an, sondern überhaupt nichts Buntes, was ungewöhnlich für mich ist. Ich trage schwarze Jeansshorts, die Füße stecken in schwarzen Chucks, und obenrum trage ich eine schwarze, kurzärmlige Cropped-Bluse. Heute ist Yeonjun der Farbenfrohe mit seinem olivfarbenen T-Shirt.

»Bist du schon aufgeregt?«, frage ich ihn, während wir links abbiegen und einer Traube Jugendlicher ausweichen.

»Wegen morgen? Nein, mittlerweile fühle ich mich in Flugzeugen recht wohl.« Yeonjun hat die Hände in den Hosentaschen seiner Jeans versteckt.

Schon von Weitem erkennt man, dass der *Columbia Road Flower Market* voll ist und wir nicht die Einzigen sind, die ihn zielstrebig ansteuern.

»Echt? Ich bin zwar noch nicht so oft geflogen wie du, aber schon recht häufig. Weißt du, was ich am gruseligsten finde?«

»Zu wissen, dass zwischen dem Flugzeug und der Erde einige Kilometer Luft liegen?«, rät er, und obwohl er damit nicht richtigliegt, ist der Gedanke, dass unter meinen Füßen pures Nichts ist, auch nicht gerade beruhigend.

»Die Geräusche. Ich finde es so unglaublich laut. Dieses eintönige Brummen, das man nicht einmal mit Musik auf den Ohren ausblenden kann, außer man dreht die Lautstärke auf volle Pulle und die Sitznachbarn sind einem komplett egal.«

Mit meiner Familie war ich öfter mal im Urlaub in Portugal, und auch nach Frankreich sind wir oft geflogen. Aber nichts davon war zu vergleichen mit dem Fünfzehneinhalb-Stunden-Flug nach Lima. Während um mich herum fast alle schlafen konnten, habe ich kein Auge zubekommen.

Wir unterhalten uns noch weiter darüber, wann sein Flieger morgen geht, wann er zu Hause sein wird, und über die Zeitverschiebung. Wenn es in London zwölf Uhr mittags ist, dann ist es bei ihm in Busan acht Uhr am Abend. Abgesehen davon bin ich mir sicher, dass er auch Besseres zu tun haben wird, als ständig mit mir in Kontakt zu bleiben und mir Bilder aus Busan zu schicken.

Ich erinnere mich an eine Frage, die mir Yeonjun mal gestellt hat, und möchte es nun von ihm wissen. »Hast du Lieblingsblumen?«

Wir betreten gerade den Markt, als alles um uns herum bunt wird. Links und rechts am Straßenrand reiht sich ein Stand an den nächsten voll mit Blumen und Pflanzen. Ich war bisher noch nie hier, und spätestens als ich den unschlagbaren Preis für eine ziemlich große Monstera erblicke, schreibe ich mir auf die Agenda, noch einmal herzukommen.

»Hm …« Yeonjun legt eine Hand in den Nacken und schiebt seine Unterlippe grübelnd nach vorne. »Ich muss gestehen, dass ich mich mit Blumen nicht ansatzweise so gut auskenne wie mit Grünpflanzen.«

»Und eine Lieblingspflanze?«

»Albuca spiralis, ein Gewächs aus Südafrika. Leider ist sie nicht gerade leicht zu bekommen, meine habe ich im Internet bestellen müssen. Wie der Name schon fast verrät, sehen die Blätter aus wie Korkenzieherlocken. Sie hat gelbe tropfenförmige Blüten, die seit zwei Wochen endlich wieder blühen. Sobald es dunkel wird, verschließen sie sich«, erklärt er mir, während ich mein Handy hervorhole und nach der Pflanze google. Sie sieht echt interessant aus mit ihren gelockten Blättern.

»Sag mal ...« Ich bleibe mitten auf dem Weg stehen und halte Yeonjun am Unterarm fest. »Wer kümmert sich eigentlich um deine Pflanzen, während du in Busan bist?«

»Mein Nachbar Benjamin ist ein guter Freund von mir, und er hat immer ein Auge auf meine Wohnung, wenn ich mal für längere Zeit nicht da bin. Zum Glück. Ich will mir gar nicht ausmalen, wie einsam meine Babys wären, wenn sie vier Wochen lang niemand besuchen kommt. Außerdem würden es einige auch nicht überleben, so lange nicht gegossen zu werden.« Sein Lachen übertönt für mich alles andere. Die Gespräche der Menschen um uns herum, den Autolärm der anliegenden Straße und auch das Bellen zweier Hunde, das eben noch deutlich zu hören war.

Ich zwinge mich, zu lächeln, bin mir aber sicher, dass mir die Enttäuschung ins Gesicht geschrieben steht. Nur zu gerne hätte ich mich in seiner Abwesenheit um seine Pflanzen gekümmert. Ich fühle mich bei ihm in der Wohnung manchmal wohler als in meinem Zimmer zu Hause. Erst vorgestern haben wir bei ihm Popcorn gemacht und *Made in Abyss* geschaut, bei dem ich ab und an weinen musste. Yeonjun hatte bereits davon gehört, dass der Anime traurig sein soll, weshalb er bewaffnet mit Taschentüchern neben mir saß, um mir jedes Mal eins zu reichen, wenn ich den Tränen freien Lauf gelassen habe.

Wir setzen uns langsam wieder in Bewegung, aber mir entgeht nicht, wie Yeonjuns Blick noch immer auf mir liegt. »Hope?«

Ich sehe zu ihm auf. Seine Augen sind unergründlich, und ich würde gerade alles dafür geben, um zu wissen, was in seinem Kopf vor sich geht, woran er denkt, was er fühlt. Mit erhobenen Brauen warte ich darauf, dass er etwas sagt.

»Möchtest du meine Pflanzen gießen?«

»Was? Wie kommst du darauf?« Ich klinge, als hätte ich ein

Verbrechen begangen und wäre gerade auf frischer Tat ertappt worden.

»Als du mich gefragt hast, wer sich um sie kümmert, lag eine gewisse Euphorie in deinem Blick, und als ich dir gesagt habe, dass das mein Nachbar macht, sahst du ehrlich gesagt ein klein wenig enttäuscht aus.«

Wir bleiben vor einem Stand mit Hortensien stehen. Lila. Dunkelblau. Weiß. Rosa. Hellblau. Ich meide den Blickkontakt mit Yeonjun und bücke mich zu den Blumen hinunter, um an ihnen zu riechen. Dabei versprühen normale Hortensien kaum einen Duft.

Als ich mich wieder aufrichte, suche ich fieberhaft nach irgendeinem Thema, das ich ansprechen könnte, um ihn von seiner Frage abzulenken. Doch mir fällt nichts ein. Ich atme hörbar aus, als hätte ich die Luft angehalten. »Ehrlich gesagt ...«, fange ich an und setze mich wieder in Bewegung, um zum nächsten Stand mit Rosen zu gehen, »... ist es zu Hause aktuell etwas stressig und ... Meine Güte, das klingt total bescheuert. Können wir einfach das Thema wechseln?«

»Nein, klingt es nicht. Du weißt, du kannst mit mir über alles sprechen, und es gibt auch nichts, wofür du dich schämen musst oder so. Sag, was du denkst«, fordert er mich mit sanfter Stimme auf. »Wollen wir uns dort hinsetzen?« Er deutet auf eine freie Bank, die am Rand des Marktes steht, und ich nicke.

Wie befreiend es sein muss, über wirklich alles reden zu können, und obwohl ich weiß, dass mich Yeonjun für rein gar nichts verurteilen würde, könnte ich nicht mit ihm darüber reden, was zu Hause wirklich los ist. Aus Scham oder Angst. Ich weiß es nicht. Vielleicht eine Mischung aus beidem. Scham davor, zuzugeben, dass meine Welt zusammenbricht, und Angst davor, mitleidig angeschaut zu werden.

Trotzdem versuche ich, mich ein wenig zu öffnen und ihm wenigstens die halbe Wahrheit anzuvertrauen, als wir dicht an dicht nebeneinandersitzen.

»Zu Hause geht es ein wenig drunter und drüber. In letzter Zeit waren deine Wohnung und deine Anwesenheit eine kleine Zuflucht für mich.«

Als ich aufsehe und unsere Blicke sich treffen, sagt er nichts. Sein Gesicht ist beinahe ausdruckslos, bis sich seine Mundwinkel leicht nach oben ziehen. Das Lächeln ist warm und beruhigend. Es gibt mir das Gefühl, nichts Dummes gesagt zu haben und mich nicht für meine Worte und Gedanken schämen zu müssen.

»Ich sage Benjamin, dass er sich dieses Mal nicht um meine Wohnung zu kümmern braucht.«

»Nein. Das musst du nicht. Wirklich. Ist schon okay.«

»Ich möchte aber. Mi casa es su casa. Es würde mich wirklich freuen, wenn ich meine Pflanzen in deine Hände geben könnte. Im Gegensatz zu Benjamin würdest du sicherlich auch mit ihnen reden, was mich erleichtert. Sie sollen schließlich nicht vereinsamen.« Yeonjun fährt sich mit der Hand durchs Haar, das er sich heute ein wenig zur Seite gestylt hat, sodass man seine ganze Stirn sieht. Er sieht wunderschön aus, wie immer.

Ich presse die Lippen aufeinander und spiele mit den Fäden, die am Ende meiner Shorts hängen, und ziehe einen nach dem anderen raus. »Einverstanden«, nuschle ich.

»Was hast du gesagt?«

»Einverstanden«, wiederhole ich erneut leise.

»Ich verstehe dich nicht.« Er stößt mit seinem Arm leicht gegen meinen, um mir einen Ruck zu geben.

Also straffe ich die Schultern und sehe ihm in die dunklen, fast schon schwarzen Augen und sage voller Selbstbewusstsein: »Einverstanden.«

Nachdem wir noch ungefähr eine Stunde über den Markt geschlendert sind, entscheiden wir uns dazu, zu ihm zu gehen. Wenn ich mich um seine Pflanzen kümmern soll, brauche ich schließlich seinen Wohnungsschlüssel und eine kleine Einweisung darin, welche Pflanze wie oft gegossen werden soll. Immerhin hat er nicht nur die gängigen Grünpflanzen, bei denen ich mich selbst gut auskenne. Von einer Albuca spiralis zum Beispiel habe ich zuvor noch nie etwas gehört.

In seiner Wohnung angekommen, lasse ich mich auf das einladende Sofa fallen. Wir sind zu Fuß zu ihm gegangen, was ungefähr eine Stunde gedauert hat. Ich bin so kaputt und habe einen Bärenhunger, sodass ich gerade alles verdrücken würde, was man mir auf den Teller legt. Da Yeonjun seine Vorräte vor der Abreise aufgegessen und nur noch zwei Scheiben Toast für sein Frühstück morgen übrig hat, entscheiden wir uns dazu, bei unserem koreanischen Restaurant des Vertrauens Bibimbap zu bestellen.

»Magst du darüber sprechen, wieso es bei dir daheim aktuell stressig ist?«, fragt er mich aus heiterem Himmel und setzt sich, anstatt auf das Sofa, vor mich auf den Boden. Eine Angewohnheit von ihm, die mir schon öfter aufgefallen ist und die er damit begründet hat, dass er es aus seiner Kindheit und Jugend gewohnt ist, auf dem Boden zu sitzen.

Er sieht so niedlich aus, wie er im Schneidersitz vor mir sitzt und mich mit großen, besorgten Augen ansieht, dass mir gar keine Zeit bleibt, um über seine Frage und damit über meine Eltern nachzudenken. Stattdessen starre ich auf seine Haare, die so weich und voll aussehen. Ich tue etwas, das ich schon seit Anbeginn unserer Freundschaft tun wollte. Ich beuge mich nach vorne, strecke meinen Arm aus und fahre ihm mit den Fingern hindurch, bevor ich anfange, es wie wild durchzuwuscheln.

Erschrocken und mit hochgezogenen Augenbrauen sieht er

mich an. Sein Haar steht in alle Richtungen ab, was ihn nur noch niedlicher macht, und als er dann auch noch anfängt, zu lachen, wird mir so warm ums Herz, dass ich mir wünsche, er würde morgen nicht abreisen. Wie um alles in der Welt soll ich vier Wochen ohne dieses Lachen durchstehen?

»Das kam unerwartet«, presst er zwischen seinen Lippen hervor, bevor er mich plötzlich am Handgelenk packt und mich runter vom Sofa zieht, sodass ich sanft neben ihm auf dem Boden lande. Ohne Vorwarnung legt er seine Hand auf meinen Kopf und wuschelt auch meine Haare einmal ordentlich durch.

Ich keuche erschreckt auf, schubse ihn von mir weg und nutze die Gunst der Stunde, um aufzustehen und vor ihm wegzulaufen. Hinter dem dicken Holzbalken inmitten des Wohnzimmers bleibe ich stehen. »Das war keine Einladung, um dich auch an meinen Haaren zu vergreifen«, rufe ich, während ich ein Lachen unterdrücken muss.

»Wie du mir, so ich dir.« Mit einer einzigen Bewegung ist er auf den Beinen und kommt auf mich zu. Ich drücke mich von dem Balken ab und mache einen großen Bogen um ihn, stehe nun im Türrahmen des Wohnzimmers. »Na, warte«, sagt er grinsend und läuft nun um einiges schneller auf mich zu. Seine Fingerspitzen berühren ganz leicht meinen Rücken, während ich rennend und lachend die Küche ansteuere.

Mitten im Raum bleibe ich stehen. Zum einen, weil es hier kein Entkommen gibt, da die Küche nicht genug Platz bietet, und zum anderen, weil ich den riesigen Strauß Sonnenblumen auf dem Tisch am Fenster entdeckt habe. Es müssen mindestens zehn von ihnen sein.

Plötzlich ist es ganz still. Alles, was ich höre, sind Yeonjuns leise Schritte, die immer näher kommen, und als er direkt hinter mir stehen bleibt, bekomme ich am ganzen Körper eine Gänsehaut. Auch ohne mich umzudrehen, spüre ich seinen Blick deutlich auf mir. Mein Bauch beginnt, ungewöhnlich doll zu kribbeln. Es fühlt sich seltsam an. Anders. Neu. Unerwartet.

»Die sind für dich.« Er durchbricht die Stille und steht noch immer dicht hinter mir. So nah, dass ich mir einbilde, seinen Atem auf meinem Nacken zu spüren. »Ich war mir nicht sicher, ob es komisch oder falsch rüberkommen würde, dir Blumen zu schenken, bevor ich gehe. Also habe ich gedacht, ich überlasse es dem Schicksal, ob es sich ergibt, dass du heute noch mit zu mir kommst, oder eben nicht.«

»Und wenn nicht?«, frage ich und drehe mich zu ihm um. Er steht noch näher vor mir, als ich gedacht habe. Nur wenige Zentimeter trennen uns voneinander. Ich würde am liebsten das Fenster aufreißen, so warm wird mir plötzlich. »Hättest du sie deinem Nachbarn geschenkt?«

Ein schiefes Grinsen legt sich auf seine Lippen. »Vermutlich.«

Ich gehe einen Schritt zurück, weiche dieser Nähe aus, die mir den Kopf vernebelt, und drehe mich wieder zu den Blumen. »Zum Glück bin ich mitgekommen. Nicht, dass ich sie deinem Nachbarn nicht gönnen würde, aber ich liebe Sonnenblumen.«

»Ich weiß.« Yeonjun steht nun neben mir und sieht zwischen den Blumen und mir hin und her. »Sie erinnern mich so sehr an dich, dass ich keine Sonnenblumen mehr sehen kann, ohne an dich zu denken.«

Da ist es schon wieder. Dieses komische Kribbeln. Ich lege eine Hand auf meinen Bauch und male Kreise auf ihm.

Mit einem traurigen Lächeln sieht Yeonjun mich an und lässt mit seinen Worten meine Welt zum Stillstand kommen. »Ich werde dich vermissen.«

Kapitel 13

Hope

Von: Yeonjun
Guten Morgen. Oder bist du schon in der Uni?

Seit einer Woche ist Yeonjun nun in Busan, wo es gerade fünf Uhr nachmittags ist. Es vergeht kein Tag, an dem ich kein Foto oder keine Textnachricht bekomme, und erst gestern haben wir miteinander telefoniert, während seine Mum im Hintergrund in der Küche stand und gekocht hat.

Es ist neun Uhr, und ich habe tatsächlich schon meinen ersten Kurs hinter mir. Mit dem Handy in der Hand laufe ich die Treppen hinunter, und obwohl ich schon etwas zu spät bin, kann ich nicht anders, als ihm zu antworten.

Von: Hope
Ja, bin gerade auf dem Weg zu Musikalische
Darbietung. Ich werde Professor Crawford entweder
heute oder morgen mein Solo vorspielen. ☺

Mitte August findet das jährliche Musikfestival am King's College statt. Genau wie im letzten Jahr werde ich mich auch in diesem wieder um ein Solo bewerben. Bisher habe ich es immer mit Caprice No. 24 von Niccolò Paganini versucht, weil es mein Lieblingsstück ist. Doch nach meinem letzten Telefonat mit Yeonjun habe ich das Gefühl und den dazugehörigen Mut bekommen, dieses Mal mein selbst komponiertes Stück vorzuspielen.

Ich habe ihm keine Details genannt, habe ihm nicht gesagt, dass ich das Lied vor ungefähr einem Jahr für meine verstorbene Schwester geschrieben habe. Gestern habe ich es zum allerersten Mal überhaupt jemandem vorgespielt. Zwölf Monate lagen die Noten unberührt in der Schublade meines Schreibtisches. Als ich es geschrieben habe, war der Schmerz so übergroß und allgegenwärtig. Dieses Gefühl in das Lied zu stecken, hat mir ein Stück weit geholfen, alles zu verarbeiten.

Als ich Yeonjun dann von dem Festival und meiner Komposition erzählt habe, hat er darauf bestanden, dass ich es ihm über FaceTime vorspiele. Als ich fertig war, war es für eine lange Zeit still. Er lag in dem Bett in seinem alten Zimmer und hat mich nur angestarrt, bis er mir schließlich den Mut gemacht hat, den ich gebraucht habe. Ich wusste, dass irgendwann der Zeitpunkt kommen würde, an dem ich dieses Stück mit der Welt teilen möchte, nur habe ich immer geglaubt, dieser Tag würde noch in weiter Zukunft liegen.

Von: Yeonjun
Du schaffst das. Wenn bei diesem Lied auch nur ein
Auge im Raum trocken bleibt, dann haben die alle
keine Ahnung.

Lächelnd und voller Energie hüpfe ich die letzten zwei Stufen hinunter und gehe mit meinem Geigenkoffer auf dem Rücken in den Raum 17a. Einige Studierende sammeln sich schon in dem riesigen Proberaum. Es ist nicht der, in dem ich mit Yeonjun war. Dieser hier ist viel größer und wird rein für Unterrichtszwecke oder große Proben genutzt.

Gabriel steht zusammen mit Maurice und Lisbeth in einer Ecke und winkt mich mit seinem typischen Surferboy-Grinsen heran. »Hopeless Hope, da bist du ja endlich.« Er schiebt sich die blonden Locken aus dem Gesicht und wackelt mit den Augenbrauen. Seine Haut ist so gebräunt, dass man glauben könnte, er wäre im Urlaub gewesen und hätte sich die ganze Zeit nur gesonnt.

»Hi, Leute«, begrüße ich alle. Lisbeth spielt ebenfalls Geige, und obwohl sie das letzte Mal das Solo bekommen hat, herrscht zwischen uns kein böses Blut. Was man bei den anderen Studierenden nicht unbedingt behaupten kann. Der Konkurrenzkampf ist riesig, und es kommt nicht selten vor, dass die Ellenbogen ausgefahren werden. Maurice spielt Posaune und ist Gabriels bester Freund.

»Bist du aufgeregt?«, fragt mich Lisbeth und sieht mich aus ihren grünen Augen an. Sie ist eine wirkliche Schönheit. Mit ihrem feuerroten, langen Haar, den stechend grünen Augen und ihren mindestens ein Meter siebzig.

Ich nicke nur, weil ich vor Nervosität geradezu platze. Das Vorspielen heute ist etwas Besonderes für mich. Es ist kein Stück, das ich schon hundertmal geübt habe oder bei dem man mich mit anderen vergleichen kann. Es ist das erste Mal, dass ich an der Uni etwas ganz Eigenes vorspiele. Zwar kam es bereits vor, dass wir in einem Kurs als Gruppenarbeit was komponieren mussten, aber da waren immer auch andere daran beteiligt, es war nie so persönlich.

»Ich bemühe mich dieses Mal erst gar nicht um das Klaviersolo. Am Ende bekommt es so oder so immer Ophelia. Entweder meine Ohren sind nicht gut genug, um den Unterschied zwischen ihr und uns anderen Pianisten und Pianistinnen zu erkennen, oder aber Professor Crawford steht auf sie. Wer weiß, vielleicht haben die sogar was am Laufen«, scherzt Gabriel, doch mir kann er nichts vormachen. Er meint es todernst. Dabei hält Crawford große Stücke auf Gabriel, und ich habe nie was anderes als Lob aus seinem Mund für ihn gehört.

Ein lautes Klatschen ertönt, und sofort wird es um uns still. »Wie ihr wisst, suchen wir wie jedes Jahr die Besetzungen in den gesamten Jahrgängen aus. Gestern haben wir bereits das Blasorchester und Zupforchester festgelegt.« Mit *wir* meint Professor Crawford die zwei Professorinnen, die neben ihm stehen und die Hände vor ihrem Körper gefaltet haben. »Heute suchen wir ein Violinen-Quartett, das Streichorchester, ein Klaviersolo, ein Violinensolo und das Sinfonieorchester.«

Ein lautes Raunen geht durch die Runde, bevor er weiterspricht. »Wir haben euch die letzten Wochen und Monate beobachtet und eure Fortschritte festgehalten. Weshalb das Sinfonieorchester bereits feststeht. Wir werden die Besetzung jetzt an die Wand projizieren.«

Sofort drehen sich alle um und blicken erwartungsvoll an die weiße Wand gegenüber der Bühne. Als der schwarze Text erscheint, bin ich noch dabei, nach meinem Namen zu suchen, während andere bereits erleichtert aufatmen oder enttäuscht seufzen.

Sinfonieorchester – erste Geige: Hope Bennett …

Gabriel klopft mir auf die Schulter, und obwohl ich mich freuen sollte, kann ich es nicht so richtig. Zu groß ist die Anspannung wegen des Solos. Ich möchte es so sehr. Für Manon. Für Daisy, für Mum und Dad. Für mich. Ich brauche dieses Solo, ich muss mein Lied einmal auf einer Bühne vor Publikum spielen, nur ein Mal.

Professor Crawford gibt eine Reihenfolge für das Vorspielen vor. Lisbeth ist als Erste dran, danach ich und im Anschluss die anderen Studierenden. Man könnte meinen, er hat die Reihenfolge nach seinen Lieblingen festgelegt.

Nach dem Einspielen und Stimmen tritt Lisbeth vor und positioniert sich vor dem Notenständer, den sie genauso wenig braucht wie ich. Auch sie kann ihr Stück auswendig, alles andere hätte ich von ihr auch nicht erwartet.

In ihrem weißen Sommerkleid sieht sie noch anmutiger aus als sowieso schon. Direkt nach dem ersten Ton erkenne ich Beethovens Violinsonate Nr. 9 und sehe meine Chancen auf das Solo dahinschmelzen. Es ist eines der schwierigsten Stücke, und jeder weiß, dass Professor Crawford es liebt.

»Sie ist gut, aber du bist besser. Was spielst du gleich?«, flüstert mir Gabriel ins Ohr, der sich neben mir auf den Boden gesetzt hat, weil die wenigen Stühle und die Plätze auf dem Bühnenrand bereits besetzt waren.

»Danke, du Schleimer.« Ich beuge mich vor und ziehe das gelbe Kleid über die Knie, was im Sitzen ein wenig hochgerutscht ist. »Mein Stück heißt *Manon*.«

»*Manon*?«

Ihm sagt der Name nichts, weil ich meine ältere Schwester ihm gegenüber nie erwähnt habe. »Es ist selbst komponiert«, erkläre ich so leise wie möglich, um niemanden zu stören, und reibe meinen Bogen mit Kolophonium ein.

Er schiebt die Unterlippe leicht vor und nickt anerkennend, vermutlich hat er eher mit einem Stück von Paganini oder Vivaldi gerechnet. Doch mir bleibt keine Zeit, genauer darauf einzugehen, weil mein Name aufgerufen wird.

Ich presse meine Geige eng an meinen Oberkörper und gehe an den anderen vorbei, um nach vorne in die Mitte des Saales zu schreiten. Mein Herz hämmert gegen die Brust, und mir wird mit einem Mal ganz heiß.

Meine Beine stehen hüftbreit auseinander, den linken Fuß rücke ich ein wenig vor, um eine gerade, aufrechte Haltung einzunehmen. Ich lege die Geige auf mein Schlüsselbein und positioniere meinen Unterkiefer locker auf den Kinnhalter. Der Geigenhals liegt zwischen Zeigefinger und Daumen. Es fühlt sich immer an wie nach Hause kommen, wenn ich Poppy anlege. Als wenn dann alles genau so ist, wie es sein muss. Mit der Geige an meiner Wange fühle ich mich vollkommen.

Mit geschlossenen Augen beginne ich, zu spielen. Mein Bogen gleitet über die Saiten und erschafft Harmonien, die so perfekt sind, dass ich selbst am ganzen Körper Gänsehaut bekomme. Ich weiß nicht, wie die anderen auf mein Stück reagieren, ob ihre Blicke voller Begeisterung sind oder nicht. Es ist mir aber auch egal. Meine Schultern entspannen sich, und ich denke nicht mehr krampfhaft darüber nach, wie unbedingt ich dieses Solo haben möchte. Alles, was für mich zählt, ist Manon. Vor meinem geistigen Auge steht sie am Ende des Saals. Sie trägt das gelbe Kleid, das sie bei meinem Schulabschluss trug. Es liegt eng an ihrem Körper und reicht ihr bis zu den Knöcheln. Ihr kurzes braunes Haar liegt auf ihren Schultern und wiegt mit jeder ihrer Bewegungen mit.

Langsam kommt sie auf mich zu, mit einem ernsten Gesichtsausdruck, beinahe starr. Direkt vor mir kommt sie zum Stehen, und da erkenne ich die Tränen in ihren Augen. Ihre vollen Lippen formen ein stummes *Es tut mir leid.*

Ich bräuchte jetzt nur die Geige weglegen und meinen Arm nach ihr ausstrecken. Ich würde alles dafür geben, sie noch ein letztes Mal zu berühren. Ihr Lächeln von Nahem zu sehen. Ihre Stimme zu hören. Doch ihr Blick zwingt mich dazu, weiterzuspielen, und ich bin mir sicher, wenn ich jetzt die Augen öffne, kann ich die Tränen auch nicht aufhalten.

Mit jedem Ton meiner Geige sage ich ihr, dass ich sie liebe. Sage ihr, dass ich sie vermisse. Und dann lasse ich den Bogen fester über die Saiten gleiten, lasse meine Wut hindurch, meine Trauer und die schwere Melancholie. Dies ist der Höhepunkt des Stückes, bevor es wieder in sanfte, traurige Klänge übergeht.

Als der letzte Ton im Saal widerhallt, ist sie plötzlich verschwunden. Erst das Applaudieren der Leute um mich herum bringt mich wieder zurück in die Realität. Ich versuche, die Tränen wegzublinzeln. Ich bin erschöpft und gleichzeitig erleichtert. Es tut gut, meine Emotionen über die Musik rauszulassen.

Nachdem auch der letzte Applaus verstummt, wird es still um mich herum. Langsam gehe ich zurück an meinen Platz, werde kurz von Professor Crawford aufgehalten, der sanft seine Hand auf meine Schulter legt. »Das war großartig.«

Ich wische mir den Schweiß von der Stirn, während ich vom Fahrrad steige. Da ich nach der Uni noch eine kurze Schicht im *Cosy Corner* hatte, war ich heute ausnahmsweise mal nicht mit den öffentlichen Verkehrsmitteln unterwegs. Stattdessen habe ich heute Morgen geglaubt, es sei eine gute Idee, bei dem schönen Wetter mit dem Fahrrad zu fahren. Doch ich habe die Strecke von insgesamt eineinhalb Stunden und die Hitze Londons inmitten des Sommers unterschätzt.

Es ist vier Uhr. In Südkorea hingegen ist es gerade Mitternacht. Ich wollte Yeonjun direkt nach dem Vorspielen eine Nachricht schreiben, doch ich wurde von allen Seiten beschlagnahmt und habe mir gesagt, ich würde mich später bei ihm melden.

Aber bei der Arbeit war es so stressig, dass ich keine freie Minute gehabt habe. Während er jetzt vermutlich schon schläft, ist hier noch nicht einmal die Sonne untergegangen.

Als ich das Fahrrad wenig später in unsere Garage schiebe, fällt mir auf, dass Mum scheinbar bereits zu Hause ist, während von Dads Wagen jede Spur fehlt. Was ziemlich ungewöhnlich ist. Normalerweise ist es Mum, die spät nach Hause kommt, und Dad ist derjenige, der Daisy von der Schule abholt und dementsprechend auch immer früher Feierabend macht.

Mit einem mulmigen Gefühl im Bauch und dem Geigenkoffer auf dem Rücken schließe ich die Seitentür auf, die von der Garage in unsere Vorratskammer führt. Ich kann es kaum abwarten, gleich unter die Dusche zu springen und mir all den Stress, die Anspannung und die Aufregung des heutigen Tages herunterzuwaschen.

»Hallo!«, rufe ich ins Haus hinein, als ich aus der Vorratskammer in den großen Flur trete, doch es kommt nichts zurück. Gerade als ich auf meinem Handy laut Musik anmachen möchte, weil ich glaube, allein zu sein, fahre ich erschrocken zusammen.

Im Augenwinkel sehe ich beim Vorbeigehen, wie meine Mutter am Küchentisch hockt. Das Gesicht in den Händen verborgen. Vor ihr steht ein Glas gefüllt mit Rotwein. In meinen Kopf schießen sofort Bilder davon, wie Mum Dad schlägt. Wie sie ihn mit einer Weinflasche bewirft. Wie sie mit tränenüberströmtem Gesicht rumbrüllt.

»Mum?« Meine Stimme ist kaum mehr als ein Flüstern. Wahrscheinlich sind es eher meine Schuhe auf dem Parkett, die ihre Aufmerksamkeit erweckt haben. Sie sieht mich mit leerem Blick an. Ihre Miene ist wie versteinert, und ich erkenne sie kaum wieder – ich erkenne sie schon lange nicht mehr wieder.

Ich mache noch einen Schritt auf sie zu. »Mum?«, wiederhole ich. Plötzlich sieht sie hinunter und verharrt an meinen Sneakern. »Wie oft muss man dir eigentlich sagen, dass du die Schuhe im Flur ausziehen sollst?«, fragt sie schroff.

Abrupt bleibe ich stehen, als hätten ihre Worte eine Mauer errichtet, gegen die ich mit voller Wucht gelaufen bin. »Entschuldige«, murmle ich und werde im selben Moment noch wütend. Wieso muss ich mich dafür entschuldigen, mit meinen Schuhen eventuell den Boden dreckig zu machen, wenn sie ganze Rotweinflaschen drauf zertrümmert? Ich würde es sie so gerne fragen, ihr einfach sagen, was ich denke. Doch ich bleibe stumm. Weil ich feige bin.

»Wo sind Dad und Daisy?«, frage ich stattdessen und lasse den Geigenkoffer von der Schulter in meine rechte Hand gleiten.

Mit demselben verachtenden Gesichtsausdruck, mit dem sie soeben noch meine Sneaker bedacht hat, blickt sie nun auf meine Geige. »Dein Vater ist mit ihr ins Einkaufszentrum gefahren.« Ihre Augen verharren auf dem Instrument in meinen Händen, bevor sie ein Schnauben von sich gibt. »Wann hörst du endlich auf mit dem Unfug und lernst was Richtiges?«

Meine Knöchel werden weiß, während ich meine Finger eng um den Griff klammere. »Musik ist etwas Richtiges.«

»Es ist ein Hobby.«

»Man kann sein Hobby auch zum Beruf machen.« Der schnippische Unterton in meiner Stimme ist ihr nicht entgangen, da ihre grünen Augen nun feindselig in meine blicken.

»Du bist wie dein Vater.« Es klingt wie eine Beleidigung. »Eine hoffnungslose Träumerin.«

Lieber bin ich eine hoffnungslose Träumerin, als mein Leben lang etwas zu tun, in dem ich keinen Sinn sehe und das mir nichts bedeutet. Denn Musik bedeutet mir alles. Das habe ich ihr schon mehrmals gesagt, weil ich mich so oft für meine Entscheidung vor ihr rechtfertigen musste.

»Hattest du einen schlechten Tag? Gab es Stress auf der Arbeit?« Anders kann ich mir nicht erklären, wieso sie aus dem Nichts heraus einen Streit beginnen möchte. Oder vielleicht doch. Mein Blick fällt auf den Rotwein vor ihr.

»Geh auf dein Zimmer, Hope.«

Ich bin zwanzig Jahre alt und fühle mich gerade, als wäre ich wieder zwölf.

Doch ich erwidere nichts, mache auf dem Absatz kehrt und gehe die Treppen nach oben, um in mein Zimmer zu gelangen. Erst als ich die Tür hinter mir schließe, beginne ich langsam, wieder normal zu atmen.

Das war großartig. Ich rufe mir immer wieder die Worte von Professor Crawford ins Gedächtnis. Die Begeisterung in seinen Augen war kaum zu übersehen. Ich konzentriere mich darauf, anstatt auf das Gespräch mit Mum. Schiebe es lieber ganz nach hinten, irgendwohin, wo ich die Tür verschließen und den Schlüssel wegwerfen kann.

Ich lege den Geigenkoffer auf der Kommode ab und gehe in mein Badezimmer, über das ich besonders in Momenten wie diesen mehr als froh bin. Ich muss mein Zimmer nicht verlassen, um auf die Toilette zu gehen oder zu duschen. Eine schmale Tür neben meinem Kleiderschrank führt in das winzige Bad, und obwohl es so klein ist, habe ich auch hier Platz für Pflanzen gefunden. Über der Toilette hängen zwei breite Holzregale mit unterschiedlichen Kakteen und Sukkulenten.

In ein paar Tagen weiß ich, ob ich das Solo bekomme oder nicht. Allein, das Stück vor den anderen zu spielen, hat sich so gut angefühlt, so befreiend. Wie muss es sich dann erst auf einer großen Bühne mit einem riesigen Publikum anfühlen?

Frisch geduscht und in einem weiß und blau gestreiften Pyjama lasse ich mich mit dem Rücken aufs Bett fallen. Das Smartphone in meinen Händen halte ich über mein Gesicht in die
Höhe, während ich dabei bin, Yeonjun eine Nachricht zu schreiben.

Von: Hope
Sorry, dass ich mich erst jetzt melde. Der Tag war ein
wenig stressig. Aber ... es lief gut. Ich glaube, es lief
sogar sehr gut. Spätestens Freitag steht fest, ob ich
das Solo bekomme oder nicht. Ich halte dich auf dem
Laufenden. Schlaf gut.

Mittlerweile ist es kurz vor zwei Uhr nachts in Busan. Erst gestern
hat er mir Fotos von der Stadt bei Nacht geschickt. Er hat sie von
der Terrasse auf dem Dach aufgenommen, und der Ausblick war
einmalig. In der Ferne konnte man sogar das Meer erkennen und
wie die unzähligen Lichter der Stadt sich darin spiegeln. Irgendwann – selbst, wenn Yeonjun und ich bis dahin keine Freunde
mehr sein sollten – möchte ich nach Südkorea. In den letzten Wochen habe ich so viel gegoogelt, mir so viele Profile auf Instagram
angesehen, von Leuten, die in Seoul leben oder die Urlaub auf der
Insel Jeju machen, und bin zu dem Entschluss gekommen, dieses
Land mit eigenen Augen sehen zu wollen.

Von: Yeonjun
Das freut mich sehr. Ich wünschte, ich wäre dabei
gewesen.

Von: Hope
Warte ... Wieso bist du noch wach?

Von: Yeonjun

Kann nicht schlafen. Es ist unglaublich heiß, und die
Klimaanlage ist mal wieder ausgefallen. Meiner
Mutter und Dowon macht es gar nichts aus, aber ich
habe mich wohl zu sehr an das Londoner Klima
gewöhnt.

Von: Hope
Wie warm ist es denn?

Ich warte darauf, dass mir WhatsApp anzeigt, dass er schreibt. Meine Arme tun langsam weh, weshalb ich mich zur Seite lege, ohne den Blick vom Display zu nehmen, das mir plötzlich einen eingehenden Anruf von Yeonjun anzeigt.

Ohne zu zögern, nehme ich ihn entgegen.

»Hi.« Seine Stimme ist wie Balsam für meine Seele.

»Hi.« Es sind nur zwei Buchstaben, und trotzdem klinge ich traurig.

»Ist alles okay?« Am anderen Ende der Leitung – 9 186 Kilometer von mir entfernt, wie mir Google verraten hat – raschelt irgendwas.

»Ja. Ja, alles okay. Ich bin nur etwas kaputt. Verrate mir lieber, wie warm es bei euch ist«, fordere ich ihn auf und klemme das Handy zwischen Kissen und Ohr.

»Heute hatten wir siebenunddreißig Grad. Aber am schlimmsten ist die hohe Luftfeuchtigkeit. Die erschlägt dich förmlich.« Yeonjun gähnt. Kein Wunder, wenn man bedenkt, wie spät es bei ihm ist. Während ich mich in einem sonnendurchfluteten Zimmer befinde, liegt er in einem stockdusteren.

Die Vorstellung, dass er so weit weg ist, gefühlt am anderen Ende der Welt, und ich trotzdem seine Stimme hören kann, ist so bizarr. Dabei ist mit der Technik beinahe alles möglich. Jetzt sollte bitte nur noch jemand das Teleportieren erfinden.

»Wow. Da kann ich mit den sechsundzwanzig Grad hier in London nicht mithalten.«

Sein leises Lachen ertönt an meinem Ohr, was mich ohne Vorwarnung zum Lächeln bringt. Mit geschlossenen Augen stelle ich mir vor, wie er daliegt. Alle Gliedmaßen von sich gestreckt, weil es so heiß ist, dass man nicht einmal ansatzweise daran denken kann, sich zuzudecken, geschweige denn, sich richtig anzuziehen. Bei der Vorstellung, wie er oben ohne im Bett liegt, wird mir heiß. Zu heiß. Also verdränge ich dieses Bild ganz schnell wieder aus meinem Kopf.

»Was hast du heute gemacht?«, frage ich ihn und ziehe meine Beine enger an den Körper.

»Ehrlich gesagt nicht viel. Ich habe einige Erledigungen für meine Mutter gemacht und war mit Dowon und ein paar seiner Freunde Fußball spielen. Das habe ich seit Ewigkeiten nicht mehr gemacht. Hat sich angefühlt, als wär ich wieder vierzehn.« Seine warme und gleichzeitig durch die Müdigkeit belegte Stimme ist so melodisch, dass ich sie am liebsten aufnehmen und jede Nacht vor dem Einschlafen abspielen würde.

Erneut beginnt er zu gähnen. »Sorry, ich bin hundemüde. Aber erzähl mir von deinem Tag und ganz besonders vom Vorspielen.«

»Du kannst dir nicht vorstellen, wie nervös ich war ...« Ich erzähle ihm davon, dass ich natürlich etwas Gelbes tragen musste, in der Hoffnung, es würde mir Glück bringen. Erzähle ihm, dass ich im Streichorchester wieder die erste Geige bin, davon, wie perfekt Lisbeth gespielt hat, und schlussendlich davon, wie es sich angefühlt hat, zum ersten Mal mein eigenes Stück vorzuspielen. »Crawford hat mich gelobt. Gut, das macht er öfter, aber dieses Mal war es irgendwie anders. Jetzt bleibt nur noch Warten und Hoffen.«

Es ist ruhig am anderen Ende der Leitung. »Yeonjun?«

Ich höre nur noch seinen langsamen und gleichmäßigen Atem. Und obwohl ich weiß, dass er eingeschlafen ist, beschließe ich, nicht aufzulegen und seinem Atem so lange zu lauschen, wie es nur geht.

Kapitel 14

Yeonjun

»Bringst du jedem deiner Freunde etwas mit? Soweit ich weiß, hast du das bisher noch nie getan.« Dowon geht neben mir her und löchert mich mit Fragen, während wir durch die Straßen von Busan schlendern, in der Hoffnung, irgendwo das perfekte Geschenk für Hope zu finden. Seit Tagen mache ich mir Gedanken darüber, was ich ihr mitbringen könnte. Irgendwas, das nicht zu aufdringlich ist. Etwas, das nicht schreit: Du bist für mich viel mehr als eine Freundin. Doch bis jetzt bin ich zu keinem Ergebnis gekommen, weshalb ich mich nun einfach inspirieren lassen und in verschiedene Geschäfte gehen möchte.

»Na klar. Ich habe Benjamin zum Beispiel mal Kimchi mitgebracht«, entgegne ich meinem kleinen Bruder, der schon lange nicht mehr klein und wie ich über ein Meter neunzig ist. Sein schwarzes Haar trägt er so kurz, dass ich Mutter schon förmlich hören kann, wie sie ihn im Winter zwingt, eine Mütze aufzuziehen. Im linken Ohrläppchen steckt ein kleiner Ring, und ich erinnere mich an die Zeit, in der ich auch noch Ohrlöcher und ein Septum-Piercing hatte.

»Du wurdest regelrecht von Eomma gezwungen, deinem Nachbarn welchen mitzubringen«, erinnert er mich und klopft mir auf die Schulter. Leider kann ich darauf nichts erwidern. Natürlich war es nicht meine Idee, Benjamin selbst gemachten Kimchi mitzubringen, wenn er diesen auch in London bekommt. Zwar schmeckt der von Mutter am besten, die Frage ist nur, ob ich da nicht vielleicht ein wenig zu voreingenommen bin. Jedenfalls habe ich mich von ihr breitschlagen lassen, tonnenweise Kimchi in Gläsern mitzunehmen. Dass ich dadurch bei der Gepäckabgabe ordentlich draufzahlen musste, hat sie natürlich nicht bedacht.

Mit verschränkten Armen vor der Brust blicke ich in die Schaufenster von Juwelieren und Klamottenläden. Aus einigen Geschäften dröhnt koreanische Popmusik, aus anderen Rap, sodass sich ein Dutzend Melodien auf der Straße vermischen.

Dowon hatte die Idee, Hope eine Kette oder ein Armband zu schenken, das irgendwas mit Musik zu tun hat. Doch das kam für mich nicht infrage. Sie trägt jeden Tag die goldene Kette mit dem Notenschlüssel als Anhänger. Woher auch immer sie die hat, sie muss ihr viel bedeuten, und ich würde niemals wollen, dass sie diese abnimmt, nur um eine von mir umzulegen.

Wir gehen gerade an einer kleinen Buchhandlung vorbei, die einige Bücher draußen auf Tischen gestapelt hat, als mir der Laden nebenan ins Auge fällt. Er ist von außen ziemlich unscheinbar. Das Holz der Tür und der Fensterrahmen splittert schon leicht ab und macht den Eindruck, als gäbe es das Geschäft schon seit vielen, vielen Jahren. Doch die Instrumente, die im Schaufenster stehen, lassen mich innehalten.

»Möchtest du ihr eine Geige mitbringen? Grandiose Idee, Hyung[3]. Sicherlich hat sie daheim nicht eine viel wertvollere.«
Seit ich Dowon erzählt habe, dass ich Hope gerne etwas mitbrin-

---

[3] Hyung = 형 = älterer Bruder

gen möchte, kann er nicht mehr damit aufhören, mich aufzuziehen.

Seit drei Wochen bin ich schon in Busan, und mittlerweile wissen selbst meine Tanten von Hope, weil meine Mutter es nicht lassen konnte, der ganzen Familie zu berichten, ich hätte zum ersten Mal eine Freundin. Dass Hope und ich nur sehr gute Freunde sind, will mir niemand glauben. Ich kann es ihr noch so oft sagen, sie hört nur das heraus, was sie hören möchte. Nämlich, dass ihr ältester Sohn endlich eine feste Freundin hat. Dabei bin ich weit davon entfernt, eine Beziehung einzugehen, und eigentlich weiß meine Mutter das genauso gut wie ich.

»Lass uns einfach mal reingehen«, schlage ich Dowon vor. Das Klingeln der Glocke über der Tür ertönt, als wir den kleinen Laden betreten. Er wirkt rustikal und altmodisch und passt so gar nicht in die sonst so belebte und aufgeweckte Straße. Die Geschäfte drum herum haben alle Leuchtreklamen und laute, moderne Musik, während hier nicht einmal ein Name des Ladens über der Tür steht und klassische Musik gespielt wird.

Alles hier ist dunkel. Die Regale, die Wände, die Decke, der Boden. Man sieht, dass dieses Geschäft bereits einige Jahre auf dem Buckel hat. In der Mitte befinden sich Tische mit unzähligen Schallplatten, während in den Regalen an den Wänden die verschiedensten Instrumente stehen. Nur nach Klavieren sucht man vergebens, dafür wäre hier vermutlich auch gar kein Platz.

Wir gehen gerade an den paar Geigen vorbei, als etwas meine Aufmerksamkeit erweckt. Es sieht aus wie ein dickes, altes Notizbuch, nur dass die Seiten Notenblätter sind. In das braune Leder sind kleine Sonnenblumen gestickt worden. Allein bei dem Anblick kann ich gar nicht anders, als an Hope zu denken. An ihr wildes braunes Haar. An die Sommersprossen in ihrem Gesicht. Die blauen Augen, in denen man zu ertrinken droht. An ihr Lächeln und die damit verbundenen Grübchen. Und an die Farbe Gelb.

»Deinem Lächeln nach zu urteilen, hast du soeben das perfekte Geschenk gefunden«, meint Dowon, bevor ich mit dem Notenbuch in der Hand auf den Tresen zugehe und bei einem alten Herrn bezahle, der mir viel Freude damit wünscht. Der Mann klopft mir auf die Schulter, wie es sonst nur ein Freund oder ein Vater tun würde, und ich versuche, mich daran zu erinnern, wie sich die letzte Berührung meines Vaters angefühlt hat. Doch die Erinnerungen sind verblasst. Nicht, weil ich damals noch zu jung gewesen wäre, sondern weil ich über die Jahre hinweg ein Meister im Verdrängen geworden bin. Zu Hause zu sein erinnert mich dennoch jedes Mal daran, was für eine große Lücke er in meinem Leben hinterlassen hat.

Dowon zieht sein Handy aus der Tasche seiner hellblauen Shorts, nachdem er die große Strandtasche hoch auf seine Schulter geschoben hat. »Eomma. Yeonjun und ich sind jetzt auf dem Weg, du kannst also losgehen.«

Obwohl ich schon länger hier bin, haben wir es noch nicht geschafft, zu dritt als Familie zum Gwangalli Beach zu gehen, dabei ist er nur zwanzig Minuten von unserer Wohnung entfernt. Heute haben wir achtundzwanzig Grad, was erstaunlich angenehm ist, vor allem direkt am Wasser. Die letzten Tage hingegen waren es immer über dreißig, und die Luftfeuchtigkeit war so hoch, dass ich mir manchmal nichts sehnlicher gewünscht habe als das britische Wetter.

»Wieso hast du Nabi nicht gefragt, ob sie mitkommt?« Seit Dowon mir von seiner Freundin erzählt hat, versuche ich ihn schon dazu zu überreden, sie mir vorzustellen, bevor ich wieder abreise. Ich war schockiert, als ich von Mutter erfahren habe, dass mein kleiner Bruder seit sechs Monaten in einer Beziehung ist und er mir nichts davon gesagt hat. Dabei haben wir regelmäßig Kontakt, schreiben und telefonieren mehrmals die Woche, doch dieses kleine nicht unwichtige Detail seines Lebens hat er mir verschwiegen.

»Du bist schlimmer als Eomma, weißt du das?«, kontert er, als wir gerade die Straße überqueren und am Horizont bereits das Meer und die Gwangan-Brücke erblicken können. Jedes Mal wenn ich hier bin, merke ich, wie sehr ich ihn wirklich vermisse. Unsere Wortgefechte und seine wenn auch manchmal nervtötende Art.

»Wenigstens hast du ihr von deiner Freundin erzählt. Mir nicht.« Ich weiß, dass ich eingeschnappt klinge, und vielleicht bin ich das sogar ein wenig. Er hat keinen Grund, irgendetwas vor mir geheim zu halten. Normalerweise erzählen wir uns alles. Das war so, bevor ich nach London gezogen bin, aber auch danach noch.

»Das scheint dich ganz schön mitzunehmen, Hyung[4]. Aber keine Sorge. Ich habe es Eomma auch erst kurz vor deiner Anreise erzählt.« Je näher wir dem Strand kommen, desto lauter und voller werden die Straßen um uns herum. »Ich wollte abwarten, ob es sich zu etwas Ernstem entwickelt.«

»Nach sechs Monaten könnte man durchaus sagen, dass es sich um was Ernstes handelt. Meinst du nicht? Komm schon. Ich reise in einer Woche wieder ab und bin dann vermutlich erst in zwölf Monaten wieder hier. Bis dahin könntest du verheiratet und werdender Vater sein, ohne, dass ich die glückliche Frau an deiner Seite zuvor überhaupt kennengelernt habe. Tu das deinem großen Bruder bitte nicht an.« Ich setze einen Dackelblick auf und boxe ihm in die Seite.

»Na gut. Ich rufe sie später mal an und frage sie, wann sie

---

4 Hyung = 형 = älterer Bruder

Zeit hat, vorbeizukommen«, lenkt Dowon ein. Ich kann ein triumphierendes Grinsen auf meinen Lippen nicht verhindern.

Dowon boxt zurück, und ich versuche ihm auszuweichen, da vibriert das Handy in meinen Jeansshorts.

Von: Hope
Guten Morgen oder besser gesagt für dich: guten
Mittag. Was machst du?

In London ist es sieben Uhr. Sie muss gerade erst aufgestanden sein, da ihre Schicht im Cosy Corner um neun beginnt, bevor sie dann später zur Uni muss. Seit ich in Busan bin, haben wir fast jeden Tag miteinander telefoniert. Erst gestern hat sie mir wieder ihr selbst komponiertes Lied vorgespielt. Zum fünften Mal, aber ich kann mich daran einfach nicht satthören. Es ist so traurig, melancholisch und doch stark und wütend. Selbst ein Tauber kann heraushören, mit wie viel Gefühl sie das Stück spielt. Deshalb hat es mich auch nicht gewundert, als Hope mir erzählte, dass sie das Solo bekommen hat. Sie hat ihr Lied *Manon* genannt. Ich weiß nicht viel über Hopes ältere Schwester, außer dass sie ihr Studium abgebrochen hat, um als Erzieherin zu arbeiten, und dass sie im Gegensatz zu Hope gerne Ballett tanzt. Doch eins weiß ich gewiss: dass Manon ihr sehr viel bedeuten muss.

Von: Yeonjun
Guten Morgen. Hast du gut geschlafen? Ich bin mit
Dowon auf dem Weg zum Strand, wo wir uns gleich
mit Mutter treffen. Unser erster gemeinsamer
Strandtag, seit ich hier bin.

Von: Hope
Miserabel. Ich konnte gestern einfach nicht einschlafen, irgendwie bin ich echt nervös vor unserer ersten richtigen Probe heute für das Musikfestival.

Wie schön! Genieß die Zeit mit deiner Familie, falls du aber ein paar Minuten entbehren kannst, würde ich mich sehr über einen Videoanruf mit dem Meer im Hintergrund freuen.

Von: Yeonjun
Du spielst perfekt, Hope. Du brauchst dir gar keinen Kopf zu machen. Die Leute werden dich und deine Musik lieben. Und der Anruf lässt sich sicher einrichten.

Es ist zwar das erste Mal, dass ich dieses Jahr mit meiner Familie an den Strand gehe, aber ich bin schon am ersten Tag zum Meer gegangen, nur um Hope anzurufen und ihr, wie damals versprochen, das Wasser zu zeigen. Es war windig an dem Tag, und die Wellen schlugen tosend auf dem Sand auf. Bis auf ein paar Jogger war es komplett leer, da ich durch die Zeitverschiebung um fünf Uhr morgens bereits wach und unterwegs war.

»Na? Schreibst du mit deiner besseren Hälfte aka deiner besten Freundin? Pack mal lieber das Handy weg und hilf mir beim Tragen«, fordert mich Dowon auf und schmeißt unsere Strandtasche zu mir hinüber. Mit der freien Hand fange ich sie auf und werfe sie mir über die Schulter.

»Oh, Mann. Hörst du auch irgendwann damit auf? Im Gegensatz zu dir würde ich dir davon erzählen, wenn ich eine feste

Freundin hätte, und abgesehen davon weißt du, weshalb ich keine haben werde.«

Der Blick in seinen braunen Augen verändert sich. Aus Gelassenheit wird Wut. Er verschränkt die Arme eng vor der Brust und presst die Lippen aufeinander. Für eine gute Minute sagt keiner von uns ein Wort, bis er die Stille durchbricht. »Du weißt hoffentlich selbst, wie absolut bescheuert, irrsinnig und dämlich deine Regel ist.«

Der Tod von Dad hat Dowon und mich in zwei unterschiedliche Richtungen geprägt. Während mein Bruder komplett unbefangen und ohne jegliche Zukunftsängste ist, bin ich stets von dieser einen Angst begleitet. Und genau diese Angst, über die ich nie rede, hindert mich daran, ernsthafte Beziehungen einzugehen und mir eine Zukunft auszumalen.

»Für mich ist sie das nicht. Ich urteile nicht darüber, wie du mit unserem Schicksal umgehst, also verurteile auch nicht meine Einstellung dazu.« Näher gehe ich auf das Thema nicht ein, weil ich versuche, so wenig wie möglich darüber nachzudenken.

Als wir unten am Strand ankommen, rufe ich unsere Mutter an, um ihr zu sagen, wo genau sie uns findet. Dowon legt währenddessen eine große Decke, auf der wir zu dritt Platz haben, auf den Sand.

»Ich bin gleich wieder bei dir«, sage ich zu meinem Bruder und bin schon dabei, einen Videoanruf zu starten. Den Arm strecke ich weit von mir, und mit dem Rücken drehe ich mich zum Meer, sodass Hope einen direkten Blick auf das weite Blau und die Gwangan-Brücke hinter mir hat. Bei Nacht sieht das Ganze zwar noch um einiges schöner aus, da die Brücke beleuchtet ist, doch auch am Tag liebe ich diesen Ausblick.

»Daran kann ich mich niemals sattsehen«, sind Hopes erste Worte, nachdem sie den Anruf entgegennimmt. Ihr braunes Haar ist zu einem hohen Zopf gebunden. Sie trägt scheinbar noch immer ihren blauen Schlafanzug, und in der linken Hand hält sie ihre Zahnbürste, was mir ein kleines Lächeln entlockt.

»An mir oder an dem Meer?«, necke ich sie, komme jedoch nicht drum herum, mir zu wünschen, sie würde mit *beides* antworten. Ja, Hope ist zu einer unglaublich guten und engen Freundin von mir geworden. Ja, ich möchte keine feste Beziehung, egal mit wem. Leider bedeutet dies aber nicht, dass mein Herz nicht schneller schlägt, sobald ich sie sehe, und es bedeutet auch nicht, dass ich mich nicht nach ihrer Nähe sehne. Denn das tue ich. Viel zu sehr sogar.

Sie lacht, geht aber nicht auf meine Frage ein. »Erzähl mir von deinem Tag, während ich mich weiter fertig mache. Mir bleibt leider nicht mehr so viel Zeit, bis ich zur Arbeit muss«, sagt sie und steckt sich die Zahnbürste in den Mund.

»Heute Morgen war das Gesprächsthema Nummer eins mein vegetarischer Lebensstil. Meine Mutter betont ständig, wie tolerant sie anderen Lebensweisen gegenüber ist. Aber im nächsten Satz versucht sie, mir dann weiszumachen, dass ein vegetarischer Lebensstil nicht gesund sei und ich wenigstens ab und zu ein Stück Fleisch aus guter Haltung essen sollte.« Ihre Worte sind nicht böse gemeint, und sie unterstützt mich in allem. Trotzdem war es ein kleiner Schock für sie, als ich es ihr am zweiten Tag meines Aufenthaltes in Busan erzählt habe. Doch als wir uns länger darüber unterhalten haben, nahm sie mich in den Arm und kochte mir eine Gemüsesuppe.

Hope dreht die Kamera ihres Smartphones etwas zur Seite, sodass ich einen Blick auf die Pflanzen in ihrem Badezimmer erhaschen kann, während sie ihren Mund ausspült. Als sie wieder im Bild ist, klebt ihr etwas Zahnpasta am Mundwinkel, und erst, als mein Grinsen immer breiter wird, bemerkt sie es und wischt sie schnell weg.

»Ich glaube, sie muss sich einfach erst einmal daran gewöhnen. Sie hat sich sicher seit deinem letzten Besuch jeden Tag darauf gefreut, endlich wieder für dich kochen zu können«, vermutet Hope und liegt damit goldrichtig.

»Das ist wohl wahr. Aber ihre Gerichte schmecken ohne Fleisch genauso gut. Übrigens habe ich gestern Abend die neue Staffel *You* angefangen, und es ist genau, wie du gesagt hast ... einfach nur krank. Ich bin froh, dass du mich nie wirklich für einen Joe-Goldberg-Verschnitt gehalten hast.«

»Erinnere mich bitte nicht an unser erstes Gespräch. Ich komme mir heute noch dämlich dabei vor, dass ich gedacht habe, du würdest mich auf ein Date einladen wollen«, gesteht sie und beginnt zu lachen.

Ich denke gerne an den Tag zurück, als sie mich wie aus dem Nichts angesprochen hat. Wer weiß, ob wir uns sonst je angefreundet hätten oder ob ich jemals den Mut gehabt hätte, sie anzusprechen. Ja, ich wollte mit ihr befreundet sein, aber es wäre gelogen, zu behaupten, ich hätte mich nicht auch auf eine andere Art und Weise zu ihr hingezogen gefühlt und würde es nicht auch immer noch tun.

Manchmal würde ich ihr gerne erzählen, dass ich sie nicht das erste Mal im *Cosy Corner* gesehen habe. Dass ich ihr schon Jahre zuvor begegnet bin, als ...

Noch bevor ich meinen Gedanken zu Ende führen kann, tauchen plötzlich Dowon und Mutter neben mir auf und grinsen breit in die Kamera. Hopes Augen weiten sich für einen kurzen Moment, bis ihr schockierter Gesichtsausdruck einem Lächeln weicht, das buchstäblich die Sonne aufgehen lässt.

Sie winkt in die Kamera und versucht, sich mit der freien

Hand die Strähnen hinters Ohr zu schieben, die sich aus ihrem Zopf gelöst haben. Ihre Wangen färben sich leicht rot, und ich wünschte, ich könnte das nicht nur durch einen Handybildschirm sehen.

Während Mama wie wild auf Koreanisch beginnt, Hope zu erzählen, wie hübsch sie doch ist und dass sie uns besuchen kommen sollte, versucht Dowon dazwischenzugehen und auf Englisch mit ihr zu sprechen. Sie unterhalten sich nur kurz darüber, wie es ihnen geht, bis ich mit dem Handy einige Schritte beiseitegehe und lachend versuche, meine Familie mit einer Handbewegung zu verscheuchen. »Wie wäre es mit ein wenig Privatsphäre?«, frage ich die beiden, woraufhin sie mir die Zunge herausstrecken, bevor sie zurück zu unserer Decke gehen.

»Deine Mutter ist so süß, und Dowon sieht dir so ähnlich. Das fällt mir immer wieder auf. Ich hoffe, du genießt die Zeit zu Hause.« Hope setzt sich auf ihr Bett und lässt sich mit dem Rücken nach hinten fallen.

»Das tue ich, und bei dem Gedanken, dass die Zeit bald schon wieder um ist, blutet mir ein wenig das Herz.«

Kapitel 15

Hope

Was mache ich hier? Diese Frage stelle ich mir bereits seit über dreißig Minuten. Seit ich am Flughafen Heathrow angekommen bin. Vielleicht auch schon länger. Vielleicht kurz nachdem sich dieser dumme Gedanke in meinem Kopf geformt hat, es sei eine gute Idee, Yeonjun vom Flughafen abzuholen. Dabei ist es doch nichts Besonderes. Mora würde ich auch jederzeit abholen, wenn sie vier Wochen weg sein würde. So was macht man unter Freunden.

Bei unserem gestrigen Telefonat hat er mir erzählt, seine Maschine aus Südkorea würde um elf Uhr vormittags landen. Ich bin mir sicher, dass er keinen Verdacht geschöpft hat und nicht damit rechnet, von mir abgeholt zu werden. Er glaubt, ich hätte eine Schicht im Café. Die hätte ich eigentlich auch, aber ich habe sie getauscht, was für Kate zum Glück kein Problem war. Ich sollte ihr zu ihrem nächsten Geburtstag einen Award für die beste Chefin der Welt schenken. Ich kann mir gar keinen besseren Nebenjob vorstellen. Der Geigenunterricht macht mir zwar noch ein Stück weit mehr Spaß, aber auch im *Cosy Corner* gehe ich komplett auf, vor allem wegen des entspannten Arbeitsumfelds, und das Geld, das ich dort nebenbei verdiene, ist auch nicht zu verachten.

Außerdem ist mein Geigenschüler für einen Austausch ein halbes Jahr in Amerika. Ich überlege schon seit einiger Zeit, ob ich mir nicht noch jemanden suche, dem oder der ich das Geigenspielen beibringen kann, jedoch genieße ich aktuell die Freizeit und den etwas geringeren Stresspegel.

Ich lege meinen Kopf in den Nacken und blicke hinauf zur Anzeigetafel. Es ist zwei Jahre her, seit ich das letzte Mal am Flughafen war. An einem zwanzigsten April, der mein achtzehnter Geburtstag war. Mein Jahr in Peru war vorbei, und um meinen und auch Manons Geburtstag mit meiner Familie feiern zu können, hatte ich beschlossen, zwei Tage früher als geplant zurückzukommen. Als ich kurz nach der Landung mein Handy einschaltete, überhäuften sich die Nachrichten und verpassten Anrufe von Dad. Sofort rief ich zurück, und alles, was ich am anderen Ende der Leitung hörte, war sein Weinen. Panik machte sich innerhalb von Sekunden in mir breit, und ich setzte mich auf eine der Bänke im Wartebereich. Anstatt ihm zu sagen, dass ich in London bin, wollte ich nur noch wissen, was los ist. Doch als er es mir sagte, habe ich mir nichts sehnlicher gewünscht, als dass er es nicht getan hätte. Manon war gestorben. An meinem Geburtstag. Während ich hoch über den Wolken flog, um meine Familie zu sehen, um Manon zu sehen, verlor sie ihr Leben. Und plötzlich sollte ich sie nie wieder sehen. Ich brach noch an Ort und Stelle zusammen. Seitdem meide ich Flughäfen.

Ich schüttle den Kopf, in der Hoffnung, die Gedanken an diesen Moment loszuwerden. In wenigen Minuten müsste das Flugzeug landen, aber bis Yeonjun dann sein Gepäck hat und hinauskommt, wird sicherlich noch einige Zeit vergehen, weshalb ich beschließe, ihm einen Kaffee zu holen. Komplett mit leeren Händen in der Empfangshalle zu stehen, kommt mir dann doch doof vor.

Die vier Wochen, die Yeonjun nun weg war, haben sich gezogen wie Kaugummi. Jeder Tag hat sich gleich angefühlt, abgesehen vom Vorspielen und der Zusage für das Solo. Ich kann es noch immer nicht glauben, dass ich endlich allein auf der Bühne stehen werde, und dann auch noch mit einem selbst komponierten Stück, das so privat ist und mir alles bedeutet. Als Professor Crawford mir die Zusage gab, konnte ich für mindestens zehn Minuten einfach nichts anderes sagen als Danke.

Dass ich Yeonjun vermisst habe, mag ich mir selbst nicht so richtig eingestehen. Es würde nur zu deutlich machen, wie unfassbar wichtig er mir ist, und ich bin nicht bereit, mir Gedanken darüber zu machen, wieso das so ist. Wieso ich mich oft frage, was er wohl gerade macht und ob er manchmal auch an mich denkt. Während ich mich in seiner Wohnung um die Pflanzen gekümmert habe, bin ich jedes Mal länger als nötig dort geblieben. Habe es mir auf dem Sofa bequem gemacht und den Fernseher eingeschaltet, nur um mich in seinen vier Wänden so wohlzufühlen, dass es mir jedes Mal schwerfiel, die Wohnung wieder zu verlassen und nach Hause zu gehen.

Mit einem heißen Becher in der Hand stehe ich kurz darauf hinter der Absperrung. Mein Puls ist beinahe so hoch wie bei dem Vorspielen für das Solo. Ich bin nervös, weil ich nicht weiß, wie Yeonjun auf mich reagieren wird, und noch schlimmer, weil ich nicht weiß, wie ich selbst darauf reagieren werde, ihn wiederzusehen.

Ich schaue zur Schleuse und sehe die ersten Menschen mit ihren Koffern hinaustreten. Eine Frau läuft mit Tränen in den Augen in meine Richtung und geht nur wenige Meter neben mir in die Hocke, um ihre zwei kleinen Kinder eng in die Arme zu schließen.

Als ich wieder nach vorne schaue, entdecke ich Yeonjun, wie

er seinen großen Koffer zwischen den Leuten hindurchschlängelt und dabei auf seinem Handy tippt. Als mein Handy in der Hosentasche kurz vibriert, wird mein Lächeln noch breiter. Und als er aufsieht, unsere Blicke sich treffen und er für einen Moment die Augen überrascht aufreißt, bevor er mein Lächeln erwidert, bin ich kurz davor, vor Glück zu platzen. Die Sekunden, in denen er immer näher kommt, fühlen sich an wie in Zeitlupe.

Er trägt ein weißes T-Shirt, eine helle Jeans und weiße Sneaker, um die Hüften hat er sich ein kariertes Flanellhemd gebunden. Sein dunkles Haar ist länger geworden und fällt ihm noch stärker in die Stirn als sonst.

»Hope.« Wie sehr ich es vermisst habe, meinen Namen aus seinem Mund zu hören. Nicht übers Telefon, sondern direkt vor mir, live und in Farbe.

»Herzlich willkommen, das britische Wetter hat dich außerordentlich vermisst«, entgegne ich und strecke ihm den Kaffeebecher entgegen.

Doch anstatt ihn entgegenzunehmen, lässt er seinen Koffer los und zieht mich sanft in seine Arme. Ich erschrecke kurz, aus Angst, dass etwas von der heißen Flüssigkeit trotz des Deckels überschwappt. Und vielleicht auch, weil ich nicht damit gerechnet habe. Er hat mich schon oft in den Arm genommen, und doch fühlt es sich so intensiv an. Als hätte er seit Tagen nur auf diesen Augenblick gewartet.

»Nur das Wetter?«, flüstert er in meine Haare.

Ich schmiege mich enger an seine Brust, atme tief ein und aus, genieße den Moment. Diese Nähe lässt mein Herz höherschlagen, und erst da wird mir bewusst, wie sehr ich ihn wirklich vermisst habe. Bei ihm zu sein, ist wie nach Hause zu kommen. Dabei ist es mir ein Rätsel, wie sich etwas oder jemand nach Zuhause anfühlen kann, wenn man es erst seit etwas über drei Monaten richtig kennt.

Er lässt mich los, macht einen Schritt zurück und sieht mich aus seinen dunkelbraunen Augen an, die so viel Wärme ausstrahlen, dass dies der Grund sein muss, weshalb meine Körpertemperatur um gefühlte fünfzig Grad angestiegen ist. Ich spüre, wie meine Wangen rot werden, und hoffe, es fällt ihm nicht auf.

»Was machst du denn hier? Ich dachte, du musst arbeiten.«

Noch bevor ich ihm antworten kann, hebt er seine Arme, und mein Herz setzt verräterisch einen kurzen Moment aus, weil ich glaube, er würde mich wieder an sich ziehen. Stattdessen nimmt er für eine Sekunde mein Gesicht in seine Hände, bis er anfängt, mir auf beiden Seiten leicht in die Wangen zu kneifen.

»Ich bin keine drei Jahre alt«, schnaube ich und schiebe die Unterlippe schmollend vor.

»Es ist so schön, dich wiederzusehen. Als wäre die Sonne wieder in meinem Leben.« Das Grinsen in seinem Gesicht erstarrt, und er sieht mich aus großen Augen an. Scheinbar ist er über seine Worte genauso überrascht wie ich.

Ruckartig zieht er seine Arme von mir weg, als hätte ich ihn verbrannt, und kratzt sich mit der linken Hand im Nacken.

»Ich freue mich auch, dass du wieder da bist«, sage ich, weil es die Wahrheit ist.

Er nimmt mir dankend den Kaffeebecher aus der Hand und trinkt einen großen Schluck, ehe wir uns endlich in Bewegung setzen und in Richtung des Ausganges gehen. Erst nachdem Yeonjun sein Gepäck im Kofferraum des Taxis verstaut hat und wir auf der Rückbank sitzen, beginne ich damit, ihn auszuquetschen. Auch wenn wir jeden Tag in Kontakt standen, möchte ich wissen, wie es seiner Familie geht, wie oft er im Meer war, wie es sich für ihn als kleinen Workaholic angefühlt hat, vier Wochen nicht zu arbeiten, und unzählige Dinge mehr.

Wie selbstverständlich gehe ich mit in Yeonjuns Wohnung. Als er die Tür aufschließt, den Rucksack von seinem Rücken nimmt und den Koffer ins Schlafzimmer bringt, tapse ich ihm verlegen hinterher. »Ich wollte mich jetzt aber auch nicht aufdrängen. Du bist sicher müde von dem langen Flug und möchtest dich ausruhen.«

»Um ehrlich zu sein, habe ich die ganze Zeit über geschlafen. Ich bin zwar echt kaputt, aber definitiv nicht müde, und ich freue mich viel zu sehr, dich zu sehen, als dass ich dich schon wieder wegschicken würde. Also, was ist der Plan?«, fragt er mich, während er den Koffer auf den Boden legt und wir dann gemeinsam ins Wohnzimmer gehen.

Ich spiele mit dem Anhänger meiner Halskette, lasse ihn von links nach rechts und wieder zurückfahren. Schon wieder beginnen meine Wangen, zu glühen. »Ich habe keinen Plan«, gestehe ich und blicke zu Boden.

»Dann lass uns essen gehen, mein Bauch knurrt bereits seit zwei Stunden. Ich springe nur schnell unter die Dusche, gib mir zwanzig Minuten.« Yeonjun öffnet seinen Rucksack, der noch immer auf dem Couchtisch steht. Er legt sein Tablet und eine Art Notizbuch auf das Holz und wühlt so lange, bis er eine kleine Papiertüte gefunden hat.

»Hier. Für dich. Ich habe es gesehen und sofort an dich gedacht.« Er reicht mir die Tüte, und vorsichtig linse ich hinein. Ein dickes Buch aus braunem Leder und mit unzähligen eingestickten Sonnenblumen. Meine Lieblingsblumen. Erst als ich es raushole und öffne, erkenne ich, dass es sich dabei um ein leeres Notenbuch handelt, das nur darauf wartet, von mir gefüllt zu werden.

»Danke, das ist wunderschön.«

Verlegen tritt er mit dem Handy in der Hand von einem Bein aufs andere und grinst mich an. »Ich hoffe, du wirst noch hundert weitere eigene Kompositionen schreiben und sie alle in dem Buch verewigen.«

Ich nicke bis über beide Ohren strahlend und kann meine Augen gar nicht von dem Notenbuch nehmen, während Yeonjun im Badezimmer verschwindet.

Im Schneidersitz mache ich es mir auf dem Sofa bequem und greife nach der Fernbedienung, die auf dem Tisch liegt. Dabei stoße ich gegen sein Notizbuch, das er auf den Couchtisch gelegt hat, und reiße es aus Versehen zu Boden. Einige lose Blätter flattern hinaus und verteilen sich auf dem Parkett. Manche zeigen Skizzen von verschiedenen Logos. Andere wiederum Silhouetten von Menschen.

Aus dem Badezimmer ertönt das Wasser der Dusche, während ich dabei bin, die einzelnen Blätter einzusammeln. Ich möchte sie gerade wieder hineinlegen, da erblicke ich das oberste Blatt. Es zeigt eine Bleistiftzeichnung einer Frau. Nein, nicht irgendeiner Frau. Das bin ich. In der Zeichnung stehe ich vor einem großen Fenster. Ich trage eine Latzhose und darunter ein T-Shirt. Obwohl diese Zeichnung offensichtlich nur eine Skizze ist, ist sie so detailgetreu, dass ich eine Gänsehaut bekomme. Er hat meine Sommersprossen auf Papier gebracht, und ich könnte schwören, sie sind alle haargenau wie in der Realität platziert. Selbst die zwei kleinen Narben auf meiner Stirn, die ich mir als Kind beim Schwimmunterricht zugezogen habe, sind zu erkennen.

Das Bild ist so lebendig. Ich fahre mit den Fingerspitzen meine Konturen nach, und es fühlt sich an, als wäre es erst gestern gewesen. Es war der Tag, an dem wir versucht haben, gemeinsam *Time* von Hans Zimmer auf dem Klavier zu spielen, nachdem Yeonjun es mir mehrmals probiert hatte beizubringen.

Obwohl ich weiß, dass ich das vermutlich nicht tun sollte, lege ich das Blatt Papier beiseite und schaue mir die anderen Zeichnungen an. Ich, wie ich vor einem großen Kühlregal stehe und nach einer Wasserflasche greife. Das war bei unserem ersten richtigen Treffen. Auf der nächsten Zeichnung sieht man mich, wie ich den Arm nach oben ausstrecke und vergebens versuche, an die Kirschen des Baumes zu gelangen.

Ich lege Blatt für Blatt beiseite und schaue mir das nächste an. Plötzlich wird mir eiskalt, als würde das Blut in meinen Adern gefrieren. Tränen schießen mir in die Augen, weil ich mich in diesen Moment zurückversetzt fühle. Zurück zum zwanzigsten April vor zwei Jahren. Wie kann das sein?

Das Bild in meinen Händen brennt sich in mein Hirn. Alles in mir zieht sich zusammen. Auf der Zeichnung hocke ich auf dem Boden, meine Hände sind in meinen Haaren vergraben, und dieses Bild schreit einem förmlich pure Verzweiflung entgegen. Meine Augen sind gefüllt mit Tränen, sie laufen mir über die Wangen. Mein Blick ist leer. Die Umgebung um mich herum hat er verschwommen gezeichnet, und doch erkennt man die Flughafenhalle.

Wie konnte er das zeichnen? Es ist zwei Jahre her, und ich habe Yeonjun nie von diesem Augenblick in meinem Leben erzählt, er weiß noch nicht einmal, dass meine ältere Schwester tot ist. Er kann nicht wissen, dass ich an meinem achtzehnten Geburtstag weinend am Flughafen zusammengebrochen bin.

Und doch halte ich genau diesen Moment schwarz auf weiß in meinen Händen. Den schlimmsten Moment meines Lebens. Den Tag, den ich am liebsten für immer vergessen würde. Den Schmerz, den ich unaufhörlich versuche zu verdrängen. All das auf einem Blatt Papier.

In einem hellen T-Shirt und einer dunklen Jogginghose steht

Yeonjun plötzlich mit nassen Haaren vor mir. Er starrt auf die Blätter in meinen Händen.

»Was ... ist das?« Meine Stimme klingt, als sei ich meterweit unter Wasser und würde nach Luft ringen. Sie klingt, wie ich mich fühle: als würde ich ertrinken.

Yeonjun geht in die Hocke, um mit mir auf Augenhöhe zu sein, und möchte mir das Papier aus den Händen nehmen, doch ich klammere mich daran, als sei es mein Anker. »Woher ... Ich meine ... Wie konntest du das zeichnen? Woher weißt du ...«

»Ich wollte es dir schon eher sagen, wusste nur nicht, wie, und ich wollte auch keine alten Wunden aufreißen.« Seine Stimme klingt brüchig und beinahe verzweifelt.

»Wovon sprichst du?« Der Schock sitzt tief, und einen klaren Gedanken zu fassen, fällt mir schwer. Ich stehe auf und lege meine Hände an meine Wangen. Mir ist so heiß. Habe ich Fieber?

Auch Yeonjun erhebt sich nun und macht zwei Schritte auf mich zu, gleichzeitig mache ich zwei zurück.

»Erklär es mir«, fordere ich ihn schroff auf. Ich bin nicht sauer, weil er mich gezeichnet hat. Hätte ich solch ein Talent, würde ich vermutlich auch jeden Menschen um mich herum mit Stift auf Papier festhalten. Ich bin verwirrt.

Er seufzt. »An dem zwanzigsten April kam ich gerade aus Busan wieder. Ich ging in Richtung des Ausganges, als ich dich zwischen anderen Menschen sitzen sah. Du hast telefoniert, und dein Gesichtsausdruck war so aufgelöst, dass ich es nicht geschafft habe, meinen Blick von dir abzuwenden. Innerhalb von Sekunden hast du zu weinen angefangen und ...«

Ich habe so lange nicht mehr an diesen Tag gedacht. So verdammt lange nicht mehr. Und heute werde ich gleich zwei Mal damit konfrontiert. Ich denke jeden Tag daran, dass meine Schwester gestorben ist. Frage mich jeden Tag, ob ich es hätte verhindern können, wenn ich doch nur da gewesen wäre. Doch dieses Telefonat mit Dad – diesen Moment, als mein Leben entgleiste – verbanne ich stets aus meinen Gedanken.

»Du bist von dem Sitz geglitten und auf den Fliesen zusammengebrochen. Ich bin ...«

»Du warst das!« Plötzlich fällt es mir wieder ein. Seine Stimme hallt so klar und deutlich in meinem Kopf wider, als würde ich diese Situation noch einmal durchleben.

Damals ging ein Mann vor mir in die Hocke. Ich habe nicht aufgesehen, denn alles, was ich wahrnahm, war dieser unerträgliche Schmerz, der mich in die Knie zwang. Erst als er mir eine Packung Taschentücher hinhielt, blickte ich auf. Doch meine Sicht war vor lauter Tränen so verschwommen, dass ich sein Gesicht nicht richtig sehen konnte.

»Du ... du hast mich gefragt, ob du irgendwas für mich tun kannst. Jemanden anrufen oder so. Du hast meinen Koffer und meine Tasche genommen und hast mich zum Ausgang gebracht, ohne ein weiteres Wort zu sagen.« Ich erinnere mich mit einem Mal so klar daran, und der Mann, der mich damals in ein Taxi gesetzt hat, damit ich nach Hause fahren kann, hat plötzlich ein Gesicht.

»Es tut mir so leid, dass ich es dir nicht eher gesagt habe, Hope. Aber ich wollte diesen Schmerz, den du damals empfunden hast, mit dieser Erinnerung nicht wieder hervorrufen.« Yeonjun möchte mir die Tränen von der Wange wischen, doch ich entziehe mich seiner Berührung. Dieses riesige Wohnzimmer fühlt sich gerade erdrückend an. So erdrückend, dass ich nur noch fliehen möchte.

»Ich muss gehen.«

»Hope, bitte.«

Ohne mich noch einmal umzudrehen, verlasse ich seine Wohnung und stürme die Treppen hinunter ins Freie.

Kapitel 16

Hope

Mein Handy zeigt mir im Sperrbildschirm erneut eine WhatsApp-Nachricht von Yeonjun an. Seit ich vorgestern aus seiner Wohnung gestürmt bin, versucht er, mich zu erreichen. Ich senke den Kopf so weit hinunter, bis meine Stirn das Holz meines Schreibtisches berührt.

Ich bin ihm gar nicht böse. Vielleicht sollte ich es ja sein. Doch ich bin es nicht. Was hätte er auch sagen sollen? *Hallo, Hope. Ich wäre gerne mit dir befreundet. Ach, und übrigens, ich habe dich vor zwei Jahren heulend am Flughafen gesehen. Ich war es, der dich damals ins Taxi gesetzt hat.*

Hätte er das gesagt, hätte ich die Beine in die Hand genommen und wäre gerannt, weil ich nicht bereit gewesen wäre, über diesen Tag zu sprechen, geschweige denn, überhaupt an ihn zu denken. Dann hätte ich ihn nie kennengelernt. Dann wären wir nie Freunde geworden. Ja, irgendwann hätte er es mir ruhig sagen können. Dass er es nicht getan hat, macht ihn für mich aber zu keinem schlechten Menschen.

Dass ich auf keine seiner Nachrichten bisher geantwortet habe, liegt daran, dass ich nicht weiß, was ich sagen soll. Er hat nie gefragt, was damals passiert ist, und wie ich ihn kenne, wird

187

er mich auch nicht einfach darauf ansprechen. Dafür erkennt er meinen Schmerz viel zu deutlich. Trotzdem fühle ich mich, als gäbe es kein Zurück. Als könnte ich ihm gegenüber nicht länger so tun, als hätte ich meine große Schwester nie verloren.

Ich neige meinen Kopf zur Seite, liege nun mit der Wange auf der Tischplatte und öffne WhatsApp.

Von: Yeonjun
Bitte glaub mir, dass es mir leidtut, es dir nicht eher gesagt zu haben.

Von: Yeonjun
Ich wollte das nie vor dir geheim halten, es hat sich nur kein Moment je richtig angefühlt, um es zu erzählen.

Von: Yeonjun
Vielleicht lag es auch an meiner Feigheit, weil ich Angst davor hatte, dich an diesen Tag zu erinnern und noch einmal diesen Schmerz in deinem Gesicht zu sehen. Ich wollte dich nie dazu drängen, mir irgendwas zu erzählen, für das du nicht bereit bist.

Von: Yeonjun
Ich hoffe, es geht dir gut. Du warst heute nicht im Cosy Corner. Bitte sag mir nur, dass du okay bist.

Mein Rücken tut mir weh, weil ich schon seit Stunden an meinem Schreibtisch sitze und über meiner Hausarbeit hänge, für die ich jedoch kein einziges Wort zustande gebracht habe.

Direkt unter Yeonjuns Namen erscheint die Info, dass er on-

line ist, und ich frage mich, ob er unseren Chat offen hat und nur
darauf wartet, dass ich etwas erwidere.

Von: Hope
Du musst dich nicht entschuldigen. Ich bin nicht
sauer. Nur schockiert. Das ist alles. Irgendwie musste
ich das erst einmal verarbeiten. Sorry, dass ich mich
erst jetzt melde.

Von: Yeonjun
Doch! Es war bescheuert, es dir nicht sofort zu
erzählen. Konntest du es denn verarbeiten?

Von: Hope
Nein.

Von: Yeonjun
Ich möchte nicht, dass dieser Tag irgendwie
zwischen uns steht.

Von: Hope
Das tut er nicht. Er schwebt einfach nur immer über
mir. Wie eine Gewitterwolke. Wie ein Sturm, der nur
darauf wartet, mich mitzuziehen. Aber dafür kannst
du nichts. Im Gegenteil. Ich sollte mich bei dir
bedanken. Ohne dich würde ich vielleicht noch
immer auf dem Flughafenboden kauern.

Von: Yeonjun
Wenn du reden möchtest, egal wann, dann bin ich
da. Das weißt du, oder? Ich bin immer für dich da,

wenn du mich brauchst – wenn du irgendjemanden
brauchst.

Von: Hope

Ich weiß. Danke. Können wir morgen einfach ins
YORI gehen, tonnenweise Kimchi in uns stopfen und
so tun, als wäre nichts passiert?

Von: Yeonjun
Das kriegen wir hin. Wann soll ich dich von der Uni
abholen?

Von: Hope
Um fünf. Schlaf gut, Yeonjun.

Von: Yeonjun
Du auch, Hope.

Ich richte mich auf und schiebe meinen Laptop von mir weg. Heute war ein regnerischer Sommertag, an dem es zu keiner Minute wirklich hell geworden ist. Passend zu meiner Stimmung. Als hätte sich das Wetter meiner persönlichen Gewitterwolke angepasst. Einen tiefen Atemzug nehmend, schließe ich die Augen und lasse der Wut in mir ihren Raum. Die meiste Zeit versuche ich, sie zu unterdrücken, und hoffe, dass sie sich damit irgendwann in Luft auflöst. Doch gerade ist sie überdeutlich, brodelt in mir und lässt mich nicht zur Ruhe kommen.

Ruckartig springe ich auf, mein Schreibtischstuhl rollt auf dem Parkett nach hinten, und ich stampfe auf mein Bett zu, um mich mit dem Gesicht nach vorne in die Federn fallen zu lassen. Ich greife blind nach einem der Kissen und halte es mir mit beiden Händen über den Kopf. Und dann beginne ich, zu schreien, und höre nicht mehr damit auf.

Ich hasse alles. Diese zerrüttete Familie. Dass ich nicht meinen eigenen Weg gehen kann, aus Angst, Daisy allein in diesem Haus zu lassen. Ich liebe sie abgöttisch, und ich würde jedes erdenkliche Opfer für sie bringen. Trotzdem wäre ich auch gerne frei. Frei von der Angst, dass niemand meine kleine Schwester beschützt. Beschützt vor der Wut meiner Mutter, der Verzweiflung meines Vaters und deren immer schlimmer werdenden Streitereien.

Am schlimmsten sind die Nächte, in denen ich Manon vor meinen Augen sehe, glaube, sie würde jeden Moment in mein Zimmer kommen und mich dafür anmeckern, dass ich mir mal wieder ein Oberteil von ihr geklaut habe. Und dann schlägt die Realität zu, und ich breche in Tränen aus. Und wenn irgendwann keine Tränen mehr übrig sind, wenn da plötzlich nichts mehr kommt, ist dort nur noch Leere. Eine unendliche Dunkelheit, ohne Licht am Ende des Tunnels. Man ist so leer, und gleichzeitig läuft man über: vor Schmerz, vor Angst, vor Wut, vor Verzweiflung, vor Trauer.

Erst als meine Kehle brennt, höre ich auf, in mein Kissen zu schreien. Ich brauche frische Luft. In meinem grünen Hoodie und der hellen Jeans gehe ich auf meinen Balkon. Zunächst ist es beinahe gespenstisch ruhig, bis ich plötzlich die Stimmen meiner Eltern höre, die anscheinend im Garten stehen. Ich wage es nicht, an das Geländer zu gehen und über die Brüstung nach unten zu schauen.

Stattdessen drücke ich mich gegen die Mauer und sage mir in Gedanken, dass ich lieber wieder reingehen sollte. Doch als die ersten Worte zu mir durchdringen, bleibe ich wie versteinert stehen.

»Mir ist das alles so scheißegal.«

»Wie kann es dir egal sein?«, fragt Dad.

»Sie ist tot, Bill!«, brüllt Mum, als wäre es ihr komplett gleichgültig, was die Nachbarn denken könnten. Nicht, dass ich selbst darauf einen Wert legen würde, doch meine Mutter hat es stets getan. Wollte nach außen immer das heile Bild wahren. Dass ihr das mittlerweile nicht mehr wichtig zu sein scheint, macht mir mehr Angst, als ich es mir eingestehen möchte.

»Glaubst du, das weiß ich nicht? Wir haben alle jemanden verloren, den wir lieben. Aber du scheinst immer mehr zu vergessen, dass du noch zwei weitere Kinder hast und auch sie deine Liebe brauchen.«

»Aber sie sind nicht Manon.« Ihre Worte zerbersten mir das Herz, und bevor ich noch mehr hören muss – oder noch schlimmer, bevor Daisy es mitbekommt –, gehe ich zurück in mein Zimmer und rufe Mora an. Einmal. Zweimal. Dreimal. Doch sie nimmt nicht ab. Verdammt. Dies ist einer der Momente, in denen ich nicht gerade glücklich darüber bin, so wenige Vertrauenspersonen in meinem Leben zu haben.

Ich zögere einen Moment. Starre auf Yeonjuns Namen. Lese seine letzte Nachricht, in der er beteuert, immer für mich da zu sein, und ohne noch eine Sekunde länger zu warten, rufe ich ihn an. Nach dem ersten Freizeichen nimmt er ab.

»Hope?«, fragt er, als könnte er nicht glauben, dass ich ihn angerufen habe.

»Das kommt jetzt etwas plötzlich, und ich will dich auch nicht überrumpeln, aber Mora geht nicht an ihr Handy. Ich ...« Was soll ich ihm sagen? Dass sich meine Eltern jeden Moment die Köpfe einschlagen werden und ich nur noch hier wegwill?

»Geht's dir gut? Soll ich zu dir kommen?«

»Meine Eltern. Sie ... sie streiten sich so sehr, und ich möchte nicht, dass Daisy alles mitbekommt. Kann ich mit ihr zu dir kommen?«, frage ich stattdessen, weil ich zum einen nicht wüsste, wohin ich mit ihr sonst an einem Freitagabend gehen sollte, und weil ich mir keinen Ort vorstellen kann, an dem ich mich sicherer fühle.

»Natürlich. Aber es ist schon spät. Ihr könnt auch gerne über Nacht bleiben, dann schlafe ich auf dem Sofa«, schlägt Yeonjun vor, und meine Augen füllen sich mit Tränen, weil ich ihm so dankbar bin. Für diese Selbstverständlichkeit. Dafür, dass er keinen Moment zögert.

Wir verabschieden uns voneinander, als ich schon dabei bin, meinen Rucksack aus dem Schrank zu holen und alles reinzustopfen, was ich für die Nacht brauche. Schlafsachen, frische Sachen für morgen, zwei Zahnbürsten.

»Heute machen wir eine Übernachtungsparty«, erkläre ich Daisy, als ich in ihr Zimmer gehe, und packe auch ihre Klamotten in den Rucksack.

»Wirklich?« Ihre Augen beginnen, zu leuchten. »Bei Nathalie?«

»Nein. Dieses Mal nicht. Du lernst heute meinen besten Freund kennen. Zieh dir die Jacke über.« Ich reiche ihr die lila Jacke, die an ihrer Tür hängt. Und während sie sich anzieht, schreibe ich Dad eine WhatsApp-Nachricht.

Von: Hope
Ich übernachte mit Daisy bei einem Freund. Ich habe
es so satt, darauf aufzupassen, dass sie nichts von
euren Streitereien mitbekommt. Wir sind morgen
Vormittag wieder da.

Mit Daisy an der Hand und dem Rucksack auf dem Rücken stehen wir kurze Zeit später vor Yeonjuns Tür. Mein Herz schlägt mir bis zum Hals, als er sie öffnet und erst mich anlächelt und sein Blick schließlich nach unten gleitet. Er geht in die Hocke und hält ihr seine Hand entgegen, was mich schmunzeln lässt. »Hi. Ich bin Yeonjun, der beste Freund deiner Schwester.« Sie legt ihre kleine Hand in seine, zieht die Augenbrauen zusammen und schiebt ihre Unterlippe vor. »Hallo, Yonju. Ich bin Daisy.«

»Yeonjun«, wiederhole ich ganz langsam, woraufhin sie nickt und seinen Namen noch einige Male ausspricht. Beim vierten Mal hat sie den Dreh raus.

Wir ziehen unsere Schuhe aus und lassen sie im Flur, bevor Daisy direkt ins Wohnzimmer läuft und auf das große Sofa hüpft. Es ist erschreckend, wie ähnlich wir uns tatsächlich sind. Auch mich verschlägt es in Yeonjuns Wohnung immer sofort auf die gemütliche Couch.

»Geht es dir gut?«, fragt er mich, als wir am Türrahmen gelehnt stehen und meine kleine Schwester dabei beobachten, wie sie auf den Polstern rumtobt.

»Ja, ich denke schon. Unsere Eltern haben sich so angeschrien, ich wollte einfach nicht, dass sie irgendwas davon mitbekommt, und wusste nicht, wohin. Danke.« Ich lege meine Hände auf den Nacken und beginne damit, ihn zu kneten. Mein ganzer Körper stand so sehr unter Anspannung, dass mir nun alles wehtut. Mit kreisenden Bewegungen versuche ich, die Muskeln zu lockern.

»Ihr könnt jederzeit zu mir kommen. Wirklich, das stört mich überhaupt nicht«, erklärt er mir und betritt das Wohnzimmer, um sich an meine Schwester zu wenden. »Möchtest du etwas trinken? Kakao? Tee? Wasser? Orangensaft?«

»Kakao.« Sie klopft mit ihrer Hand auf den Platz neben sich und winkt mich anschließend zu sich.

»Was möchtest du?«, fragt mich Yeonjun.

»Weißt du was. Ich nehme auch einen Kakao.«

Als er in die Küche verschwindet, setze ich mich neben Daisy. Sie trägt noch immer die graue Jogginghose mit den blauen Schmetterlingen drauf und die dazu passende Strickjacke. Ihren Kopf bettet sie in meinen Schoß, während sie sich langmacht. Aus ihren grünen Kulleraugen sieht sie zu mir hoch. »Hippie-Hope? Woher kennst du ihn? Ich glaube, er ist nett.«

»Er macht uns Kakao, natürlich ist er nett«, entgegne ich ihr und stupse ihre Nasenspitze an. »Wir haben uns vor ein paar Monaten bei meiner Arbeit im Café kennengelernt. Seitdem sind wir beste Freunde. So wie du und Nathalie.« Vielleicht nicht ganz so wie Daisy und Nathalie, aber wie soll ich es meiner kleinen Schwester sonst erklären? Ich kann ihr schlecht sagen, dass mein Herz manchmal aussetzt, sobald er mich berührt, oder dass dieses Kribbeln im Bauch immer häufiger wird. Ich kann es mir ja selbst nicht einmal eingestehen.

»Ist er nett zu dir?« Obwohl sie diese Frage in ihrer kindlichen Leichtigkeit stellt, überrascht sie mich. Ich denke an all die Male, in denen ich mich an seiner Seite glücklich gefühlt habe. Yeonjun ist mehr als nur nett zu mir. Er holt das Beste aus mir raus.

»Ja, das ist er«, antworte ich Daisy schließlich, während ich mit den Fingern ihre langen Haare kämme, die neben mir auf den Stoff des Sofas fallen.

»Dann darf er mit dir befreundet sein.«

»Was hättest du gemacht, wenn ich Nein gesagt hätte?«

»Ihm den Kakao ins Gesicht gekippt«, sagt sie leise hinter vorgehaltener Hand und beginnt zu kichern.

Wie aufs Kommando kommt Yeonjun zu uns und stellt unsere

Tassen auf dem Couchtisch ab. Kleine Dampfwolken steigen empor und verbreiten den Geruch der warmen Schokolade.

Daisy kann gar nicht mehr aufhören, Yeonjun von der nächsten Woche zu erzählen. Ab Montag wird sie ganze acht Tage auf Klassenfahrt sein. Seit Monaten schon kann ich mir fast jeden Morgen anhören, wie sehr sie sich darauf freut, so viele Tage mit ihren Freundinnen und Freunden zu verbringen.

Zwei Pixar-Filme und eine weitere heiße Schokolade später, ist Daisy auf dem Sofa zwischen Yeonjun und mir eingeschlafen, weshalb ich sie rüber ins Schlafzimmer getragen und ins Bett gelegt habe. Es kommt nur selten vor, dass sie mal länger als bis neun Uhr abends wach bleibt. Wahrscheinlich ist sie deshalb auch um halb zehn eingeschlafen.

Der Fernseher läuft nur leise im Hintergrund, und keiner von uns beiden schenkt ihm Beachtung. Yeonjun hält sein Glas Wasser in den Händen, fährt mit dem Zeigefinger Kreise über den Rand. Seine Augen fixieren die Flüssigkeit. Meine Augen fixieren ihn. Wäre es merkwürdig, ihn nach einer Umarmung zu fragen? Ich müsste nur meinen Arm ausstrecken, und schon könnte ich ihn berühren, und aus irgendeinem Grund hatte ich noch nie ein so großes Verlangen nach seiner Nähe wie jetzt.

Seine dunklen Augen blicken noch immer hinunter zum Glas. Auf seinen Lippen liegt kein Lächeln wie sonst so oft.

»Yeonjun?«

Er hebt seinen Kopf. Sieht mich an. »Ja?«

»Geht es dir gut?«

Wie in Zeitlupe ziehen sich seine Augenbrauen leicht zusammen. »Geht es dir denn gut?«

Und da erkenne ich die Sorge in seinem Ausdruck. Glaubt er noch immer, dass ich sauer auf ihn bin, weil er mir nichts davon erzählt hat, dass er mich schon einmal vor zwei Jahren gesehen hat?

»Möchtest du die Wahrheit hören?«

»Selbst wenn sie wehtut«, antwortet er, stellt sein Glas auf dem Tisch ab und rückt ein Stück näher zu mir heran, sodass er nun nur noch eine halbe Armlänge von mir entfernt ist. Immer noch zu weit weg.

»Seit ich hier bin, geht es mir besser. Bei dir geht es mir besser.« Ich weiche seinem Blick aus, weil ich sonst vielleicht nicht in der Lage dazu bin, ihm von dem Tag zu erzählen. »Wir waren mal eine glückliche Familie. Nicht, dass es nicht in jeder Familie auch mal Streitereien oder Meinungsverschiedenheiten gibt, aber wir waren trotzdem immer glücklich. Weißt du noch, als ich dir von meiner älteren Schwester Manon erzählt habe?«

Yeonjun nickt. »Sie ist Erzieherin, richtig?« Erst jetzt bemerke ich, dass seine Hand auf meinem Knie liegt. Sein Finger streicht langsam von links nach rechts, und ich bin froh. So froh, dass er mich berührt und ich mich weniger allein fühle.

»Nein, ist sie nicht.« Damals habe ich ihn angelogen, weil ich es nicht übers Herz gebracht habe, von ihr in der Vergangenheitsform zu reden. Auszusprechen, weshalb sie niemals das machen kann, wonach sie sich sehnt.

»Aber du sagtest ...«

»Manon ist tot. Sie starb vor zwei Jahren. An dem Tag, an dem du mich am Flughafen gesehen hast. An meinem Geburtstag. An ihrem Geburtstag. Sie ist gestorben.« Meine Stimme bricht, wie mein Herz.

»Das tut mir ... Es ist bescheuert, zu sagen, dass es mir leidtut. Ich weiß ganz genau, dass es keine Worte gibt, die dir Trost spenden können. Kein Spruch, der dich die Schmerzen vergessen lässt. Oh, Mann ... Komm her«, fordert er mich mit weit geöffneten Armen auf, und wie selbstverständlich lasse ich mich in seine Arme fallen. Bette meinen Kopf zwischen seiner Schulter und seinem Hals. Spüre seinen Herzschlag so deutlich wie meinen eigenen.

»Manon litt seit drei Jahren unter sehr starken Kopfschmerzen, bei denen ihr kein Arzt sagen konnte, woher sie kamen. Und wir waren wirklich bei vielen Ärzten. Sie nahm fast täglich Aspirin, obwohl ihr Hausarzt sie davor gewarnt und ihr dazu geraten hat, auf andere Schmerzmittel umzusteigen, da Aspirin eine blutverdünnende Wirkung hat und es bei einer zu häufigen Einnahme sogar zu Magenblutungen kommen kann. Doch sie hat weder auf ihn noch auf uns gehört«, erzähle ich mit leiser Stimme, damit mich Daisy nicht hört, falls sie doch wach sein sollte. »Manon und ich haben am selben Tag Geburtstag. Eigentlich wäre ich erst ein paar Tage nach unserem Geburtstag von Lima zurück nach Hause gekommen, doch ich wollte meine Familie und vor allem Manon zum Geburtstag überraschen. Am Flughafen, als du mich gesehen hast, rief mich Dad an. Ich wusste sofort, dass etwas Schlimmes passiert sein muss und es Manon betrifft. Ich habe einfach gespürt, dass plötzlich ein Teil von mir fehlt, und noch bevor er es ausgesprochen hat, zerbrach mein Herz.«

Yeonjun zieht mich enger an sich. Sein Kinn ruht auf meinem Scheitel, und ich spüre seine sanfte Atmung in meinem Haar. »Man sah dir den Schmerz an. Ich kannte dich nicht, aber es tat weh, sich nur vorzustellen, was du gerade durchmachst.«

»Wärst du nicht da gewesen, hätte ich sicher noch stundenlang auf dem Boden gekauert. Ich hätte nicht die Kraft gehabt, von allein aufzustehen. Als ich zu Hause ankam, war ab der ersten Sekunde an alles anders. Ich wusste, dass unsere Familie nie mehr glücklich sein würde. Daisy lag weinend in Dads Armen. Mum hatte sich im Schlafzimmer eingesperrt. Ich ... ich habe nichts gespürt. Da war nur Leere. Ich war so taub, wie in Trance, als sei mein Körper anwesend, aber mein Geist nicht. Alle haben an diesem Tag nur geweint, außer ich. Ich war nicht in der Lage dazu. Erst Tage später liefen mir plötzlich am Frühstückstisch Tränen über mein Gesicht. Ich war überrascht, wie viele Tränen ein Mensch doch in sich trägt, wie er damit tatsächlich einen See füllen könnte.«

Ich seufze, möchte am liebsten aufhören, zu erzählen und daran zu denken. Dieser unendliche Schmerz ging nie weg, aber ich war so gut darin, ihn zu verdrängen. Jemandem so ins Detail von Manons Tod zu erzählen, kostet mich nicht nur Überwindung, sondern auch eine Menge Kraft. Es führt mir vor Augen, was mir alles genommen wurde: ein Teil meiner selbst.

»Erst einen Tag später hat Dad mir erzählt, was passiert ist. Manon hat mit ihren Freundinnen in ihren Geburtstag reingefeiert auf irgendeiner Studentenparty. Erst kurz vorher hat sie ihr Studium in Wirtschaftswissenschaften abgebrochen, nachdem ich sie am Telefon dazu überreden konnte, nicht daran zu denken, was Mum möchte, sondern nur daran, was sie glücklich macht, nämlich der Beruf der Erzieherin. Sie wusste, dass sie wegen ihrer regelmäßigen Aspirineinnahme nicht mit Alkohol übertreiben darf. Manon ging selten feiern, ein paarmal war ich dabei und hatte immer ein Auge auf sie und darauf, wie viel sie trinkt. Doch an diesem Abend war es so viel Alkohol, dass sie nicht einmal mehr gerade laufen konnte. Trotzdem hat sie sich auf ein Fahrrad gesetzt, ohne bei klarem Verstand zu sein, und ist schließlich gefallen.« Ich lache kurz verbittert auf, weil es so absurd klingt. »Der Lenker ist ihr stark gegen die Bauchdecke geknallt, wodurch es zu Rissen in der Milz und Bauchspeicheldrüse kam. Laut ihrer Freundin ist sie danach noch von allein wieder aufgestanden und konnte laufen. Die Ärzte meinten später, dass sie den Schmerz durch die Einnahme des Aspirin, aber natürlich auch des Alkohols nicht direkt wahrgenommen hat. Später am Abend kam der Krankenwagen. Sie wurde sofort notoperiert, doch noch während meine Familie auf dem Weg ins Krankenhaus war, starb sie an den inneren Blutungen.«

Meine Tränen versickern in Yeonjuns Shirt, und ich frage mich, ob ich all das jemals laut ausgesprochen habe. Mora weiß von dem Tod meiner Schwester, aber ich habe ihr nie die Details erzählt, habe mich nie dazu bereit gefühlt. Auch mit meiner Familie spreche ich nie darüber. Wie könnte ich auch, wenn ich fast jeden Tag mitansehen muss, wie Manons Tod Mum von innen auffrisst.

»Ich bin sauer auf sie. Darauf, dass sie nicht einsah, wie süchtig sie nach den Tabletten war. Und darauf, dass sie so viel getrunken hat, obwohl sie die Risiken kannte. Aber ich bin auch sauer auf mich selbst. Darauf, dass meine Worte nicht gereicht haben, um sie von den Tabletten wegzubekommen, und dass wir als Familie nicht beharrlicher waren. Und wenn ich nicht dieses Aupair-Jahr gemacht hätte, wenn ich an diesem Abend bei ihr gewesen wäre, dann wäre das alles vielleicht nicht passiert. Dann wäre sie am Leben. Unsere Eltern würden sich nicht anschreien und Dinge an den Kopf werfen, die sie gegenseitig verletzen. Daisy könnte glücklich aufwachsen, mit zwei großen Schwestern und Eltern, die sich lieben.«

»Ich stelle mir auch oft die Frage: Was wäre, wenn?«, sagt Yeonjun, und ich richte mich bei seinen Worten auf, um ihm in die Augen schauen zu können.

»Jedes Mal komme ich aber zu dem Entschluss, dass man das Schicksal eines anderen nicht ändern kann. Wenn du dabei gewesen wärst, hätte dieser Unfall trotzdem passieren können. Auch mit weniger Alkohol im Blut hätte sie auf das Fahrrad steigen und einen Unfall bauen können. Du bist nicht schuld daran.« Die letzten Worte spricht er langsam und deutlich aus.

»Der Gedanke, dass ich schuld daran bin oder es hätte verhindern können, ist töricht. Ich weiß. Es ist nur so ... so einfach, wenn man einen Schuldigen hat. Jemanden, auf den man wütend sein kann. Und am einfachsten und schwierigsten zugleich ist es, wenn man sich selbst als die Schuldige sieht.«

»Hope. Das ist nicht einfach, das ist masochistisch. Es ist eine Qual, der du dich selbst tagtäglich aussetzt. Du kannst dir einreden, dass es irgendwas leichter macht, aber das tut es nicht. Der Verlust eines geliebten Menschen ist niemals leicht, und man wird niemals aufhören, die Person zu vermissen. Zeit heilt auch keine Wunden. Das Einzige, was passiert, ist, dass du mit den Jahren nicht mehr jeden Tag an den Verlust denkst und es irgendwann nicht mehr jeden Tag wehtut. Aber ganz verschwinden tut der Schmerz nie. Er ist ein Teil von dir. Nicht gerade aufbauende Worte, ich weiß. Und vielleicht trifft das auch nicht auf jeden zu, ich kann nur für meinen Schmerz und meinen Verlust sprechen. Doch eines steht fest. Du musst nicht allein trauern.«

Ich lege meinen Kopf auf die Sofalehne und schaue zu Yeonjun hinauf. Sein Blick ist voller Wärme, und ich weiß mit einem Mal, dass ich ihm genauso viel bedeute wie er mir, dass wir uns brauchen und uns guttun. »Danke«, wispere ich.

»Jederzeit«, entgegnet er mir, und dann wird es angenehm still um uns herum.

»Früher war ich anders als jetzt. Stürmischer. Fröhlicher. Unbeschwerter. Mein altes Ich ...«

Noch bevor ich weiterreden kann, fällt mir Yeonjun ins Wort. »Es gibt kein altes Du. Mit deinen zwanzig Jahren hast du so viel durchgemacht, bist durch so harte Phasen deines Lebens gegangen, und all das macht dich aus. Mit jeder damaligen Empfindung und mit jeder heutigen. Dein Ich vor zehn Jahren, vor acht Jahren, vor zwei Jahren und jetzt: Das alles bist du, Hope.«

Seine Worte hallen noch in meinen Gedanken nach, als ich mich schon längst neben Daisy ins Bett gelegt und mich in Yeonjuns Decke gekuschelt habe, die so sehr nach ihm riecht, dass mein Herz nicht aufhören möchte, wie verrückt in meiner Brust zu schlagen.

Kapitel 17

Hope

Ich kann nicht fassen, dass ich an einem Donnerstagmorgen im Zug sitze und auf dem Weg nach Brighton bin. Nachdem ich die letzten Tage nur an meiner Hausarbeit saß und über Musiksoziologie und die Frage, wie Musik die Entwicklung von Kindern beeinflusst, geschrieben habe, hat mich Yeonjun gefragt, ob ich ans Meer möchte. Ich habe es für eine rhetorische Frage gehalten und natürlich mit einem lauten Ja geantwortet, immerhin sehne ich mich schon seit Peru nach Wellenrauschen und Strandspaziergängen.

Erst als er mich gefragt hatte, ob ich Donnerstag und Freitag in die Uni müsste, habe ich begriffen, dass er es ernst meint. Im *Cosy Corner* hatte ich mir für diese Woche sowieso Urlaub genommen, um die Hausarbeit beenden und abgeben zu können. Unter normalen Umständen, wenn Daisy nicht auf Klassenfahrt wäre, hätte ich dankend abgelehnt.

Gestern waren wir nachmittags im Hyde Park und haben gemeinsam mit Zoe, Noah, Mora und ihrer Mitbewohnerin Audrey gepicknickt, als Yeonjun plötzlich meinte, ich soll heute noch meine Tasche packen und morgen geht es für drei Nächte nach Brighton.

»Ich hoffe, dir wird dein nachträgliches Geburtstagsgeschenk gefallen«, meint Yeonjun und reißt mich aus meinen Gedanken. Dass mein Geburtstag mittlerweile knapp fünf Monate zurückliegt, habe ich schon gestern mehr als einmal erwähnt.

»Machst du Witze? Ich war das letzte Mal vor fünf Jahren in Brighton, und ich kann es gar nicht abwarten, am Strand zu sein. Ob ich damit einverstanden bin, dass du die Fahrt und das Hotel bezahlst? Sicher nicht. Du setzt die Maßstäbe für deinen Geburtstag ganz schön hoch.«

»Keine Sorge, du darfst mich in Brighton gerne das ein oder andere Mal zum Essen einladen.« Er sieht mich mit diesem typischen schelmischen Grinsen an, und am liebsten würde ich ihm die Ohren lang ziehen. »Du weißt hoffentlich, dass man nichts schenkt, um gleichermaßen zurückbeschenkt zu werden.«

»Ach, nicht? Ich dachte, das wäre der Sinn hinter diesem Konzept«, entgegne ich und rolle mit den Augen. Auf meine immer länger werdende Yeonjun-To-do-Liste muss ich mir definitiv im Hotel notieren, mir früh genug Gedanken um ein passendes Geschenk für ihn zu machen. Die Liste, die ich schon vor Monaten angefangen habe, schleppe ich fast immer in meinem Rucksack mit umher.

Ich schaue aus dem Fenster, genieße die grüne Landschaft, die nach und nach immer bewohnter wird. Mit dem Zug dauert die Fahrt von London nach Brighton nur eine Stunde, und in wenigen Minuten müssten wir ankommen. Yeonjun sitzt mir in dem kleinen Abteil, das wir seit dem letzten Halt ganz für uns haben, gegenüber. Während ich seinen Blick auf mir spüre, fühlt es sich so an, als würden kleine Funken auf meiner Haut tanzen und ein Prickeln auf jedem Zentimeter hinterlassen.

Rational betrachtet, ist es sicherlich keine gute Idee, mit Yeonjun einen Städtetrip zu machen. Ich weiß nicht, wann es angefangen hat, wann sich die Stimmung zwischen uns verändert hat. Ich kann keinen genauen Moment ausmachen. Vielleicht bilde ich es mir auch nur ein und bin die Einzige, die es spürt. Diese elektrisierte Luft, dieses verdammte Kribbeln im Bauch und diese Anziehung.

Vor etwas weniger als einer Woche habe ich ihm von Manon erzählt, habe ihm alles erzählt. Für so lange Zeit hatte ich all diese Gefühle für mich behalten, weil ich nie dazu in der Lage war, es auszusprechen, weil ich keine Worte gefunden habe, die es hätten beschreiben können.

»Hope?«

»Ja?«

Yeonjun zeigt mit dem Finger auf mich. »Ich habe gesagt, du hast da etwas in den Haaren.«

Mit beiden Händen fasse ich mir links und rechts in die Locken. »Hier?«

Er schüttelt den Kopf. »Komm her.«

Ich erstarre einen Moment. Es sind nur zwei Worte. Zwei ganz normale Worte. Und doch lassen sie mein Herz galoppieren, als würde es ein Wettrennen gewinnen wollen.

Langsam beuge ich mich mit dem Oberkörper vor. Im selben Moment greift Yeonjun in mein Haar und zieht einen orangenen Faden hinaus. Der rechte Träger meines orangenen Kleides rutscht mir die Schulter hinunter und kitzelt meine Haut, was mir eine Gänsehaut verursacht. Hoffe ich zumindest. Es wäre nämlich nicht gerade förderlich für unsere Freundschaft, wenn ich bei jeder seiner Berührungen eine Gänsehaut bekomme. Aus ihm und mir wird nie was werden. Körperliche Anziehung hin oder her. Ich möchte unsere Freundschaft nicht aufs Spiel setzen und irgendwann so enden wie meine Eltern. Ich möchte etwas, das bleibt. Und das tut Liebe nur in den seltensten Fällen.

»Nächster Halt: Brighton Station«, ertönt es aus den Lautsprechern, und ich seufze beinahe erleichtert auf. Froh darüber, dass wir diesem kleinen Raum entkommen werden, ich endlich wieder frische Luft schnuppern und durchatmen kann.

Yeonjun steht auf und muss sich nicht einmal richtig strecken, um an die Gepäckablage über seinem Kopf zu kommen, wo wir unsere Taschen verstaut haben. Mit der linken Hand greift er nach meiner und mit der rechten nach seiner. Die Muskeln in seinem Oberarm spannen sich an, und ich zwinge mich, sofort wegzugucken.

Ich bin gerade dabei, aufzustehen, als er sich wieder zu mir umdreht und die Taschen abstellen möchte. Plötzlich bremst der Zug, ich falle mit Schwung nach hinten und höre nur noch, wie das Gepäck auf den Boden kracht. Mit zusammengekniffenen Augen stelle ich mich innerlich bereits auf den Schmerz ein, der spätestens dann einsetzen wird, sobald mein Rücken gegen die Wand des Abteils knallt. Doch anstelle von Schmerz ist da Wärme und ein sanfter Atem auf meinem Gesicht.

Als ich meine Augen wieder öffne, blicke ich direkt in Yeonjuns. Sein Mund schwebt nur wenige Zentimeter über meinem, während er sich mit der einen Hand an der Gepäckablage über unseren Köpfen festhält und mit der anderen mich. Seinen Arm hat er um meinen Rücken gelegt und mich an sich herangezogen, um mich vor dem Aufprall zu schützen. Seine Finger liegen auf meinen nackten Schultern.

Wie erstarrt verharren wir in dieser Position. Erst jetzt bemerke ich, dass ich mich an seiner Hüfte festhalte. Hitze steigt in mir auf, und ich könnte schwören, dass es mit einem Mal um zehn Grad wärmer geworden ist. Es wäre so leicht, meine Lippen auf seine zu legen. Als hätte er meine Gedanken gelesen, wandern seine dunklen Augen hinunter und bleiben an meinen Lippen hängen. Ich bin mir sicher, dass er dasselbe denkt. Wenn ich mich vielleicht nur einen Hauch in seine Richtung bewege, dann überwindet er die letzte Distanz zwischen uns und ...

»Hey!«, jammere ich, als er mich wie aus dem Nichts und innerhalb von Sekunden ruckartig auf den Sitz drückt.

»Es wäre wirklich unschön, wenn du dich verletzt, bevor wir überhaupt in Brighton angekommen sind. Ich hatte nicht vor, dich in einem Rollstuhl mit einem gebrochenen Bein an den Strand zu schieben.« Er kratzt sich am Nacken und weicht meinem Blick aus.

Mit offenem Mund starre ich ihn ungläubig an. Ich weiß nicht, was mir lieber ist: dass mein Rücken mit der Abteilwand Bekanntschaft gemacht hätte oder dass mich Yeonjun auf meinen Platz manövriert, während ich gerade daran denke, wie sich wohl seine Lippen anfühlen.

Erst als wir wieder an der frischen Luft sind und den Bahnhof verlassen haben, kriege ich mich wieder ein und verdränge gekonnt den Gedanken daran, was vor einigen Minuten beinahe passiert ist. Dieser Ausflug fängt bereits gut an.

»Warte ab, bis du das Hotel siehst.« Yeonjun trägt unsere Taschen, obwohl ich ihm dreimal gesagt habe, dass ich meine selber tragen kann. Ich bin eine emanzipierte Frau, die durchaus dazu in der Lage ist, acht Kilo einige Kilometer weit zu schleppen.

»Und wir müssen jetzt wirklich nur die Straße entlang Richtung Meer laufen, um zum Hotel zu gelangen?«, hake ich noch einmal nach.

»Auf jeden Fall bis runter ans Wasser, dann kurz links, und wir sind da.« Yeonjun versucht, neben mir zu gehen, was sich als schwierig erweist, weil es hier so voll ist, dass er ständig Leuten ausweichen muss.

Wir sind definitiv nicht die einzigen Touristen, die auf dem

Weg in ihr Hotel oder zurück zum Bahnhof zu sein scheinen, da wir immer wieder an Menschen vorbeilaufen, die ihre Koffer hinter sich herziehen oder mit ihrer Kamera um den Hals durch die Straßen schlendern. Obwohl es fünf Jahre her ist, dass ich hier zuletzt mit meiner Familie war, weckt der Ort Erinnerungen in mir, an die ich lange nicht mehr denken musste.

Rechts von uns befindet sich das japanische Lokal, in dem wir damals an dem Hochzeitstag unserer Eltern alle gemeinsam essen waren. Im Anschluss musste Manon auf mich und Daisy aufpassen, während Mum und Dad ins Theater gingen. Obwohl wir direkt ins Hotel zurückgehen sollten, sind wir runter zum Kiesstrand und haben den Sonnenuntergang genossen.

Die Luft in Brighton ist ganz anders als in London. Sie ist frisch und klar. Ich kann bereits das Meer sehen und die Salzluft auf der Zunge schmecken. Die Vorfreude darauf, die nächsten Tage an diesem schönen Ort zu verbringen, lässt mich bis über beide Ohren strahlen. Daran können auch das hupende Auto und die fluchende Dame, die gerade die Straße überquert, nichts ändern.

»Wie bist du eigentlich auf die Idee gekommen?« Ich schaue Yeonjun an, der unsere Taschen über seine Schulter geschmissen hat.

»Das fragst du mich nicht ernsthaft, oder?« Er beginnt zu lachen, als wäre es die absurdeste Frage überhaupt.

»Was ist denn daran so lustig?«

»Seit ich dir davon erzählt habe, dass Busan am Meer liegt, hast du ununterbrochen davon gesprochen. Hätte ich nicht so oft mit dir gefacetimet, dann wäre ich in den vier Wochen vermutlich nur dreimal am Strand gewesen. Wie bin ich da bloß auf die Idee gekommen, mit dir nach Brighton zu fahren?«

»Und du glaubst, es tut unserer Freundschaft gut, wenn wir

drei Tage und Nächte aufeinanderhocken?« Ich erwarte gar keine ehrliche Antwort auf diese Frage, weil er sie wahrscheinlich genauso wenig beantworten kann wie ich. Und als er stumm bleibt, drehe ich mich um und renne auf die rauschenden Wellen zu. Als wir am Wasser angekommen sind, bleiben wir stehen und genießen für einen Augenblick die Aussicht. Vor uns erstreckt sich unendliches Blau. Und obwohl es heute an diesem Augusttag ziemlich warm ist, ist es nicht windstill, weshalb sich die Wellen tosend am Strand brechen und im Kies verlaufen.

»Lass uns schnell die Sachen ins Hotel bringen, uns etwas zu essen holen und dann wieder herkommen«, schlage ich vor, und wir gehen wieder hoch zur Kings Road bis hin zur Ship Street. Vor einem pastellblauen Gebäude im viktorianischen Stil bleiben wir stehen. *Hotel du Vin* steht auf dem dunkelgrünen Schild über dem Eingang. Daneben befindet sich eine Unterführung, die in den Innenhof reicht. Dort stehen Tische und Stühle, und an den Holzbalken unterhalb des Glasdaches hängen Lichterketten hinunter.

»Wow. Das sieht richtig schön hier aus«, sage ich begeistert. Wir betreten das Hotel, und ein junger Mann an der Rezeption begrüßt uns freundlich. Während Yeonjun mit ihm spricht, gehe ich ein paar Schritte nach links und staune nicht schlecht, als ich die Lobby sehe, mit vielen Sitzecken und einer ausladenden Bar. Ich nehme gerade den warmen Geruch von Vanille und Sandelholz wahr, als ich mit halbem Ohr höre, wie Yeonjun von *einem* Zimmer spricht und der Rezeptionist auch nur von *einer* Schlüsselkarte.

Moment. Teilen wir uns ein Zimmer? Seit ich weiß, dass wir nach Brighton fahren, habe ich mir nicht ein einziges Mal Gedanken darum gemacht. Zwar habe ich erst vor ein paar Tagen bei Yeonjun übernachtet, aber da lag ich mit meiner kleinen Schwester in seinem Bett und er im Wohnzimmer auf dem Sofa.

»Ihr Zimmer ist im obersten Stock rechts. Das Frühstück beginnt jeden Tag um sieben Uhr und endet um elf. Ich wünsche Ihnen einen schönen Aufenthalt.«

Ich greife nach meiner Tasche, die Yeonjun auf den Boden neben sich gestellt hat, und gehe bereits auf den Fahrstuhl zu. Okay, der Herr hat keinen Plural benutzt, was nur bedeuten kann ...

»Teilen wir uns ein Zimmer?«, frage ich hörbar entsetzt, als wir in den Fahrstuhl einsteigen und die Türen sich schließen.

Yeonjuns Wangen färben sich leicht rot, und er beißt sich auf die Unterlippe. »Ist das ein Problem? Also, ich kann sonst auch fragen, ob sie noch ein Zimmer frei haben. Aber ich hatte online diesen Coupon gefunden.« Er redet immer schneller. »Der Preis war unschlagbar für die Suite, und die Lage war ideal, so nah am Meer, und das Hotel so gut bewertet. Im Zimmer ist auch ein Sofa, auf dem ich schlafen kann. Wir müssen uns kein Bett teilen. Ich hätte dich vorher fragen sollen, ob es okay für dich ist. Tut mir leid. Die Buchung war eine ziemlich spontane Aktion.«

Die Fahrstuhltüren öffnen sich, doch keiner von uns steigt aus. Stattdessen stehen wir uns regungslos gegenüber, nachdem er seinen langen Monolog gehalten hat und mir seine Verlegenheit ein wenig die Sprache verschlagen hat. Es kommt wirklich äußerst selten vor, dass ich ihn so sehe. Die meiste Zeit über strotzt er nur so vor gesundem Selbstbewusstsein.

»Nein, ist okay. Ich ... Ich war nur kurz überrascht«, entgegne ich schließlich und durchbreche die Stille. Wir steigen aus und gehen auf das Zimmer mit der Nummer vierunddreißig zu. »Ist doch nichts dabei. Wir sind schließlich keine Fremden mehr, und unter Freunden kann man sich ruhig ein Zimmer teilen. Hauptsache, wir kommen uns im Bad nicht in die Quere.«

Nichts dabei. Genau, Hope. Red dir das ruhig selbst ein.

Ich werde drei Nächte mit meinem eigentlich besten Freund,

zu dem ich mich dummerweise viel zu sehr hingezogen fühle, in einem Hotelzimmer verbringen. Was um alles in der Welt habe ich mir nur dabei gedacht, diesem Ausflug zuzustimmen?

Wir betreten unser Zimmer, und mir fällt die Kinnlade runter. Es ist nicht groß, es ist riesig. Ich weiß gar nicht, wo ich zuerst hinschauen soll. In der Mitte steht ein überdimensional großes Bett, in dem mindestens fünf Leute schlafen könnten. Das Farbkonzept des Zimmers passt perfekt zur Außenfassade des Hotels. Alles erstrahlt in Mint- und Türkistönen. Vor dem Bett steht eine schmale Säule, an der ein Fernseher befestigt wurde. Weiter geradeaus liegen die Fenster und eine Balkontür. Auf der rechten Seite, vor der gemusterten Tapete, steht ein Ecksofa. Doch was mit Abstand am verrücktesten an diesem Zimmer ist, sind die zwei frei stehenden Badewannen zwischen dem Bett und der Balkontür.

»Bitte sag mir, dass dies nicht die einzige Möglichkeit ist, um zu duschen!«, fordere ich Yeonjun auf und deute auf die Wannen, die dekorativ sicher einiges hermachen. Allerdings sehe ich mich garantiert nicht dort baden, während Yeonjun es sich auf dem Sofa bequem macht. Bei dem Gedanken muss ich mir ein Lachen verkneifen.

Er deutet mit dem Kopf nach rechts, hinter die frei stehende Wand am Kopfende des Bettes. »Dahinter müsste das Badezimmer sein. Ich weiß, das Zimmer ist etwas ...«

»Übertrieben? Groß? Teuer?«, helfe ich ihm auf die Sprünge.

»Es war ein Angeboooot«, wiederholt er seine Worte von vorhin und beginnt zu grinsen.

Noch bevor ich mir das Bad genauer anschaue, das sicherlich genauso opulent ist wie der Rest dieses Zimmers, stelle ich meine Tasche auf die Holzkommode und gehe auf den Balkon zu. Als ich die Tür öffne, strömt mir sofort warme Meeresluft entgegen, und ich atme tief ein.

Der Balkon ist zwar schmal, aber dafür sehr lang, und wenn man sich seitlich zum Geländer stellt, hat man einen direkten Meerblick. Die Krönung des Ganzen ist ein silbernes Fernglas, das in Richtung des Meeres ausgerichtet ist. Wow. Das ist wirklich einmalig, und ich weiß, dass dieses Zimmer trotz Coupon nicht günstig gewesen ist.

»Schön, oder?«

Ich drehe mich zu Yeonjun um, der sich neben mir ans Geländer lehnt. »Wunderschön«, sage ich und bin mir selbst nicht sicher, ob ich den Mann neben mir oder das blaue Meer vor mir meine.

»Finde ich auch«, erwidert er mit sanfter Stimme und legt seine Hand auf meine Schulter, während wir dem Rauschen der Wellen lauschen.

Kapitel 18

Yeonjun

»Okay. Ich bin bereit«, ruft Hope und kommt aus dem Badezimmer gelaufen, während ich gerade dabei bin, meine Klamotten auf Bügel zu hängen. Anstelle des Kleides trägt sie nun Jeansshorts und eine lockere gelbe Bluse. Was auch sonst. Ich muss lächeln bei dem Gedanken daran, dass in Hopes Kleiderschrank mindestens ein Drittel gelb sein muss.

Als sie in den riesigen Wohn- und Schlafbereich tritt, verengen sich ihre Augen, und sie sieht mich ungläubig an. Mit ihrer Hand fuchtelt sie in der Luft herum und deutet mit ihrem Zeigefinger auf meine Klamotten und anschließend auf den Kleiderschrank. »Ich wusste, du bist ordentlich. Aber hängst du gerade ernsthaft deine Klamotten für drei Tage in Brighton in diesen riesigen Schrank?«

»Ich verstehe deine Frage nicht«, antworte ich ihr schmunzelnd. »Es ist ja wohl das Normalste auf der Welt, seine Klamotten im Urlaub aufzuhängen. Ganz egal, für wie viele Tage man unterwegs ist.«

Hope verzieht ihren Mund zu einem geraden Strich. »Ich sag's, wie es ist: Mein zweiter Name ist Chaos, und du hast es dir selbst eingebrockt, dass du es nun drei Nächte lang ertragen musst. Ich lebe gerne aus dem Koffer.«

»Aus der Tasche meinst du.«

»Koffer hört sich irgendwie besser an. Nach richtigem Urlaub.«

Ich verdrehe die Augen und beende, was ich angefangen habe. Als ich das letzte Teil in den Schrank hänge, muss ich an den Augenblick im Zug denken. Es ging alles plötzlich so schnell, und als uns mit einem Mal nur noch wenige Zentimeter voneinander trennten, wirkte alles wie in Zeitlupe. Beinahe hätte ich mich komplett fallen lassen und meine Lippen auf ihre gepresst. Zum Glück habe ich im letzten Moment die Reißleine gezogen und mein Verlangen unterdrückt.

Wir sind nur Freunde. Das habe ich die gesamte Fahrt hierher in Gedanken wiederholt. Keiner von uns beiden hat ein Interesse daran, diesen Umstand zu ändern. Es ist offensichtlich, dass wir beide unsere Gründe dafür haben. Ich weiß nicht, was genau es bei Hope ist, und genauso wenig weiß sie es von mir. Das Einzige, was zählt, ist, dass wir beide uns einig sind, befreundet zu sein. Nicht mehr und nicht weniger.

Sie ist wunderschön, sowohl von innen als auch von außen. Es ist normal, wenn ich mich manchmal frage, wie sich ihre vollen Lippen anfühlen würden oder ob ihre Haut so weich ist, wie sie aussieht. Hoffe ich zumindest.

»Hat sich der feine Herr dann fertig sortiert und wäre bereit, das schöne Wetter draußen zu genießen?« Hope kommt auf mich zu, und als sie direkt vor mir steht und mich angrinst, bleibt mein Blick wie von selbst an ihren Sommersprossen hängen.

»Wollen wir erst etwas essen oder sofort ans Meer?«, frage ich sie, und gemeinsam verlassen wir das Hotelzimmer. Dass wir es heute Abend beide wieder betreten werden, realisiere ich noch nicht wirklich. Dabei ist das Ganze auf meinem Mist gewachsen. Vor einigen Tagen habe ich gedankenverloren durch mein Handy gescrollt und bin bei einer aufploppenden Werbung hängen geblieben. Ein Bild des Zimmers, Meerblick und ein faires Angebot. Ich würde die drei Nächte in Brighton zwar nicht unbedingt als Schnäppchen bezeichnen, aber für die Ausstattung und die Lage war es wirklich ein guter Preis. So gut, dass ich gar nicht groß darüber nachgedacht und einfach gebucht habe, nachdem ich wusste, Hope würde die Woche im Café freihaben.

Auf den Fotos des Hotels habe ich gesehen, dass es auch eine große Couch gibt. Für mich war sofort klar, dass ich dort schlafen werde, während ich Hope das Bett überlasse. Auch wenn sie neulich zum ersten Mal bei mir übernachtet hat, ist dies noch mal eine ganz andere Situation. In meiner Wohnung waren wir zu dritt. Ich erinnere mich daran, wie ich in der Nacht auf Zehenspitzen in die Küche geschlichen bin, weil ich am Verdursten war. Kurz bin ich bei der offenen Schlafzimmertür stehen geblieben. Daisy hatte ihre vier Gliedmaßen wie ein Seestern ausgestreckt. Hope lag eng an sie gekauert, hatte den Arm über den Rücken ihrer kleinen Schwester gelegt.

Nachdem wir uns an einer kleinen Bude direkt an der Promenade Pommes geholt haben, laufen wir zum Meer. Die kleinen und großen Steine unter unseren Füßen knarzen bei jedem Schritt, den wir auf die tosenden Wellen zu machen.

»Selten haben Pommes so gut geschmeckt.« Hope greift in ihre große Tüte und tunkt die Chips in einen Klecks Mayonnaise. Wir ergänzen uns perfekt, da ich meine Pommes lieber mit Ketchup esse.

»Am Meer schmeckt alles besser«, behaupte ich und setze mich kurz vor dem Wasser auf die Steine. Hope lässt sich neben mir nieder, leicht in meine Richtung gedreht. Das Blau ihrer Augen strahlt noch stärker. Vielleicht liegt es an der Begeisterung darüber, dass sie nach längerer Zeit mal wieder am Meer ist. Vielleicht spiegelt sich das Wasser auch einfach nur in ihrer Iris. Was auch immer der Grund dafür ist, ich wünschte, ich könnte für immer in dieses tiefe Blau schauen.

Ihr Blick bleibt einen Moment zu lange an meinen Lippen hängen. Wie auch schon im Zug. Würde sie es wollen? Würde sie mich genauso gerne küssen wie ich sie?

»Wie laufen die Vorbereitungen für deinen Auftritt beim Musikfestival?« Ich schiebe mir eine Pommes in den Mund und starre hinaus aufs offene Meer. Auf die Wellen, die sich bereits am Horizont finden und sich bis zum Strand langsam, aber immer stärker aufbauen.

»Mir bleiben nur noch neun Tage zum Üben. Wohl eher sechs Tage, da ich meine Geige nicht mitgenommen habe. Aber es läuft gut. Die Proben für das Streichorchester sind abgeschlossen. Es wird nur noch am Freitag, einen Tag vor dem Konzert, eine Generalprobe geben.« Hope legt ihre Pommes zur Seite, lehnt sich nach hinten und stützt sich mit den Händen auf den Steinen ab. Ihr Blick geht Richtung Himmel, und ich folge ihm. Die Wolken sehen aus wie weiße Farbkleckse auf einer hellblauen Leinwand.

»Ich habe dich nun schon oft spielen hören, und dein selbst komponiertes Stück hast du mittlerweile perfektioniert. Du brauchst keine Zeit mehr zum Proben, du bist so was von bereit für den Auftritt, und du wirst alle umhauen.« Nachdem mir Hope von ihrer verstorbenen Schwester erzählt hat, hat ihr Stück mit dem Namen *Manon* für mich eine ganz neue Bedeutung bekommen. Es war von Anfang an ein trauriges Lied. Auch ohne zu wissen, worum es geht, hat man den Schmerz in jeder Note gespürt. Doch nun zerreißt es mich fast, ihren zerbrechlichen Gesichtsausdruck beim Spielen zu sehen. In jedem Ton herauszuhören, wie wütend sie ist. Und trotz der ganzen Wut und des Leids ist ihre Komposition so atemberaubend, dass ich jedes Mal eine Gänsehaut bekomme.

»Möchtest du kommen?« Hope sieht mich aus großen Augen an und blinzelt gegen die Sonnenstrahlen, die ihr ins Gesicht fallen.

»Wohin kommen?«

»Zur Aufführung. Ich würde dich gerne einladen.«

Jetzt bin ich derjenige, der einige Male hintereinander blinzelt, bis ich verstanden habe, was sie mich gerade gefragt hat.

»Ich ... Also ...« Wie sage ich das jetzt am besten, ohne irgendwie gruselig oder vernarrt zu wirken? »Ehrlich gesagt habe ich bereits ein Ticket für das Festival.« Ich reibe mir verlegen den Nacken und weiche ihrem überraschten Blick aus.

»Echt?« Sie klingt, als könnte sie nicht glauben, was ich soeben gesagt habe, als wäre es komplett abwegig, dass ich mir ihren Auftritt ansehen möchte. Dabei fände ich es andersrum – ihn mir nicht anzugucken – viel abwegiger. Wenn es mir irgendwie möglich wäre, würde ich ihr in jeder freien Sekunde beim Spielen zuhören. Egal, ob in der Uni, beim Proben zu Hause, beim Unterricht oder auf der Bühne. Ihr zuzuhören fühlt sich an, als würde ich selbst spielen. Ich habe in all den Jahren, seit ich das erste Mal am Klavier saß, nichts gefunden, das mir dasselbe Gefühl gibt. Diese Schwerelosigkeit, dieses Gefühl, zu sein und zugleich nicht zu sein.

»Ich habe mir schon vor drei Wochen online ein Ticket gekauft. Eigentlich wollte ich es dir gar nicht sagen und mich irgendwo ganz weit hinten verstecken«, gestehe ich, und erst als ich es ausspreche, merke ich, wie dumm das klingt.

»Schade. Ich hatte nämlich drei Tickets für meine Eltern und

Daisy besorgt. Eins ist frei geworden.« Der Wind weht ihr Haar über ihre Schultern nach hinten und legt ihr ganzes Gesicht frei. Das klare Blau ihrer Augen wirkt plötzlich trüb wie ein unergründlicher Sumpf. Keine Spur mehr von der Farbe des Meeres. Ich habe sie schon oft niedergeschlagen gesehen. Diese aufeinandergepressten Lippen, die zarten Falten auf ihrer Stirn und die gekrauste Nase kenne ich schon zu gut.

»Wieso ist ein Ticket frei geworden?«

»Ich hatte einen riesigen Streit mit meiner Mum, nachdem ich mit Daisy bei dir übernachtet habe. Sie nannte mich unverantwortlich, unreif und frech. Unter anderem. Sie hat noch viele weitere schöne Adjektive für mich gefunden.« Hope klingt so monoton und nüchtern, als würde sie eine Gebrauchsanweisung vorlesen. »Einen Tag nach unserem Streit hatte ich die Tickets besorgt, und während Dad und Daisy sich darüber gefreut haben, hat Mum sich geweigert, zu kommen. Für sie ist es immer noch reine Zeitverschwendung, die sie nicht unterstützen möchte.«

Behutsam lege ich meine Hand auf ihr Knie. »Sie wird es sich bestimmt noch anders überlegen.«

»Das wird sie nicht. Du kennst sie nicht.« Für den Bruchteil einer Sekunde tritt ein trauriges Lächeln auf ihre Lippen, doch dann fängt sie sich wieder, und ihre Miene wirkt wie versteinert.

»Weiß sie denn, dass du ein selbst komponiertes Solo für deine Schwester spielst?« Ich kann mir beim besten Willen nicht vorstellen, dass sie Hope an solch einem Tag allein lassen würde und nicht sehen möchte, wie ihre Tochter auf der Bühne glänzt und ihre verstorbene Schwester mit dem schönsten Musikstück auf der Welt ehrt.

»Ja.« Hope starrt auf meine Hand, die noch immer auf ihrem Knie liegt. Ich möchte sie zurückziehen, aus Angst, diese Berührung könnte ihr unangenehm sein. Gerade, als ich sie wegnehme, schnellt sie mit ihrem Arm vor und hält mich am Handgelenk fest. Ihr Blick wandert von ihrem Knie in mein Gesicht, und als ich in ihre Augen sehe, erkenne ich das stumme Flehen: die Bitte, sie nicht loszulassen. Also bleibt meine Hand, wo sie ist, und erst als ich mit dem Daumen leicht über ihre Haut streiche, redet sie weiter.

»Dass ich meiner Schwester ein Stück geschrieben habe, hat sie nur noch wütender gemacht. Ihre Reaktion kam vollkommen unerwartet, und ich würde gerne sagen, dass es mich kaltgelassen hat, aber so war es nicht.«

»Natürlich nicht. Sie ist deine Mutter. Ihr habt beide einen geliebten Menschen verloren. Ihr seid als Familie durch dieselbe Hölle gegangen.«

Sie nickt. »Das habe ich auch gedacht. Mum sieht das jedoch anders. Na ja. Es ist, wie es ist.« Hope lächelt mich an. »Dafür macht es mich umso glücklicher, dass du kommen wirst.«

Mein Herz schlägt schneller, als mir lieb ist. Wenn ich könnte, würde ich ihr jeden erdenklichen Schmerz nehmen. Sie so niedergeschlagen und traurig zu sehen, macht mich wütend. Dabei habe ich nicht das Recht dazu. Ich gehöre nicht zur Familie. Ich weiß nicht, wie es hinter verschlossenen Türen aussieht, und ich kenne auch Hopes Mutter nicht. Doch eins weiß ich: Hope liebt ihre Eltern und ihre kleine Schwester über alles. Sie würde niemals verantwortungslos Daisy gegenüber handeln, und ich wünschte, ihre Mutter würde dies auch erkennen, anstatt ihrer Tochter Vorwürfe zu machen, während diese nur das Beste für Daisy im Sinn hat.

»Ich bin immer für dich da. Du kannst mich zu jeder Zeit anrufen, vor meiner Tür stehen, um Hilfe bitten oder dich bei mir über die Welt auskotzen. Ganz abgesehen davon, werde ich es mir niemals entgehen lassen, dich auf der Bühne spielen zu sehen«, erkläre ich ihr, während sie mich anschaut, als sei ich ihr Anker. Dabei sollte sie erkennen, dass sie selbst ihr eigener Anker ist. Dass sie stark ist, unabhängig und mutig.

Über unseren Köpfen verdunkelt sich der Himmel. Aus dem vorhin noch strahlenden Blau ist ein mattes Grau geworden, und irgendwo in der Ferne beginnt es leise, zu donnern. Der Wellengang wird stärker, und die Luft um uns herum kühler. Trotzdem bleiben wir sitzen, rühren uns keinen Zentimeter vom Fleck. Wir schauen uns in die Augen, und es wirkt beinahe so, als würde sich niemand trauen, etwas zu sagen. Als hätten wir Angst davor, zu viel zu sagen. Oder nicht genug.

In ihren Ozeanaugen tobt ein Sturm, der dem Wetterumschwung Konkurrenz macht. Was denkt sie? Was fühlt sie? Es sind zwei Fragen, die ich leicht stellen könnte, und doch kommen sie nicht über meine Lippen. Ich halte sie zurück, weil ich nicht möchte, dass sich etwas zwischen uns ändert. Vielleicht ist es gut, dass ich nicht weiß, woran sie gerade denkt, ob sie dasselbe Kribbeln im Bauch spürt wie ich, ob ihr Herz bei jeder noch so flüchtigen Berührung genauso schnell schlägt wie meins. Es zu wissen, würde nichts ändern. Für Hope und mich gibt es nichts über eine Freundschaft hinaus. Und aus dem Grund machen Gefühle alles nur komplizierter.

Ein Regentropfen landet auf Hopes Nasenspitze. Sie legt den Kopf in den Nacken und starrt in die Gewitterwolken über uns, während es immer stärker zu regnen beginnt. Mit geschlossenen Augen fängt sie an zu lächeln. »Es riecht so gut. Nach Regen und Meer.«

Innerhalb von Sekunden beginnt es, wie aus Eimern zu schütten. Das Shirt klebt mir eng am Körper und auch wenn sowieso nichts mehr zu retten ist, da wir beide klitschnass sind, stehe ich auf und halte ihr meine Hand hin.

Hope schaut mehrmals zwischen meinem Gesicht und meiner Hand hin und her, bevor sie sie ergreift und ich sie hochziehe. Auch ihr klebt die gelbe Bluse eng am Körper und betont jede ihrer Kurven. Ich muss mich zwingen, wegzuschauen, bevor ich noch einen dummen Fehler begehe und sich mein Hirn komplett ausschaltet.

»Wir sollten aus dem Regen raus. Sonst erkälten wir uns.« Mit ihr an der Hand möchte ich einen Schritt nach oben gehen, doch sie hält mich zurück. Ich blicke über die Schulter und sehe, wie sie ihren freien Arm Richtung Himmel hält.

»Ach, Quatsch. Wir sind doch nicht aus Zucker. Du kannst dir gerne einen Unterschlupf suchen, während ich den Regen und die Wellen genieße.« Hope lässt mich los und geht noch näher an das Ufer. Um uns herum ist niemand mehr. Sobald die ersten Tropfen vom Himmel fielen, haben sich alle ein Dach über dem Kopf gesucht und sind vom Strand geflüchtet. So wie es jeder vernünftige Mensch tun würde.

Manchmal sind die schönsten Momente die, in denen man nicht nachgedacht hat, in denen man unvernünftig war, mein Junge. Manchmal sollte man weniger rational denken und einfach leben.

Die Worte meines Vaters hallen in mir wider und versetzen mich zurück in eine Zeit, als er noch am Leben war und kein Tag verging, ohne einen gut gemeinten Ratschlag seinerseits. Vielleicht schenkt mir meine Mutter deshalb jedes Jahr einen Kalender mit Tagessprüchen. Weil sie so das Gefühl hat, die Lücke, die Vater hinterlassen hat, ein bisschen stopfen zu können.

Plötzlich finde ich mich neben Hope wieder. Ihre Schulter berührt meinen Arm, und gemeinsam schauen wir den Wellen dabei zu, wie sie von Mal zu Mal stürmischer werden. Der Wind peitscht uns um die Ohren, und die Geräusche dieser Naturgewalt bereiten mir eine Gänsehaut am ganzen Körper.

»Ich möchte schreien.« Hopes Stimme ist so leise, dass sie beinahe vom Wind davongetragen wird.

»Was hält dich zurück?«

»Nichts«, antwortet sie und beginnt, lauthals den Horizont anzuschreien.

Egal, wie sehr ich es auch versuche, ich kann meinen Blick nicht von ihr nehmen. Sie hat die Hände links und rechts um ihren Mund gelegt und schreit so laut, dass ich mir sicher bin, dass sie heute Abend heiser sein wird. Ihre Augen hat sie fest zusammengepresst. Der Regen malt unsichtbare Linien auf ihrer Haut. Ihr Haar sieht durch die Nässe schwarz aus und klebt an ihrem Rücken.

Ohne darüber nachzudenken, was ich tue, beginne auch ich, all die Wut und den Frust aus mir herauszuschreien, als wäre das Meer für alles verantwortlich.

Für einen kurzen Augenblick verstummt Hope und sieht mich aus großen Augen an. Ein Lächeln blitzt kurz auf ihren Lippen auf, bis sie die Hände wieder um den Mund legt und anfängt zu schreien. »Ich! Bin! Genug! Ich bin verdammt noch mal genug!«

Kapitel 19

Hope

Unser Lachen hallt durch das Treppenhaus des Hotels, während wir bis auf die Knochen durchnässt die Stufen der Wendeltreppe nach oben eilen. Nachdem wir uns am Strand die Seele aus dem Leib geschrien haben, haben wir darum gewettet, wer als Erstes im Zimmer ankommt. Der Verlierer muss heute Abend das Essen bezahlen, da im Hotel nur das Frühstück mit inbegriffen ist.

Ich kann mir kaum vorstellen, dass ich wirklich schneller als Yeonjun bin, wenn ich bedenke, wie lang seine Beine im Gegensatz zu meinen sind. Und obwohl ich weiß, dass er mich vermutlich mit Absicht gewinnen lässt, sprinte ich nach oben und den schmalen Flur entlang. Meine Fingerspitzen streifen die kühlen Wände entlang. Mittlerweile friere ich so sehr, dass nur das Adrenalin in den Adern mich noch warm hält.

Mit der flachen Hand schlage ich gegen unsere Zimmertür und rufe: »Erste!« Die andere Hand presse ich mir auf die Brust und versuche, meine Atmung und meinen Puls wieder zu beruhigen. Wir hätten lieber darum wetten sollen, wer als Erstes unter die Dusche darf. Der Gedanke an das warme Wasser auf meiner Haut lässt mich unruhig auf- und abwippen, bis Yeonjun unsere

Schlüsselkarte aus der Hosentasche zieht und die Tür zu unserem Zimmer öffnet.

Ich lasse mich rücklings mit den nassen Klamotten auf das Bett fallen, was nicht gerade besonders klug ist. Doch ich halte es keine Minute länger auf meinen Beinen aus. Ich schließe die Augen und konzentriere mich auf meine Atmung, die nicht ruhiger werden möchte. Vom Strand bis zum Hotel ist es nicht weit, vielleicht fünfhundert Meter. Trotzdem fühle ich mich, als wäre ich stundenlang durch den Regen gelaufen.

Als ich meine Lider wieder hebe, schwebt Yeonjuns Kopf plötzlich über meinem, und ich schrecke auf. Auch er atmet schwer. Seine Wangen und seine Ohren sind knallrot. So bekomme ich meinen Puls ganz sicher nicht runter, und als er sich auch noch mit dem Gesicht zu mir hinunterbeugt, bleibt mein Herz beinahe stehen, und alles um mich herum erstarrt.

Ehe ich michs versehe, hat Yeonjun ein Handtuch um mich gelegt und versucht, meine Haare trocken zu rubbeln. Er sieht mich nicht an. Stattdessen konzentriert er sich mit zusammengezogenen Augenbrauen auf jeden seiner Handgriffe. Es wäre ein Leichtes, ihn jetzt am nassen T-Shirt zu packen und zu mir hinunterzuziehen. Wie von selbst wandert mein Blick über seine Arme, seine Brust entlang und tiefer zu seinem Bauch. Von der Kälte, die ich bis eben noch gespürt habe, ist nichts mehr übrig. Mir ist heiß. Viel. Zu. Heiß.

Blitzschnell roll ich mich zur Seite, nehme Yeonjun das Handtuch aus der Hand und stehe auf. Wie einen Schutzschild halte ich es eng an meinen Oberkörper gepresst.

Ein schiefes Grinsen liegt auf seinen Lippen, und am liebsten würde ich es ihm aus dem Gesicht wischen. Ob er gesehen hat, wie ich ihn begutachtet habe? Unmöglich. Er war viel zu vertieft darin, meine Haare zu trocknen, und hat bestimmt nicht eine Sekunde in mein Gesicht gesehen.

Der Regen peitscht gegen die Fensterscheiben, und draußen hat es sich so zugezogen, dass es auch im Zimmer dunkel geworden ist. Ich habe erst vor wenigen Stunden auf mein Handy geschaut, um nach dem heutigen Wetter zu sehen, und es war nur Sonnenschein angesagt, es sollte nicht einmal bewölkt sein, und doch geht draußen gerade die Welt unter.

»Kümmere dich lieber um deine eigenen nassen Haare«, werfe ich in den Raum und schmeiße Yeonjun das Handtuch entgegen, welches er mit Leichtigkeit fängt. »Ich gönne mir jetzt eine warme und wohlverdiente Dusche. Immerhin war ich schneller als du.« Ich strecke ihm die Zunge entgegen, schnappe mir frische Sachen aus meiner Tasche und verschwinde im Badezimmer.

Es ist mit Abstand das schönste Bad, das ich in einem Hotel jemals hatte. Der Boden besteht aus hellem Parkett. Die Wände sind genau wie der Rest des Zimmers mintfarben gestrichen. Die Wand um die riesige Regendusche ist mit kleinen Kacheln in einem dunkleren Mintton gefliest. Hinter dem Waschbecken und den runden Spiegeln sind große, weiße Fliesen mit einer leicht türkisen Fugenfarbe verarbeitet. Vielleicht habe ich ab sofort eine neue Lieblingsfarbe: Mint.

Bevor ich mich aus den nassen Klamotten schäle, hole ich mein Handy hervor, weil ich Moras Nachricht von vor drei Stunden noch immer nicht beantwortet habe. Sie wollte wissen, ob wir gut angekommen sind und ob wir bereits übereinander hergefallen sind. Wenn sie wüsste, dass sie mit dieser Frage nicht unbedingt weit von der Realität entfernt liegt ... Dass sie mich fragt, ob wir in Brighton angekommen sind, ist nur ein Vorwand. Immerhin haben wir seit gut drei Jahren beide eine App auf dem Handy, mit der wir uns zu jeder Zeit tracken können. Das mag für manche verrückt und unvorstellbar klingen, aber seit ich nach Peru gegangen bin, wollten wir beide immer voneinander wissen, wo die andere ist und ob es ihr gut geht. Nicht einmal meine eigene Familie hat sich innerhalb dieser zwölf Monate so viele Sorgen um mich gemacht wie meine beste Freundin.

Von: Hope
Wir hatten gerade eine wilde Orgie am Strand und liegen jetzt erschöpft im Bett. Danke der Nachfrage.

Von: Mora
Sehr lustig. Wobei ich es gar nicht mal so abwegig finden würde, nach dem, was du mir erzählt hast.

Noch ehe ich ihr antworten kann, beginnt mein Smartphone, zu vibrieren, und ich nehme den Anruf von Mora entgegen.

»Meinen Segen hast du«, flötet sie in den Hörer. Im Hintergrund höre ich Vogelgezwitscher, und ein Blick auf die Uhrzeit verrät mir, dass sie vermutlich gerade von der Schicht im *Cosy Corner* auf den Weg nach Hause ist.

»Abgesehen davon, dass es nichts gibt, wofür ich deinen Segen brauche, hast du echt einen an der Waffel, meine Gute«, flüstere ich, damit Yeonjun mich nicht hören kann.

»Du hast mir gestern erst gesagt, wie stark du dich zu deinem neuen besten Freund hingezogen fühlst und du Angst hast, mit ihm zu verreisen, weil du nicht weißt, ob du dich vollends unter Kontrolle hast. Also doch. Es gibt etwas, wofür du meinen Segen brauchst.«

Ich blicke in den Spiegel und bin kurz erschrocken darüber, wie sehr mir die Locken zu Berge stehen, nachdem sie vom Regen nass geworden sind. Die gelbe Bluse, die noch immer feucht an meiner Haut klebt, lässt keinen Raum für Fantasie. Mein BH ist für jeden sichtbar, selbst die Spitze am oberen Saum ist deutlich zu erkennen. Großartig.

»Trotzdem habe ich mich unter Kontrolle und weiß auch, dass zwischen uns nichts laufen wird«, erkläre ich Mora vermutlich schon zum hundertsten Mal.

»Aber wieso denn nicht? Wo ist der Unterschied zwischen Yeonjun und dir und Gabriel und dir?« Panisch blicke ich zur Tür, aus Angst, er könnte irgendwas mitbekommen. Dabei ist es unmöglich, dass er Mora hören kann, und ich selbst rede so leise, dass ich mich frage, wie Mora mich überhaupt verstehen kann.

Ich lasse mich auf dem Klodeckel nieder und schlage die Beine übereinander. »Du kannst die beiden überhaupt nicht miteinander vergleichen. Kein Stück. Mit Gabriel hatte ich zuerst Sex, bevor wir uns angefreundet haben. Wobei ich es nicht einmal als richtige Freundschaft definieren würde. Eher ein guter Bekannter, mit dem ich das ein oder andere Mal Spaß hatte. Yeonjun hingegen ist …«

»Etwas ganz Besonderes«, beendet sie meinen Satz, und vielleicht war es genau das, was ich sagen wollte. Denn das ist er wirklich. Diese Freundschaft ist so kostbar, dass ich sie nicht wegen irgendeiner dummen körperlichen Anziehung aufs Spiel setzen möchte.

»Ich verstehe nur nicht …« Mora seufzt ins Handy. »Du warst noch nie verliebt. Woher weißt du, dass du nicht in Yeonjun verliebt bist? Dass es nicht nur Lust auf Sex ist?«

»Mir ist kalt, und ich bin eigentlich gerade dabei, unter die Dusche zu hüpfen. Ich lege auf.« Etwas anderes kann und möchte ich nicht erwidern.

»Ich habe einen Nerv getroffen.«

»Hast du nicht.«

»Habe ich wohl.«

»Nein!«, brülle ich anscheinend etwas zu laut, weil ich Yeon-jun vom Wohnbereich aus fragen höre, ob alles okay sei. »Ich mache jetzt Schluss. Hab dich lieb, du Quälgeist.« Damit lege ich auf.

»Ja, alles bestens«, rufe ich an Yeonjun gerichtet zurück, während ich mich ausziehe und unter das warme Wasser steige, was mich innerhalb von Sekunden wie eine beschützende Umarmung umhüllt.

Moras Frage, die ich vorhatte zu verdrängen, schwirrt durch meine Gedanken und lässt mich nicht mehr los. Bin ich dabei, mich zu verlieben? Wie fühlt sich das an? Woher soll ich das wissen, wenn ich noch nie verliebt war? Und selbst wenn ich es sein sollte: Zum einen habe ich für eine Beziehung keinen Kopf, solange bei mir zu Hause alles auseinanderbricht, und zum anderen hat auch Yeonjun deutlich gemacht, dass er an nichts anderem als Freundschaft interessiert ist.

Erst als ich wieder aus der Dusche steige und mit einem neuen Outfit vor dem Spiegel stehe, gelingt es mir, meine wirren Gedanken beiseitezuschieben und mich stattdessen auf das zu konzentrieren, weshalb wir hier sind: das Meer und eine gute Zeit.

»Mein Bauch tut weh. Ich hätte keinen Nachtisch bestellen sollen«, nörgle ich Yeonjun die Ohren voll, der gerade dabei ist, seine Schuhe auszuziehen. Nachdem es am Nachmittag aufgehört hat zu regnen, haben wir einen langen Spaziergang gemacht und sind anschließend zu einem Italiener essen gegangen. Mittlerweile ist es kurz vor zehn, und draußen dämmert es.

Schon auf dem Heimweg konnte ich an nichts anderes als meinen Schlafanzug denken. Ja, meinen Schlafanzug. Als ich meine Tasche gepackt habe, habe ich nicht einen Moment darüber nachgedacht, dass ich mir mit Yeonjun ein Zimmer teilen könnte. Nun habe ich hellblaue Shorts und ein passendes T-Shirt mit lächelnden Lebkuchenmännchen dabei, die zwar freundlich schauen, aber irgendwie auch einen mörderischen Psychoblick haben.

»Du hättest auf mich hören sollen. Ich musste das letzte Drittel deiner Lasagne aufessen, weil du nicht mehr konntest. Gleichzeitig warst du mit der Nase aber schon in der Dessertkarte.« Er lacht und lehnt sich seitlich an die Wand. Wieso hat er bloß so ein schönes, melodisches Lachen?

Wir haben im Restaurant eine Flasche Rotwein getrunken, und ich frage mich gerade, ob ich nicht lieber etwas Stärkeres hätte bestellen sollen. Meine Gedanken waren den ganzen Tag über so laut, und egal, wie sehr ich es auch versucht habe, ich konnte sie nicht abstellen. Alkohol ist keine Lösung. In keinem Fall. Mum ist das beste Beispiel dafür. Und doch wäre ich gerade gerne betrunken. Nicht so betrunken, dass man sich Stunden später die Seele aus dem Leib kotzt und der Kopf dröhnt. Vielmehr so betrunken, dass man lustig ist und die Sorgen kurz vergessen kann. Ist das das Tückische an dieser Droge? Ist meine Mutter deshalb dem Alkohol verfallen, um den Verlust ihrer Tochter zu vergessen? Um uns, die ihr noch geblieben sind, zu vergessen?

»Der Fernseher hat Netflix. Wollen wir noch *Demon Slayer* schauen? Ich glaube, wir waren bei Folge achtzehn.« Yeonjun geht auf den Kleiderschrank zu und holt eine Jogginghose und ein weißes T-Shirt heraus, während ich es mir auf dem Sofa bequem mache.

»Ja, gerne. Aber wir müssen Folge siebzehn wiederholen, ich bin doch letztes Mal auf deinem Sofa eingeschlafen. Sorry«, erinnere ich ihn. Um ehrlich zu sein, war ich nur in einem leichten

Halbschlaf, weshalb ich auch noch mitbekommen habe, wie er mir eine Kuscheldecke übergelegt und den Fernseher leiser gemacht hat.

Yeonjun verschwindet im Badezimmer, um sich umzuziehen, und ich nutze die Gunst der Stunde und greife nach dem Telefon, das auf dem kleinen Schreibtisch vor dem Fenster steht. Eine Frau nimmt am anderen Ende der Leitung meine Bestellung einer Rotweinflasche mit zwei Gläsern entgegen.

Keine Sekunde nachdem Yeonjun zurück in den Wohnbereich kommt, klopft es an unserer Tür. Mit einem breiten Grinsen stehe ich auf, während er mich verwirrt ansieht. Erst als ich mit der Flasche und den Gläsern in der Hand zurückkomme, erhellt sich der Ausdruck in seinem Gesicht. Schmunzelnd nimmt er mir die Gläser aus der Hand und stellt sie auf einem der Nachttische ab. »Erträgst du *Demon Slayer* etwa nur mit Alkohol?«

»Der Anime wird zwar nicht zu einem meiner Lieblinge, aber so schlecht ist er nun auch nicht«, entgegne ich, lehne mich mit dem Rücken an das Kopfende des Bettes und schalte den großen Fernseher an.

Vor einigen Minuten hat es draußen wieder zu stürmen begonnen. Man hört den Regen deutlich gegen die Fenster und auf den Balkonboden prasseln. Es fehlen nur noch ein paar Kerzen, und man könnte meinen, Yeonjun und ich hätten gerade ein romantisches Date.

»Bereite schon mal alles vor. Ich mache mich noch schnell bettfertig«, sage ich und verschwinde mit meinem Schlafanzug und meiner Kulturtasche im Bad. Dort angekommen stütze ich mich mit den Händen am Waschbecken ab und blicke in den Spiegel.

»Hieran ...«, ich fuchtele mit dem Finger hin und her, »... ist rein gar nichts romantisch. Wir haben schon hundertmal Animes zusammen geschaut. An der Situation ändern auch der Rotwein, dieses Zimmer, das einer Honeymoon-Suite gleicht, und auch das ungemütliche Wetter draußen nichts«, flüstere ich meinem Spiegelbild entgegen, bevor ich mich meiner Klamotten entledige, den Schlafanzug anziehe und mein Gesicht wasche.

Ich schaue an mir hinunter und denke kurz darüber nach, mir meinen BH wieder anzuziehen. Meine Brüste sind nicht sonderlich groß und unter dem T-Shirt kaum sichtbar. Und selbst wenn, bin ich mir sicher, dass Yeonjun in seinem Leben schon einige gesehen hat. Trotzdem verschränke ich meine Arme davor, als ich das Badezimmer verlasse und um das Bett herumschleiche, um unter die Decke zu kriechen.

Yeonjun liegt neben mir, die Beine angewinkelt und mit seinem Weinglas in der Hand. Mein Glas steht gefüllt auf meinem Nachttisch, und ich trinke einen großen Schluck.

»Was wollen wir morgen machen?«, frage ich ihn.

»Nach dem Frühstück zum Brighton Palace Pier, dachte ich. Und dann vielleicht auf die British Airways i360, um die Aussicht über die Stadt und das Meer zu genießen, und abends könnten wir in einen Club gehen.«

»In einen Club?« An die anderen beiden Sachen habe ich auch schon gedacht, aber mit seinem letzten Vorschlag hätte ich nun wirklich nicht gerechnet.

»Nur wenn du möchtest. Ich muss zugeben, dass ich ziemlich lange nicht mehr feiern war, und vielleicht bin ich auch bereits eingerostet.« Er lacht kurz, und bei dem Gedanken von Yeonjun auf einer Tanzfläche bleibt mir nichts anderes übrig, als mitzulachen.

»Dann sollten wir das morgen Abend unbedingt testen«, entgegne ich, und mit einem Nicken drückt er auf Play.

Es fällt mir schwer, mich während der nächsten fünfundzwanzig Minuten auf die Serie zu konzentrieren. Obwohl wir nicht dicht beieinander liegen, spüre ich seine Anwesenheit in jeder Faser meines Körpers. Wir lagen schon so oft gemeinsam auf seinem Sofa und waren uns dabei deutlich näher als jetzt. Dennoch fühlt es sich anders an, mit ihm in einem Bett zu liegen, sich dieselbe Decke zu teilen, auch wenn sie zwei mal zwei Meter groß ist.

Ich beobachte Yeonjun dabei, wie er das Opening der nächsten Folge *Demon Slayer* leise mitsingt. Kann meinen Blick nicht von seinen Lippen losreißen und folge jeder ihrer Bewegungen. Als das Lied verstummt und ich gerade wieder zum Bildschirm gucken möchte, erscheint etwas Dickes, Schwarzes in meinem Sichtfeld.

»Ah, Spinne!« Kreischend versuche ich, ihr zu entkommen, während sie sich gerade von der Decke abseilt. Ich kneife die Augen zu, rolle mich mit Schwung zur Seite und springe beinahe auf Yeonjun drauf, der sich auch erschreckt, und wir fallen gemeinsam aus dem Bett.

Mit einem lauten Knall schlägt Yeonjun mit dem Rücken auf dem Boden auf. Seine Arme hat er eng um mich geschlungen, während mein Körper auf seinen fällt. Mein Oberteil muss bei meinem Ausweichmanöver hochgerutscht sein, weil ich seine warmen Finger auf meiner nackten Haut spüre. Mir wird mit einem Mal wieder bewusst, dass ich unter dem dünnen Stoff meines Schlafshirts keinen BH trage.

Röte schießt mir ins Gesicht, was er unschwer übersehen kann, da nur wenige Zentimeter zwischen unseren Lippen liegen. Wir atmen dieselbe Luft, die immer dünner zu werden scheint. Seine Atemzüge kitzeln meine Haut, lassen mich die Spinne vergessen. Lassen mich vergessen, wo wir uns gerade befinden und dass wir nur Freunde sind.

Wir liegen eng aufeinander, wodurch ich seinen schnellen Herzschlag wahrnehme. Verlangen blitzt in seinen dunklen Augen auf, und ich bin mir plötzlich sicher, dass es ihm geht wie mir. Er hadert mit sich. Will mich küssen und gleichzeitig auch nicht. Ein elektrisierendes Ziehen durchfährt meinen ganzen Körper, als seine Finger über die nackte Haut meines Rückens gleiten und ein Feuerwerk in mir zünden. Er sieht mir tief in die Augen, während seine Berührungen die Lust in mir entfachen, die ich seit Tagen schon zu unterdrücken versuche. Ich stöhne leise auf, drücke mich enger an ihn, spüre jeden Zentimeter seines Körpers unter mir. Spüre, dass diese Situation auch an ihm nicht spurlos vorbeigeht und er mich will, so wie ich ihn.

Mein Kopf sagt Nein, doch mein Herz schreit Ja und übertönt jegliche Zweifel in mir. Gerade als ich die letzte Distanz zwischen uns überwinden möchte und ich mich in den Saum seines T-Shirts kralle, berührt seine rechte Hand mein Gesicht. Sie gleitet langsam über meine Wange, schiebt mir eine Haarsträhne hinters Ohr, bevor sich seine Finger um meinen Nacken legen. Er zieht mich sanft zu sich hinunter, und dann küsst er mich.

Küsst mich mit solch einer Intensität, dass es mich vollkommen umhaut. Ich dachte, ich wäre darauf vorbereitet, hätte gewusst, dass es passieren würde. Doch ich hatte keine Ahnung. Dieser Kuss fühlt sich an, als würde er mein Leben aus den Angeln heben, als hätte ich zwanzig Jahre nur auf diesen Moment gewartet.

Unsere Lippen bewegen sich im Einklang, in einem Rhythmus, den nur wir kennen.

Der Kuss wird wilder, fordernder, und ich gebe mich ihm hin. Lasse mich fallen und vergesse jegliche Bedenken. Alles, was ich spüre, ist Yeonjun. Seine Finger, die fester in mein Haar greifen, sein Körper eng an meinem, seine weichen Lippen, seine Zunge, die meine berührt und mich kurz aufseufzen lässt.

Plötzlich lässt er mich los, und für Sekundenbruchteile fühle ich mich leer, als würde etwas Essenzielles fehlen.

Wir öffnen unsere Augen und sehen uns an. Kleine Fältchen erscheinen auf seiner Stirn, und gerade als ich glaube, der Zauber sei vorbei, packt er mich an den Hüften, hebt mich kurz hoch, nur um mich direkt danach mit dem Rücken auf dem Boden abzulegen und sich über mich zu beugen. Mit den Ellbogen stützt er sich auf dem Parkett ab. Sein Blick wandert von meinen Augen hinunter zu meinem Mund, und alles, was ich noch am Rande wahrnehme, ist das Prasseln des Regens gegen das Fenster.

Ich packe ihn am Kragen seines Shirts und presse meine Lippen erneut auf seine. Dieses Mal ist er es, dem ein Stöhnen entfährt, was mich nur noch mehr anspornt. Meine Finger gleiten unter sein Oberteil, fahren über die warmen Muskeln seines Bauches und seiner Brust.

Vielleicht schmeiße ich gerade alle meine guten Vorsätze über Bord. Doch jetzt gerade – in diesem Moment – könnte es mir gar nicht gleichgültiger sein. Alles, was ich möchte, ist Yeonjun. Mein Herz schlägt in einem Wettlauf mit seinem.

Auch seine Finger suchen sich ihren Weg unter mein Shirt. Ich spüre jede Berührung wie einen Sturm auf meiner Haut, und gerade als er meine Brust erreicht, hält er plötzlich inne. Er löst sich von mir. Zieht seine Hand zurück. Nimmt die Lippen von meinen und öffnet die Augen.

Ich erkenne sie sofort: die bittersüße Erkenntnis. Den Moment, der das Feuer zu Eis verwandelt. Das Gewissen, das sich in unsere Köpfe schleicht und uns zuflüstert, dass dies ein verdammt großer Fehler ist. Ich weiß, dass es das ist. Ein Fehler. Und trotzdem fühlt es sich so richtig an.

Yeonjun bringt Abstand zwischen uns, stützt sich mit den Händen am Boden ab und sieht mir eindringlich in die Augen. Langsam blinzelt er, als würde ihm gerade erst bewusst werden, was wir soeben getan haben. Trotz dieser Einsicht ist sein Blick warm.

Und so liegen wir einfach da und schauen uns an. Ich auf dem Boden. Er über mir. Um ihm zu sagen, was ich sagen will, bin ich leider – oder zum Glück – nicht betrunken genug.

Innerlich flehe ich ihn an. Bitte ihn, jetzt nicht von Gefühlen zu sprechen. Er darf nicht sagen, dass er mehr für mich empfindet. Er darf auf keinen Fall sagen, dass er sich in mich verliebt hat. Bitte nicht. Und trotzdem setzt mein Herz sekundenlang aus, wenn er mich so ansieht. So ehrlich. So zerbrechlich.

In diese Situation habe ich uns selbst hineinmanövriert, weshalb ich fieberhaft überlege, womit ich die Stimmung zwischen uns sowohl auflockern als auch wieder entspannen kann.

»Keine Sorge«, sage ich und wende mich unter Yeonjun zur Seite, um aufzustehen. »Was in Brighton passiert ist, bleibt auch in Brighton.« Ich versuche, zu grinsen und so unbefangen wie möglich zu klingen, bin mir jedoch sicher, dass es nicht ansatzweise so rüberkommt.

Er nickt nur, richtet sich auf und stützt seinen Arm auf seinem Knie ab. »Als wäre das gerade nie passiert.«

»Als wäre es nie passiert und wird auch nie wiederholt«, entgegne ich, greife nach Yeonjuns Glas Rotwein, welches noch halb voll auf seinem Nachttisch steht, und reiche es ihm.

Kapitel 20

Hope

»Die Aussicht war der absolute Wahnsinn!« Ich komme aus dem Schwärmen gar nicht mehr raus. Wir haben soeben den Ausblick über Brighton und das Meer aus 173 Metern Höhe genossen und sind nun wieder unten angekommen. An diesem Freitag strahlt die Sonne besonders stark. Wären wir nicht direkt am Wasser, wären die einunddreißig Grad beinahe unerträglich. In London kommt mir dieselbe Temperatur immer so vor, als sei ich in einer Sauna oder einem tropischen Urwald.

»Fand ich auch«, bestätigt Yeonjun mit einem Lächeln auf den Lippen.

Lippen, die ich gestern noch geküsst habe.

Nachdem wir übereinander hergefallen sind, sind wir dem Thema komplett aus dem Weg gegangen und haben kein Wort mehr darüber verloren. Nach zwei weiteren Folgen *Demon Slayer* sind wir schlafen gegangen. Ich im Bett. Er auf dem Sofa. Ich weiß nicht, wie es ihm ging, aber ich für meinen Teil habe kein Auge zubekommen und musste die ganze Nacht daran denken, wie unglaublich frei ich mich in diesen wenigen Minuten mit ihm gefühlt habe.

Auch heute Morgen lag irgendwas zwischen uns in der Luft.

Unausgesprochene Worte. Gefühle, die keinen Platz haben sollten, und vielleicht auch noch immer ein Hauch Verlangen. Wir haben beim Frühstück so wenig miteinander gesprochen wie schon lange nicht. Es war nicht unangenehm. Es war einfach nur anders.

Doch als wir den British Airways i360 Tower betreten haben, war alles mit einem Mal wieder normal. Wir haben unentwegt über Brighton und über meine Freundschaft zu Mora gesprochen, weil ich ihren Anruf weggedrückt habe und ihr schnell per Nachricht schrieb, dass ich mich später bei ihr melden würde und, wenn es was Wichtiges ist, sie noch einmal durchrufen soll.

Vor dem Brighton Palace Pier tummeln sich unzählige Menschen, die ein- und ausströmen. Yeonjun geht mit seinen Händen in den Taschen seiner Jeansshorts voran und bahnt uns einen Weg durch die Leute. Die Geräuschkulisse ist total verrückt. Brüllende, lachende und weinende Kinder. Menschen, die versuchen, über den Lärm hinweg miteinander zu sprechen, und sich dabei beinahe anschreien. Von den Fahrgeschäften ertönt Musik.

Wir laufen auf dem Steg entlang, und obwohl es hier so viel zu sehen gibt, habe ich nur Augen für das weite Meer, das sich links und rechts von uns erstreckt. Wie schön muss dieser Ort bei Nacht sein? Wenn die Lichter leuchten und weniger Trubel herrscht.

Yeonjun blickt über seine Schulter zu mir nach hinten. »Damit du mir nicht verloren gehst«, sagt er und hält seinen Arm von seinem Körper weg, um mir zu deuten, mich bei ihm einzuhaken. Nach dem, was gestern passiert ist, sollte ich vermutlich zögern und lieber dreimal darüber nachdenken, ob ich ihn wirklich berühren möchte. Doch ich tue es keine Sekunde.

»Gehen wir erst bis nach hinten durch, bevor wir in den Innenbereich gehen?«, frage ich, und er nickt.

Mit untergehakten Armen schlendern wir gemütlich weiter den Steg entlang und lassen uns nicht von der Hektik der Leute um uns herum beirren. Ich höre ein Fotoklicken nach dem anderen. Es wundert mich nicht, dass alle Fotos von dem Meer und von ihren Liebsten am Geländer machen. Ein altes Pärchen – sie müssen mindestens siebzig sein – bittet gerade eine junge Frau darum, ein Bild von ihnen zu machen. Die eine Hand legen sie auf das Geländer, mit der anderen Hand halten sie einander fest, sehen sich tief in die Augen, bevor sie sich küssen und die junge Frau einige Male auf den Auslöser der Kamera drückt.

»Ich habe gesehen, dass du deinen Block mithast.« Ich schaue zu Yeonjun hoch, und eine kleine Falte bildet sich zwischen seinen Augenbrauen, als müsste er überlegen, wovon genau ich spreche. Es ist mir bereits im Zug aufgefallen, als er seine Flasche Wasser aus dem Rucksack geholt hat. Nachdem ich die Zeichnungen vor acht Tagen bei Yeonjun gefunden habe, war ich zunächst verunsichert. Natürlich wusste ich, dass er zeichnen kann und an Webtoons arbeitet, dennoch habe ich nicht damit gerechnet, dass er auch mich gezeichnet hat. Ich habe ihn nach keiner Erklärung gefragt, trotzdem hat er sie mir gegeben.

Das mag sich jetzt ein wenig bescheuert anhören, aber jedes Mal, wenn ich durch die Arbeit oder so gestresst war, habe ich an gemeinsame Momente mit dir gedacht, den Block zur Hand genommen und dich gezeichnet. Das hat mich jedes Mal wieder runtergebracht. Ich erinnere mich an seine Worte, als hätte er sie soeben erst ausgesprochen.

»Jaaaa?«, antwortet er gedehnt und lässt es nach einer Frage klingen.

Ich lasse seinen Arm los und laufe auf einen freien Platz am Geländer zu, lege meine Ellbogen ab und stütze meinen Kopf in meinen Händen, während ich auf das offene Meer hinausblicke. »Merk dir diese Sicht, damit du sie später zeichnen kannst.«

Als ich mich wieder zu ihm umdrehe, sehe ich, wie seine Mundwinkel erst zucken, bevor er zu lächeln beginnt und das Strahlen in seinen Augen mein Herz erwärmt. Ich lege mir die Hand auf den Bauch und reibe hin und her, in der Hoffnung, das Kribbeln loszuwerden, das wohl erst verschwinden wird, wenn er aufhört, mich so anzulächeln.

Wir gehen weiter den Pier entlang und durch einen überdachten Abschnitt. Links und rechts von uns stehen Fressbuden und kleine Souvenirläden.

»Was ich dich noch fragen wollte ...« Er legt seine Hand sanft auf mein Schulterblatt und leitet mich durch die Menschenmassen hindurch. »Wer ist Gabriel?«

Ich halte für einen Augenblick die Luft an und frage mich, wo er den Namen aufgeschnappt hat oder ob ich schon einmal mit ihm über Gabriel gesprochen habe. Doch mir fällt nichts ein. Grübelnd fahre ich mir durch das Haar, bis ich mich erinnere, wie Mora seinen Namen am Mittwoch fallen ließ, während wir gemeinsam mit Audrey, Zoe und Noah im Hyde Park waren. Gabriel hatte mir eine WhatsApp-Nachricht geschrieben und gefragt, ob ich nicht Lust hätte, mal wieder einen Film mit ihm zu schauen. Als ich seine Frage unbeantwortet ließ und das Handy wieder wegsteckte, hat Mora mich ein wenig damit aufgezogen, was Yeonjun mitbekommen haben muss. Dabei habe ich gedacht, er sei zu dem Zeitpunkt in ein Gespräch mit Zoe vertieft gewesen.

Einen Film gucken könnte man auch in Sex übersetzen. Zumindest ist es bei uns nie beim Filmschauen geblieben. Doch das letzte Mal, dass Gabriel und ich etwas miteinander hatten, war nach einer Geburtstagsfeier unserer Kommilitonin, auf die er mich geschleppt hatte. Das ist ungefähr sechs Monate her.

»Er ist ...« Ich suche fieberhaft nach den richtigen Worten, weil ich selber nicht weiß, wie ich die Beziehung zwischen Gabriel und mir beschreiben soll. »Ein Studienkumpel? Wir haben gleichzeitig das Musikstudium begonnen. Zu sagen, dass wir befreundet sind, wäre vielleicht etwas übertrieben, aber wir verstehen uns gut.« Die Details, von denen nur Mora etwas weiß, lasse ich lieber aus, da mir nicht entgeht, wie sich Yeonjuns Kiefer mit jedem meiner Worte mehr anspannt.

Über uns erscheint wieder der strahlende Himmel, und ich ärgere mich ein wenig darüber, dass ich meine Sonnenbrille nicht mitgebracht habe. Stattdessen kneife ich die Augen zu, um nicht geblendet zu werden. In der Ferne treiben einige Segelboote auf dem Meer, und Möwen ziehen Kreise über unseren Köpfen.

»Spielt er auch Geige?«, möchte Yeonjun wissen. Sein Arm streift meine Schulter, als er einer Horde Jugendlicher ausweicht.

»Nein, er spielt Klavier. Aber keine Sorge, du spielst besser«, schwindele ich. Bisher habe ich noch niemanden persönlich getroffen, der besser spielt als Gabriel. Allerdings höre ich niemandem lieber dabei zu als Yeonjun.

Er lacht kurz auf. »Du bist keine gute Lügnerin, Hope.«

Damit hat er nicht gerade unrecht. Ich bin zwar gut darin, ein Lächeln aufzusetzen, aber wenn es darum geht, Lügen zu erzählen, bin ich miserabel.

Eine Windböe peitscht uns entgegen, weshalb sich meine Finger um den Saum meines Kleides krallen. Ich bin nicht scharf darauf, den Leuten um mich herum meine Unterhose zu präsentieren. Noch bevor ich einen weiteren Schritt machen kann, hält Yeonjun mich sanft am Arm fest und bringt mich vor der Pommesbude inmitten des Piers zum Stehen.

»Sag bloß, du hast schon wieder Hunger. Es ist nicht einmal zwölf Uhr.« Ich schmecke das Frühstück vom Hotel noch beinahe auf der Zunge. Doch anstatt etwas zu erwidern, beginnt er zu lachen, während seine Hand noch immer auf meinem Arm liegt.

Ich versuche, mich so wenig wie möglich zu bewegen, um ihn nicht darauf aufmerksam zu machen. Wenn es nach mir ginge, könnte seine Hand den ganzen Tag da liegen bleiben.

»Nein, noch habe ich keinen Hunger. Auch wenn ich gestehen muss, dass einen die Pommes echt in Versuchung bringen.« Er löst seine Hand von meinem Oberarm und fummelt an dem Knoten herum, mit dem er sich heute Morgen sein kariertes Hemd umgebunden hat, weil es dann doch wärmer wurde als gedacht.

Mit einem Schritt steht er plötzlich direkt vor mir. Er greift um mich herum und bindet sein Hemd um meine Hüften. Als ich seinen Atem auf meinem Gesicht spüre, weil er sich ein wenig hinunterbeugt, schießen mir unweigerlich Bilder von gestern Abend in den Kopf. Mein Körper auf seinem. Unsere Lippen aufeinandergepresst. Heißer Atem und unsere Herzen, die um die Wette schlagen. Alles Dinge, die ich am besten vergessen sollte. Trotzdem möchte sich irgendwas in mir an sie klammern.

Meine Wangen fangen an zu glühen, und eine Gänsehaut zieht sich über meinen Körper. Dass er sein Hemd um mich legt, damit ich mir keine Gedanken um den Wind und mein Kleid machen muss, ist so verdammt süß, dass es mich schon beinahe nervt. Weiß er denn nicht, was er mit solchen Gesten auslöst? Spätestens wenn er hochblickt und mein feuerrotes Gesicht sieht, wird er es wissen.

Vielleicht war das gestern für ihn nicht mehr als ein Unfall. Eine bescheuerte Aneinanderkettung von Ereignissen. Diese elektrisierte Luft ... Dieses Knistern zwischen uns ... Diese Anspannung ...

»Danke«, wispere ich, als er mit dem Knoten fertig ist. Ohne ihn anzusehen, setze ich mich wieder in Bewegung und hoffe, dass er die plötzliche Unsicherheit nicht in meinem Gesicht erkennt.

Wir gehen vorbei an einem Restaurant inmitten des Piers und haben fast das Ende des riesigen Stegs erreicht. Man sieht bereits einige Fahrgeschäfte, auf die mich allerdings keine zehn Pferde bekommen würden. Alles, was sich schnell dreht oder im schlimmsten Fall noch über Kopf geht, ist mir ein Graus. Schon allein bei der Vorstellung davon, Achterbahn zu fahren, stellen sich mir die Nackenhaare auf.

»Na?« Yeonjun wackelt mit den Augenbrauen und nickt in Richtung der Fahrgeschäfte.

»Im Leben nicht. Hörst du die Leute schreien? Das sind Todesschreie. Die wirst du von mir nicht zu hören bekommen. Nur über meine Leiche. Im wahrsten Sinne des Wortes«, protestiere ich sofort und verschränke die Arme vor der Brust.

Er wischt sich imaginären Schweiß von der Stirn. »Puh. Glück gehabt. Ich bin nämlich auch kein Fan von Achterbahnen.«

Links von uns befindet sich ganz offensichtlich der Bereich mit Fahrgeschäften für Kinder, während rechts eher was für die Älteren ist. Abrupt bleiben wir stehen. »Wildwasserbahn!«, rufen wir im Einklang, und ich beginne, bis über beide Ohren zu grinsen, und ehe ich michs versehe, stehen wir in der Schlange ganz vorne und warten, bis der Wagen kommt und wir einsteigen können.

»Möchtest du vor, oder soll ich?« Yeonjun sieht zu mir hinunter und blinzelt mich an. Seine schwarzen Wimpern umrahmen die dunkelbraunen Augen, und ich bin kurz davor, alles um mich herum zu vergessen und mich darin zu verlieren. »Schnell«, drängelt er, da eine Familie aus dem Wagen aussteigt, der vor unseren Füßen zum Stehen gekommen ist.

»Vorne«, antworte ich schließlich, während ein junger Mann die Sitze trocknet, bevor ich mich darauf gleiten lasse. Schon als

Kind bin ich gerne mit Wildwasserbahnen gefahren und habe alle anderen Karussells links liegen lassen.

Yeonjun setzt sich hinter mich. Seine Oberschenkel streifen meine Seiten. Für einen kurzen Augenblick schließe ich meine Augen und versuche, meinen Puls unter Kontrolle zu bekommen. *So kann das nicht weitergehen, Hope. Ihr seid beste Freunde. Da berührt man sich schon mal. Kein Grund, jedes Mal innerlich vor Ekstase zu explodieren.*

Das Lachen der Kinder, das Kreischen der Leute, die mit der Achterbahn fahren, und auch das Schreien der Möwen können das Rauschen in meinen Ohren nicht übertönen, und ich hasse mich dafür. Dafür, dass ich irgendwann aufgehört habe, Yeonjun als guten Freund zu sehen. Und vor allem dafür, dass ich dieses Verlangen nach seiner Nähe habe und ich ihn gleichzeitig am liebsten von mir drücken wollen würde.

An dieser Phrase, dass man den richtigen Menschen zur falschen Zeit trifft, könnte tatsächlich etwas dran sein. Ich gebe es nur ungern zu, aber wenn ich es zulassen würde, würde ich mich Hals über Kopf in Yeonjun verlieben. Doch dafür bin ich nicht bereit. Für Liebe. Für eine Beziehung und für schonungslose Ehrlichkeit. Wie kann ich etwas Neues entstehen lassen, wenn etwas Altes gerade auseinanderbricht: meine Familie und damit mein Leben. Die Angst, auch noch unsere Freundschaft zu verlieren, ist einfach zu groß.

Unser Wagen fährt langsam nach oben, und die Schwerkraft drückt mich enger an Yeonjun heran. Mein Rücken wird gegen seinen Oberkörper gepresst, und sein Atem kitzelt meinen Nacken. Wieso nehme ich alles so überdeutlich wahr? Ich werde noch verrückt.

Der Wagen vor uns rast gerade nach unten und peitscht das Wasser in die Luft, während wir oben angekommen sind und kurz den Ausblick über das Meer und den Brighton Palace Pier genießen können.

»Nach Brighton zu kommen war die beste Idee, die ich seit Langem hatte.« Seine Stimme ist durch das Gebrüll der Menschen leise. Ich bin froh, dass wir normal miteinander reden und umgehen, als wäre gestern nichts passiert, und doch brodelt da irgendwas in mir. Irgendwas, das Yeonjun gerne anschreien würde und ihn fragen würde, ob ihn alles komplett kaltgelassen hat.

»Oder deine schlechteste«, flüstere ich, als wir kurz vor dem Abgrund sind.

»Was hast du gesagt?«

Ich komme gar nicht mehr dazu, etwas zu erwidern, weil wir mit einem Mal nach unten rasen und ich einfach losschreie. Während ich damit rechne, auf dem Sitz komplett nach vorne zu rutschen, da ich mich nicht an den Seiten festgehalten habe, spüre ich plötzlich Yeonjuns Arme um meinen Bauch. Gemeinsam gleiten wir nach vorne, als uns auch schon das Wasser entgegenkommt und komplett durchnässt. Selbst meine Haare hat es erwischt, die nun an meinem Gesicht kleben.

Erst als ich anfange zu lachen, merke ich, dass er mich noch immer fest umklammert hält. Ich kann nur froh sein, nichts Weißes anzuhaben. Das Rot meines Kleides wirkt nun eher wie ein Bordeaux, und auch Yeonjuns Hemd um meine Hüften hat einiges abbekommen. Zum Glück haben wir heute gutes Wetter, und die Sonne wird uns aufwärmen und trocknen.

Wir lösen uns voneinander. Automatisch rutsche ich ein Stück von ihm weg und fühle mich sofort, als würde irgendwas fehlen. Der ganze Spaß war nach ungefähr einer Minute auch schon wieder vorbei. Im Gegensatz zu vielen anderen Wildwasserbahnen hat diese nur einen Fall, und so schnell, wie wir eingestiegen sind, stehen wir auch wieder draußen.

Yeonjun fährt sich durch das nasse Haar, das ihm wild in die Stirn fällt. Sein T-Shirt klebt eng an seinem Körper und betont jeden Muskel darunter. Bevor ich noch einen regelrechten Nervenzusammenbruch erleide, zwinge ich mich, wegzuschauen.

»Wollen wir in die Spielhalle und danach etwas essen?«, frage ich und trete aus dem Schatten. Sofort legen sich die Sonnenstrahlen wie eine gemütliche Decke um meine Haut und die nasse Kleidung. Innerhalb von Sekunden wird mir warm.

»Bist du gut im Werfen?« Über der Halle hängt ein buntes Schild mit der Aufschrift The Palace of Fun.

»Ja, sehr gut sogar«, antworte ich und drücke die Brust raus. »Während meiner Schulzeit war ich eine der Besten im Volleyballspielen, und mit unserem Team haben wir sogar an kleineren Wettkämpfen teilgenommen. Ich würde also schon sagen, dass ich gut mit Bällen umgehen kann.«

»Aus irgendeinem Grund kann ich mir dich richtig gut als kleinen Flummi vorstellen, der einem Ball hinterherjagt. Ich glaube, das wird mein neuer Spitzname für dich.«

»Flummi?«, rufe ich entsetzt, doch er nickt nur.

»Dosenwerfen oder Basketball? Such dir eins von beiden aus, Flummi. Der Verlierer zahlt im Anschluss das Essen.«

Meine Augen müssen sich kurz an die veränderten Lichtverhältnisse gewöhnen. Im Gegensatz zu draußen ist es hier ziemlich dunkel, und das meiste Licht kommt von den Arcade-Automaten und bunten Lichterketten. Dieser Ort erinnert mich an die Spielhalle von Stranger Things. Mora und ich haben die Serie förmlich inhaliert und warten seit der letzten Staffel sehnsüchtig auf eine neue.

»Lass uns beides spielen. Wer das Dosenwerfen verliert, bezahlt das Essen, und wer am Basketballkorb verliert, der bezahlt heute Abend den kompletten Clubbesuch.« Ich stemme meine

Hände in die Hüften und sehe Yeonjun durch verengte Augen an.

»Wehe, du lässt mich wieder gewinnen.«

»Wieder?«

»Ich bitte dich. Als wir um die Wette gelaufen sind, hast du mich doch gewinnen lassen.« Keine einzige Minute habe ich geglaubt, dass ich schneller sei als er. Ausgesprochen habe ich es bisher jedoch noch nicht.

»Ich weiß nicht, wovon du redest«, entgegnet er mir und geht um mich herum, geradewegs zum Stand mit den Dosen.

Eine ältere Dame im roten Kostüm steht dahinter und heißt uns mit einem freundlichen Lächeln willkommen. »Ihr habt drei Versuche, den Turm umzuwerfen«, erklärt sie uns und legt uns jeweils drei Bälle auf den Tresen. Ich habe das noch nie gespielt, aber rechne mir durchaus Chancen aus.

Ich lasse Yeonjun den Vortritt und bereue es nur wenige Sekunden später. Mit einem einzigen schwungvollen Wurf hat er den ganzen Dosenturm zum Einsturz gebracht. Die Dame stellt ihn wieder auf, und auch beim nächsten Wurf fallen alle Dosen erneut um. Mir klappt die Kinnlade hinunter, und ich sehe mich schon die Rechnung für das Essen bezahlen. Beim dritten Wurf bleiben drei Dosen stehen, weshalb ich nun dreimal alle Dosen umwerfen muss.

»Im Prinzip brauche ich es erst gar nicht zu versuchen«, stelle ich nüchtern fest und lasse die Schultern hängen.

»Das kommt nicht infrage!« Yeonjun nimmt einen meiner Bälle und legt ihn in meine Handinnenfläche. »Nur weil etwas unmöglich *erscheint*, ist es das nicht automatisch.«

»Weißt du, dass du das so ähnlich schon mal zu mir gesagt hast?«, frage ich ihn und werde mir einer Sache bewusst: Ja, ich könnte mich so was von in diesen Mann verlieben. Und das, obwohl ich bisher nie geliebt habe. Zumindest nicht auf die romantische Art und Weise. Natürlich liebe ich meine Familie, meine Geige und die Musik. Doch der Gedanke daran, dass ich wirklich dabei sein könnte, mich in einen Mann zu verlieben, macht mir Angst. Noch vor kurzer Zeit habe ich Mora dafür belächelt, als sie davon sprach, dass ich Gefühle für Yeonjun entwickeln würde, wenn ich es nicht schon längst getan hatte. Und jetzt stehe ich hier, schaue ihm in die Augen, spüre seinen warmen Blick auf mir und frage mich, ob sich so Verliebtsein anfühlt.

»Hope?«

»Ja?« Anscheinend bin ich ein wenig zu tief in meine Gedankenwelt versunken.

Yeonjun hält noch immer den Ball in meiner Hand fest und schaut zwischen ihm und meinem Gesicht hin und her. »Du bist dran.«

Die Frau hinter dem Tresen, die uns – ihrem Grinsen nach zu urteilen – die ganze Zeit beobachtet haben muss, deutet mir, anzufangen. Ich versuche, all meine Energie in den Ball zu setzen, und hole so weit aus, dass er mit einem lauten Knall gegen die Dosen fällt. Alle fallen zu Boden. Bis auf eine. Sie wackelt ein paar Mal hin und her, bleibt dann aber stehen.

Ich habe noch zwei Versuche, alle abzuräumen und gleichzuziehen. Obwohl die Chancen gleich null stehen, wächst mein Kampfgeist, und ich weiß nicht, ob es an Yeonjuns Worten oder meinem Ehrgeiz liegt, aber ich glaube an mich. Wenn ich will, dann kann ich alles schaffen. Worte, die Dad mir schon als Kind eingepflanzt hat.

Mein nächster Wurf ist so stark, dass tatsächlich alle Dosen zu Boden gehen. Ich springe in die Luft und klatsche in die Hände vor Freude. Auch die Dame vom Stand klatscht mit mir. Mit einem zufriedenen und vielleicht sogar stolzen Lächeln sieht mich Yeonjun an. »Noch mal so ein Treffer, und du schaffst es.«

Mit deutlich weniger Kraft werfe ich ein letztes Mal und streife nur ganz leicht die oberste Dose. »Ach, so ein Mist aber auch.«

»Das ist nicht dein Ernst.« Der reglose Gesichtsausdruck, den er gerade mühsam versucht aufzulegen, gelingt ihm eher schlecht als recht. Seine Mundwinkel zucken und sind kurz davor, ein breites Grinsen zu entblößen.

»Fühlt sich echt doof an, wenn man den Gewinn geschenkt bekommt, oder?« Schmunzelnd drehe ich mich um und schaue zu der Dame, die Yeonjun auffordert, sich eines der großen Kuscheltiere auszusuchen, das er erspielt hat. Unzählige bunte Stofftiere hängen von der Decke des Standes, doch er scheint sofort zu wissen, welches er haben möchte, und zeigt auf eine dicke Hummel, die fast genauso gruselig grinst wie die Lebkuchenmännchen auf meinem Schlafanzug.

Mit durchgestreckten Armen hält er sie mir hin. »Als Andenken«, erklärt er, und am liebsten würde ich das dicke Ding nehmen und ihm damit das wunderschöne Lächeln aus dem Gesicht waschen. *Nicht verlieben. Ich wiederhole: Nicht verlieben!*

Kapitel 21

Yeonjun

Die Luft verändert sich schlagartig, als wir den Club betreten und mit einem Mal von mehreren Dutzend Menschen umgeben sind. Als die Idee aufkam, dass wir einen Club besuchen könnten, musste ich erst einmal googeln. Seit ich aus New York zurück bin, war ich nicht mehr tanzen. Als ich damals noch in der Festanstellung war, bin ich ziemlich häufig mit meinen Kollegen dort am Wochenende ausgegangen.

Nur mit Mühe erkennt man unter den Menschenmassen den bunt gekachelten Fußboden. Manche Bodenplatten leuchten in Rot, andere in Gelb, Grün oder Lila. Über den Köpfen der tanzenden Meute strahlen auch die Lampen an der verspiegelten Decke in bunten Farben. Geradeaus durch befindet sich eine Bar, die ebenfalls komplett verspiegelt ist und die wir nun ansteuern.

»Was möchtest du trinken?« Mir bleibt gar nichts anderes übrig, als Hope ins Ohr zu brüllen, da sie mich sonst durch die Lautstärke hier drin nicht verstehen würde. Während ich mir nach unserem Tag am Pier eine schwarze Jeans und ein schwarzes T-Shirt angezogen habe, trägt Hope noch immer das enge rote Kleid, das ihr bis zur Mitte der Oberschenkel reicht und dünne Träger hat. Als wir zurück auf dem Hotelzimmer waren, ist sie kurz davor gewesen, noch schnell in Klamottenläden zu gehen, um sich was für den Abend zu kaufen. Dabei könnte sie einen Kartoffelsack tragen, und sie wäre trotzdem der schönste Mensch in diesem Club, in ganz Brighton, ganz England. Zumindest für mich.

»Einen Mojito«, antwortet sie auf Zehenspitzen, bei dem Versuch, bis an mein Ohr zu reichen. Hope musste unser Essen bezahlen, nachdem sie mich beim Dosenwerfen hat gewinnen lassen. Als wir dann aber in der Spielhalle beide nebeneinander vor den Basketballkörben standen, staunte ich nicht schlecht, als sie mit einem Ball nach dem anderen einen Treffer erzielte. Am Ende hat sie mit einem Vorsprung von sechs Körben gewonnen. Und ich schwöre auf mein heiß geliebtes Tablet, dass ich sie nicht habe gewinnen lassen. Also musste ich nun den Eintritt in den PRYZM Club bezahlen, und auch alle Getränke werden heute Abend auf mich gehen.

Wir bahnen uns einen Weg um die Tanzfläche herum und können tatsächlich noch zwei freie Plätze am Tresen ergattern. Während der Barkeeper unsere Getränke zubereitet, beobachte ich Hope dabei, wie sie ihren Blick über die feiernde Menge schweifen lässt. Ihre Finger umfassen ihr braunes Haar, als sie es sich zur Seite über die linke Schulter legt. Für mich war Hope von der ersten Sekunde an, in der ich sie sah, eine wunderschöne Frau. Doch jetzt, wo ich mehr als nur ihr äußeres Erscheinungsbild kenne, habe ich das Gefühl, dass sie der interessanteste, klügste, niedlichste und atemberaubendste Mensch ist, den ich kenne. Und ich weiß nicht, ob mir das nicht eher Angst bereiten sollte, anstatt mir ein Lächeln zu entlocken.

»Wann warst du das letzte Mal in einem Club?« Ich muss meine Gedanken in eine andere Richtung lenken. Seit unserem Kuss gestern fällt es mir schwer, an irgendetwas anderes zu denken als ihre weichen Lippen. Und obwohl sich in meinem Kopf diese Bilder wie ein Film abspielen, habe ich es bisher ganz gut hingekriegt, mir nichts anmerken zu lassen.

Hope dreht sich auf dem Stuhl zu mir um. Sie kratzt sich kurz am Kinn und schürzt die Lippen. »Hm ... Vielleicht als ich achtzehn war? Ich muss gestehen, dass ich nie gerne in Clubs gegangen bin. Manon hat mich eher immer auf irgendwelche Hauspartys ihrer Freunde mitgeschleppt.«

Jedes Mal, wenn sie den Namen ihrer verstorbenen Schwester ausspricht, leuchten ihre Augen. Manchmal, weil die Erinnerung an einen Moment schön zu sein scheint, und manchmal, weil die Erinnerung schmerzt. Doch eins ist dabei immer zu spüren: die unerschütterliche Liebe, die sie ihr gegenüber empfindet.

Ich habe meinen Vater verloren, habe ihn leiden und sterben sehen. Etwas von mir ist damals mit ihm gegangen. Man bleibt einfach nicht mehr der Mensch, der man vor solch einem Verlust war. Mir auszumalen, wie es wäre, meinen Bruder zu verlieren ... Ich kann diesen Gedanken nicht einmal zu Ende ausführen.

»Du hast dich jetzt aber nicht genötigt gefühlt, meinetwegen hierherzugehen, oder?«, möchte ich wissen, als plötzlich unsere Mojitos vor uns stehen.

Sie hebt abwehrend die Hände. »Nein, auf keinen Fall. Hätte ich keine Lust, hätte ich das definitiv gesagt. Ich weiß auch selber gar nicht, weshalb ich nie in Clubs gehe. Mora fragt mich sogar manchmal, ob ich mitmag. Am Ende entscheide ich mich dann aber doch immer für meine Geige oder einen Anime.«

Jeweils zwei Mojitos, einen Tequila und ein paar peinliche Geschichten aus der Zeit, in der ich noch das Nachtleben unsicher gemacht habe, später, wagen wir uns auf die Tanzfläche.

Wir lassen uns von den Leuten um uns herum mitreißen. Schalten den Kopf aus und hören nur noch den Beat. Ich spüre, wie er durch meinen Körper fährt und ich mich in seinem Takt bewege. Der Song wird immer schneller, und obwohl es nicht die Musik ist, die ich für gewöhnlich höre, genieße ich den dröhnenden Bass. Alle um uns herum heben die Arme in die Luft, und wir tun es ihnen gleich. Grinsend schauen wir uns in die Augen, lassen unsere Hüften kreisen und spüren die Musik durch und durch. Mein Blick wandert immer wieder an Hope hoch und runter. Als würde ihr Körper meine Augen magnetisch anziehen. Sie bewegt sich so flüssig, als hätte sie nie etwas anderes gemacht, als zu tanzen. Das rote Kleid schmiegt sich eng an ihren Körper und lässt kaum Raum für Fantasie.

Von hinten drängt sich plötzlich jemand gegen mich, wodurch ich einen Schritt nach vorne mache und die Distanz zwischen Hope und mir verkleinere. Nur noch wenige Zentimeter trennen uns voneinander. Ich spüre die Wärme, die von ihr ausgeht, während sich unsere Körper bei manchen Bewegungen berühren. Sie sieht zu mir hinauf, und die Lichter an der Decke spiegeln sich in ihren blauen Augen. Gerade wird sie von einem gelben Strahler angeleuchtet und scheint wie die Sonne. Ihre Augen wandern zu meinen Lippen, und auch ich erwische mich dabei, wie ich verstohlen auf ihren Mund starre und mir vorstelle, wie sie mich küsst. Hier und jetzt. Ohne über die Konsequenzen nachzudenken.

Ich lege meine Arme an ihre Seite, so sanft, dass Hope sie leicht von sich schieben könnte. Doch sie tut es nicht. Sie rückt enger an mich, und als nur noch ein Blatt Papier zwischen uns passt, habe ich große Mühe, mich auf die Musik zu konzentrieren. Alles, woran ich denken kann, ist Hope. Alles, wonach ich mich sehne, ist Hope. Und so tanzen wir, bis uns die Füße wehtun, und als wir um kurz vor drei endlich wieder im Hotelzimmer sind, lassen wir uns beide schnaufend auf das Ecksofa plumpsen.

»Das war der beste Abend, den ich seit Langem hatte«, murmelt Hope vor sich hin und starrt die mintgrün gestrichene Zimmerdecke an. Auch ich lehne mich im Sofa zurück. Meine Beine strecke ich aus und stoße dabei mit dem kleinen Zeh gegen den Couchtisch. Autsch.

»Tut dir auch alles weh, oder liegt das bloß an meinem Alter? Mit deinen knackigen zwanzig bist du vermutlich um einiges belastbarer als ich.« Meine Stimme klingt nach dem Abend im Club kratzig.

Auch Hopes sonst eher sanfte Stimme hat die stickige Luft nicht gut vertragen, weshalb sie sich räuspert, bevor sie spricht. »Alles vom Haaransatz bis zum kleinen Zeh. Auch mit knackigen zwanzig.« Sie legt ihre Füße auf den Couchtisch und macht sich lang. Dabei rutscht ihr das Kleid einige Zentimeter weiter nach oben und entblößt noch mehr Haut als sowieso schon.

Nach dem Kuss gestern frage ich mich, wie das mit uns weitergehen soll. Diese Anziehung ist beinahe greifbar. Ich möchte ihr nicht aus dem Weg gehen, wenn wir zurück in London sind, und doch weiß ich nicht, wie ich weiterhin in ihrer Nähe sein kann, ohne dieses Verlangen zu empfinden.

Mit geschlossenen Augen liegt sie einfach nur da, während ich sie ansehe, als könnte es das letzte Mal sein. Ich präge mir jedes Detail ihres Gesichts ein. Die kleine Nase, die Sommersprossen, die sich über sie und die Wangen ziehen, die langen Wimpern, die zwei Narben auf ihrer Stirn, die vollen Lippen und das wilde, lockige Haar.

»Woran denkst du?«, fragt sie mich plötzlich, ohne die Augen dabei zu öffnen, und überrumpelt mich damit so sehr, dass es mir für einen Moment die Sprache verschlägt.

»Ähm.« *Sag was, Yeonjun. Du musst etwas sagen. Irgendwas.* »Kartoffeln.«

Stille. Eine quälende, viel zu lang anhaltende Stille. Bis sie anfängt zu lachen und die Hände dabei auf ihren Bauch hält.

Etwas Besseres ist mir also nicht eingefallen. Wäre es nicht so absurd, würde ich jetzt mit ihr lachen. Stattdessen schäme ich mich lieber in Grund und Boden. Wer denkt bitte nicht nachts zwischen drei und vier an Kartoffeln? Großartig, eine lächerlichere Antwort wird es wohl kaum geben. Mein kreatives Hirn muss einen ziemlichen Aussetzer gehabt haben.

»Was genau denkt man da so?«, presst sie zwischen zwei Lachern hervor.

Ja, Yeonjun. Erzähl doch mal. Ich würde mir am liebsten die Hand vor den Kopf schlagen, stattdessen laufe ich gerade rot an. Meine Wangen glühen förmlich.

»Wie vielfältig sie sind. Überleg doch mal. Fällt dir ein anderes Lebensmittel ein, aus dem man so viel machen kann? Kartoffelbrei, Chips, Pommes, Kartoffelwedges, Kartoffelpuffer, Kartoffelgratin, Kartoffelsuppe, Kartoffelsalat, Ofen-«

»Okay, okay. Ich habs verstanden. Kartoffeln sind der Hit«, unterbricht sie mich, schnappt sich eines der weißen Kissen auf dem Sofa und wirft es mir entgegen. »Ich glaube, der Alkohol ist dir zu Kopf gestiegen, oder aber du hast furchtbaren Hunger, Yeonjun.«

»Das habe ich im Club auch noch kurz gedacht, aber der Spaziergang zum Hotel hat mich definitiv wieder nüchtern gemacht«, entgegne ich und werfe ihr das Kissen zurück.

Hope fängt es, legt es beiseite und geht auf die Balkontür unseres Zimmers zu. Ich erhebe mich auch, bleibe aber neben dem Sofa stehen. Kein einziges Licht brennt mehr in den Häusern gegenüber, nur noch die Straßenlaternen spenden ein wenig Helligkeit. Als Hope die Tür öffnet und auf den Balkon tritt, strömt mir sofort eisige Kälte entgegen.

Ich greife nach der dünnen Tagesdecke, die ich gestern zum Schlafen auf der Couch benutzt habe, und folge ihr nach draußen. Unter dem Türrahmen bleibe ich stehen und beobachte sie dabei, wie sie sich leicht über das Geländer beugt, um eine bessere Sicht auf das Meer rechts von uns zu bekommen.

Für eine Sekunde schaut sie mich über ihre Schulter hinweg an, bis sie sich wieder dem Ausblick zuwendet. »Ich wünschte, ich würde am Meer leben und könnte jedes Mal, wenn ich es brauche, Energie durch die Wellen tanken. Dieses Geräusch hat etwas so Beruhigendes an sich.«

Langsam komme ich näher und lege ihr von hinten die Decke über die Schultern. »Brighton ist echt wunderschön. Allein das Meer gibt einem so viel mehr Lebensqualität, das merke ich auch immer, wenn ich in Busan bin. Die Möglichkeit, jederzeit am Wasser zu sitzen und auf die Wellen zu starren, fehlt mir in London sehr.« Ich versuche ebenfalls, einen Blick auf das Meer zu erhaschen.

»Die Themse ist zwar auch nicht verkehrt, aber ja, vergleichen kann man es damit nicht.« Hope seufzt. »Irgendwann möchte ich auch nach Busan.«

Stille legt sich über uns, die nur vom Meeresrauschen durchbrochen wird. Sie dreht sich um und steht mit einem Mal direkt vor mir. So nah, dass sie den Kopf in den Nacken legen muss, um mir in die Augen zu schauen.

»Also nicht, dass ich mich irgendwie aufdrängen möchte oder mir erhoffe, umsonst bei deiner Familie unterzukommen. So war das nicht gemeint.« Die Wörter sprudeln von Sekunde zu Sekunde schneller aus ihr heraus. »Ich habe nur in den letzten Monaten so viel von Südkorea gesehen und gelesen, dass ich nun unbedingt mal hinreisen will.«

Meine Arme heben sich ganz von selbst, und meine Hände

bleiben auf ihren Schultern über der Decke liegen. »Ich würde dich sofort mitnehmen, Flummi.«

Die Unsicherheit in ihren Augen verschwindet. Zurück bleibt ein Ausdruck, den ich nicht ganz deuten kann. Sie verzieht keine Miene, und doch erkenne ich einen Hauch Wut in ihren Augen. Wut und Sehnsucht. Ich sollte diesem Blick ausweichen. Einen riesengroßen Bogen um Hope machen und einfach reingehen, mich der Nähe entziehen und einen klaren Kopf kriegen. Doch wie das immer mit guten Vorsätzen ist: Man hält sie leider viel zu selten ein.

»Manchmal machst du mich wirklich wahnsinnig«, platzt es aus Hope heraus, und sie stemmt die Hände in die Hüften. Sie schiebt die Augenbrauen zusammen und zieht die Nase kraus. Wenn sie dabei nicht so verdammt süß aussehen würde, hätte ich jetzt vermutlich kein Schmunzeln auf den Lippen.

Ich würde ihr gerne sagen, dass sie mich ebenfalls wahnsinnig macht. Dass ich glaube, in manchen Momenten den Verstand zu verlieren, weil ich mich so sehr zu ihr hingezogen fühle und es mich so viel Kraft kostet, diesem Wunsch nicht nachzugeben. Ihr Blick wird weicher, und ihr Mund öffnet sich kurz, als würde sie etwas sagen wollen, doch eine Sekunde später ist er wieder verschlossen, und sie behält ihre Gedanken für sich.

Sie sieht mich an, als würde sie nichts lieber tun, als mich zu küssen. Man braucht keine Augen, um diese Funken zwischen uns zu sehen. Es ist spürbar, beinahe greifbar, als würde die Luft zwischen uns vibrieren.

Sie legt ihre Hand auf meine Brust, um mich davon abzuhalten, näher zu kommen, und ich weiß nicht, ob ich dankbar oder traurig darüber sein soll. Wenn ich diesen Bann nicht durchbreche, dann wird es so enden wie gestern. Dann dauert es nicht mehr lange, und unsere Lippen kleben aneinander, als bräuchten wir uns wie die Luft zum Atmen.

»Tut mir leid«, hauche ich in die kalte Nacht hinein.

»Dir muss nichts leidtun. Sag mir nur, was das hier ist. Denn irgendwie hat es aufgehört, sich nach einer normalen Freundschaft anzufühlen.« Ihre Augen werden größer, während sie zu realisieren scheint, was sie gerade gesagt hat, und auch ich brauche einen Moment.

»Ich ...« Mir fehlen die Worte, weil es keine gibt, um das hier zu beschreiben. »Ganz ehrlich? Ich habe keine Ahnung.«

»Das habe ich mir gedacht.« Sie klingt so verletzlich und verzweifelt. Sie klingt so, wie ich mich fühle. Ich will sie. Sie will mich. Gleichzeitig wissen wir aber auch, dass das zu nichts führt. Das Problem ist nur: Mir ist es egal. Ich möchte nicht darüber nachdenken, was morgen ist oder was in einer Woche sein könnte. Egal, was man tut und welche Entscheidungen man trifft, die Zukunft wird immer unvorhersehbar sein. Ich habe es satt, mich danach zu richten, was sein könnte. Seit Jahren bestimmt meine ungewisse Zukunft meine Gegenwart. Ich will das nicht mehr. Ich will leben. Im Hier und Jetzt.

Unsere Körper sind wie Magneten, und vielleicht müssen wir uns auch nur einmal entladen, um wieder normal zu funktionieren, um zu unserer Freundschaft zurückzukehren.

Auf der Straße unter uns ist es so still, dass man das Rauschen der Wellen klar und deutlich hören kann. Plötzlich geht alles ganz schnell. Die Hand, mit der sie mich eben noch auf Abstand gehalten hat, krallt sich in mein T-Shirt. Sie zieht mich zu sich. Die Decke, die bis eben noch um ihre Schultern lag, fällt hinunter, als unsere Münder aufeinandertreffen.

Es dauert nicht lange, bis sie ihre Hände in mein Haar gleiten lässt und ich meine Arme um sie schlinge, um sie näher an mich zu ziehen. Unsere Lippen verschmelzen, als wären sie füreinander bestimmt und hätten nur darauf gewartet, das passende Gegenstück zu finden.

Eins weiß ich mit Sicherheit: Noch nie hat sich ein Kuss für mich so gut angefühlt, hat mich alles vergessen und einfach leben lassen. Hope scheint es nicht anders zu gehen. Während sich ihre Lippen keine Sekunde von meinen lösen, drängt sie mich rückwärts zurück ins Innere, bis meine Waden gegen die Bettkante stoßen.

Ihre Finger fahren unter mein Shirt, und mit einem Mal hat sie es mir über den Kopf gezogen und auf den Boden fallen lassen. Meine Haut brennt, als hätte sie ein Feuer in mir entfacht. Sie löst sich von mir und atmet schwer. Ihr Blick wandert langsam über meinen nackten Oberkörper. »Wieso musst du so schön sein?«

Ich greife nach ihrem Arm und lasse mich mit ihr zusammen nach hinten auf die Matratze fallen. Die Finger klammere ich um ihre Hüften, und mit einem Ruck hebe ich sie zur Seite, um mich über sie zu beugen. Ein leises Stöhnen entfährt ihr, als ich Küsse auf ihren Hals hauche. Ich spüre ihren Puls mit meinen Lippen und halte inne. Ihr Herz schlägt mindestens so schnell wie meins. Sie wölbt sich unter mir und presst ihre Hüften eng an meine. Weich auf hart.

Ich muss mich wirklich zusammenreißen, ihr nicht das Kleid vom Leib zu ziehen. Ich möchte sie zu nichts drängen, möchte sie das Tempo bestimmen lassen. Was wir hier tun, ist ein Fehler, das wissen wir beide. Aber manche Fehler sind zu süß, zu verführerisch, um sie nicht zu begehen.

Ich schiebe die dünnen Träger ihres Kleides hinunter, um ihre Schulter mit Küssen zu übersäen. Ihre Haut ist weich wie Seide, und als ich meinen Kopf hebe, sieht sie mich aus ihren Ozeanaugen an und lächelt. Dass ich der Grund für dieses Lächeln bin, raubt mir den Atem. Sie raubt mir den Atem.

Doch im nächsten Moment gefriert ihr Lächeln. »Warte ...«

Sofort erhebe ich mich und bringe einen Abstand zwischen uns. Ich bin zu weit gegangen. Habe nicht an die Konsequenzen meines Handels gedacht, auch nicht daran, dass ich damit unsere Freundschaft aufs Spiel setze.

Sie richtet sich auf und fährt sich durch die Locken, bevor sie mit dem Zeigefinger über ihre Lippen fährt und mir dann in die Augen blickt. »Ich will das«, sagt Hope und zeigt zwischen ihr und mir hin und her. »Glaube, das war auch nicht zu übersehen. Aber was ich nicht will, ist, dass wir das kaputtmachen, was wir uns aufgebaut haben.« Sie drückt ihre Finger an ihre Schläfen, als würde sie nachdenken. »Ehrlich gesagt habe ich mich noch nie zuvor so ungezwungen bei jemandem gefühlt. Ich kann dir alles erzählen, und das Merkwürdigste daran ist, dass ich es auch noch tue. Dass ich mit dir über Dinge spreche, über die ich sonst nie spreche und die ich nur mit mir selbst ausmache.«

Ich nicke, weil ich ganz genau weiß, was sie meint. Mir geht es da nicht anders. »Ich wollte keine Grenzen überschreiten oder ...«

»Hör auf!« Sie legt ihre Hand auf meine und sieht mich eindringlich an. »Du hast nichts getan, was ich nicht gewollt habe. Diese Anziehung zwischen uns macht mich wahnsinnig. Seit Tagen bin ich fast am Durchdrehen, weil ich an nichts anderes mehr denken kann als das hier.«

Ich beiße mir auf die Unterlippe, bedacht darauf, nicht zu grinsen. Aber sie sieht einfach so süß aus, mit den verwuschelten Haaren, dem derangierten Kleid, den geschwollenen Lippen und roten Wangen. Ich muss verdammt aufpassen, denn mich zu verlieben ist hoffnungslos und hätte keine Zukunft.

»Vielleicht ...«, fährt sie fort und runzelt die Stirn, »... sollten wir uns dem Ganzen einfach hingeben. Ich spreche nicht von Gefühlen. Aber vielleicht sollten wir diesem beschissenen Verlangen nachgeben. Nur ein Mal. Ich kann nur meine Worte von gestern wiederholen: Was in Brighton passiert, bleibt auch in Brighton.«

»Du meinst einen One-Night-Stand?« Ich klinge erschrockener als beabsichtigt. »Mir kam dieser Gedanke auch. Doch was, wenn uns ein Mal nicht genügt, wenn es nichts ändert zwischen uns und wir uns weiterhin zueinander hingezogen fühlen?« Auch wenn ich gerade nichts lieber tun würde, als mit Hope zu schlafen, bin ich überrascht darüber, wie unverblümt sie alles anspricht.

»Liebst du mich?«

Ich blinzle einige Male. Liebe ich sie? Ich habe keine Antwort auf diese Frage. Bin ich mutig genug, sie zu lieben? Die Antwort darauf ist klar. »Nein.«

Sie nickt langsam mit dem Kopf, bevor sie mir wieder in die Augen sieht. »Wir sind beste Freunde, du bist mir näher als manche Menschen, die bereits seit Jahren Teil meines Lebens sind. Wir können das Verlangen unterdrücken und weiterhin wie auf Eierschalen laufen.« Hope rutscht auf dem Bett ein wenig näher zu mir. »Oder wir geben uns dem hin, in der Hoffnung, dass wir danach wieder der Yeonjun und die Hope sind, die wir noch vor Kurzem waren. In der Hoffnung, dass wir uns umarmen können, ohne dem anderen um den Hals fallen zu wollen. Ich will einfach wieder klar denken können. Mit meinem Verstand und nicht mit meinen Hormonen.«

»Das ist verrückt.«

»Das ganze Leben ist verrückt. Die fundiertesten Tatsachen, z. B., dass die Erde eine Kugel ist, sind verrückt.«

»Und wenn es nichts bringt und wir damit unsere Freundschaft riskieren, weil wir keine Zeit mehr miteinander verbringen können, ohne im Bett zu landen?« Wäre ich mutiger, dann wäre ich ehrlich und würde die Frage anders formulieren. Würde sie fragen, was passiert, wenn sich doch einer von uns verliebt. Denn vermutlich ist das die größte Sorge, die ich dabei habe.

»Wäre es so schlimm, wenn wir einen Tag als Freunde verbringen würden und die Nacht als ein wenig mehr?« Ihre Finger liegen um den Notenschlüssel, der an ihrer Kette baumelt, und sie schiebt ihn nervös von links nach rechts, während sie auf eine Antwort von mir wartet.

Ich beuge mich vor und bin ihren Lippen gefährlich nahe.

»Was in Brighton passiert, bleibt in Brighton«, wiederhole ich ihre Worte, lege meine Hand in ihren Nacken und küsse sie mit solch einer Wucht, dass ihr lautes Seufzen zwischen unseren Mündern untergeht.

Meine Hände gleiten unter ihr Kleid, schieben den Rock nach oben, bis ich ihre Hüften zu fassen bekomme, und sie auf meinen Schoß hebe. Ihre Beine legen sich sofort um meinen Körper, mit den Fingernägeln krallt sie sich in meinen Rücken. Ich packe den Saum des roten Kleides und ziehe es ihr über den Kopf. Fahre mit meinen Lippen ihre Kieferpartie entlang, den Hals hinunter und küsse das Muttermal, das sich direkt über dem Rand ihres dunklen BHs auf der Brust befindet.

Ich strecke einen Arm nach hinten aus, um an den Nachtschrank zu kommen, in dem ich am Tag unserer Ankunft Kondome entdeckt habe. Dieses Zimmer sieht mit den zwei großen Badewannen mitten im Raum nicht nur aus wie eine Honeymoon-Suite, es scheint auch tatsächlich eine zu sein. Zumindest war ich noch nie in einem Hotel, in dem für die Gäste Kondome in der hintersten Ecke der Schublade lagen. Vielleicht hat sie auch jemand vergessen? Egal.

Hope ist gerade dabei, den Knopf meiner Jeans zu öffnen, als mir bewusst wird, dass es für uns nun kein Zurück mehr gibt. Wir überschreiten eine Linie und sind uns der Konsequenzen bewusst. Doch die Zweifel geraten in den Hintergrund, und ich werde übermannt von der Lust, der Leidenschaft und dem Gefühl, nie zuvor etwas mehr gewollt zu haben als sie.

Kapitel 22

Hope

»Kannst du glauben, dass wir unsere letzten Prüfungen für das dritte Trimester hinter uns haben? Nach den Sommerferien sind wir schon im dritten Jahr.« Mora pustet in ihren Kaffee, während ich meinen Grüntee bereits fast ausgetrunken habe.

Die ganze Woche habe ich nur damit verbracht, für die Klausur in Ethnografische Methoden in der Musikwissenschaft zu lernen, und es scheint sich gelohnt zu haben. Zumindest habe ich ein gutes Gefühl, wie auch schon bei meinen anderen Prüfungen, die ich vor dem Ausflug nach Brighton hinter mich gebracht habe. Sosehr ich die studienfreie Zeit auch zu schätzen weiß, ich vermisse den Unterricht und vor allem die Zeit im Proberaum jedes Mal aufs Neue, weshalb ich mit einem weinenden und einem lachenden Auge der unifreien Zeit entgegenblicke.

»Hast du Pläne für die Ferien? Wie sieht es mit dem Besuch in der Heimat aus?«, frage ich Mora und lehne mich im Stuhl zurück. Als wir das letzte Mal darüber sprachen, stand noch infrage, ob sie ihre Familie in Portugal besuchen wird.

Das laute und durch die Arbeit vertraute Geräusch einer Siebträgermaschine übertönt die ruhige Musik im Café direkt neben dem Strand Campus. »Nein. Mum geht es leider noch immer nicht besser. Wir werden diesen Sommer wohl in London bleiben und meine Großeltern nicht besuchen können. Vielleicht mache ich einen Städtetrip nach Frankreich. Ich würde dich ja fragen, ob du mitkommst, aber ich kenne deine Antwort.« Ihr breites Grinsen passt nicht ganz zu dem ernsten Blick, den sie versucht aufzulegen.

Ich wünschte, ich könnte mitkommen. Frankreich mit meiner besten Freundin erkunden, ohne mir Gedanken darüber zu machen, ob es Daisy gerade gut geht oder ob sie mitbekommt, wie sich meine Eltern gegenseitig die Köpfe einschlagen.

»Tut mir leid«, sage ich mit vorgeschobener Unterlippe.

»Alles gut, Hope. Du weißt, dass ich deine Entscheidungen immer respektiere, auch wenn ich sie manchmal nicht verstehe.« Und genau das liebe ich an ihr. Egal, was passiert, sie steht hinter mir.

»Erzähl mir jetzt lieber alle Details vom letzten Wochenende«, fordert sie mich auf und beugt sich über den runden Tisch näher zu mir hinüber. Seit ich wieder in London bin, haben wir uns noch nicht gesehen, da wir beide im Prüfungsstress waren und auch nicht im *Cosy Corner* gearbeitet haben. Lediglich für ein kurzes Telefonat am Montag, bei dem ich sie anscheinend ziemlich neugierig gemacht habe, hatten wir beide die Zeit.

Ich blicke mich kurz im Café um, um sicherzugehen, dass Yeonjun hier nicht irgendwo unter den Gästen sitzt. Man weiß ja nie. London ist manchmal auch nur ein Dorf. »Wir haben miteinander geschlafen. Drei Mal, um genau zu sein.«

»Drei Mal?«, schreit sie mir entgegen, weshalb sich alle Köpfe für einen Moment zu uns umdrehen und ich jedem entschuldigend entgegenlächle. »Oje. Sorry. Aber wart ihr nicht nur drei Nächte in Brighton? Und warte mal, ganz abgesehen davon: Du hast mir hunderte Male gesagt, Yeonjun ist nur ein guter Freund.«

»Das ist er auch. Zwischen uns hat sich nichts verändert.«
Vielleicht lüge ich mich damit selbst an. Doch die letzten Tage
war es wirklich, als wäre rein gar nichts gewesen. Wir haben uns
zwar das letzte Mal am Dienstag gesehen und die anderen Tage
nur telefoniert, aber es war wie vor dem Ausflug nach Brighton.
Zwar schossen mir das ein oder andere Mal Bilder in den Kopf, die
mich rot werden ließen, aber an unserer Freundschaft und dem
Umgang miteinander hat sich nichts verändert. »Wir haben uns
gesagt, dass alles, was in Brighton passiert, dort bleibt und nicht
mit nach London genommen wird«, füge ich erklärend hinzu,
und es fühlt sich an wie eine Rechtfertigung. Nicht vor meiner
besten Freundin, sondern eher vor mir selbst.

»Ja, klingt absolut logisch.« Mora kratzt sich theatralisch am
Kinn. »Gefühle kann man supereasy in einer Stadt lassen. Man
setzt sich einfach in den nächsten Zug oder Flieger, und sie verfolgen einen nicht, weil sie nicht verreisen dürfen. Die Armen, sie
können einem echt leidtun.«

»Haha. Mir ist schon klar, wie bescheuert das klingt. Aber es
funktioniert. Am Tag unserer Ankunft sind wir vom Bett gefallen.
Frag nicht, wie das passiert ist. Ich bin auf ihm gelandet, und die
Anziehung, die sowieso in der letzten Zeit dauernd da war und
an Intensität zugenommen hat, war nicht mehr auszuhalten. Es
könnte sogar sein, dass ich den ersten Schritt gemacht und ihn
geküsst habe.« Ich bedecke mein Gesicht mit den Händen, weil
ich gerade selbst nicht glauben kann, was ich gesagt habe.

»Ich sollte vermutlich überrascht sein. Bin es aber kein bisschen.«

Dafür war ich es umso mehr. In meiner Vorstellung war es
leicht, dem Drang, Yeonjun näherzukommen, zu widerstehen. In
der Realität sah das Ganze jedoch anders aus. Ich schiebe die Finger auseinander, um hindurchzulinsen. Zufrieden grinsend sieht

mich Mora an, und ich nehme die Hände wieder runter. »Am nächsten Morgen haben wir so getan, als wäre nichts passiert. Als hätte es diesen Kuss nie gegeben. Wir haben den Tag am Palace Brighton Pier verbracht und waren abends in einem Club.«

»Ich habe zwar gesagt, dass ich niemals eifersüchtig auf deinen neuen besten Freund werden würde, aber gerade bin ich es. Nicht, weil er deinen heißen Körper begutachten konnte. Aber ihr wart feiern? Das nächste Mal, wenn ich gehe, bist du so was von dazu verpflichtet, mitzukommen.« Sie verschränkt die Arme vor der Brust und sieht mich aus schmalen Augen an, als würden kleine Blitze aus ihnen schießen.

Obwohl mir nach dem Abend die Füße schmerzten, habe ich mir tatsächlich vorgenommen, von nun an öfter mal mit Mora und ihren Freundinnen mitzugehen und den ganzen Abend durchzutanzen. »Versprochen. Es hat mir sogar echt Spaß gemacht.«

»Das wundert mich nicht. Am meisten Spaß hat sicher das gemacht, was danach kam«, meint sie und wackelt mit den Augenbrauen.

Bei dem Gedanken an die Nacht danach beginne ich, wie ein Honigkuchenpferd zu grinsen. Auch wenn es bereits eine Woche her ist, kommt es mir vor, als sei es gestern gewesen, dass ich schonungslos ehrlich war. Ich weiß noch immer nicht, was mich in dem Moment geritten hat, aber ich bin froh, meine Gedanken laut ausgesprochen und dann auch die Gewissheit zu haben, dass es ihm genauso geht. Worüber ich jedoch weniger froh bin, ist, wie viel Spaß der Sex gemacht hat und wie oft wir übereinander hergefallen sind. Insgeheim habe ich darauf gehofft, dass es miserabel wird und ich merke, dass unsere Körper nicht einmal ansatzweise miteinander harmonieren.

»Hör mir auf!« Mora wedelt mit ihrer Hand in der Luft, um

mich aus meiner Trance zu holen. »Hope Bennett. Ich kenne dich schon einige Jahre. Habe dich noch nie verliebt gesehen. Aber *hell, yes*, jetzt gerade bist du es so was von.«

Ob ich in Yeonjun verliebt bin, habe ich mich selbst schon einige Male gefragt, bin aber immer wieder zu dem Entschluss gekommen, dass die Gefühle, die ich für ihn empfinde, nicht unbedingt Liebe sein müssen.

Bedeutet er mir viel? Ja.

Würde ich ihn vermissen, wenn er nicht mehr in meinem Leben wäre? Ja.

Denke ich oft an ihn? Ja.

Habe ich Spaß mit ihm? Ja.

Kann ich mit ihm über alles reden? Ja.

Fühle ich mich bei ihm sicher? Ja.

Doch all das trifft auch auf eine Freundschaft zu. Dass Yeonjun mir unglaublich wichtig ist, stelle ich überhaupt nicht infrage. Dessen bin ich mir bewusst. Aber ist all das gleichzusetzen mit Liebe? Das einzig Untypische für eine Freundschaft ist die sexuelle Anziehung. Aber was ist schon typisch? Es gibt keine Schablone für Gefühle. Man kann keine Beziehungen – egal welcher Art – miteinander vergleichen, weil jeder Mensch anders ist und auch jeder Mensch anders fühlt.

»Lass uns lieber das Thema wechseln. Wir würden sowieso auf keinen gemeinsamen Nenner kommen«, sage ich und trinke meinen Tee aus.

Die Sonne ist gerade dabei, hinter den Dächern der Häuser unterzugehen, als wir ans Ende einer Straße kommen, die in eine kleine Gasse mündet. Wir sind ganz in der Nähe des Tower of London, und doch habe ich keinen blassen Schimmer, was wir hier wollen, oder besser gesagt, wohin mich Yeonjun entführt.

Ich sollte mir den Abend freihalten und mich überraschen lassen. Dabei bin ich keine Freundin von Überraschungen. Auch wenn ich oft spontan bin, weiß ich dennoch gern, was auf mich zukommt.

Wir bleiben kurz stehen, beobachten das Farbenspiel über uns. Die Wolken leuchten in einer Mischung aus Orange und Rosa, während die letzten Sonnenstrahlen ein warmes Licht über die Stadt werfen.

Seit ich mich vor zwei Stunden für den Abend fertig gemacht und fieberhaft darauf gewartet habe, dass Yeonjun mich abholt, habe ich mir die Frage gestellt, ob das hier ein Date ist. Dabei ist der Gedanke lächerlich. In Brighton haben wir alles geklärt, was es zu klären gab. Wir sind nicht ineinander verliebt. Wir möchten nicht mehr als Freundschaft, und der körperlichen Anziehung haben wir uns hingegeben, weil das Verlangen gestillt sein sollte. Wenn ich jedoch an meinen gestrigen Traum denke, der Yeonjun und ziemlich viel nackte Haut enthielt, bin ich mir nicht mehr so sicher, ob etwas gestillt oder nicht eher entflammt wurde. Und ein Lauffeuer ist nur schwer zu löschen.

Eine Frau mit glänzendem blonden Haar und in einem roten Abendkleid läuft an uns vorbei. Sie hat sich bei einem Mann im Anzug eingehakt, und eine Duftwolke schweren Parfüms wabert um uns herum. Bei dem Anblick des eleganten Kleides und der hohen Schuhe schaue ich unweigerlich an mir hinab. Meine Füße stecken in Chucks, und das bunte Sommerkleid, das mir bis zu den Oberschenkeln reicht, strahlt alles aus, aber sicherlich keine Eleganz.

Ich schaue zur Seite und betrachte Yeonjun. »Sind wir gleich da?«

Er nickt und verzieht den Mund zu einem Strich, als würde er sich für irgendwas entschuldigen wollen. Und da dämmert es mir.

Zwar trägt er eine normale schwarze Jeans mit Sneakern, aber auch ein weißes Hemd, dessen Ärmel er hochgekrempelt hat. Ich habe ihn noch nie in einem weißen Hemd gesehen, außer als er von einem Meeting mit einer Kundin kam.

»Bitte sag mir nicht, dass wir dorthin gehen, wo die beiden hingehen!« Mit einer Kopfbewegung deute ich auf die schick gekleideten Menschen, die einige Meter vor uns in der Gasse stehen und vor einer großen Flügeltür warten. An dem alten Backsteingebäude kann ich kein Schild ausfindig machen. Nichts, das darauf hindeutet, was sich hier befindet. Über der Tür hängt eine riesige, schwarze Metallleuchte, in der eine Kerze brennt. Zitronenbäume stehen vor der Häuserfassade, und die Fenster sind mit roten Holzplatten verdeckt. Alles versprüht einen alten Londoner Charme. In dieser Gasse könnte man ohne Probleme eine Szene für *Jack the Ripper* drehen.

»Mein Kumpel aus Manchester hat mir diese Location empfohlen, da er früher selbst oft mit seinem Mann hier war. Von einem Dresscode hat er mir jedoch nichts erzählt, und auch auf der Website stand nichts, was erahnen ließ, dass sich das Publikum so herausputzen würde.« Yeonjun fummelt am Kragen seines Hemdes rum und sieht mich mit einem Dackelblick an, der es mir unmöglich macht, ihm böse zu sein.

»Publikum also? Was ist das hier? Ein Theater?«, durchlöchere ich ihn mit Fragen, als plötzlich die Flügeltüren nach innen aufgehen und die ersten Leute hineinströmen. Es sind nicht viele. Vielleicht irgendwas zwischen zwanzig und dreißig, und beim näheren Hinsehen fällt mir auf, dass wir nicht die Einzigen sind, die etwas Legeres tragen.

Erst jetzt erkenne ich das kleine Schild neben dem Eingang mit der Aufschrift *Wilton's Music Hall*. Das Holz der Tür blättert bereits ab, und alles an diesem Ort wirkt rustikal, alt und doch gemütlich. Die Menschentraube löst sich im Inneren langsam auf und verläuft sich. Die Wände sind aus grauen Backsteinen und der Boden aus großen Steinplatten. Links ist ein kleiner Empfangstresen, hinter dem eine ältere Dame mit grauen kurzen Haaren und knallroter Brille sitzt. Wir machen ein paar Schritte auf die sichtlich alte Holztreppe zu. Rechts von uns ist ein Durchgang. Ich erkenne einige Sitzplätze, eine Bar und Leuchtschilder.

»Danach können wir gerne etwas trinken, aber wenn mich nicht alles täuscht, geht es in ein paar Minuten los.« Yeonjun blickt auf seine Armbanduhr und dann wieder zu mir.

Für einen kurzen Augenblick verliere ich mich in seinen Augen, vergesse alles um uns herum und vielleicht sogar, zu atmen. Bis er sich in Bewegung setzt und die Treppen nach oben geht. Ich folge ihm immer noch ein bisschen benommen. So viel also zu *Es ist alles wie immer.*

Plötzlich stehen wir auf einem Zuschauerbalkon. Einige Leute sitzen bereits auf ihren Plätzen und unterhalten sich angeregt, während ich meine Augen nicht von der kleinen Bühne unter uns nehmen kann. Der rote Vorhang wurde aufgezogen, und Strahler werfen warmes Licht auf das Parkett der Bühne. An den Wänden hängen sowohl unten als auch bei uns oben Lichterketten. Alles an diesem Saal ist gemütlich.

Yeonjun legt seine Hand auf meinen unteren Rücken, um mich zu unseren Sitzen zu lenken. Ich setze mich und beobachte, wie sich die Bühne langsam mit Musikern und Musikerinnen füllt. Es gibt keinen Orchestergraben zwischen Bühne und Publikum. Lediglich zwei Holzpodeste. Auf dem unteren steht ein Notenständer, der für den Dirigent oder die Dirigentin gedacht ist.

»Gefällt es dir?«

Ich wende meinen Blick vom Kammerorchester ab und sehe Yeonjun an. Seine Lippen sind zu einem Lächeln verzogen, das seine Wangenknochen betont. Oh ja. Mir gefällt, was ich sehe, und dabei ist es vollkommen gleichgültig, in welcher Kulisse. Ob in einem wunderschönen, fast schon antiken Saal wie diesem, am Meer, auf einem schmucklosen Parkhausdach oder sonst wo. Yeonjun gefällt mir immer.

»Sehr«, antworte ich schließlich.

»Das Gebäude hier steht unter Denkmalschutz, und als ich mir die Bilder dazu im Internet angeschaut habe, wusste ich sofort, dass es dir gefallen würde. Hier finden auch Theateraufführungen und Poetry Slams statt. Alles im kleinen Kreis«, erklärt er mir und rutscht ein wenig näher an mich heran. Sein Arm berührt meinen, und ich genieße jede Sekunde davon. Jede Berührung, die ich kriegen kann.

Ich weiß nicht, ob Mora recht hat. Ob ich dabei bin, mich zu verlieben, oder es schon längst geschehen ist. Aber es ist mir auch egal. Was mir jedoch nicht egal ist, ist unsere Freundschaft. Das Gefühl der tiefen Verbundenheit. Das Gefühl, bei ihm ich selbst sein zu können. Das Gefühl, dass ich ihm genauso guttue wie er mir. Was auch immer das zwischen uns ist, es soll nicht enden. Weil ich diesen Mann, der neben mir sitzt und mein Leben unendlich bereichert, nicht verlieren möchte. Niemals. Wir bleiben bis zu meinem letzten Atemzug befreundet. Anders überstehe ich diese verrückte Welt nicht.

Gerade als ich mich bei Yeonjun für diese großartige Idee, mit mir hierherzukommen, bedanken möchte, gehen die Lichter aus, und nur noch die Bühne ist beleuchtet. Ich reiße meinen Blick von ihm los und schaue nach vorne, als die ersten Töne erklingen. Bei dem Klang der ersten Geige fährt ein Schauer durch meinen gesamten Körper. Sie spielen die Peer-Gynt-Suite vom norwegischen Komponisten Edvard Grieg, und ich lasse mich komplett fallen.

Kapitel 23

Yeonjun

»Und du warst wirklich noch nie in einem Museum in London?«, fragt mich Hope mit so viel Entsetzen in der Stimme, dass ich glaube, nun den Stempel als Kulturbanause aufgedrückt bekommen zu haben. Dabei liegt es gar nicht am fehlenden Interesse, sondern daran, dass meine Priorität immer bei meiner Arbeit liegt. Zum einen, weil ich meinen Job liebe, und zum anderen, weil ich meiner Familie so viel Geld wie möglich schicken möchte, auch wenn meine Mutter es nur zähneknirschend annehmen kann, weil es ihren Stolz verletzt. Doch mit ihrem Job im Friseursalon wird es immer schwerer, sowohl die Miete als auch Dowons Studium zu bezahlen, weshalb sie in ihrer freien Zeit auch noch einigen Nebenjobs nachgeht.

»Nicht nur in London. Ich war allgemein noch nie in einem Museum.« Keine Sekunde nachdem ich es ausgesprochen habe, reißt Hope ihre Augen auf, und ihre Kinnlade fällt hinunter, als hätte ich ihr gerade von der Begegnung mit einem Fabelwesen erzählt.

Wir treten ins Freie, und sofort schließe ich die Augen. Während es im Museum relativ dunkel war, strahlt die Sonne hier draußen umso heller. Drei Stunden waren wir im *Horninam Museum*.

»Ich fühle mich geehrt, dass du deinen ersten Museumsbesuch mit mir verbracht hast«, sagt sie und verbeugt sich lächelnd vor mir.

In den letzten Monaten war ich öfter unterwegs als in den letzten zwei Jahren. Für gewöhnlich verbringe ich meine Tage entweder daheim oder im *Cosy Corner*, vertieft in mein Tablet und meine Arbeit. Mein Plan für heute sah eigentlich auch anders aus. Ich wollte die Website für eine Kundin aus der Marketingbranche fertigstellen, auch wenn meine Deadline erst in zwei Wochen ist. Je schneller ich fertig bin, desto eher kann ich neue Aufträge entgegennehmen.

Noch immer lächelnd blickt Hope zu mir auf. Ihr Nasenrücken kräuselt sich, und kleine Fältchen liegen um ihre Augen herum. Hopes Lächeln – das ehrliche – werde ich vermutlich nie wieder aus meinem Kopf bekommen. Manchmal sehe ich es in meinen Träumen, und manchmal, wenn ich einfach nur die Augen schließe. Sie war schon vor Brighton beinahe ununterbrochen in meinen Gedanken. Doch seit dem Ausflug ist es noch schlimmer. Egal, was ich tue, ich muss immer an sie denken. Alles erinnert mich an sie, was es schwer macht, meine Gefühle zu unterdrücken.

Wir sind seit ungefähr einer Woche wieder in London und tun beide so, als wären wir uns nicht erst vor Kurzem so nahe gewesen, dass nicht einmal ein Blatt Papier zwischen uns gepasst hat. Es scheint ihr kein bisschen schwerzufallen, und ich frage mich, ob ich etwas anderes erwartet oder mir gewünscht habe. Doch die Antwort darauf ist Nein. Zu sehen, wie leicht es für sie ist, den Schalter von sexueller Anziehung auf normale Freundschaft zu schalten, sollte eigentlich dazu führen, dass ich es auch tue.

»Ist alles okay?«

Ich nicke, weil ich nicht weiß, was ich ihr antworten soll. Mein Kopf ist voller Gedanken und mein Herz voller Gefühle. Es ist genau das passiert, wovor ich Angst hatte. Das, was ich nicht wollte. Und das, was keinen Sinn, keine Zukunft hat. Die Tatsache, dass ich mich verliebt habe, sollte mich nicht überraschen. Als ich Hope kennengelernt – und ich meine *wirklich* kennengelernt – habe, hat eine Stimme in meinem Kopf mir immer und immer wieder zugeflüstert, dass ich aufpassen muss. Dass sie der Mensch sein könnte, der sich in mein Herz schleicht.

Hope ist nicht die erste Person, zu der ich mich hingezogen fühle. Auch bei Zoe hatte ich damals Sorge, ich könnte mehr als nur Sex wollen, selbst wenn es nie zu etwas Körperlichem gekommen ist. Doch es stellte sich schnell heraus, dass wir niemals mehr als Freunde sein könnten. Bei Hope war es von Anfang an anders. Ja, ich wollte sie in meinem Leben haben, wollte ihr ein guter Freund sein. Und das möchte ich auch immer noch. Und trotzdem habe ich schnell gemerkt, dass es anders ist als alles zuvor. Dass es tiefer geht. Dass ich mehr empfinde. Dass sie mehr in mir bewegt. Dass es sich anfühlt, als hätte ich etwas gefunden, nach dem ich fast siebenundzwanzig Jahre auf der Suche war.

»Du siehst aus, als würdest du viel zu viel nachdenken«, unterbricht Hope meine Grübeleien und bleibt mit den Händen in die Hüften gestemmt vor mir stehen, sodass sie mir den Weg versperrt. Ihr Kleid weht mir entgegen, und ihre Haare fallen ihr von hinten ins Gesicht. Obwohl es heute ziemlich windig ist, zeigt das Thermometer mindestens dreißig Grad. »Hör auf, zu träumen, und hör deiner Museumsführerin zu.«

Ein Grinsen schleicht sich in mein Gesicht und vertreibt die ernste Miene. Ob sie weiß, dass sie der niedlichste Mensch auf Erden ist? Ich kann nicht die einzige Person sein, die das denkt.

»Das Museum wurde von einem Teehändler namens Frederick John Horniman gegründet. Und ja, ich habe damals in der Schule sehr gut aufgepasst. Der gute Frederick hat hier seine Sammlung aus kulturellen und naturgeschichtlichen Artefakten und Musikinstrumenten aufbewahrt. Besonders bekannt sind die Aquarien. Außerdem gibt es einen Musikpavillon, ein Tiergehege, einen Ziergarten und vieles mehr auf dem Grundstück, was wir leider nicht sehen konnten wegen der Hochzeit, die auf dem Gelände stattgefunden hat.«

Erst als Hope mit ihrem Vortrag, den sie sicherlich so schon mal in der achten Klasse gehalten hat, fertig ist, macht sie den Weg frei, und wir gehen auf die Bushaltestelle zu. Im Museum haben wir so gut wie kein Wort miteinander gewechselt. Auch wenn nur wenige Besucher dort waren, wollten wir niemanden stören. Es war so still, weshalb ich zwischenzeitlich glaubte, die ausgestopften Tiere noch atmen zu hören.

»Vielleicht solltest du wirklich über eine Karriere als Museumsführerin nachdenken und die Musik an den Nagel hängen«, schlage ich ihr vor, während ich den Bus in der Ferne erkenne. »Oh, Mist. Entweder wir rennen zur Haltestelle oder warten auf den nächsten.« Mit einer Kopfbewegung deute ich auf die Straße vor uns. Ohne mir zu antworten, nimmt Hope die Beine in die Hand und läuft los. Ich habe Mühe, sie einzuholen, so schnell ist sie. Ehe ich michs versehe, springt sie in den Bus und hält mir die Tür auf.

Schnaufend halte ich mich an der oberen Stange fest und Hope sich an der unteren, während sich die Tür hinter uns schließt. Es dauert ganze drei Haltestellen, bis sich unser Atem beruhigt hat.

»Eine Karriere als Läuferin könntest du auch in Erwägung ziehen.«

Ihr melodisches Lachen erfüllt den Bus, und wie immer erinnert es mich an ein Klavierstück aus meiner Kindheit, dessen Namen ich nicht kenne. Das Lied fühlt sich genauso nach Zuhause an wie ihr Lachen. Seit Tagen frage ich mich, wann ich angefangen habe, mich zu verlieben. War es, als ich sie das erste Mal habe Geige spielen hören? Als ich sie auf meine Schultern genommen habe, damit sie Kirschen vom Baum pflücken kann? Oder war es, als sie mir auf dem Dach erzählt hat, wie es in ihrem Inneren wirklich aussieht und dass sie tagtäglich eine Maske trägt?

Kurz vor dem nächsten Stopp bremst der Bus plötzlich scharf ab, wodurch ich mit meinem Körper nach hinten geschleudert werde und ich mich gerade so an der Stange festhalten kann. Hope hingegen war gerade dabei, sich die Haare zu einem Zopf zu binden, und hat nun ihre Arme eng um meinen Oberkörper geschlossen. Ihr Gesicht klebt an meiner Brust, und ich bin mir sicher, dass sie meinen Herzschlag hören kann. Meine Hand ruht wie selbstverständlich zwischen ihren Schulterblättern, um sie zu stabilisieren, als der Bus ruckelnd weiterfährt. Ihr Kleid hat einen tiefen Rückenausschnitt, weshalb ich ihre nackte Haut berühre und das Gefühl habe, mich zu verbrennen. Etwas in mir möchte sie sofort loslassen. Etwas anderes jedoch will sie festhalten. Für immer.

Für einige Sekunden treffen sich unsere Blicke, und mir fällt auf, wie rosig ihre Wangen sind, bevor sie sich räuspert und von mir löst. Vielleicht fällt ihr diese ganze Situation doch nicht so leicht. Vielleicht ist sie einfach nur besser im Schauspielern.

Die restliche Fahrt über schweigen wir, und ich kann an nichts anderes denken als daran, dass ich gleich Hopes Zimmer sehen werde. Bisher habe ich ihr Familienhaus nur von außen gesehen, wenn ich sie mal abgeholt habe. Es ist das erste Mal, dass sie mich zu sich eingeladen hat. Ihre Eltern sind mit Daisy auf einer Art

Elternabend und kommen wohl vor acht am Abend nicht nach Hause. Dabei hätte ich keine Probleme damit, ihre Familie kennenzulernen, zumal ich Daisy bereits kenne. Und es wäre nur fair. Immerhin hat sie meine Mutter auch schon kennengelernt, wenn auch nur über Facetime.

»Hast du das neue Lied von Måneskin gehört?«, fragt Hope, während wir aus dem Bus steigen und sie ihren Schlüssel aus ihrem Jutebeutel zieht. Wir haben vor ungefähr zwei Monaten festgestellt, dass wir beide große Fans von der Musikshow X Factor sind und uns auch die Versionen aus anderen Ländern anschauen. Måneskin ist eine italienische Rockband, die 2017 bei X Factor gewonnen hat und dadurch bekannt wurde.

»Ehrlich gesagt nein. Ich wusste nicht einmal etwas von ihrem neuen Song.« Die Worte kommen nur langsam aus meinem Mund, da es mir schwerfällt, mich zu konzentrieren. Stattdessen ist all meine Aufmerksamkeit bei Hopes Zuhause.

Wir stehen in einem breiten Flur. An der Garderobe hängen vor allem Daisys Jacken, die durch die Größe und das viele Rosa unschwer zu übersehen sind. Während Hope eine Schwäche für Gelb hat, hat Daisy wohl eine für Rosa. Der Flur führt in ein riesiges Wohnzimmer. Es ist so ordentlich, dass ich fast bezweifle, im Haus einer vierköpfigen Familie zu sein. Die Wände sind alle weiß, das große Ecksofa beige, und auch sonst ist alles in hellen Erdtönen gehalten. Man hat einen direkten Blick auf den Garten hinter dem Haus. Links von uns geht es in die Küche, von der ich nicht viel erkennen kann, da die Türe nur einen Spaltbreit offen steht.

»Möchtest du etwas trinken, bevor ...« Weiter kommt Hope nicht, da plötzlich Daisy in einem – wie sollte es auch anders sein – rosa Bademantel blitzschnell die Treppe hinuntergeflitzt kommt und ihre Arme um Hope schlingt.

Die Überraschung steht Hope ins Gesicht geschrieben. Mit weit aufgerissenen Augen blickt sie zwischen ihrer kleinen Schwester und mir hin und her. »Was machst du denn hier? Wieso seid ihr nicht auf dem Elternabend?«

Daisy möchte gerade antworten, als schwere Schritte auf der Treppe zu hören sind. Wir alle drehen unsere Köpfe zur Geräuschkulisse. Ein großer Mann mit grauem Haar kommt die Treppe hinunter. Es ist nicht zu übersehen, dass er Hopes Vater ist. Er hat dieselben großen und blauen Augen wie seine Tochter.

Einen Moment lang straffe ich die Schultern und versteife mich. Sein Blick ist ernst, doch keine Sekunde später beginnt er zu strahlen und begrüßt mich so warmherzig, wie ich mir Hopes Eltern immer vorgestellt habe. »Hi, ich bin Bill«, sagt er und streckt mir seine Hand entgegen.

»Hallo, ich bin Yeonjun.« Schon seit einiger Zeit stelle ich mich nicht mehr mit Lee vor, sondern mit meinem Vornamen. Genauer gesagt, seit Hope mir die Augen geöffnet hat und mir selbst klar geworden ist, dass sich mein Gegenüber entweder die Zeit dafür nimmt, um meinen Namen richtig auszusprechen, oder ich der Person einfach nicht wichtig genug bin.

»Ähm ...« Hope verlagert ihr Gewicht von einem Bein auf das andere und wirkt sichtlich nervös, dabei bin ich doch derjenige, der allen Grund hat, um nervös zu sein. Es kommt nicht gerade häufig vor, dass ich die Eltern von irgendwem kennenlerne. »Dad, das ist mein Freund.«

Ich halte die Luft an und bin kurz davor, sie zu fragen, ob ich das gerade richtig verstanden habe, da beginnt sie zu stottern.

»Also. Nein. Nicht mein *Freund*. *Ein* Freund. Yeonjun ist ein guter Freund von mir.« Ihr Gesicht läuft rot an.

Bill lacht und hört ruckartig wieder auf, als Hope ihm plötzlich auf die Schulter boxt. »Hör auf, Dad.« Sie schauen sich kurz an und beginnen dann beide zu lachen.

Genau das sind die Augenblicke, die ich vermisse, wenn ich an meinen Vater zurückdenke. Ein aufmunterndes Klopfen auf die Schulter. Ein herzliches »Guten Morgen«, wenn man sich in der Küche vorm Frühstück begegnet. Gut gemeinte Ratschläge, die man meistens eher nervig anstatt hilfreich findet. Diese kleinen Dinge, die man immer als selbstverständlich ansieht und gar nicht wirklich wahrnimmt, weil sie so normal sind. Bis es plötzlich keine Normalität mehr gibt.

»Was macht ihr überhaupt hier, und wo ist Mum?«

Hope überkreuzt die Beine und sieht ihren Vater mit einem strengen Ausdruck im Gesicht an. Mir fällt auf, wie Daisy ihre große Schwester beobachtet und sie nachmacht. Auch sie überkreuzt ihre Beine im Stehen und versucht krampfhaft, ihre Augenbrauen zusammenzudrücken, in der Hoffnung, auf ihrer Stirn würde dieselbe Zornesfalte entstehen wie bei Hope.

»Deine Mutter hat sich im Datum geirrt. Der Elternabend war gestern. Dementsprechend standen wir vor der verschlossenen Schule. Und wo sie jetzt ist, weiß ich nicht. Sie wollte noch etwas erledigen.« Bei dem letzten Wort wird seine Stimme mit einem Mal so kühl, dass ich glaube, alles um uns herum gefriert gleich. Von Hope weiß ich, dass ihre Eltern seit dem Tod von Manon öfter streiten, und mein Blick fällt sofort auf ihre Schultern, die sich versteifen und kurze Zeit später schlaff nach vorne fallen.

Bill nimmt Daisys kleine Hand und flüstert ihr zu, sie soll sich schnell anziehen gehen. Keine Sekunde später rennt sie die Treppen nach oben.

»Ich habe ihr versprochen, Eis essen zu gehen. Ihr könnt gerne mitkommen, wenn ihr Lust habt«, schlägt Bill vor und lächelt erst mich und dann Hope an.

»Gerne«, antworte ich, während Hope beinahe kreischt: »Nein!«

Für mindestens zehn Sekunden ist es mucksmäuschenstill, bis wir alle drei lauthals zu lachen anfangen und erst wieder aufhören, als Daisy in einem Dinojumpsuit vor uns steht, was nicht gerade dazu beiträgt, dass wir uns wieder einkriegen. Ich weiß ja nicht, ob das das passende Outfit für diese Temperaturen draußen ist, aber Hope und Bill scheint die Klamottenauswahl nicht zu stören.

Hope reckt sich zu mir zur Seite. »Sie liebt diesen Anzug. Wenn wir ihr jetzt sagen würden, dass es dafür zu heiß ist, dann würde sie vermutlich zu weinen beginnen«, erklärt sie, und ich frage mich, ob sie meine Gedanken gelesen hat.

Mein Vater war genauso. Lieber sollte ich meine eigenen Erfahrungen machen und aus ihnen lernen, als dass er mir etwas verbietet und ich einen Aufstand mache. Natürlich nicht in allen Situationen, aber in einer wie dieser hätte er mich auch definitiv in solch einem Dinojumpsuit bei dreißig Grad schwitzen lassen.

Wir verabschieden uns von beiden, und ich steige hinter Hope die Treppen hinauf. An den Wänden hängen Familienfotos, und ich erkenne, dass sie entstanden sind, als sie noch zu fünft waren. Es ist das erste Mal, dass ich Manon sehe, weshalb ich kurz auf der Zwischenebene der Treppen stehen bleibe und mir ein Bild der drei Schwestern genau angucke. Sie sehen sich so ähnlich. Haben dieselben elfenhaften Gesichtszüge, die niedliche Stupsnase und große, warme Augen.

»Sorry. Wegen mir bekommst du jetzt kein Eis. Ich bin nur unfassbar müde und kaputt.« Hope nimmt die letzten Stufen nach oben, und ich folge ihr, bis sie die Tür zu ihrem Zimmer öffnet. Kurz bleibe ich an der Schwelle stehen, als bräuchte ich eine Einladung, um einzutreten. Ihre privaten vier Wände zu betreten fühlt sich an, als würde ich ein Geheimnis lüften oder in ihr Inneres blicken.

»Es wundert mich kein bisschen, dass du müde bist. Du hast die vergangenen Tage und Nächte nur mit Lernen und dem Proben für die Aufführung nächste Woche verbracht.« In genau einer Woche ist es so weit. Hope wird auf dem Musikfestival zum einen im Streichorchester spielen und zum anderen ihr selbst komponiertes Geigensolo aufführen. Wenn ich daran denke, sie bald zum ersten Mal auf einer Bühne stehen zu sehen, werde ich ganz nervös, als müsste ich selbst vors Publikum treten.

Langsam betrete ich das große Zimmer. Mir fallen sofort die vielen Pflanzen auf und besonders die beträchtliche Sammlung an Kakteen und Sukkulenten, die sich auf Wandregalen über ihrem Schreibtisch tummeln. Ein großer iMac steht auf dem hölzernen Tisch, auf dem sich auch einige Bücher türmen. Als ich näher herantrete, sehr ich, dass sich jedes einzelne davon um Musik dreht. Ihre Geige Poppy steht auf einem dafür vorgesehenen Ständer direkt neben dem Tisch.

Ihr Bett ist mit sechs Kissen bestückt. Sechs. Ich muss zugeben, dass es sehr gemütlich und einladend aussieht, besonders auch durch den Betthimmel darüber, aber wozu braucht man so viele Kissen? Man hat schließlich nur einen Kopf.

In einer Ecke, neben einer Tür, die wahrscheinlich in ein Badezimmer führt, hängt ein brauner Hängestuhl von der Decke. Auf ihm liegen eine weiße Kuscheldecke und zwei weitere Kissen. Hopes Reich passt perfekt zu ihr. Überall entdecke ich Kerzen und Lichterketten.

»Macht es dir etwas aus, wenn ich mich hinlege? Also nicht, um zu schlafen, ich möchte einfach nur die Beine ausstrecken und kurz entspannen«, erklärt sie und beißt sich dabei auf die Unterlippe. Ich wünschte mir, sie würde das lassen und meine Aufmerksamkeit nicht auf ihre vollen Lippen lenken.

»Überhaupt nicht. Aber falls du schlafen willst, dann sag es mir ruhig. Wir können auch ein anderes Mal *Demon Slayer* zu Ende schauen.« Ich setze mich vorsichtig und wie in Zeitlupe in den Hängestuhl, der von der Decke baumelt, weil ich dem Konstrukt nicht ganz traue. Zwar wurde er an einem dicken Holzbalken, der sich einmal quer durch Hopes Zimmer zieht, befestigt, und doch bin ich mir unsicher, ob er nicht vielleicht nur für Daisys Gewichtsklasse gedacht ist.

Erst als Hope anfängt zu kichern, sehe ich, dass sie bereits im Bett liegt und ein rundes weißes Kissen in ihren Armen hält. »Du wirst schon nicht die Zimmerdecke runterreißen. Setz dich ganz normal hin«, fordert sie mich auf. Sie dreht sich auf die Seite, um mich anschauen zu können, und auch ich kann meinen Blick nicht abwenden.

»Erzähl mir eine Geschichte aus deiner Kindheit in Busan.« Ihre blauen Augen, die mich an die stürmischen Wellen in Brighton erinnern, wenden sich von mir ab. Noch immer das Kissen fest umschlungen schließt sie ihre Lider. Die Bettdecke raschelt, als sie sich unter sie kuschelt. Sie schiebt ein leises, zaghaftes »Bitte« hinterher.

Ich ziehe meine Beine hoch in den Hängestuhl und winkle sie an. »Ich glaube, ich war ein ziemlich anstrengendes Kind, das mehr Zeit draußen mit seinen Freunden verbracht hat als drinnen mit seiner Familie oder Schularbeiten. Wir haben draußen Spiele wie Gonggi gespielt. Dabei haben wir uns fünf identisch große Steine gesucht und mussten sie mit unterschiedlichem Schwierigkeitsgrad in die Luft werfen und mit einer Hand auffangen.« Plötzlich erinnere ich mich an Danbi und muss lächeln. »An einem sonnigen Tag haben wir in einem kleinen Park gespielt, als es mit einem Mal wie aus Eimern angefangen hat zu regnen. Wir haben unter dem Dach einer kleinen Hütte Unterschlupf gesucht, als ein kleines Kätzchen mit getigertem Fell auf uns zulief. Komplett durchnässt. Wir haben ihr den Namen Danbi gegeben, was so viel heißt wie ›süßer Regen‹. Ich habe sie mit nach Hause genommen und einen Riesenärger von meinen Eltern bekommen, weil Dowon, der damals gerade mal sechs war, allergisch gegen Tierhaare ist. Obwohl ich versprochen habe, die Katze am nächsten Tag wieder auszusetzen, habe ich sie zwei Wochen lang in meinem Zimmer versteckt und sie mit Hähnchenfleisch durchgefüttert. Später haben wir sie dann meiner Tante gegeben, was mir ehrlich gesagt ein wenig das Herz brach.«

Als ich aufhöre zu reden, legt sich eine Stille über uns, die mich beinahe auch müde werden lässt. Draußen scheint die Sonne, und doch muss ich mir ein Gähnen verkneifen. Nicht nur Hope hatte diese Woche aufgrund des Lernens wenig Schlaf. Auch ich habe mich vollkommen in die Arbeit gestürzt und einen Auftrag nach dem nächsten angenommen. *Es gibt Menschen, die arbeiten, um zu leben, und es gibt Menschen, die leben, um zu arbeiten.* Ein Spruch, den mein Vater so oft gesagt hat, dass er sich mir ins Hirn brannte. Und doch weiß ich nicht, zu welcher Sorte Mensch ich gehöre. Oder ob meine Realität nicht irgendwo dazwischenliegt.

Hopes gleichmäßiges Atmen durchbricht die Stille, und obwohl ich ihr am liebsten beim Schlafen zusehen würde, fühlt es sich zu intim an. Beinahe wie etwas Verbotenes. Hier in ihrem Zimmer zu sein, allein mit ihr in diesem Haus, während sie im Bett liegt und vor sich hin döst. Ihr Haar liegt wie ein ausgebreiteter Fächer auf dem hellen Kopfkissen. Eine einzelne Strähne hat sich in ihr Gesicht verirrt und schwebt bei jedem Ausatmen kurz in die Höhe.

Es kribbelt mir in den Fingern. Alles in mir sehnt sich danach, sie zu berühren. Die Konturen ihres Gesichtes nachzuzeichnen. Ihre Lippen zu schmecken. Ihr so nah zu sein, wie ich es in Brighton war. Jede beschissene Zelle in mir möchte nichts sehnlicher als das. Also wende ich den Blick ab. Flüstere ihren Namen, um sicherzugehen, ob sie wirklich schläft. Sie antwortet nicht, und es kostet mich all meine Überwindung, aufzustehen. Ich möchte hierbleiben, bei ihr, bis sie wieder aufwacht. Doch stattdessen gehe ich rüber zu ihrem Schreibtisch, bedacht darauf, keinen Mucks von mir zu geben.

Eins. Zwei. Drei. Vier. Ich zähle die Sukkulenten und Kakteen, bis ich bei zweiunddreißig angekommen bin. Verteilt auf drei Wandregalen über dem Tisch und in den unterschiedlichsten kleinen Töpfen. Bis auf Bücher, eine Tastatur, eine Maus, eine noch recht kleine Calathea und zwei Ableger einer Monstera liegt nichts auf dem großen Schreibtisch. Keine Stifte und auch keine Notizblöcke. Nichts, womit ich ihr eine Nachricht hinterlassen könnte.

Mein Blick fällt auf den kleinen Schubladenschrank direkt unter der Tischplatte. Zögernd erfassen meine Finger den hölzernen Knauf, und ich ziehe die Schublade auf. Gerade als ich in der hinteren Ecke Post-its entdecke, fällt mir plötzlich ein geöffnetes Notizbuch ins Auge.

Yeonjun-To-do-Liste

- ☑ Südkorea googeln
- ☑ Seine Heimatstadt Busan googeln
- ☑ Mir das Meer von ihm zeigen lassen
- ☐ Mit ihm die ganze Karte des YORI durchprobieren
- ☑ Vor ihm Geige spielen
- ☑ Ihn *Time* von Hans Zimmer spielen hören

☑ Einen Ausflug mit ihm machen
☐ Ihm eine Pflanze schenken, die er noch nicht hat
  (fast aussichtslos)
☐ Seine Webtoons ausfindig machen
☑ Den Song *Yellow* so oft hören, bis ich ihn auch mag
☐ Nach Busan reisen (vielleicht gemeinsam?)
☐ Zurück zum Parkdeck und den Mond beobachten
☐ Ein Geburtstagsgeschenk für ihn finden
☐ Ihm sagen, wie wichtig er mir ist
☐ Noch einmal mit ihm feiern gehen
☐ Damit aufhören, mich zu ihm hingezogen zu fühlen
  (Idiotin!)
☐ Ihn beim Zeichnen beobachten
...

Erst als ich leichte Stiche in meinen Wangen verspüre, bemerke ich, dass ich bis über beide Ohren lächle. Sofort klappe ich das Notizbuch zu, als wäre ich es gewesen, der es geöffnet hat. Als hätte ich soeben in ihrer Privatsphäre herumgeschnüffelt. Und vielleicht habe ich das auch ein wenig. Zwar lag die Liste offen lesbar in der Schublade. Trotzdem habe ich nicht das Recht, einfach an ihren Schrank zu gehen und mir dann auch noch ihre Sachen durchzulesen. Ich verdränge den Wunsch danach, die To-do-Liste weiterzulesen. Stattdessen nehme ich mir einen Kugelschreiber und ein Post-it.

Hallo Flummi. Ich wollte dich nicht aufwecken. Bis ganz bald. Y.

Auf Zehenspitzen schleiche ich mich an ihr Bett und klebe den Zettel auf ihren Nachttisch. Ein letztes Mal sehe ich sie an. Die Decke hat sie sich bis hoch ans Kinn gezogen. Die Haarsträhne

liegt immer noch über ihrem Gesicht, und ohne darüber nachzudenken, was ich hier eigentlich tue, strecke ich meinen Arm
aus und schiebe sie ihr hinters Ohr. Meine Fingerspitzen berühren dabei sanft ihre Wange, und diese zarte Berührung reicht aus,
um all die Sehnsucht in mir zu entfachen, die ich immerzu versuche, zu bändigen. Als sie plötzlich im Schlaf lächelt, bleibt mein
Herz stehen, und ich frage mich, was Hope mit mir gemacht hat.
Doch noch bevor ich über eine Antwort nachdenken kann, schleiche ich mich aus ihrem Zimmer, die Treppen hinunter und ziehe
die Haustür hinter mir zu in der Hoffnung, auch die Gefühle hinter mir zu lassen.

Kapitel 24

Hope

Meine Lider fühlen sich an wie Blei, als ich sie öffne. Das Klopfen an meiner Zimmertür hat mich aus meinem Schlaf gerissen. Mein Magen knurrt, und meine Gedanken drehen sich im Kreis. Wo bin ich? Welcher Tag ist heute? Wie spät ist es? Habe ich geschlafen? Die Antwort auf die letzte Frage ist offensichtlich. Und auch, dass ich in meinem Zimmer bin, wird mir schnell bewusst, als ich nach oben in Richtung des Betthimmels schaue. War ich nicht gerade noch mit Yeonjun zusammen?

»Ja?«, rufe ich in den dunklen Raum, und sofort wird die Tür geöffnet. Dad kommt herein und lächelt mich an. Plötzlich erinnere ich mich an alles. Ich bin mit Yeonjun zu mir nach Hause, er hat Dad kennengelernt, und wir wollten den Anime zu Ende anschauen, während Dad mit Daisy Eis essen gehen wollte.

»Ich dachte, du würdest noch immer schlafen. Wollte nur kurz nach dem Rechten sehen. Als wir wieder nach Hause kamen, hast du bereits geschlafen, und weder ich noch Daisy wollten dich wecken.« Statt Jeans und Shirt trägt er seinen dunkelblauen Pyjama. Seine grauen Haare sehen ein wenig zerzaust aus. Er wird nur durch das hereinfallende Licht aus dem Flur angeleuchtet, doch mir entgehen die Augenringe nicht, die in den letzten Monaten immer öfter wie graue Gewitterwolken unter dem strahlenden Blau seiner Augen hängen. Dad sieht müde aus. Müde vom Leben. Und das bricht mir das Herz.

Er knipst das Licht an, bevor er seine Hand sanft auf meine Schulter legt, während ich dabei bin, mich aufzurichten. Ein Blick auf die Uhr verrät mir, dass es kurz vor Mitternacht ist. »Wie war das Eis?«, frage ich mit kratziger Stimme und räuspere mich kurz.

Er antwortet mit einem knappen »Gut«, bevor er zu gähnen beginnt, und ich frage mich, wieso er um diese Uhrzeit noch wach ist. Kann er nicht schlafen? Hat er sich wieder mit Mum gestritten? Die Fragen liegen mir auf der Zunge. Sie kitzeln wie kleine Ameisen, und doch findet kein Wort seinen Weg nach draußen, und ich weiß einfach nicht, wieso.

Die Wut, die gerade in mir auflodert, richtet sich einzig und allein gegen mich selbst. Ich habe Sachen gesehen, die ich nicht sehen sollte, für die Dad sich vielleicht sogar schämt, und doch weiß ich, dass ich es ansprechen muss. »Dad?« Es sind nur drei Buchstaben, und doch klingt meine Stimme zerbrechlich.

Sein Blick ist warm, die Lippen leicht geschwungen, kleine Fältchen bilden sich um seine Augen herum, und er wartet nur darauf, dass ich weiterspreche.

»Geht es dir gut?« Nach vorne gebeugt sehe ich ihm tief in die Augen, weil ich weiß, dass seine Antwort eine Lüge sein wird. Er wird mir nicht sagen, dass er es nicht mehr aushält, dass er nicht mehr kann oder dass er nicht mehr weiterweiß. Und ich verstehe es sogar. Er möchte mich nicht belasten. Ich kenne dieses Gefühl nur zu gut. Dasselbe empfinde ich bei Daisy.

»Natürlich, mein Schatz. Es war ein langer Tag, und ich bin müde, aber mir geht es gut.« Sein Blick ist leer, dabei gibt er sich wirklich Mühe. Was soll er auch sagen? *Mir geht es scheiße, Hope. Deine Mutter schlägt mich, und ich lasse es über mich ergehen, weil ich nicht*

damit umzugehen weiß und nur noch hoffe, dass sie wieder die Alte wird.
Aber mach dir keine Sorgen.

»Dad. Ich liebe dich. Und es darf auch dir mal nicht gut gehen. Mum und du … ihr …« Ich seufze und schließe für einen Moment die Augen. Versuche, all meinen Mut zusammenzunehmen, und versage kläglich. »Ihr streitet euch oft«, beende ich schließlich meinen Satz und verberge weiterhin, dass ich das volle Ausmaß kenne oder zumindest glaube, es zu kennen.

Ich weine und schließe die Augen. Alles in mir zieht sich zusammen, und mit einem Mal fühle ich mich eingeengt. Das Gewicht auf den Schultern lastet schwer, die Steine im Magen drücken gegen die Bauchdecke, und mein Kopf droht zu explodieren. Ich fühle alles und gleichzeitig nichts, und ich bin mir sicher, dass es Dad nicht anders geht.

Als ich die Augen wieder öffne, hat er mich in seine Arme gezogen, malt mit der Hand Kreise auf meinem Rücken und versucht, mich zu beruhigen. Ich verstehe meine Eltern nicht. Verstehe nicht, wieso Mum ihm so was antut und sie so viel Hass in sich zu tragen scheint, dass sie all ihre Wut an ihm auslassen muss. Verstehe nicht, wieso Dad sich nicht wehrt, wieso er keinen Schlussstrich zieht.

»Es tut mir leid«, flüstert Dad mir ins Haar. »Mach dir keine Sorgen. Streit gehört zu einer Beziehung dazu. Deine Mutter macht eine harte Zeit durch, sie …«

»Das machen wir auch. Wir machen alle eine schwere Zeit durch. Wir haben alle Manon geliebt und verloren.« Meine Worte klingen hart, aber es ist die Wahrheit. Wir leiden alle. Unsere Herzen sind gebrochen, und jedem von uns wurde etwas genommen. Das gibt ihr nicht das Recht, Dad auf diese Art und Weise zu verletzen.

»Ich weiß, mein Schatz. Ich weiß.« Er küsst meinen Scheitel, lässt mich los und wischt mir die Tränen aus dem Gesicht. »Es ist spät. Du solltest dich wieder hinlegen. Mum und Daisy schlafen schon lange. Ich werde jetzt auch ins Bett gehen.« Er wartet nicht, bis ich etwas erwidere, stattdessen steht er auf und will aus dem Zimmer gehen.

»Dad?«

An der Tür bleibt er stehen, seine Hand ruht bereits am Lichtschalter, da dreht er sich noch einmal zu mir um.

»Wenn es nicht mehr geht, dann geht es nicht mehr.« Ich kann nur hoffen, dass er versteht, was ich ihm sagen möchte, weil ich nicht in der Lage dazu bin, es deutlich auszusprechen. Trotzdem soll er wissen, dass ich ihm niemals böse sein würde, sollte er sich von Mum trennen. Der Gedanke daran, dass es nie mehr so wird, wie es einst war, dass wir nie wieder die glückliche Familie sein werden, tut so weh, dass es mich innerlich zerreißt. Doch mitansehen zu müssen und immer Angst haben zu müssen, Daisy könnte es eines Tages auch mitbekommen, tut noch viel mehr weh.

»Alles ist gut, Hope. Schlaf gut«, murmelt er, macht das Licht aus und lässt mich im Dunkeln zurück.

Erst als ich höre, wie er die Schlafzimmertür hinter sich zuzieht, wage ich es, mich zu bewegen, und lasse all den angestauten Tränen freien Lauf. Halte nichts mehr zurück. Meine Unterlippe beginnt zu zittern. Noch vor einem Jahr wäre mir niemals in den Sinn gekommen, auch nur daran zu denken, dass sich meine Eltern scheiden lassen könnten. Zwar ist mir schon unmittelbar nach Manons Tod die Veränderung aufgefallen, und die Streitereien haben sich gehäuft. Doch seit ich weiß, dass Mum handgreiflich geworden ist und Dad es einfach über sich ergehen lässt, wäre ich vielleicht sogar froh, wenn sie sich trennen würden.

Mein Blick fällt auf den Nachttisch neben mir. Dank der Lichterkette über mir kann ich die Nachricht lesen, die mir Yeonjun auf dem Post-it hinterlassen hat, und wie ferngesteuert greife ich nach meinem Handy, um WhatsApp zu öffnen.

Von: Hope
Bist du noch wach?

Wann er wohl gegangen ist? Ich erinnere mich nur noch daran, wie ich ihn darum bat, mir etwas aus seiner Kindheit zu erzählen. Doch seine Antwort ist so hauchdünn wie eine Seifenblase in meinem Gedächtnis. Großartig. Ich bin also direkt eingeschlafen, nachdem er das erste Mal bei mir zu Hause war.

Das Smartphone vibriert in meinen Händen, und als ich seinen Namen auf dem Bildschirm aufleuchten sehe, versiegen die Tränen wie von selbst. Ich wünschte, ich wäre jetzt bei ihm und könnte alles andere vergessen.

Von: Yeonjun
Ja. Du bist also aufgewacht.

Von: Hope
Wieso schläfst du noch nicht? Es ist Sonntagnacht,
sag mir bitte nicht, dass du arbeitest.

Von: Yeonjun
Um es genau zu nehmen, ist es bereits Montag, damit
hat die Arbeitswoche offiziell begonnen. ☺ Aber
keine Sorge. Ich bin zu Hause dann auch
eingeschlafen.

Von: Hope
Habe ich dich geweckt? ☺

Von: Yeonjun
*Eventuell habe ich mich, nachdem ich nach Hause
kam, doch an den Schreibtisch gesetzt, ein wenig
gearbeitet und bin dann mit dem Gesicht auf dem
Tablet eingeschlafen und dementsprechend ganz
froh darüber, dass deine Nachricht mich geweckt hat.*

Die Vorstellung davon, wie er an seinem Schreibtisch einschläft, vermutlich noch mit dem Stift in der Hand, bringt mich zum Schmunzeln. Ich blicke aus dem Fenster in die Finsternis der Nacht und entdecke den Mond. Manchmal scheint er zum Greifen nah, als müsste man nur seinen Arm in Richtung Himmel ausstrecken, und schon könnte man ihn mit der Fingerspitze berühren.

Von: Hope
*Sorry, dass ich eingeschlafen bin, als du hier warst,
und sorry fürs Wecken, auch wenn du ansonsten
morgen früh sicher unheimliche Rückenschmerzen
gehabt hättest.*

Von: Yeonjun
*Dafür brauchst du dich nicht zu entschuldigen.
Hast du schon aus dem Fenster geschaut? Siehst du
den Mond?*

Von: Hope

Ja. Er sieht wunderschön aus. Ich glaube, ich mag den
Halbmond noch viel mehr als den Vollmond.

Von: Yeonjun

Wenn du möchtest, können wir ihn uns gemeinsam
anschauen.

Von: Hope

Über FaceTime?

Von: Yeonjun

Oder in echt.

Es ist mitten in der Nacht. Meine Eltern wüssten nicht, wenn ich das Haus verlassen würde. Und morgen ist Montag. Okay, das ist keine Ausrede. Ich habe Ferien und muss morgen erst ab drei im Cosy Corner arbeiten. Hätte ich ein Auto – oder, besser gesagt, überhaupt erst einmal einen Führerschein –, würde ich sofort zu ihm fahren. Obwohl es keine gute Idee wäre, weil ich am Ende nur in seinen Armen landen würde, und sobald das passiert, sobald er mich in den Arm nimmt, weil er den Schmerz in meinen Augen sieht, möchte ich mehr. Möchte ich alles.

Von: Yeonjun

Ich kann dich mit einem Uber abholen, und wir
können auf das Parkdeck, wo wir schon einmal
waren. Oder zu mir, man kann auch auf das Dach des
Hauses. Natürlich nur, wenn du möchtest. Sich den
Mond zu zweit anzuschauen ist weniger einsam.

Von: Hope
Okay. Ich will dein Dach sehen. Klingel mich auf dem
Handy an, wenn ich rauskommen soll.

Ungefähr dreißig Minuten später tapse ich auch schon die Treppen hinunter. Das Kleid, in dem ich eingeschlafen bin, habe ich gegen eine lockere Jeans und einen dünnen Strickhoodie ausgetauscht. Die Haare habe ich mir rasch zu einem Pferdeschwanz gebunden. Als ich die Haustür öffne, erblicke ich Yeonjun, der vor einem schwarzen Auto steht.

Mit dem Rucksack auf dem Rücken gehe ich auf ihn zu. Ich habe uns eine Decke eingepackt, eine Flasche Rotwein, die ich aus der Küche gestohlen habe, und zwei Cupcakes, die Dad und Daisy nach ihrem Besuch in der Eisdiele mitgebracht haben müssen. Zwar bin ich mir sicher, dass sie nicht mit Kates Cupcakes mithalten können – da sie die Cupcake-und-Muffin-Queen ist –, aber lecker sahen sie trotzdem aus.

»Hi«, wispert Yeonjun in mein Haar, nachdem er mich in eine Umarmung gezogen hat. Seine Nähe. Sein Geruch. Seine Stimme. Alles an ihm lässt mich durchatmen. Als sei ich Rapunzel, und er hat mich aus meinem Turm befreit. Ich fühle mich leicht und vergesse, was mich noch vor einer Stunde bedrückt hat.

»Hast du vor, bei mir zu übernachten?« Er löst sich von mir und schaut mir über die Schulter.

Ich verschränke die Arme vor der Brust und pruste los. »Träum weiter. Ich habe uns nur eine Decke mitgebracht, damit wir nicht auf den kalten Steinen sitzen müssen.« Obwohl ich mich schlagfertig gebe, werde ich nervös, und die Hitze steigt mir zu Kopf. Es würde mich nicht wundern, wenn ich aussehe wie eine Tomate, weshalb ich um das Auto tigere, hinten einsteige und den Uber-Fahrer begrüße.

»Wie lange bist du eigentlich noch geblieben?«

»Hm?« Mit zusammengezogenen Augenbrauen sieht er mich an.

»Nachdem ich eingeschlafen bin.«

Seine Schultern verkrampfen sich kurz, und ein neckisches Schmunzeln erscheint, was seinem Gesicht ein kleines Grübchen entlockt.

»Oje. Deinem Gesichtsausdruck nach zu urteilen, hast du mich noch minutenlang beim Schlafen beobachtet. Was mich mal wieder an Joe Goldberg erinnert.« Auch wenn es schon Monate her ist, muss ich mir jedes Mal ein Lachen verkneifen, wenn ich an unser absurdes Gespräch damals im *Cosy Corner* denke.

»Ob wir das Stalker-Thema jemals begraben können?«

»Wohl eher nicht. Ich werde dich noch in vierzig Jahren daran erinnern, wie das alles mit uns angefangen hat.« Ich drehe den Kopf nach links und blicke aus dem Fenster. »Sollte es vorher nicht enden.« Den letzten Satz sage ich eher zu mir selbst als zu ihm, und doch weiß ich, dass er es auch gehört hat. Anstatt etwas zu erwidern, bemerke ich aus dem Augenwinkel, wie auch er aus dem Fenster schaut, ohne etwas zu sagen. Ohne mir zu versichern, dass wir für immer befreundet bleiben. Aber wie sollte er so was auch sagen können? Keiner von uns weiß, was die Zukunft bereithält.

Ich kann nicht anders und wende mich Yeonjun wieder zu, betrachte sein Profil, mit den Nachtlichtern Londons im Hintergrund. Seinen geraden Nasenrücken, die geschwungenen Lippen, die hohen Wangenknochen und den markanten Kiefer, auf den ich Küsse hauchen möchte und ... Moment, was? Nein. Absolut und total nein. Das will ich nicht. Meine Güte, Hope.

»Wie geht es deiner Mum und ihrem Rücken?«, versuche ich abzulenken.

»Die Rückenprobleme sind unverändert. Sie war vor einer Woche bei der Akupunktur und hat morgen wieder einen Termin. Die letzten Male hat ihr das immer ganz gutgetan. Ich hoffe, dieses Mal auch. Aber abgesehen von den typischen Alterswehwehchen geht es ihr gut. Wir haben gestern gefacetimet, als sie auf der Geburtstagsfeier ihrer Schwester war«, erzählt er mir mit einem Lächeln auf den Lippen. Wie sehr er sich wohl wünscht, er könnte sich einfach ins Auto setzen, um zu seiner Familie zu gelangen?

»Zu altern ist wirklich nicht ohne. Irgendwie macht es mir Angst.«

»Mir auch, Hope. Mir auch.« Der Klang seiner Stimme geht mir unter die Haut und hinterlässt eine Gänsehaut. Der plötzlich harte Ausdruck in seinem Gesicht wird keine Sekunde später wieder weicher. »Ich habe dir übrigens nur höchstens zehn Minuten beim Schlafen zugesehen.«

»Das waren zehn Minuten zu viel.«

»Oder zehn zu wenig. Du sahst nämlich schon ziemlich niedlich aus. Irgendwie wie ... ja, wie Pu der Bär.«

Ich boxe ihm gegen den Oberarm. »Bin ich etwa gelb angelaufen?«

»Nein. Aber du hattest so ein schelmisches Lächeln auf den Lippen. Die Bettdecke hast du dir bis zum Kinn hochgezogen, und irgendwie sah deine Nase noch stupsiger aus als sonst.«

»Weißt du, wie du beim Schlafen aussiehst?«, frage ich ihn und recke das Kinn in die Höhe.

»Wie Bambi?«

Ich schüttle den Kopf.

»Wie Simba?«

Ich schüttle erneut den Kopf.

»Raus mit der Sprache. Wie habe ich ausgesehen, während du

mich scheinbar in Brighton beim Schlafen beobachtet hast?« Sein Grinsen wird von Mal zu Mal breiter.

»Kennst du Pascal aus der Disneyversion von Rapunzel?«

»Das Chamäleon?«

»Genau. Du hast eine verblüffende Ähnlichkeit mit ihm. Wenn ich dich genauer anschaue, dann nicht nur beim Schlafen. Eigentlich immer«, lüge ich. Denn Yeonjun ist weit davon entfernt, wie das grüne Chamäleon aus dem Disneyfilm auszusehen.

Kapitel 25

Hope

Wir gehen durch Yeonjuns Treppenhaus bis hinauf auf das Dach. Mittlerweile ist es ein Uhr, und ich kann nur hoffen, dass Dad entweder eingeschlafen ist oder aber noch meine WhatsApp-Nachricht gelesen hat, in der ich ihm mitgeteilt habe, dass ich zu einer Freundin gegangen bin. Ich weiß nicht, wieso ich nicht einfach *zu einem Freund* gesagt habe, aber irgendein altmodischer Gedanke ließ mich glauben, er wäre dann einen Tick beruhigter. Manchmal vergesse ich, dass ich keine sechzehn mehr bin und tun und lassen kann, was ich möchte.

»Ich bin zum ersten Mal auf dem Dach eines Wohnhauses. Der Ausblick ist nicht übel.« Anders als beim letzten Mal, als wir weiter draußen auf dem Parkdeck waren, ist es hier nicht ganz so dunkel, und man sieht bedeutend mehr Lichter. Trotz der vorangeschrittenen Uhrzeit scheinen nicht nur wir noch wach zu sein. In den Häusern gegenüber ist es in vielen Wohnungen noch hell.

»Weißt du, was ich liebe?«, frage ich ihn und hole meine Decke aus dem Rucksack, den ich an die niedrige Steinmauer gestellt habe.

»Meinen Humor?«

»Nicht ganz, du Witzbold. Nein, ich liebe es, in andere Wohnungen schauen zu können. Okay, wow. Nun bin ich es, die wie eine durchgeknallte Stalkerin rüberkommt. Aber mir geht es gar nicht wirklich darum, die Menschen zu sehen. Ich finde es nur so interessant, zu sehen, was sie an den Wänden hängen haben. Was für einen Einrichtungsstil sie haben. Einfach, wie sie leben. Ich finde es erstaunlich, wie sich jede Person ein eigenes Reich erschafft und dass kein Zuhause einem anderen gleicht.«

Ich breite die weiße Kuscheldecke auf der dicken Mauer des Daches aus. Nachher wird sie eingesaut sein, aber das ist mir egal. Nicht umsonst wurden Waschmaschinen erfunden. Ich war noch nie pingelig. Zum Leidwesen meiner Mutter.

»Ehrlich gesagt finde ich das auch superinteressant. Vor allem wenn ich abends mit dem Bus heimfahre, linse ich immer in die vorbeirauschenden Wohnungen«, gesteht Yeonjun, was mich sofort erleichtert aufatmen lässt. Denn damit habe ich Gewissheit, dass ich nicht die einzige Verrückte bin, die das tut.

Froh darüber, dass die Weinflasche einen Schraubverschluss hat, da ich natürlich nicht an einen Korkenzieher gedacht habe, halte ich sie zwischen meine Hände und präsentiere sie Yeonjun stolz. Wir setzen uns nebeneinander auf die Decke. »Du hast an alles gedacht. Was zauberst du als Nächstes aus deiner Wundertüte?«

»Tatsächlich habe ich da noch einen weiteren Trumpf im Ärmel. Einen kleinen Mitternachtssnack. Entweder einen Cupcake oder einen Muffin. Du hast die Qual der Wahl.«

»Cupcake!«, ruft er wie aus der Pistole geschossen, und ich reiche ihm das süße Gebäck mit Zuckerkrone. Bei dem Anblick läuft mir das Wasser im Mund zusammen. Mit meinem Schokomuffin bin ich aber mindestens genauso glücklich. Innerhalb weniger Minuten – bei Yeonjun waren es vielleicht sogar nur Sekunden – haben wir das Gebäck verschlungen.

Der Mond hängt wie eine Sichel über uns und lässt mich träumen. Von einer heilen Welt, von Liebe und Geborgenheit, und vor allem davon, dass wir uns als Familie erholen. Dass wir irgendwann wieder atmen können, ohne die Ketten zu spüren, die uns allen die Luft abschnüren, seit Manon tot ist. Ich wünsche mir, dass meine Familie wieder lebt.

In Gedanken versunken lege ich meinen Kopf auf Yeonjuns Schulter. Ich spüre, wie er sich kurz unter mir versteift, könnte schwören, er hält den Atem an, bevor er sich wieder entspannt.

»Weißt du, dass du mein Lieblingsmensch bist?« Damit überrumpele ich uns beide. Ihn, weil er nicht damit gerechnet hätte. Mich, weil ich dachte, ich bräuchte mindestens die halbe Flasche Wein intus, um Sachen zu sagen, die ich vielleicht im Nachgang bereuen könnte.

»Du bist eine schamlose Lügnerin, Flummi.«

»Ey! Das ist nicht gelogen.« Ich gebe ihm mit meiner Hand einen kleinen Klaps auf den Oberschenkel und zögere einige Sekunden damit, sie wieder wegzunehmen.

»Du willst mir doch nicht ernsthaft weismachen, dass nicht etwa Daisy dein Lieblingsmensch ist?«

»Familie zählt nicht.«

»Und was ist mit Mora? Sie ist deine beste Freundin.«

Als wüsste ich das nicht. »Mora ist auch Familie.«

»Dann will ich auch Familie sein.« Ich sehe das schelmische Grinsen in seinem Gesicht nicht, aber ich höre es in seinen Worten.

»Immer halblang. Mora kenne ich seit Jaaaahren. Diesen Status musst du dir dann doch noch ein wenig erarbeiten.« *Und ich hoffe, dass du das tun wirst. Dass du auch Jahre bleibst*, füge ich in Gedanken hinzu.

»Okay. Also *nach* deiner Familie und *nach* Mora bin ich dein Lieblingsmensch?«

Ich nicke. »Ja, das bist du.«

»Bevor ich dir sage, dass du auch mein Lieblingsmensch bist. Nach der Familie versteht sich ... darf ich fragen, wieso ich das bin?« Das Spielerische und Neckische in seiner Stimme ist verschwunden. Er klingt ruhig und ernst, als wäre die Antwort auf diese Frage sehr wichtig für ihn.

»Weil du *du* bist. Und weil ich bei dir ich bin. Ergibt das Sinn?«

Es wird ganz still. Irgendwo zwischen meinen immer stärker werdenden Herzschlägen höre ich in der Ferne das Hupen eines Autos. Das Schweigen sollte mich zum Grübeln bringen, ob ich meine Worte richtig gewählt habe, sollte mich daran zweifeln lassen, dass es richtig war, auszusprechen, was ich denke. Doch so ist es nicht, und ich kann mir selber nicht erklären, warum. Vielleicht, weil ich weiß, dass er mich versteht und wir dieselbe Sprache sprechen, dieselben Gefühle teilen.

»Wenn du wüsstest, wie viel Sinn das ergibt, Hope«, erwidert er schließlich und lehnt seinen Kopf auf meinen.

Minutenlang sitzen wir einfach so da. Lehnen uns aneinander und genießen die Stille, den Nachthimmel und die Aussicht auf fremde Wohnungen. Bis ich irgendwann mein Handy raushole und leise *Yellow* von Cenji anmache. »Ein neues Lieblingslied habe ich dank dir übrigens auch.«

»Damals hast du gesagt, dein aktuell liebster Song sei von Lany. Ich glaube, es war *Malibu Nights*. Aber was ist dein All Time Favourite? Ich möchte auch ein neues Lieblingslied haben.«

»*This is Gospel* von Panic! at the Disco.« Da muss ich nicht lange überlegen, wenn es eine Band gibt, die ich immer rauf und runter hören könnte, dann diese.

»Kenn ich. Mag ich. Ist ab jetzt auch mein neuer Lieblingssong.«

Das Lächeln, das ich nun schon seit Minuten auf den Lippen trage, wird noch breiter, und am liebsten würde ich es mir mit einer ordentlichen Portion Vernunft aus dem Gesicht wischen. Denn unsere Gespräche – so belanglos sie auch erscheinen mögen – lassen kleine Flugsaurier in meinem Bauch umherflattern. Schmetterling wären zu harmlos, denn das, was zwischen uns passiert, ist zumindest für mich alles andere als harmlos. Es ist beängstigend, nervenaufreibend und erschreckend zugleich.

Ich löse mich von ihm und fühle mich sofort leer. Doch diese Leere möchte ich nun mit dem Rotwein füllen. Als mir der Geruch des Weines in die Nase steigt, wird mir so schlecht, dass ich die Flasche direkt wieder beiseitestelle. Ich sollte meine Leere nicht mit Alkohol füllen, genau das ist der falsche Gedanke.

»Soll ich dir etwas verraten, das ich noch nie jemandem gesagt habe?«, frage ich Yeonjun.

»Solang du mir keinen Mord gestehst, bin ich für alles offen.«

»Und wenn der Mord gerechtfertigt wäre?«

Er hält inne. Seine Augen weiten sich, und für den Bruchteil einer Sekunde glaube ich, er rechnet wirklich damit, dass ich ihm gestehen möchte, jemanden umgebracht zu haben. Wow. Er guckt zu viele Crime-Dokus. Das wusste ich zwar schon, aber dessen Ausmaß war mir nicht bewusst.

»Keine Sorge, ich verwickle dich in keinen Mordfall«, beruhige ich ihn und stupse ihn mit meiner Schulter leicht an. »Es ist dann doch ein wenig harmloser. Ich liebe Poesie. Texte, die auf den ersten Blick vielleicht gar keinen Sinn ergeben und die man erst beim zweiten oder dritten Mal Lesen versteht. Wortfetzen, die tiefer gehen. Ich lese nicht viel. Außer Fachliteratur zur Musik. Aber in Lyrikbänden verliere ich mich jedes Mal aufs Neue und lese sie mehrmals. Immer dann, wenn ich ein wenig Poesie, ein wenig Ehrlichkeit in meinem Leben brauche.«

»Das ist mindestens genauso brenzlig wie ein Mord.« Er lacht kurz. »Nein, Quatsch. Hast du denn ein Lieblingsgedicht?«

»Nein. Ich könnte mich niemals festlegen. Heute mag ich einen Text und morgen den nächsten. Aber einer ist mir gerade ins Gedächtnis gekommen von Bridgett Devoue.« Die Lichter, die vor wenigen Minuten noch in den Häusern gegenüber brannten, erlöschen langsam und hinterlassen eine Dunkelheit, die sich wie eine warme Decke um uns legt.

Mit geschlossenen Augen denke ich an die Wörter. Die so gut zu uns passen. Zu mir. Zu meinen Gefühlen für Yeonjun. Zu dem, was er in mir auslöst und mit mir macht. »Wir erkennen nie, wie eingefroren wir sind, bis jemand beginnt, unser Eis zu schmelzen.«

Er nickt, als wüsste er genau, was ich sagen möchte.

Zwischen uns steht auf einmal so viel. So viel Unausgesprochenes. So viele Gedanken, Empfindungen und Ängste. Es ist, als würden wir ertrinken. Ertrinken in den Wörtern, die wir nicht wagen auszusprechen.

Doch heute ist mir genau danach: nach Ertrinken, Vergessen, Leben.

Ich schließe die Augen, um keinen Rückzieher zu machen. Ich möchte nichts in seinem Gesicht sehen. Weder Hoffnung noch Zweifel. Ich möchte in diesem Moment, auf einem Dach inmitten von London um halb zwei, nur auf mein Herz hören.

Als meine Lippen seine streifen, halte ich inne. Sanft wie eine Feder berühren wir uns. Sein Atem kitzelt meine Nasenspitze. Unsere Finger suchen sich, berühren sich, während unsere Hände auf der kalten Mauer liegen. Wenn ich eben noch von Flugsauriern gesprochen habe, die in meinem Bauch ihr Unwesen treiben, so sind es jetzt Drachen. Riesengroße, Feuer spuckende Drachen. Er küsst mich, und ich weiß nicht, ob ich falle oder fliege. Ich küsse ihn und bin mir sicher, dass es ihm genauso geht. Der Kuss wird intensiver, stürmischer, hingebungsvoller. Er schmeckt nach einer lauen Sommernacht. Ich rutsche näher an ihn heran, vergesse, dass die Flasche nur wenige Zentimeter neben meinen Füßen steht, und stoße sie um. Vergesse die weiße Decke unter uns. Vergesse, wie schwer Rotweinflecken rausgehen.

Was in Brighton passiert ist, will ich nicht mehr in Brighton lassen. Ich will mich nicht mehr zurückhalten. Ich muss nur wissen, was er möchte, wie er dazu steht. Also lege ich meine Hände auf seine Brust und löse meine Lippen von ihm. Seine dunklen Augen blinzeln mich an.

»Liebst du mich?« Er haucht mir die Worte gegen die Lippen, und ich weiß, wieso er das tut. Wieso er mich ausgerechnet das fragt. Dieselbe Frage habe ich ihm in Brighton gestellt, kurz bevor wir übereinander hergefallen sind, in der Hoffnung, dass er sie verneinen wird. Weil wir beide wissen, dass Liebe alles verkompliziert.

»Nein, tue ich nicht.« Doch ich bin eine schlechte Lügnerin. Ich habe noch nie so für einen Menschen empfunden wie für ihn.

»Was möchtest du?«

»Dich«, antwortet er keine Sekunde später, und ich schwöre, ich weiß nicht mehr, wie man atmet. »Ich habe geglaubt, es würde aufhören. Dass mein Körper sich nicht mehr nach dir sehnt, sobald wir einmal miteinander schlafen.«

»Dreimal«, korrigiere ich ihn und verkneife mir ein Grinsen.

»Okay, also nachdem wir dreimal miteinander schlafen. Aber das funktioniert nicht. Manchmal weiß ich nicht, wie ich in deiner Gegenwart sein soll, ohne deine Nähe spüren zu wollen, und das macht mir ehrlich gesagt eine Heidenangst. Weil ich manchmal glaube, dass wir vielleicht perfekt zusammen wären. Aber ...« Yeonjun senkt den Blick. »Ich könnte dir nicht einmal ansatzweise das geben, was du brauchst. Nicht mehr als Freundschaft.«

»Habe ich jemals gesagt, dass ich mehr als Freundschaft möchte?«

Er schüttelt den Kopf, die Augen noch immer nach unten gerichtet, und als er mich durch seine dunklen Wimpern hindurch plötzlich ansieht, frage ich mich, ob ich nicht vielleicht doch mehr als Freundschaft will. Ob ich nicht vielleicht alles von ihm haben möchte, was er bereit ist, mir zu geben. Doch er macht mir unmissverständlich klar, dass zwischen uns niemals mehr sein wird.

»Hast du nicht, aber du solltest jemanden finden, der dir alles geben kann, weil du alles verdienst. Du solltest dich nicht mit einer Freundschaft Plus zufriedengeben.« Seine Fingerspitzen streifen meine Wange.

»Das, was wir in Brighton hatten, war perfekt. Ich weiß deine Ritterlichkeit zu schätzen, aber ich bin alt genug, um selbst zu entscheiden, was ich möchte und was nicht. Und auf der Was-ich-nicht-möchte-Liste steht ganz oben eine Beziehung, und eine Freundschaft Plus steht nun wohl ganz oben auf meiner Was-ich-möchte-Liste.«

»Oh, Shit«, stöhnt Yeonjun und springt auf. Scheinbar hat er erst jetzt mitbekommen, dass mir die Rotweinflasche umgefallen ist und nun rote Flecken meine weiße Kuscheldecke zieren. Blitzschnell hebt er die Flasche auf, als könnte er damit noch irgendwas retten.

»Kollateralschaden«, sage ich achselzuckend, stehe auch auf und beginne damit, die Decke zusammenzulegen und sie zurück in meinen Rucksack zu stopfen. Mittlerweile hat es sich ganz schön abgekühlt, oder aber die Kälte ist erst jetzt so richtig zu mir durchgedrungen.

Yeonjuns Augen wenden sich keine Sekunde von mir ab. Hier, in dieser Dunkelheit und der Stille, wünsche ich mir, dass ich ihn mein Leben lang ansehen könnte, weil sein Anblick alles in mir zum Leben erweckt.

»Was machst du?«, fragt er mich, während er die Pappverpackung des Muffins und des Cupcakes aufhebt.

»Ich packe meine Sachen zusammen.«

Er macht einen Schritt auf mich zu. »Gehst du nach Hause?«

Ich mache auch einen Schritt auf ihn zu. Wir stehen so nah beieinander, dass ich selbst im Dunkeln die kleinen Muttermale an seinem Wangenknochen und an seinem Kinn sehen kann. »Das kommt ganz darauf an, was du möchtest«, flüstere ich.

Wir zögern beide, weil wir Angst davor haben, etwas zu überstürzen oder, noch viel schlimmer, etwas kaputtzumachen. Aber es wäre eine Schande, dieser Anziehung nicht nachzugeben, diesen Gefühlen keinen Raum zu geben. Und selbst wenn dieses Konstrukt aus Freundschaft und Sex nicht funktioniert, wenn alles keinen Sinn ergibt, wenn wir damit viel aufs Spiel setzen, möchte ich gerade nur eins: glücklich sein.

Seine Mundwinkel zucken kurz, bevor sie nach oben wandern. Ohne seinen Blick von mir zu lassen, greift er mit der linken Hand nach meinem Rucksack, und mit der rechten hält er meine Hand fest und zieht mich hinter sich her.

Durch die Fenster im Treppenhaus dringt nur wenig Licht, weshalb ich nicht mehr als die Umrisse seines Gesichtes sehe, als er nach drei Stufen stehen bleibt und mich mit dem Rücken gegen die Wand drückt.

Alles, was ich spüre, ist die Wärme, die von seinem Körper

und den bebenden Muskeln ausgeht. Er umfasst mit beiden Händen mein Gesicht, während unsere Lippen aufeinandertreffen und sich seine Zunge in meinen Mund drängt. Seine Finger fahren über meinen Hals, an den Seiten meines Oberkörpers entlang, bis er mich an den Oberschenkeln packt und hochhebt. Ich schlinge meine Beine um ihn und wünsche mir nichts sehnlicher, als dass wir bereits in seiner Wohnung wären, ich ihm die Klamotten vom Leib reißen und jeden Zentimeter seiner Haut lieben kann.

Mein Puls dröhnt in meinen Ohren, während wir uns küssen, als sei Atmen nur eine Nebensächlichkeit. Alles, was gerade zählt, ist dieser Kuss. Ich sollte mir jede Sekunde einprägen, denn wer weiß, wie es morgen mit uns aussieht. Wer weiß, wo wir in einer Woche stehen oder in einem Jahr. Doch die Zukunft könnte mir gerade nicht gleichgültiger sein.

Erst als er seine Lippen von meinen löst und mich runterlässt, fällt mir auf, dass wir plötzlich vor seiner Wohnungstür sind.

»Und du bist dir sicher?«, fragt er mich außer Atem und bereits mit dem Schlüssel im Schloss.

»Sicherer könnte ich mir gar nicht sein.« Ich drücke die Tür auf, reiße ihm den Rucksack aus der Hand und werfe ihn in die Ecke, bevor ich ihn am Kragen des Pullis packe und zu mir runterziehe, um dort weiterzumachen, wo wir im Treppenhaus aufgehört haben.

Kapitel 26

Yeonjun

Montag, 12. August

»Ich komme so was von zu spät. Shit«, flucht Hope vor sich hin, während sie noch immer nichts außer mein T-Shirt trägt und vor dem Bett auf und ab läuft. Nachdem wir gestern unsere Freundschaft Plus auf die schönste Art und Weise besiegelt haben, sind wir erst zwischen fünf und sechs Uhr gemeinsam eingeschlafen.

Irgendwann wurde ich von den Sonnenstrahlen in meinem Gesicht geweckt und habe festgestellt, dass Hope in meinen Armen liegt. Kurz habe ich mich gefragt, ob ich einfach abhauen soll. Was natürlich komplett dämlich wäre, wenn ich aus meiner eigenen Wohnung fliehen würde. Doch es hat keine zehn Sekunden gedauert, bis ich gemerkt habe, wie richtig sich alles anfühlt. Sie hat recht mit dem, was sie auf dem Dach zu mir gesagt hat: Das, was in Brighton passiert ist, war perfekt. Und wieso sollte man etwas Perfektes nicht wiederholen?

»Wo ist mein BH?« Ihr Gesicht spricht Bände. Die Augenbrauen zusammengezogen und die Unterlippe vorgeschoben. Verzweifelt fährt sie sich durch die Locken und sieht sich auf dem Boden des Schlafzimmers um. »Ich habe nicht einmal frische Sachen. Wieso haben wir so lang geschlafen? Kate bringt mich um.«

Ein Lächeln legt sich auf meine Lippen. Ich könnte mich an diesen Anblick gewöhnen. Hope in meinem T-Shirt, das ihr viel zu groß ist und ihr fast bis zu den Knien reicht. Die Haare zerzaust von der Nacht und die Lippen noch so rot, als hätten wir erst vor wenigen Augenblicken damit aufgehört, uns zu küssen.

»Das wage ich zu bezweifeln. Kate ist die coolste Chefin, die ich kenne.«

»Wie viele kennst du denn? Zwei?« Hope bückt sich, greift nach etwas, das wie mein grauer Hoodie von gestern aussieht, und wirft ihn mir lachend ins Gesicht. »Ah, da ist er ja«, ruft sie voller Begeisterung und zieht sich dabei das weiße Shirt über den Kopf.

Ich will gerade meinen Hoodie zurückwerfen, als ich in der Bewegung innehalte und jeden Zentimeter ihrer nackten Haut in mich aufsauge. Alles an ihr ist atemberaubend schön. Die kleinen Muttermale, die direkt über ihrer linken Hüfte sitzen und beim genauen Hinsehen gemeinsam ein Herz formen. Die Narbe an ihrem Knie, die sie sich mit sechs Jahren im Schwimmbad zugezogen hat. Ihre braune Mähne, die sie als zu störrisch bezeichnet. Die Sommersprossen in ihrem Gesicht.

Während sie ihre Klamotten nach und nach vom Boden fischt, summt sie den Song *Yellow* vor sich hin, und ich weiß nicht, ob ich gerade träume oder dies die Realität ist. Weil sich alles an diesem Moment zu gut, zu vertraut und zu nah anfühlt.

»Ich habe um acht Feierabend. Holst du mich ab?«

»Willst du nicht mal nach Hause? Ich würde dich natürlich liebend gern sofort wiedersehen, aber nicht, dass sich deine Eltern und Daisy Sorgen machen, wo du die ganze Zeit steckst.«

»Auch wieder wahr. Ich sollte mir auch definitiv was Frisches anziehen nach der Arbeit im *Cosy Corner*.«

»Du kannst danach zu mir kommen«, biete ich ihr an und

richte mich im Bett auf. Ich kann ihren Blick nicht deuten, sie sieht mich einfach nur mit aufeinandergepressten Lippen an. Ob das zu aufdringlich war? Wieso sollte sie plötzlich zwei Nächte hintereinander mit mir verbringen wollen?

Doch dann lächelt sie das schönste Lächeln, das die Welt zu bieten hat. »Sehr gerne.«

Hope

Dienstag, 13. August

Mit der gepackten Tasche über der Schulter stehe ich vor der dunklen Eisentür. Meine Finger schweben über der Klingel. Die Sonne geht am Horizont unter und macht der Dunkelheit Platz. Es ist zehn Uhr, und ich stehe hier zögernd, ob ich klingeln oder einfach umdrehen soll. Nach der Arbeit bin ich nach Hause und direkt unter die Dusche. Danach habe ich mit Dad gesprochen und mich dafür entschuldigt, gestern Nacht das Haus verlassen zu haben und ihn nur per Nachricht darüber informiert zu haben. Seine Reaktion kam etwas unerwartet. Er nahm mich einfach in den Arm mit den Worten: »Du bist erwachsen, Hope. Du bist mir keine Rechenschaft schuldig. Hauptsache, dir geht es gut.«

Um neun habe ich dann Daisy ins Bett gebracht, während Mum noch im Büro war. Manchmal frage ich mich, ob sie wirklich so viel Arbeit hat oder ob sie sich bloß davor drückt, nach Hause zu kommen. Vielleicht fühlt es sich nicht mehr wie ein Zuhause an, seit Manon tot ist. Aber sie muss es wenigstens versuchen. Ihren anderen Kindern zuliebe. Ich weiß nicht, wie lange ich das noch mit ansehen kann. Tagtäglich schaue ich dabei zu, wie die Mauer zwischen ihr und uns immer höher, immer unüberwindbarer wird, und ich kann mir langsam nicht mehr vorstellen, dass es Daisy nicht auch bemerkt.

Ich drücke den Knopf und höre drei Sekunden später den Tür-summer. Im Treppenhaus eile ich nach oben, ich kann es kaum abwarten, Yeonjuns Wohnung zu betreten. Nachdem wir gestern miteinander geschlafen haben, lagen wir noch lange wach, haben uns Nudeln mit Pesto Rosso gemacht und über Pflanzen gespro-chen. Die Nacht war lang. Aber vor allem war sie wunderschön. So schön, dass ich mir wünschte, jede Nacht würde so aussehen. Ich habe mich sicher dabei gefühlt, neben ihm einzuschlafen, und es war unglaublich vertraut, neben ihm aufzuwachen.

Während die Nacht einem wunderschönen Traum glich, war der Tag ein Albtraum. Im *Cosy Corner* war die Hölle los, und auch wenn ich mich freue, wie gut Kates Geschäft läuft, vermisse ich manchmal die ruhigen Tage vom Anfang. Gleichzeitig bin ich aber auch stolz, ein Teil dieses Teams zu sein und von der ersten Sekunde an dabei gewesen zu sein.

»Hi, Flummi.« Yeonjun lehnt sich gegen den Türrahmen. Seine Beine stecken in einer Jogginghose, und er trägt ein weißes T-Shirt. Vielleicht sogar das, was ich mir gestern Nacht zum Schlafen aus seinem Schrank geklaut habe. Die dunklen Haare fallen ihm in die Stirn, und hinter seinem linken Ohr steckt der Stift seines Tablets. Obwohl sein Tag auch voller Arbeit war, sieht er aus wie das blühende Leben.

»Hi«, entgegne ich und lasse mich in seine Arme fallen wie ein nasser Sack. Mir tun die Knochen weh, als sei ich einen Marathon gelaufen, und ich würde gerade nichts lieber tun, als schlafen.

»Müde?«, fragt er und drückt mich noch ein bisschen fester an sich. Ich nicke nur, weil ich den Moment genießen möchte. Die-ses Gefühl von Nach-Hause-Kommen, von Sicherheit und Gebor-genheit.

Plötzlich hebt er mich hoch, trägt mich in die Wohnung und schließt mit dem Fuß die Tür hinter sich. Wie ein Klammeräffchen hänge ich an ihm und bette meinen Kopf auf seiner Schulter. »Ich habe uns Bibimbap bei YORI bestellt«, wispert er in mein Haar. »Wir essen heute im Bett.« Mit geschlossenen Augen beginne ich zu lächeln, weil sich das hier gerade so surreal anfühlt und ich vor Kribbeln im Bauch und purer Freude platzen könnte. Bibimbap, Yeonjun, sein riesiges Bett, irgendein Anime und die Nähe, nach der ich mich, seit ich seine Wohnung verlassen habe, gesehnt habe.

Yeonjun

Mittwoch, 14. August

»Ist die Generalprobe am Freitag?«

»Nein«, antwortet Hope und sieht zu mir auf. Ein Kissen liegt in meinem Schoß und ihr Kopf darauf, während sie ihre Beine langgemacht hat und meinen Laptop auf dem Bauch liegen hat. Wir haben gerade die letzte Folge einer norwegischen Krimiserie beendet, zu der ich sie regelrecht überreden musste. Doch nach der zweiten Folge wollte sie gar nicht mehr aufhören.

Ich greife in die Chipstüte, die neben Hope liegt, und schiebe ihr einen in den Mund. Ihre braunen Locken hängen wild über meinem Arm. »Die Generalprobe findet am Samstag kurz vor der Aufführung statt. Am Freitag haben wir zwei Hauptproben. Ich werde mit meinem Solo den Abend beenden, was mich irgendwie nur noch mehr unter Druck setzt, aber gleichzeitig auch stolz macht.«

Das Blau ihrer Augen ist so klar, dass ich am liebsten darin schwimmen würde. Es erinnert mich an einen azurblauen Ozean. Am meisten strahlen ihre Augen, wenn sie über Musik redet oder über Manon. In letzter Zeit tut sie besonders Letzteres häufig. Seit Sonntag kommt immer wieder die Nervosität durch, die sie verspürt, und sobald das passiert, fängt sie an, von der Vergangenheit zu sprechen. Wie sie schon als kleines Kind zu ihrer großen Schwester aufgesehen hat. Wie sie sich im Alter von zwölf Jahren mit der Küchenschere die Haare geschnitten hat, weil Manon mit einer Kurzhaarfrisur vom Friseur kam. Wie sie die Nacht vor Christmas Eve jedes Jahr aufs Neue heimlich durchgemacht haben und unter der Bettdecke gemeinsam einen Weihnachtsfilm nach dem anderen angesehen haben.

»Du wirst alle verzaubern«, versichere ich ihr und streiche ihr über die Wange, während sie gerade dabei ist, den Laptop zuzuklappen. Mein Blick fällt auf ihre Geige, mit der sie mir vorhin erst ihr selbst komponiertes Stück zum wahrscheinlich hundertsten Mal vorgespielt hat. Jedes Mal glaube ich, dass es gar nicht besser werden kann, dass sie gar nicht besser werden kann. Doch sie übertrifft sich jedes Mal wieder. Hope liebt die Musik nicht nur, sie lebt sie.

Kleine Fältchen graben sich in ihre Stirn. »Alle, außer Mum.«

Ihre Stimme ist mit einem Mal so leise, so zerbrechlich. Ich schiebe meine Hand unter ihre und verschränke unsere Finger ineinander. Es gab schon oft Momente, in denen ich Hope nach ihrer Mutter fragen wollte, und auch dies ist einer. Zwar höre ich immer mal wieder raus, wie angespannt das Verhältnis zwischen den beiden ist, aber den Grund dafür kenne ich nicht. Ich weiß nur, dass es früher anders gewesen sein muss. Ihr Blick ist ein ganz anderer, wenn sie von ihrer Familie in der Vergangenheit – zu fünft – spricht, als in der Gegenwart, in der sie nur noch zu viert sind.

»Es ist okay«, flüstert sie und drückt meine Hand. »Dass sie nicht kommen möchte, tat kurz weh, aber jetzt habe ich mich damit abgefunden. Mir bleibt auch nichts anderes übrig. Dafür bin ich umso glücklicher, dass ihr kommt. Dad, Daisy, Mora und du. Mehr brauche ich nicht.«

Weil wir ihre Lieblingsmenschen sind, denke ich und frage mich gleichzeitig, womit ich das verdient habe? Womit ich jemanden wie Hope in meinem Leben verdient habe? Oder ist es doch kein Segen, sondern eher ein Fluch, weil mir das Universum zeigen möchte, wie schön es sein könnte, wenn da nicht die Angst vor der Zukunft und diese Ungewissheit wären.

Ich wusste, dass diese Freundschaft – dass Hope – gefährlich für mich werden könnte. Ich wusste, dass es ein Leichtes sein würde, Gefühle für sie zu entwickeln. Und ich wusste auch, dass sie mein Leben umkrempeln würde. Trotzdem ist sie das alles wert: all das Chaos in meinem Kopf und in meinem Herzen.

Langsam beuge ich mich über sie und spüre, wie das Kissen in meinem Schoß ein bisschen schwerer wird. Je näher ich ihr komme, umso breiter wird ihr Lächeln. Ihr Herz schlägt wie verrückt unter unseren ineinander verschränkten Händen. Ich küsse ihre Stirn, dann ihre Nasenspitze, und schließlich kopfüber und verkehrt herum ihren Mund.

Hope ist fordernd und kein bisschen zurückhaltend. Sie beißt sanft in meine Unterlippe und lässt mich aufkeuchen.

Jeder Kuss mit ihr fühlt sich wie das reinste Feuerwerk in meinem Körper an. Doch dieser ist anders. Er gleicht der Explosion einer Atombombe. Einschlagend und nicht mehr rückgängig zu machen. Prägend. Für immer.

Falls ich jemals über Hope Bennett hinwegkommen muss, weiß ich schon jetzt, dass es unmöglich sein wird.

Hope

Donnerstag, 15. August

»Hope! Hope! Hope!« Daisy kommt auf mich zugelaufen, eine riesige Sonnenblume in der Hand, deren Blüten beinahe ihr gesamtes Gesicht verdecken. »Schau mal, was Yeonjun mir geschenkt hat.« Mit ihren kleinen Fingern krallt sie sich in den Saum meiner Bluse und zieht an ihr, als würde meine volle Aufmerksamkeit nicht sowieso schon bei ihr sein. Sie schiebt die Sonnenblume beiseite und entblößt ihr Lächeln und damit ihre Zahnlücke, die sie so süß macht, dass ich sie jedes Mal auffressen möchte. Vor ein paar Tagen, als ich nach der Schicht im *Cosy Corner* nach Hause kam, hielt sie mir stolz ihren Milchzahn hin.

»Sie ist wunderschön, oder?«, fragt sie mich genau in dem Moment, als Yeonjun seine Küche betritt. Es ist zwei Uhr, und ich habe Daisy nach meiner Frühschicht im Café von zu Hause abgeholt. Wir sind dann zu dritt ins Kino gegangen und haben uns einen Disneyfilm angeschaut. Ich weiß nicht, wer dabei mehr Tränen verdrückt hat, Daisy oder ich.

»Du bist schöner.« Yeonjun läuft an uns vorbei und strubbelt meiner kleinen Schwester über den Kopf, bevor er zur Küchenzeile rübergeht und das Chaos betrachtet, dass ich in den letzten vierzig Minuten fabriziert habe.

»Könntest du bitte aufhören, dich bei ihr einzuschleimen?«, frage ich ihn und strecke ihm die Zunge entgegen.

»Nein! Nicht aufhören!«, brüllt Daisy und streckt mir die Zunge entgegen, bevor sie sich auf den schwarzen Stuhl vorm Fenster setzt und verträumt die gelben Blätter der Sonnenblume anstarrt.

Es fällt Yeonjun sichtlich schwer, sich das Lachen zu verkneifen, nachdem sich Daisy eindeutig auf seine Seite geschlagen hat. »Ich lasse dich nie wieder in meine Küche. Nie. Wieder.«

»Ich bin doch noch gar nicht fertig.« Es sieht wirklich schlimm aus. Wüsste ich es nicht besser, könnte man meinen, hier hätte ein Komet eingeschlagen. Das Holz der Arbeitsplatte ist kaum mehr zu erkennen, so viel Mehl liegt überall verstreut. Bunte Streusel finden sich hier und da, kleine silberne Kügelchen, und auch der Zuckerguss klebt an der ein oder anderen Stelle, wo er definitiv nicht hingehört.

Mit den Händen in die Hüften gestemmt stehe ich da und betrachte das Chaos. »Okay. Ich würde mich selbst wohl auch nicht mehr in deine Küche lassen«, bringe ich zwischen meinem Lachen hervor. »Aber ich habe dich vorgewarnt. Ich bin weder gut im Kochen noch im Backen, und ob sich dieses Schlachtfeld und das Putzen davon lohnt, werden wir in ...« Ich werfe einen Blick auf die Uhr. »Oh, Shit.«

Mit zwei großen Schritten stehe ich vor dem Ofen und reiße ihn auf. Sofort kommt mir eine Rauchwolke und der Duft von verbranntem Teig entgegen.

»Soll das so riechen?«, fragt Daisy und streut damit nur noch mehr Salz in die Wunde. Dabei habe ich es geahnt: Sobald ich in einer Küche stehe, ist ein Desaster vorprogrammiert. Bisher kam noch nie etwas Gutes dabei heraus, weshalb ich es schon lange aufgegeben habe. Aber Daisy und Yeonjun haben sich nach dem Film Muffins gewünscht. Ich habe beiden versprochen, welche zu machen, und so sind wir ohne Umwege direkt in den nächsten Supermarkt und haben alles Nötige eingekauft.

»Ich glaube, das wird heute nichts mit den Muffins, Daisy. Soll ich uns Pizza bestellen?« Yeonjun lehnt sich mit dem Rücken gegen den Kühlschrank, und ich kann an seinem flehenden Gesichtsausdruck erkennen, dass er nur darauf hofft, dass sie Ja sagt. Was kein Hexenwerk ist. Sie würde zu Pizza nie Nein sagen.

»Jaaaa! Mit Ananas, Ananas, Ananas!«, singt sie vor sich hin und läuft zurück ins Wohnzimmer. Dem lauten Rums nach zu urteilen, hat sie sich auf das Sofa geschmissen. Keine fünf Sekunden später geht auch schon der Fernseher an. Sie fühlt sich hier schon ganz wie zu Hause. Mir ging es nicht anders. Auch ich habe nicht lange gebraucht, um mich in Yeonjuns vier Wänden wohlzufühlen.

Seit Sonntag habe ich jede Nacht bei ihm verbracht. Am Dienstag habe ich mit Dad gesprochen und ihn darum gebeten, sich nicht mit Mum zu streiten, wenn Daisy im Haus ist.

Und so stehe ich hier in Yeonjuns Küche und möchte nirgendwo lieber sein. Er greift nach meinem Handgelenk und zieht mich an sich heran, sodass sich mein Körper an seinen schmiegt. Ich lege den Kopf in den Nacken und lächle ihn an. Wir sagen nichts. Schauen uns nur an. Sekunde um Sekunde. Und mir wird so warm, dass ich kurz Angst bekomme, der Ofen könnte Feuer gefangen haben.

Ich schlinge meine Arme um ihn und fahre mit den Fingern seinen Rücken auf und ab. Langsam kommen sich unsere Lippen näher, bis sein Atem meine Haut kitzelt. »Du siehst viel zu süß aus, mit dem Zuckerguss auf der Wange und dem Mehl in den Haaren«, sagt er und streicht mir übers Gesicht. Vielleicht sollte es mir peinlich sein, dass ich wie eine wandelnde Backmischung aussehe. Ich bin aber gerade zu nichts anderem fähig, als seine Nähe zu genießen. Die Drachen in meinem Bauch sind mittlerweile Dauermieter.

Plötzlich ertönt ein Knall aus dem Wohnzimmer, und wir zucken beide zusammen, nur um uns anschließend blitzschnell voneinander zu lösen, vor lauter Angst, Daisy könnte uns so sehen. »Sorry. Das war nur die Fernbedienung«, ruft sie, und wir atmen erleichtert aus. Für meine Schwester ist Yeonjun nur mein bester Freund. Genau wie für Dad und alle anderen in meinem Umfeld. Selbst Mora weiß noch nichts von dem, was gerade hier passiert – mit Ausnahme der Sache in Brighton. Auch für mich sollte er bloß mein bester Freund sein. Doch er ist mehr. Wir sind mehr.

Was auch immer wir sind und was auch immer zwischen uns ist, es existiert nur in seinen vier Wänden. Seit fünf Tagen und vier Nächten leben wir in einer Scheinwelt und reden uns ein, dass es nichts mit uns macht, nicht unsere Beziehung zueinander verändert. Im Grunde genommen ist es nur eine Frage der Zeit, bis uns die Realität einholen wird.

Yeonjun

Freitag, 15. August

»Appa[5]«, schreie ich in das leere Zimmer meines Vaters, in dem ich ihn gestern noch gesehen habe. Es ist drei Uhr. Die Sonne steht weit oben am Himmel, und draußen ist es brütend heiß. Nach der Schule haben mich meine Beine wie von selbst zum Krankenhaus getragen, weil es die Routine ist, die ich seit Monaten verfolge. Dowon zur Schule bringen. Selbst zur Schule gehen. Vater im Krankenhaus besuchen. Mama zu Hause helfen. Hausaufgaben. Schlafen. Und wieder von vorne. Eine endlose Dauerschleife, die irgendwo zwischen Verzweiflung und Routine feststeckt. Doch das könnte ab heute vorbei sein.

Er hat sich verschluckt, heißt es später, als ich meine Mutter weinend in der Ecke des leeren Zimmers sitzen sehe und ein Arzt zu uns kommt. Verschluckt, erstickt und gestorben. Die Worte des Mannes im weißen Kittel gelangen nur gedämpft an mein Ohr. Viel zu sehr konzentriere ich mich auf das Bett, dessen Laken bereits frisch bezogen wurde, als würde es nur darauf warten, den nächsten Patienten aufzunehmen. Als wäre mein Vater nie da gewesen. Ausradiert und vergessen.

---

5 Appa = 아빠 = Papa

Sechs Wochen vergehen, bis ich das erste Mal weine und nicht mehr damit aufhören kann. Wir haben weitergemacht. Einfach so. Als wäre nichts gewesen. Haben die Familie informiert, uns verabschiedet, bürokratischen Mist erledigt. Wir haben versucht, klarzukommen. Jeder von uns auf seine eigene Art und Weise. Doch schlussendlich kommt niemand von uns klar. Manchmal höre ich den Satz, dass es leichter sei, Abschied zu nehmen, wenn man schon vorher weiß, dass der Abschied naht. Bullshit! Es macht gar nichts leichter. Es macht das Leben zu einer Qual. Plötzlich ist da nur noch Angst. Keine Angst davor, den Mathetest zu versauen oder die Hausaufgaben vergessen zu haben. Denn plötzlich dreht sich alles um Leben und Tod. Um das Hier und Jetzt, aber vor allem um das, was kommen wird. Um die Zukunft, die wie in Stein gemeißelt ist und dein Leben ruiniert. Das Leben deiner Familie ruiniert. Deinen Vater ruiniert.

Mit einem Mal bin ich nicht mehr in meinem Zimmer in Busan. Ich stehe inmitten von London. Um mich herum hupen Autos, Menschen starren auf ihre Handys und laufen aneinander vorbei, als hätten sie vergessen, dass es auch noch eine reale Welt gibt. Und dann ist alles schwarz. Alles. Ich halte mir die Hände vors Gesicht, doch kann nicht einmal ihre Umrisse erkennen. Da ist nichts mehr. Alles löst sich in Luft auf, und was bleibt, ist Leere.

»Yeonjun.« Ich wache auf und liege im Bett. Es ist dunkel, aber nicht einmal ansatzweise so finster wie in meinem Traum. Dem Traum, den ich seit Jahren habe. Er lastet wie ein Fluch auf mir. Verwandelt meine Nächte in Horrorgeschichten.

Erst als Hope mein Gesicht zwischen ihre Hände nimmt und mit den Daumen meine Tränen wegwischt, merke ich, dass ich weinend auf dem Rücken liege. Dabei sollte es mich nicht wundern. So ist es jedes Mal.

»Tut mir leid«, sage ich mit brüchiger Stimme und richte mich im Bett auf. Hope krabbelt unter der Decke hervor und setzt sich direkt vor mich, sodass ich ihrem Blick nicht ausweichen kann, selbst wenn ich wollte. »Du solltest mich nicht so sehen.«

Sie schlingt ihre Arme um meine angewinkelten Beine und legt ihr Kinn auf meinen Knien ab. »Sag so was nicht. Wir haben alle Geschichten, die sich zu Albträumen entwickeln. Ich will alles von dir sehen. Dein Lachen und auch dein Weinen. Und wenn du reden möchtest, dann bin ich da.«

Ein Seufzer verlässt meine Lippen, die sich aber zu einem leichten Lächeln verziehen. Ich beuge mich vor und küsse sie. Unser Kuss schmeckt nach salzigen Tränen. Er schmeckt nach Sorgen, nach Wünschen und nach Hoffnung.

Kapitel 27

Hope

Ein leises Klatschen ist zu hören, als der letzte Ton unserer Generalprobe ausklingt. Das Blasorchester und einige Studierende stehen hinter und auch vor der Bühne und beobachten die letzten Durchläufe. In dreißig Minuten werden die ersten Zuschauer in den Saal gelassen, und in fünfundvierzig Minuten geht es los. Der Auftritt, auf den ich mich seit Wochen freue und vor dem ich seit Wochen Angst habe.

In dem engen schwarzen Kleid, das mir bis zu den Knöcheln reicht, gehe ich hinter den dunkelroten Vorhang und konzentriere mich gerade auf jeden einzelnen Atemzug, als Gabriel auf mich zugelaufen kommt. »Habe ich deine Generalprobe für das Solo verpasst?« Die blonden Locken stehen in Kontrast zu seinem schwarzen Smoking, in dem er wirkt wie der geborene Pianist, der beim Spielen alle Blicke auf sich zieht.

»Ja. Mein Solo habe ich vorhin geprobt, das Streichorchester hatte eben die letzte Probe. Aber dann sind wir wenigstens quitt, während deines Klaviersolos war ich an der frischen Luft. Es war so hektisch hinter der Bühne, weshalb ich gar nicht mitbekommen habe, dass du dran bist«, erkläre ich ihm.

Die Pumps, die ich nur bei Aufführungen trage, drücken an

den Fersen und erinnern mich daran, dass das hier einer der wichtigsten Auftritte meines bisherigen Lebens ist. Mein ganzer Körper steht unter Anspannung, und es wundert mich, wie aufnahmefähig ich noch zu sein scheine. Mein Magen fühlt sich an, als würde er Achterbahn fahren, und auch mein Puls will sich nicht mehr beruhigen, seit ich heute die Bühne betreten habe.

»Geht's dir gut? Du siehst etwas blass aus.« Gabriel legt seine Hand auf meine Schulter und beugt sich zu mir hinunter. »Soll ich dir ein Glas Wasser holen?«

Ich straffe die Schultern und zwinge ein Lächeln auf meine Lippen. »Danke, aber es geht schon. Ich gehe mal in die Ankleide.« Mit schnellen Schritten biege ich um die Ecke und laufe auf die dunkelgrüne Tür zu. Mir ist tatsächlich übel. Das einengende Gefühl in meiner Brust ist nicht mit meinem allerersten Auftritt zu vergleichen. Auch damals war ich nervös, aber das hier nimmt gerade ganz andere Dimensionen an.

Was ist, wenn ich mich verspiele, während meine Familie dabei zusieht, wie ich ein Stück für Manon spiele?

Was ist, wenn mir richtig übel wird und ich gar nicht erst auf die Bühne treten kann?

Was ist, wenn ich auf der Bühne in Tränen ausbreche?

Mit einem lauten Seufzer öffne ich die Tür zur Garderobe. Lisbeth steht vor dem großen Spiegel und ist gerade dabei, sich orangefarbenen Lippenstift aufzutragen. Ihre grünen Augen leuchten durch die Lichter um den Spiegel herum. Mit einer schnellen Kopfbewegung dreht sie sich zu mir um und lässt ihr feuerrotes Haar in der Luft tanzen. Jedes Mal, wenn ich sie sehe, bewundere ich ihre Schönheit. Ihre gesamte Erscheinung ist voller Stärke und Anmut. Sie sieht aus wie eine Superheldin. Fehlt nur noch, dass sie sich eine Pistole ans Bein unter dem schwarzen Kleid geschnürt hat.

»Hope. Du kommst genau richtig. Dein Handy hat gerade aufgeleuchtet. Jemand hat versucht, dich anzurufen.« Sie nimmt das Handy vom Schminktisch, das ich unachtsam dort vergessen habe, und reicht es mir.

»Alles okay?«, fragt sie mich und wendet sich wieder ihrem Spiegelbild zu.

Ich drücke die Tür hinter mir zu und lehne mich mit dem Rücken dagegen. »Lampenfieber«, beantworte ich ihre Frage mit einem einzigen Wort. Dabei stand ich mit Lisbeth schon einige Male auf der Bühne, und ich bin mir ziemlich sicher, dass sie mich so noch nie gesehen hat. Man muss mir die Nervosität echt ansehen können, wenn mich innerhalb kürzester Zeit zwei Leute fragen, ob es mir gut geht.

Auf dem Display meines Handys werden mir zwei entgangene Anrufe von Yeonjun angezeigt. Ich zögere keine Sekunde und rufe zurück, während ich den Raum wieder verlasse und den schmalen Gang entlanglaufe. Am Hinterausgang schnappe ich endlich frische Luft. Eine Gruppe Kommilitonen, von denen ich niemanden namentlich kenne, steht beisammen und raucht.

»Hi, Flummi«, ertönt Yeonjuns Stimme an meinem Ohr, und sofort beruhigt sich mein rasendes Herz, und die Welt, die bis eben noch an mir vorbeigerast ist, dreht sich langsamer.

»Ich habe Angst«, platze ich mit leicht zitternder Stimme sofort heraus. Mit der freien Hand ergreife ich das kalte Geländer und gehe die wenigen Stufen nach unten. Ein lautes Klacken ist mit jedem Schritt meiner Füße, die sich wie ferngesteuert bewegen, auf dem Steinboden zu hören.

»Bist du draußen? Hast du Zeit?«

»Ja, am Hinterausgang. Ich habe noch zwanzig Minuten.« Ein Lächeln schleicht sich auf meine Lippen bei dem Gedanken, ihn vor der Aufführung noch einmal zu sehen. »Wo bist du denn?«

»Im Foyer. Soll ich rauskommen? Ich habe deinen Dad und Daisy getroffen, sie sind aber gerade aufs Klo und werden sich dann wohl langsam zu ihren Plätzen begeben. Ich sitze ja zwei Reihen vor ihnen.«

»Das wäre schön. Warte, ich komme nach vorne«, entgegne ich ihm und haste um das Gebäude herum. Meine Füße taten schon während der ersten Probe weh, und seitdem drücken die Schuhe so sehr, dass jeder Schritt eine Qual ist, und doch vergesse ich in Gedanken an Yeonjun diesen Schmerz vollkommen.

Am Eingang angekommen, stütze ich meine Hände auf den Knien ab und beuge mich prustend nach vorne. Ich atme tief ein und aus. Vielleicht hätte ich ein wenig langsamer machen sollen, oder ich sollte einfach mehr Sport treiben.

Erst als zwei schwarze, frisch polierte Herrenschuhe in meinem Sichtfeld erscheinen, richte ich mich auf und blicke in Yeonjuns warme Augen. Er trägt einen schwarzen Anzug und sieht so verdammt gut aus, dass ich kurz vergesse, wie man atmet. Ruckartig mache ich einen Sprung auf ihn zu und falle ihm in die Arme. Sofort legt er eine Hand an meinen Hinterkopf und fährt mit der anderen beruhigend über meinen Rücken.

»Ich werde es vermasseln, Yeonjun.«

»Nein, wirst du nicht. Ich habe dich das Stück so oft spielen hören, und du hast nie auch nur einen Ton verpatzt, hast jedes Mal ohne Zögern, ohne Fehler, ohne Zweifel gespielt.« Viel zu schnell lässt er mich wieder los, doch in seinem Lächeln und in seinem sanften Blick liegt so viel Verständnis, dass ich mich mit einem Mal nicht mehr allein fühle. »Natürlich ist es heute anders. Es sind mehr Augen auf dich gerichtet, und ich verstehe, dass du nervös bist. Deine Familie wird das Stück hören, das du für Manon geschrieben hast. Grund zur Sorge hätten wir, wenn es dich komplett kaltlassen würde. Diese Komposition bedeutet dir alles.

Du hast so viel Liebe, Zeit und Schmerz reingesteckt. Du bist gut. Ach Quatsch, du bist mehr als gut. Und du wirst strahlen, daran habe ich keinen Zweifel. Sobald du allein auf der Bühne stehst, nur du und deine Geige, dann ist die Nervosität weg, und alles, was bleibt, werden die Gefühle für deine Schwester und die Musik, die dich erfüllt, sein.«

Ich blinzle wie wild die Tränen weg, die sich bei jedem weiteren Wort von ihm gebildet haben. »Hör auf. Sonst ruiniere ich mein Make-up.«

»Du siehst übrigens ...«

»Anders aus?«, falle ich ihm ins Wort. Die Farbe Schwarz hat in meinem Kleiderschrank kaum einen Platz, abgesehen von zwei Jeanshosen.

»Das wollte ich nicht sagen, aber ja, es ist ungewohnt, dich komplett in Schwarz zu sehen.«

»Welche Hope gefällt dir besser? Die bunte oder die dunkle?«
Dass ich so von meinem Lampenfieber abgelenkt bin, nachdem er diese schönen Worte gesagt hat, tut mir gut. Yeonjun hat mich wieder daran erinnert, wieso ich das hier mache. Weil ich die Musik liebe. Und er hat mich auch daran erinnert, dass ich keine Zweifel zu haben brauche. Ich werde Manon, meine Familie und auch mich selbst stolz machen«.

»Mir gefällt jede Hope«, antwortet Yeonjun. Seine Finger streifen leicht mein Dekolleté, als er gerade dabei ist, den Anhänger meiner Kette richtig herum zu drehen. Die Härchen auf meinen Armen stellen sich auf, obwohl mir so warm wird, dass ich am liebsten einen Eimer Eiswasser über meinen Kopf schütten würde.

»Das ist keine zufriedenstellende Antwort«, lüge ich. Denn seine Antwort ist mehr als zufriedenstellend. Sie lässt mein Herz in der Brust hüpfen und die Drachen in meinem Bauch ihre Bahnen kreisen.

»Tja, das tut mir leid, aber eine andere habe ich nicht für dich.« Er schiebt den Ärmel seines schwarzen Jacketts hoch und wirft einen Blick auf seine Armbanduhr. »Musst du nicht langsam rein?«, fragt er mich und dreht das Zifferblatt in meine Richtung.

»Mist! Kann ich dich nicht einfach mitnehmen? Bestimmt drehen meine Nerven gleich wieder durch, sobald wir uns trennen. Die Aufführung mit dem Orchester wird kein Problem. Aber das Solo, mit dem ich das Konzert beende. Ahhh, nein, Hope. Du schaffst das!«, sage ich zu mir selbst.

Yeonjun zieht mich noch einmal in seine Arme. Ich atme so tief ein, dass ich mir sicher bin, seinen frischen Geruch den ganzen Abend in der Nase zu haben. Drücke ihn so fest, dass ich seine Umarmung auch noch dann spüre, wenn ich voller Nervosität auf die Bühne treten werde. »Ich muss jetzt echt los.«

Er lächelt mich zum Abschied an, zeigt das kleine Grübchen in seiner Wange, bevor wir uns voneinander abwenden und jeder in seine Richtung geht.

»Hope?«, ruft er mir hinterher.

»Ja?« Ich blicke über meine Schulter nach hinten. Sehe nur ihn, obwohl er umgeben von Menschen ist.

»Ich bin stolz auf dich!«, schreit er über den ganzen Platz und zieht damit die Aufmerksamkeit auf uns. Sein Grinsen wird immer breiter, bis er mir zuzwinkert und durch den Eingang verschwindet.

Der Applaus für das Blasorchester verstummt. Die Musiker und Musikerinnen treten hinter den Vorhang und verschwinden mit zufriedenen Gesichtern in den hinteren Gängen. Mit meiner Geige in der einen und dem Bogen in der anderen Hand stehe ich einfach nur da. Die Aufführung des Streichorchesters verlief tadellos, und auf der Bühne zu stehen, Daisy, Dad, Mora und Yeonjun im Publikum zu sehen, hat mich so glücklich gemacht, dass ich es kaum abwarten kann, nun mein Solo zu spielen. Es kribbelt in meinen Fingern, und das Adrenalin schießt mir durch die Adern.

Das schlichte schwarze Kleid habe ich vor wenigen Minuten gegen ein Kleid ausgetauscht, das viel mehr zu mir passt. Als ich es vor sechs Monaten in einem Laden sah, wusste ich sofort, dass es Manon gefallen hätte. Sie hätte mich förmlich dazu gezwungen, dieses gelbe Kleid mit den weißen Punkten zu kaufen. Also tat ich es, und seitdem hängt es in meinem Schrank. Bis zuletzt war ich mir unsicher, ob ich es heute tragen würde. Doch so egoistisch das jetzt auch klingen mag: Der Auftritt ist nur für mich und Manon. Säße sie im Publikum, würden ihre Augen vor lauter Tränen glitzern, und ihr Lächeln würde heller strahlen als die Sonne.

Das Kleid geht bis zum Boden. Es hat dünne Träger und einen Herzausschnitt, der zwischen den Brüsten mit einem Knoten zusammengebunden wird. Darunter ist ein kleiner Schlitz, der ein wenig meiner Haut entblößt. Während es oben eng sitzt, wird es von der Taille abwärts etwas lockerer. Mein braunes Haar fällt offen über meinen Rücken.

Ein letztes Mal reibe ich meinen Bogen mit Kolophonium ein. Ich warte fieberhaft auf das Zeichen, dass ich die Bühne betreten kann. Auch wenn ich noch immer nervös bin, fühlt es sich jetzt jedoch ganz anders an. Es ist die Nervosität, nach der ich süchtig bin, die der Grund ist, weshalb ich Musik so sehr liebe. Weil sie so unglaublich viele Gefühle in einem selbst und den Menschen um einen herum auslöst.

Es ist so weit. Der Vorhang öffnet sich, und vor mir erstreckt sich ein Meer aus Köpfen. Die roten Samtsitze, die Lichter, die in hundertfacher Ausführung von der Decke hängen, und die Balkone in den oberen Reihen, die sanft von hinten beleuchtet werden.

Alle sind ruhig. Man könnte eine Stecknadel fallen hören. Der Klang meiner Schritte hallt durch den gesamten Saal. Ich fühle mich wie in einem Tunnel. Bin anwesend, und gleichzeitig habe ich das Gefühl, über mir zu schweben. In den Gesichtern einiger sehe ich eine Mischung aus Staunen und Verwirrung. Genau darüber würde sich Manon so amüsieren. Über die Blicke, die ich durch die Kombination meines sommerlichen Kleides und der Geige in der Hand zugeworfen bekomme.

Vorne angekommen bleibe ich stehen. Mit aufrechter Haltung lege ich die Geige auf mein Schlüsselbein. Bevor ich mit dem Streichen des Bogens die Saiten in Schwingung bringe, nicke ich Daisy und Dad leicht zu. Es tut weh, dass Mum wirklich nicht gekommen ist. Bis zum Schluss hatte ich die Hoffnung, sie würde ihre Meinung noch ändern und ihre Tochter auf der Bühne sehen wollen, während sie mit ihrer Musik ihre verstorbene Schwester ehrt.

Mein Blick bleibt an Yeonjun hängen. Sein Kopf ist leicht nach links geneigt. Auf seinen Lippen zeichnet sich nur der Hauch eines Lächelns ab, und doch beginnt mein Herz zu rasen. Und da weiß ich es plötzlich: Ich bin verliebt. Verliebt in die Art und Weise, wie er mich ansieht, in jede seiner Umarmungen, in die Geborgenheit, die er mir schenkt, in sein Lachen, in seine Stimme. Ich bin in Yeonjun verliebt, und diese Erkenntnis trifft mich wie ein Schlag.

Inmitten meines Chaos war er plötzlich da. Ich habe es so lange geleugnet, dass ich gerade einfach nur erleichtert bin, es mir selbst endlich einzugestehen. Ich habe nie nach der Liebe gesucht, und doch hat sie mich gefunden.

Ich schließe die Augen und konzentriere mich auf das Hier und Jetzt, genieße den ersten lang gezogenen Ton meiner Geige. Schon der erste Klang verrät, dass dieses Stück voller Emotionen und Schmerz steckt. Und obwohl ich die ganze Zeit geglaubt habe, ich würde heute nur für Manon und mich spielen, spiele ich nun für all diejenigen, die jemanden verloren haben. Für alle, die mit ihrer Trauer noch lernen umzugehen, die manchmal die Hoffnung verlieren und nicht wissen, wie das Leben weitergehen soll, wie sich die Erde weiterdrehen kann, obwohl dieser eine Mensch plötzlich fehlt. Ich spiele für jeden, der immerzu kämpft. Dafür, weiterzumachen. Dafür, wieder glücklich zu werden. Dafür, wieder Liebe in sein Leben zu lassen, und dafür, die Person, die man verloren hat, zu vermissen, aber niemals zu vergessen.

Ich erschaffe perfekte Harmonien. Habe nicht einmal mehr die Noten im Kopf, die ich beim Komponieren des Stücks niedergeschrieben habe. Mein Professor sagte mir einst, dass der Klang der Geige die Gefühle eines Menschen wiedergibt, und genau so ist es. Ich fühle alles. Durchlaufe bei jedem Klang eine andere Phase meines Lebens. Erzähle Manons Geschichte, erzähle unsere Geschichte. Ich sehe sie vor mir. Spüre ihre Umarmung und das Band, das uns schon immer verbunden hat. Manchmal hatte ich das Gefühl, dass wir trotz unserer Unterschiede ein und dieselbe Person sind. Dass wir nur gemeinsam funktionieren. Dass wir uns für immer brauchen werden. Und plötzlich gab es kein Für-immer mehr. Nicht einmal mehr ein Morgen.

Manons Tod hat meine Welt verändert, hat sie zum Stillstand gebracht und alles verworfen, was bis dato für mich die Normalität war. Unsere Familie ist seit dem Verlust nicht mehr dieselbe, und jetzt, hier in diesem Moment auf der Bühne, wird mir klar, dass wir nie wieder zurückfinden werden. Sosehr mich diese Gewissheit auch zerreißt, noch viel mehr möchte ich stark sein. Für Daisy. Ich kann nicht mehr mit der Angst leben, dass sie die Streitereien zwischen Mum und Dad mitbekommt und es noch schlimmer werden könnte.

Während ich am Ende des Stückes angekommen bin und die letzten zarten Klänge spiele, laufen mir die Tränen übers Gesicht.

»Ich vermisse dich«, flüstert Manon, und auch wenn ich weiß, dass es nicht echt ist, dass sie nicht wirklich neben mir steht und mit mir spricht, fühlt es sich so real an. Mein ganzer Körper wird von einer Gänsehaut überzogen. »Du musst nicht der Klebstoff sein, der die Familie zusammenhält, Hope. Du sollst leben! Ich will, dass du lebst. In vollen Zügen. Steh zu deinen Gefühlen und deinen Ängsten. Sei nicht mehr still. Befrei dich aus dem Käfig, der dich gefangen hält. Lebe.«

Als ich die Augen wieder öffne, ist sie fort. Mein Bogen streicht das letzte Mal über die Saiten. Die Musik verstummt mit einem letzten Echo im Saal, und als tosender Applaus zu mir durchdringt, steht mein Entschluss fest: Ich werde das nicht mehr hinnehmen. Ich werde nicht mehr meinen Mund halten, weil ich glaube, mich nicht in die Beziehung meiner Eltern einmischen zu dürfen. Weil ich glaube, sie sind erwachsen und kriegen ihre Probleme selbst in den Griff. Denn wenn ihre Beziehung mein Leben und das von Daisy ruiniert, dann habe ich jedes Recht dazu.

Kapitel 28

Yeonjun

»Du warst phänomenal. Ich konnte gar nicht mehr aufhören zu heulen. Ernsthaft!« Mora hält Hopes Hand und schüttelt so sehr an ihrem Arm, dass ich mir Sorgen mache, sie könnte ihr ihn gleich auskugeln. Wir kommen gerade von der Tanzfläche, auf der wir uns allesamt die Füße wund getanzt haben. Hope so befreit zu sehen, mit ihren Freundinnen lachend, hat mein Herz höherschlagen lassen. Am liebsten hätte ich mich in irgendeine Ecke gestellt und sie dabei beobachtet, wie sie sich zum Takt der Musik bewegt und glücklich ist. Doch es verging kaum eine Sekunde, in der sie nicht meine Nähe gesucht hat.

Hope möchte auf die Worte ihrer besten Freundin gerade etwas erwidern, als sie plötzlich Schluckauf bekommt und sich kichernd die Hand vor den Mund hält. Vereinzelnd kleben Strähnen ihrer braunen Locken an ihrer Stirn, und ihre Wangen sind kirschrot. Noch vor wenigen Stunden trug sie auf der Bühne ein schwarzes Kleid, bei ihrem Soloauftritt ein langes gelbes und nun ein kurzes gelbes. Und obwohl sie in Gelb immer strahlt, sieht sie am schönsten aus, wenn sie ihre Geige in den Händen hält und sich der Musik hingibt.

»Ich konnte es auch nicht. Also aufhören zu weinen, meine

ich. Irgendwann konnte ich euch vor lauter Tränen nicht mehr im Publikum sehen.« Hope lallt und ist trotz der Menge an Alkohol, die sie heute Abend getrunken hat, noch erstaunlich gut in der Lage, vollständige Sätze zu formen. Etwas, das man von Moras Mitbewohnerin Caroline nicht behaupten kann. Seit einer Stunde kommt nur noch Wörtergulasch aus ihrem Mund.

In der Zeit, in der ich zwei Drinks getrunken habe, haben sich die Mädels mindestens jeweils vier Cocktails gegönnt. Als Hope mich gefragt hat, ob ich mit ihr, Mora und ihren Mitbewohnerinnen in einen Club kommen möchte, um den Tag zu feiern, musste ich nicht lange überlegen. Vermutlich würde ich ihr überallhin folgen, einfach nur, um bei ihr sein zu können.

Die Musik dröhnt laut aus den Boxen, und während die Meute weiterhin zur Musik tanzt, bahnen wir uns unseren Weg in Richtung der Sofas. Der *Pretty Place Club* sieht aus wie eine riesige Lagerhalle mit Stahlträgern und Rohren an den Decken. Die Wände sind aus roten Backsteinen. Inmitten der Halle befindet sich die Tanzfläche, und an den Seiten stehen unzählige braune Ledersofas. An den Wänden hängen verschiedene Neonschilder mit Sprüchen wie *Let's get drunk and tell each other everything we are afraid to say sober.* Ich war schon das ein oder andere Mal hier, als ich noch öfter feiern gegangen bin.

»Wärst du mir böse, wenn ich schon nach Hause fahren würde? Die Müdigkeit überrollt mich gerade«, gesteht Hope und lehnt dabei ihre Stirn gegen Moras Schulter. Hopes Kette mit dem Notenschlüsselanhänger baumelt in der Luft hin und her.

»Das kommt darauf an, ob du allein nach Hause gehst oder der feine Herr dich sicher abliefert.« Mora zwinkert mir zu, als würde hinter ihren Worten eine geheime Botschaft stecken, die nur ich verstehen kann. Wenn Hope jemandem von unserer Freundschaft Plus erzählt hat, dann ihr. Ich hoffe, sie glaubt nicht, dass ich mit ihr in diesem Zustand irgendwas anderes anstellen werde, als sie heil nach Hause zu bringen.

»Ich kann dir nicht versprechen, dass er mich bei mir zu Hause abliefert, aber ich wäre auch mit seinem Bett zufrieden.« Die Freundinnen beginnen zu lachen, bevor sie sich voneinander mit einer engen Umarmung verabschieden.

Draußen angekommen bleibt Hope mitten auf dem Gehweg stehen, hält mich am Ärmel meines Sweatshirts fest und zwingt mich damit, auch stehen zu bleiben. Ich drehe mich zu ihr um, sehe, wie sie mit dem gelben Kleid um die Wette strahlt, kurz bevor sie mir in die Arme fällt und mich so fest drückt, dass mir kurz der Atem wegbleibt. Vielleicht aber auch nur, weil ihr Haar trotz der stickigen Luft im Club noch fruchtig riecht. Noch immer nach Hope. Noch immer vertraut.

Obwohl ich nicht weiß, womit ich diese plötzliche Umarmung verdient habe, nehme ich alles, was ich kriegen kann. Jeden Moment. Ich schließe die Augen, während ich mein Kinn auf ihrem Scheitel ablege und der Verkehrslärm um uns herum für mich ganz leise wird. So leise, dass ich mein verräterisches Herz laut klopfen hören kann und Angst bekomme, Hope könnte es auch hören.

Ihre Finger krallen sich an den Seiten in den Stoff meines Sweaters, und sie drückt mich leicht von sich weg, um mir in die Augen zu sehen. Sie blinzelt wie in Zeitlupe, die Laterne neben uns wirft einen Schatten ihrer Wimpern auf ihre Wange. Ich würde gerade nichts lieber tun, als jeden Zentimeter ihrer Haut zu küssen. Mit meinen Lippen ihre Sommersprossen nachzufahren und mit meinen Fingern eine Gänsehaut auf ihr zu hinterlassen.

»Habe ich schon Danke gesagt?«

»Wofür genau?«, hake ich nach.

»Einfach alles. Ohne dich hätte ich das heute nicht geschafft.

Ich säße vermutlich mit einem Nervenzusammenbruch in irgendeiner Ecke. Aber du warst da. Du bist irgendwie immer da. Und dafür bin ich so dankbar, dass es keine Worte gibt, die dies zum Ausdruck bringen könnten.« Sie sieht so niedlich aus, und ich kann nicht anders, als ihr auf beiden Seiten mit Daumen und Zeigefinger in die Wangen zu kneifen. Ihre Haut ist so weich wie Seide.

Doch anstatt dass ihr Lächeln breiter wird, gefriert es, und ihre Augen beginnen zu schimmern. Sie füllen sich mit Tränen, und erst als die erste über ihre Wange gleitet, ziehe ich meine Hände zurück. »Was ist los?«

Hope wischt sich mit dem Handrücken übers Gesicht und schnieft. »Nichts. Das ist der blöde Alkohol. Der macht mich sentimental.« Ihre Füße setzen sich wieder in Bewegung, und ich folge ihr, nicht sicher, was ich dazu sagen soll. *Ob* ich etwas dazu sagen soll. Ich habe das Gefühl, dass es nur das Falsche sein könnte. Und trotzdem hört mein Mund nicht auf mich und öffnet sich wie von selbst.

»Weißt du, wofür ich dir dankbar bin?« Mit nur wenigen Schritten hole ich sie ein und lege meinen Arm um ihre Schulter, während wir die Straße entlanglaufen. Der Club ist nicht weit von Hopes Haus entfernt, was mich gerade nicht glücklich macht. Denn das bedeutet, mir bleiben nur noch wenige Minuten, bis ich mich von ihr verabschieden und allein nach Hause gehen muss.

»Weiß nicht, ob ich es wissen möchte. Am Ende kann ich schon wieder nicht aufhören, zu heulen wie ein Schlosshund.« Hope sieht von der Seite zu mir auf, und obwohl ich am Klang ihrer Stimme erkenne, dass sie Spaß macht, höre ich auch einen Funken Wahrheit heraus.

»Okay, dann behalte ich es für mich oder sage es dir, sobald du wieder nüchtern bist«, entgegne ich ihr und grinse vor mich hin, als sie anfängt, zu schmollen und mir in die Seite zu boxen.

»Los. Sag es. Ich halte es aus. Ich bin stark. Schau.« Sie löst sich von mir und hält ihren Arm wie ein Bodybuilder in die Luft. »Siehst du diese Muskeln?«

»Ich wusste gar nicht, dass Emotionalität etwas mit Armmuskeln zu tun hat.«

Nickend legt sie sich die Hand aufs Herz. »Mein Herz ist auch stark. Wofür bist du mir dankbar? Für meinen unschlagbaren Humor oder ...« Sie beugt sich zu mir. »Für den unvergesslichen Sex«, flüstert sie mir ins Ohr, bevor sie zu kichern beginnt. Ihre Direktheit hinterlässt eine Gänsehaut auf meinen Armen. Bilder schießen mir durch den Kopf. Nackte Haut. Hope und ich in meinem Bett. Hope und ich auf meinem Schreibtisch. Hope und ich auf dem Sofa. Hope und ich unter der Dusche.

Ich versuche, sie zu verdrängen, und bleibe stehen. »Am meisten bin ich dir dafür dankbar, dass du in mein Leben getreten bist. Ehrlich. Du hast mich in den letzten Monaten verändert. Nachhaltig verändert. Du hast mir gezeigt, dass das Leben nicht nur aus Arbeit besteht und dass ... dass ich es nicht verlernt habe, Spaß zu haben. In jeglicher Hinsicht. Ohne dich wäre mein Leben grau.«

»Welche Farbe hat es jetzt?«, fragt sie mich, und ihre Augen füllen sich erneut mit Tränen.

Ich zeige auf ihr Kleid. »Ist das nicht offensichtlich?«

»Gelb. Wie dein Lieblingssong.«

Wir lächeln uns an.

Kein Grinsen.

Kein Schmunzeln.

Kein Strahlen.

Ein einfaches, sanftes, aber dafür ehrliches Lächeln.

Hopes Finger finden meine. Die Tränen, die sie nicht freilässt, sammeln sich in ihren Augen und lassen sie noch blauer erscheinen. In ihnen spiegelt sich ein Sturm, der über der Meeresdecke aufzieht. Sie steht plötzlich unmittelbar vor mir. Legt ihre Stirn gegen meine Brust und atmet hörbar aus.

»Ich bin zu betrunken für diese Unterhaltung«, wispert sie, bevor sie sich auf die Zehenspitzen stellt und ihre Lippen auf meine legt. In dem Moment bleibt die Welt um mich herum stehen. Mit geneigtem Kopf vertiefe ich den Kuss, lege meine Arme um sie und vergesse, wo wir sind. Vergesse, dass wir nicht in meiner Wohnung sind. Vergesse, dass wir abgemacht haben, außerhalb davon nichts dergleichen zu tun. Doch um mich von ihr zu lösen, fehlt mir die Kraft oder auch der Wille. Viel zu sehr genieße ich ihre weichen Lippen und den Geschmack ihrer Zunge. Mein Herz fährt Achterbahn.

Hope zieht mich eng an sich. Wir küssen uns, als wäre es das erste und gleichzeitig letzte Mal. Als wäre es eine Begrüßung und ein Abschied. Ein Ja und ein Nein. Alles um uns herum dreht sich, und ich fühle mich, als würde ich schweben, und so lebendig wie nie zuvor. Und die Gewissheit, dass das Leben ein Ablaufdatum hat, schmerzt umso mehr.

Manchmal wünschte ich, wir wären nicht wir. Genau das hier ist solch ein Moment. Ich wünschte, wir hätten keine Angst vor mehr. Keine Bedenken. Keine Zweifel. Nichts, was uns zurückhält.

Ein weit entferntes Hupen holt uns beide in die Realität zurück. Wir lösen uns so blitzschnell, als hätten wir uns aneinander verbrannt. Mit den Fingerspitzen fährt sie sich über die leicht geschwollenen Lippen. »Tut mir leid. Das wollte ich nicht.«

»Es war nicht das erste Mal, dass wir uns küssen, Hope. Du musst dich dafür nicht entschuldigen.«

»Und trotzdem ist ...« Ihre restlichen Worte trägt der Wind davon, als sie sich umdreht und weitergeht. Ich wage es nicht, sie zu fragen, was sie eben gesagt hat. Ich möchte nicht wissen, was das Trotzdem ist.

Minutenlang laufen wir schweigend nebeneinanderher. Während ich eben noch meinen Arm beim Gehen um sie gelegt habe, liegt nun mindestens ein halber Meter zwischen uns. Keiner wagt es, näher an den anderen heranzutreten. Stattdessen halten wir die Distanz zueinander. Wir sind fast vor Hopes Elternhaus angekommen, als sie plötzlich einfach stehen bleibt und mich am Ärmel meines Sweaters packt, um auch mich zu stoppen.

»Hör zu. Vielleicht erinnere ich mich morgen nicht mehr daran, wenn ich mit einem mordsmäßigen Kater aufwache und es bereue, auch nur einen Tropfen Alkohol getrunken zu haben. Aber ich kann nicht mehr, Yeonjun.« Sie fährt mit den Händen durch ihr Haar. Das Licht aus dem Schaufenster eines Juweliers fällt ihr ins Gesicht und lässt mich jede noch so kleine Gefühlsregung darin erkennen. Ihre Pupillen weiten sich, ihre Augenbrauen ziehen sich leicht nach oben, und sie beißt sich auf die Unterlippe.

»Was kannst du nicht mehr?«, frage ich, nicht sicher, ob ich für eine Antwort bereit bin.

»Alles für mich zu behalten. Diese Gefühle. Dieses unersättliche Verlangen. Die Worte, die ich gerne rausschreien würde, weil sie sich wie Säure in meine Zunge ätzen, je länger ich sie für mich behalte.« Sie legt den Kopf in den Nacken und schließt die Augen.

»Hope ...« Noch bevor ich weitersprechen kann, liegen ihre Finger auf meinen Lippen und hindern mich daran.

»Ich weiß, was du sagen möchtest. *Hope, wir sollten das nicht tun. Wir sollten keine selbst gesetzte Grenze überschreiten. Wir sollten unsere Freundschaft nicht aufs Spiel setzen.* Bla, bla, bla. Und ich gebe dir recht. Wirklich, ich sehe es genauso. Aber wenigstens ein Mal muss ich alles rauslassen. Und morgen tun wir wieder so, als wäre nie etwas passiert. Okay?« Sie nimmt langsam ihren Arm runter und gibt meine Lippen frei.

»Okay«, flüstere ich. Mein Kopf ist leer. So, so leer. Da ist nur Angst. Angst davor, was sie mir sagen möchte. Angst vor ihren Gefühlen. Und vor meinen eigenen.

»Ich war noch nie verliebt. Aber mich in dich zu verlieben war einfach. So erschreckend einfach. Als hätte ich einmal kurz nicht hingesehen, und dann war es auch schon um mich geschehen. Ich würde es gerne weiterhin leugnen, alles, was ich empfinde, in einen Käfig sperren und es niemals freilassen. Aber um das tun zu können, muss ich es wenigstens ein einziges Mal laut aussprechen.«

Wie erstarrt stehe ich vor ihr. Mir wird schlecht. Heiß. Kalt. Schwindelig. Alles auf einmal. Ihre Worte könnten auch meine sein, weil wir dasselbe füreinander empfinden.

»Es ist nicht nur mein Körper, der sich nach dir sehnt«, fährt sie fort und steht mit gestrafften Schultern da, ohne auch nur für eine Sekunde den Blick von mir abzuwenden. »*Ich* sehne mich nach dir. Nach deiner Stimme, deinen Worten, deinen Blicken, deiner Seele, deinem Herzen.« Hope macht einen Schritt zurück, als würde sie mich genauer betrachten wollen.

»Ich muss es einfach sagen: Ich habe mich in dich verliebt, in alles, was du bist. Trotzdem sollst du wissen, dass ich mir wünsche, dass sich nichts ändert. Ich möchte genau so weitermachen wie bisher. Mehr brauche ich nicht.«

Ich wünschte, ich könnte ihr sagen, was ich für sie empfinde. Könnte so ehrlich sein, wie sie es gerade ist, und ihr sagen, dass ich sie in allem sehe und in allem höre. Dass sie wie die Erde um die Sonne um mich kreist und mich nicht mehr loslässt. Dass ich sie auch nicht mehr loslassen möchte.

Doch all das kann ich nicht sagen. Weil die Wahrheit nicht immer dazu da ist, ausgesprochen zu werden, und sie manchmal im Verborgenen bleiben muss. Weil die Angst vor dem *Was-wäre-wenn* überwiegt. Und ich hasse es. Die Frage nach dem Was-wäre-wenn. Die Aussicht auf mein mögliches, weiteres Leben. Ich hasse alles daran. Aber am meisten, dass ich sie nicht glücklich machen kann. Weil sie mehr verdient als einen besten Freund, in den sie sich verliebt hat, der sich in sie verliebt hat, aber der nicht mit ihr zusammen sein kann, weil er wie in Ketten gelegt lebt.

Hope nimmt meine Hand und zieht mich zu sich. Sie lehnt sich gegen mich, bevor sie ihre Arme um mich legt. »Bitte sag dazu einfach nichts. Das macht es leichter. Schreib mir, wenn du gut zu Hause angekommen bist«, sagt sie, bevor sie sich von mir löst, sich umdreht und hinter ihrer Haustür verschwindet.

Ich brauche noch einige Minuten, um ihre Worte zu verarbeiten und mich aus meiner Starre zu befreien. Es ging alles so schnell. In dem einen Moment machte sie noch Späße, und im nächsten sagte sie mir, sie ist in mich verliebt. Irgendwo in der hintersten Ecke meiner Gedanken flüstert mir eine Stimme zu, dass sie das nur getan hat, weil sie zu viel Alkohol getrunken hat. Dass sie vielleicht tiefe Verbundenheit unter Freunden mit Liebe verwechselt. Doch ich weiß, dass dem nicht so ist. Verdammt, ich weiß es, weil ich es auch fühle. Jedes Mal, wenn wir uns ansehen. Jedes Mal, wenn wir uns küssen. Jedes Mal, wenn wir uns berühren. Wenn ich sie lachen oder weinen sehe, sie wütend oder glücklich ist.

Ich schaue auf das Display meines Handys. Es ist halb vier. In Korea ist es gerade halb zwölf am Mittag. Während ich auf die Bushaltestelle zulaufe, wähle ich Dowons Nummer.

»Hyung[6]. Alles okay? Ist es nicht mitten in der Nacht bei dir?«, fragt mein Bruder, als er am anderen Ende der Welt meinen Anruf entgegennimmt.

»Ich bin am Arsch.«

»Was hast du angestellt?« Seine Stimme klingt vorwurfsvoll und gleichzeitig besorgt.

»Du hattest recht, Dowon.« Mit dem Rücken lehne ich mich an die Bushaltestelle und blicke auf die Anzeige. In weniger als zehn Minuten kommt mein Bus, der noch mehr räumlichen Abstand zwischen Hope und mich bringen wird.

»Ich habe immer recht. Aber mal abgesehen davon, bist du besoffen? Du sprichst in Rätseln. Was ist denn los?« Am anderen Ende der Leitung höre ich einige Jungs brüllen. Wahrscheinlich ist er gerade mit seinen Freunden auf dem Fußballplatz. In solchen Momenten, in denen ich mit ihm reden möchte, wünschte ich mir, ich wäre nur einen Katzensprung von meiner Familie und meiner Heimat entfernt – müsste mich nur ins Auto setzen, um sie zu besuchen.

»Ich bin verliebt. Das Schlimme daran ist, dass Hope auch verliebt ist.«

»Aber nicht in dich?«, unterbricht mich Dowon.

»Doch. Genau das ist ja das Problem.«

»Wo genau liegt da das Problem? Das einzige Problem ist in deinem verkorksten Kopf. Sie liebt dich. Du liebst sie. Ihr seid beste Freunde. Alles perfekte Voraussetzungen, um eine glückliche Beziehung zu führen.«

»Du weißt, ich kann keine Beziehung führen. Abgesehen davon möchte sie das ja auch gar nicht«, erkläre ich ihm.

»Also erstens: Du kannst! Du willst nur nicht. Weil du ein

---

[6] Hyung = 형 = älterer Bruder

Schisser bist. Es tut mir leid, dir das sagen zu müssen, aber es ist so. Hast du so viel Angst vor allem, was kommen könnte, dass du lieber dein restliches Leben ohne Liebe verbringen möchtest? Und zweitens ...« Dowon holt Luft, nachdem er sich in Rage geredet hat. »Zweitens, hat sie ihre Meinung vielleicht geändert. Vielleicht würde sie eine Beziehung wollen, wenn du ihr nicht so oft unmissverständlich gesagt hättest, dass du auf gar keinen Fall daran interessiert bist.«

»Ich kann dir nicht einmal widersprechen, weil es stimmt. Seit Vater gestorben ist, habe ich Angst, und ich bewundere dich dafür, dass du sie nie hattest. Ich habe Angst, jemandem genauso wehzutun, jemanden zurückzulassen oder eine Bürde zu sein«, gestehe ich.

»Das verstehe ich durchaus. Aber Hyung?[7]«

»Ja?«

»Es tut mir leid, dass du derjenige von uns bist, der damit nicht umgehen kann. Ich wünschte, ich könnte dir irgendwie helfen. Doch ich kann dir nur eins sagen: Entweder du verschaffst dir Gewissheit, oder du lernst, endlich damit zu leben. Eines solltest du auf jeden Fall nicht mehr tun: weglaufen und das Leben nicht in vollen Zügen genießen. Hat sie dir gerade gestanden, dass sie in dich verliebt ist?«

»Ja, vor wenigen Minuten.«

»Wie hast du dich dabei gefühlt?«

Ich schließe die Augen und sehe ihr Gesicht vor mir. Ihre blauen Augen. Die Sommersprossen. Die wilden Locken. »Erleichtert und glücklich«, antworte ich ihm. Erleichtert darüber, dass sie dasselbe für mich empfindet wie ich für sie. Ja, ich war auch ängstlich, aber noch viel mehr war ich glücklich.

---

7 Hyung = 형 = älterer Bruder

»Da hast du deine Antwort. Also, was willst du tun?«

»Ich werde einen Termin machen«, beschließe ich und starre in den dunklen Nachthimmel.

Kapitel 29

Hope

Der Auftritt ist zwei Tage her. Den gestrigen Sonntag verbrachte ich hauptsächlich in meinem Bett, mit einer Tüte Chips und einer Menge Trash-TV. Anders konnte ich mich nicht davon ablenken, Yeonjun mitten in der Nacht betrunken meine Liebe gestanden zu haben.

Was habe ich mir nur dabei gedacht? Nach dem Auftritt war ich wie elektrisiert, und dieses Gefühl hielt für Stunden an. Ich wollte reinen Tisch machen. Mit ihm und mit meinen Eltern. Wollte auf Manon hören und endlich meinen Mund aufmachen. Doch wenn ich jetzt, an diesem Montagnachmittag so darüber nachdenke, war das vielleicht keine gute Idee. Ihm gesagt zu haben, was ich fühle, könnte alles zwischen uns kompliziert und verkrampft machen. Gestern haben wir nur kurz geschrieben. Er hat gefragt, ob es mir gut geht. Woraufhin ich meine Lüge schon eingeleitet habe und ihm von dem schlimmsten Kater *ever* erzählt habe, dabei hatte ich nur Kopfschmerzen, aber vor allem konnte ich mich an jedes Detail des Abends erinnern. An den Kuss, den ich ihm aufgedrückt habe, weil ich die Distanz zwischen uns nicht mehr ausgehalten habe. An seinen Blick, als ich so brutal ehrlich war. Ich kann gar nicht beschreiben, was ich darin gesehen habe.

Ob es Schock, Mitleid oder Wehmut war. Doch er sah traurig aus, so traurig, dass es wehtat.

Draußen tobt ein Sturm. London hat sich die letzten Tage von seiner besten Seite gezeigt, doch heute regnet es in Strömen. Als ich am Morgen die Frühschicht im *Cosy Corner* übernommen habe, schien noch die Sonne. Zum Feierabend hat es dann so geschüttet, dass Kate mir ihren Regenschirm geliehen hat, da sie sich auf dem Heimweg einen mit Aidan teilen würde.

Mit einer Tasse Tee sitze ich im Schneidersitz auf meinem Bett. Daisy schläft heute bei ihrer besten Freundin und hat sich vor drei Stunden mit einer dicken Umarmung und den Worten, dass ich keine Angst ohne sie zu haben brauche und gut schlafen soll, von mir verabschiedet. Auf ihre eigene Art und Weise passt sie so auf mich auf wie ich auf sie. Vielleicht wäre ich ohne sie schon längst durchgedreht.

Vor mir liegt ein Stapel alter Fotoalben, die ich vorhin aus dem Schrank im Wohnzimmer gekramt und mit nach oben genommen habe. Das erste enthält nur Fotos von meinen Eltern, es zeigt sie in Frankreich bei Mums Familie, wie sie jung und verliebt vor dem Eiffelturm stehen, wie sie auf Mauritius Urlaub machen, wie sie in ihre erste gemeinsame Wohnung ziehen. Das nächste Album beginnt mit Manons Geburt und endet mit meiner.

Plötzlich peitschen Äste gegen mein Fenster, und ich erschrecke kurz, bevor ich meine Aufmerksamkeit wieder auf das Foto vor mir lenke. Es zeigt Manon und mich an dem kleinen Bach, der direkt hinter unserer alten Wohnung lag und an dem wir fast täglich gespielt haben. Ich muss auf dem Foto acht oder neun Jahre alt sein. Wir tragen beide dasselbe blau-weiß gepunktete Kleid. Mum hat unsere Haare zu zwei Flechtzöpfen mit farbigen Schleifen gebunden. An unseren Kleidern klebt Matsch, und unsere Frisuren sind schon ganz verwuschelt.

Als wäre es gestern gewesen, erinnere ich mich daran, wie ich damals unbedingt die gleichen gelben Schleifen wie Manon haben wollte. Am nächsten Tag hat Mum mir rote mitgebracht, weil es keine gelben mehr gab. Ich war so traurig, dass mir Manon eine gelbe von sich gab und eine rote von mir nahm.

Das Lächeln auf meinen Lippen wird immer breiter bei den Gedanken an unsere Kindheit, an das Leben, das wir einst geführt haben, und an das Glück, das wir hatten. Wir wuchsen in einer liebevollen Familie in einer guten Gegend in der Nähe von London auf. Es fehlte uns an nichts und vor allem nicht an Liebe. Wir hatten so viele Privilegien, derer wir uns gar nicht bewusst waren.

Ich stelle den Tee auf meinem Nachttisch ab und lege das Fotoalbum beiseite. In Jogginghose und meinem himmelblauen Lieblingshoodie gehe ich zum Fenster rüber und lasse das Außenrollo hinunter. Sofort wird es etwas ruhiger in meinem Zimmer. Doch die angenehme Stille hält nicht lange an.

Ich zucke zusammen, als die Wohnungstür unten laut ins Schloss fällt. Gestern war es den ganzen Tag ruhig, was vielleicht auch damit zusammenhing, dass Mum nicht zu Hause war. Dad wusste selbst nicht, wo sie war, bis sie am späten Abend heimkam und schweigend ins Bett ging. Sie hat zuletzt am Samstagmorgen mit mir gesprochen, als ich sie ein letztes Mal gefragt habe, ob sie nicht doch zur Aufführung kommen möchte. Das war vor zwei Tagen. Am liebsten würde ich all meine Wut mit Worten zum Ausdruck bringen und ihr sie gegen den Kopf werfen. Doch dazu hatte ich bisher keine Möglichkeit. Als ich heute Morgen ins *Cosy Corner* ging, war sie bereits in ihrer Agentur.

Ich schiebe mein Handy in die Hosentasche und öffne die Zimmertür. Mums Stimme lässt mich jedoch innehalten. »Wie oft muss ich es dir noch sagen? Du sollst bei so einem Wetter die Garagentür zumachen! Was kriegst du überhaupt hin?«

»Dir auch einen guten Tag, Aurelle.«

Langsam gehe ich die Treppen nach unten, bis ich Dads Rücken und Mums Arm sehe. Sie knallt ihren Schlüssel mit solch einer Wucht auf die Kommode, dass er mit einem lauten Klirren zu Boden fällt. »Komm mir nicht so. Ich habe die Schnauze voll von dir und deiner stets verständnisvollen und ruhigen Art.«

»Ich frage mich nur, was es bringen soll, schreiend ins Haus zu kommen. Du kannst mir das genauso gut auch ruhig sagen.«

Mum macht einen Schritt auf Dad zu, und nun sehe ich ihr Gesicht. Es ist voller Wut. Die Augenbrauen zusammengezogen, Falten auf der Stirn, der Mund zu einem Strich verzogen, und die Hände ballt sie zu Fäusten, als wüsste sie nicht, wohin mit all ihren Emotionen. »Kann ich nicht!«, brüllt sie, greift nach dem Bilderrahmen mit dem Hochzeitsfoto auf der Kommode und schmeißt es auf den Fußboden. Das Glas zerspringt in hundert Einzelteile, so wie auch unsere Familie.

Erst als meine Knöchel schmerzen, merke ich, mit was für einem Druck ich das Geländer umfasse. Hunderte Steine liegen schwer in meinem Magen und ziehen mich runter. So weit runter, dass ich am liebsten verschwinden würde. Was wäre, wenn Daisy nicht bei ihrer Freundin wäre? Wenn sie mitbekommen würde, wie Mum die Kontrolle verliert? Es reicht mir. Ich kann und darf nicht mehr wegsehen. Wenn ich nicht für mich selbst den Mund aufmache, dann wenigstens für Daisy.

Ich eile die letzten Stufen hinunter, bis ich vor ihnen stehe. Beide sehen mich aus großen, erstaunten Augen an. »Hope«, flüstert Dad nur und sieht anschließend zu Boden. Ich weiß nicht, ob ich wütend auf ihn bin oder ob er mir leidtut. Wann hat er überhaupt angefangen, sich so sehr vor Mum zu ducken und alles mit sich machen zu lassen? Oder war er schon immer so, und ich habe es nur nie bemerkt?

»Hört auf!«, platzt es mit kratziger Stimme aus mir heraus. »Hope!« Nun ist es Mum, die mich anfährt und dabei ihre Hände in die Hüften stemmt.

»Nein! Es reicht! Seit Monaten, ach was, seit fast zwei Jahren ertrage ich das alles, weil ich immer die Hoffnung hatte, dass ihr euch wieder einkriegt. Dass die Streitereien aufhören.« Ich schaue Mum in die grünen Augen, die mich so sehr an Manon erinnern. »Ich habe gehofft, du würdest zur Vernunft kommen und aufhören, so viel zu trinken. Aufhören, Dad so zu behandeln, und endlich wieder anfangen, uns zu lieben. Habe gehofft, dass unsere Familie wieder zu dem wird, was sie mal war.«

Dad macht einen Schritt auf mich zu, legt seine Hand auf meine Schulter, als könnte das irgendwas wiedergutmachen. »Beruhig dich, es ist alles okay.«

Ich entreiße mich seiner Berührung. »Hier ist gar nichts okay. Was würdest du tun, wenn nicht ich hier stehen würde, sondern Daisy? Wenn sie euch weinend anflehen würde, euch nicht zu streiten, weil sie mitbekommt, wie du dich von Mum herumschubsen lässt, wie sie die Hand gegen dich erhebt.« Ich wende mich wieder Mum zu. Ihre Augen sind feucht. Der Schock steht ihr ins Gesicht geschrieben. »Und was würdest du tun, wenn deine jüngste Tochter, die noch ein Kind ist, dich fragt, wieso du ihrem Vater wehtust? Was sagst du ihr dann?«

Die Worte strömen nur so aus mir heraus. Ich habe so lange so viel unterdrückt, dass ich glaube, nicht mehr aufhören zu können. »Wisst ihr eigentlich, wie sehr ihr mit eurem Verhalten auch mein Leben ruiniert? Dass ich ständig Angst habe, Daisy bei euch allein zu lassen, weil es mal wieder eskalieren könnte? Dass ich nur *deswegen* nicht ausziehe? Die ersten paar Male habe ich geglaubt, es wären Ausrutscher. In Filmen und Serien sieht man häufiger, dass die Frau dem Mann eine Backpfeife gibt, sodass man schon beinahe glauben könnte, es sei vollkommen okay, wenn es von der Frau ausgeht. Aber es ist nicht okay. Jemanden zu verletzen ist niemals okay. Ich habe so oft weggesehen, aber ich kann nicht mehr. Ich kann einfach nicht mehr«, gestehe ich mit zusammengekniffenen Augen und heißen Tränen auf den Wangen.

»Es tut mir leid, Hope. Du solltest das nicht mitbekommen. Deine Mutter ...«

Ich unterbreche Dad, weil ich seine Worte nicht aushalte, weil ich mir sicher bin, dass er Mum gleich in Schutz nehmen wird. »Ich weiß gar nicht, auf wen ich wütender bin. Auf dich, Mum, weil du dich in Alkohol flüchtest und gewalttätig bist, oder auf dich, Dad, weil du es mit dir machen lässt.«

»Was fällt dir ein, dich in unsere Angelegenheiten einzumischen?« Trotz gläserner Augen weicht die Wut nicht aus Mums Gesicht.

»Hier geht es nicht nur um euch zwei, sondern um uns als Familie. Ihr ruiniert nicht nur euer eigenes Leben, sondern auch das eurer Töchter. Seit Manons Tod bist du nicht mehr du selbst. Sie fehlt uns allen, sie hat in uns allen eine Leere hinterlassen. Aber wir haben doch noch uns. Wie kannst du *uns* vergessen? Weißt du, wie sich das anfühlt?« Meine Stimme wird von Wort zu Wort lauter, und auch wenn ich weiß, dass ich durch das Brüllen nicht besser zu ihr durchdringe, muss es einfach raus. Es ist, als würde ich all den Ballast auf meinen Schultern endlich abladen können. »Es fühlt sich an, als hättest du in deinen Augen nur eine Tochter gehabt. Du bringst Daisy nicht mehr zur Schule. Du frühstückst morgens nicht mehr mit uns. Du kommst nicht zu meiner Aufführung. Du redest nicht einmal mehr richtig mit uns. Du strafst uns mit Ablehnung und Ignoranz. Warum? Sind wir dir so scheißegal?«

Ich sehe keinen Funken Verständnis in ihrem Blick. Nur rasende Wut. Sie geht auf mich zu und holt aus. Das Klatschen ihrer flachen Hand auf meiner Haut hallt durch unser Haus. Erst als das Brennen auf meiner Wange einsetzt, realisiere ich, was gerade passiert ist. Mit den Fingern fahre ich über meine Haut, die Berührung tut weh, nicht nur äußerlich. Mein Herz zieht sich zusammen, und mir ist kotzübel.

»Aurelle!«, ruft Dad entsetzt und hält ihren Arm fest, der noch immer in der Luft schwebt, als wäre sie bereit, noch einmal auszuholen, sollte ich auch nur den Mund öffnen.

Schockiert starrt Mum mich aus feuchten Augen an. Als würde das Böse, das sie bis eben noch kontrolliert hat, aus ihrem Bewusstsein weichen. Meine Tränen tropfen auf den Parkettboden, und auch sie beginnt zu weinen. Ohne eine Silbe zu sagen, steige ich in meine Sneaker, greife meinen Schlüssel vom Board und renne aus dem Haus. Mit pochender Wange, schwerem Herzen und verschleierter Sicht laufe ich durch den Regen. Es gibt nur einen einzigen Ort, an den ich jetzt möchte: zu Yeonjun.

Zitternd, komplett durchnässt und noch immer weinend zieht er mich in seine Arme. Ich schluchze und breche noch im Türrahmen zusammen. Er hockt sich vor mich, streicht die nassen Haare aus meinem Gesicht, bevor er es in beide Hände nimmt und mich besorgt ansieht. »Was ist passiert?« Sein Blick bleibt an meiner Wange hängen. Dem Schmerz nach zu urteilen ist sie rot angelaufen.

»Sie … sie hat mir eine Backpfeife gegeben.«

»Wer?«

»Meine Mutter«, antworte ich stotternd. Sie hat ihren Handabdruck auf mir hinterlassen, und auch wenn das Rot verschwinden wird, bleibt der Schmerz für immer. Auch wenn es für andere morgen schon nicht mehr sichtbar sein wird, bleibt es für mich allgegenwärtig.

Keine Ahnung, wie lange ich die Straßen entlanggelaufen bin. Es muss eine halbe Ewigkeit gewesen sein. Zumindest fühlt es sich so an. Alles tut weh, und obwohl Yeonjun nicht gerade um die Ecke wohnt, haben mich meine Füße wie von allein zu ihm geführt, ohne dass ich überhaupt wusste, ob er zu Hause ist.

»Komm, setz dich erst einmal hin. Möchtest du einen Tee oder einen Kakao? Du bist ganz durchnässt.« Er zieht mich hoch und leitet mich mit der Hand auf dem Rücken zu seinem Sofa. »Möchtest du duschen? Dir muss eiskalt sein.«

»Kakao und nein«, antworte ich ihm und ziehe meine Beine eng an meinen Oberkörper, um meine Arme um sie legen zu können.

»Dann zieh wenigstens was Trockenes von mir an. Ich hole dir etwas.« Yeonjun verschwindet im Schlafzimmer und kommt mit einem Handtuch, einer dunklen Jogginghose und einem dicken Strickpullover wieder. Das Handtuch legt er mir auf den Kopf, bevor er beginnt, meine Haare sanft abzutrocknen. Wie in Trance sitze ich einfach nur da, unfähig, mich zu bewegen oder zu sprechen. Viel zu tief sitzt der Schock.

Meine Mutter hat Dad schon oft geschlagen, aber noch nie mich. Hätte sie das auch mit Daisy gemacht? Ich möchte gar nicht daran denken. Mit aufeinandergepressten Zähnen vertreibe ich diesen Gedanken aus meinem Kopf. Habe ich geahnt, dass das Gespräch nicht einfach wird? Ja. Habe ich gedacht, dass es so ausgehen würde? Auf keinen Fall. Ich hatte noch nie Angst vor meiner Mutter. Doch irgendwelche Dämonen scheinen in ihr zu lodern, sodass sie nicht mehr sie selbst ist und die Kontrolle verloren hat.

»Hope? Zieh das an. Ich mache dir einen heißen Kakao.«

Wie ferngesteuert ziehe ich meinen nassen Hoodie über den Kopf und streife mir die eiskalte Hose von den Beinen. Mein Handy fällt aus der Tasche. Der Knall lässt mich kurz zusammenfahren, bevor ich es auf den Couchtisch lege. Ich schlüpfe in Yeonjuns Klamotten, die so sehr nach ihm riechen, dass sich mein Puls langsam beruhigt. Die Bedeutung von Zuhause hat sich für mich verschoben. Von einem Ort zu einer Person. Zu ihm. Mit einer dampfenden Tasse in der einen Hand und einem eingewickelten Kühlpad in der anderen kommt Yeonjun auf mich zu. Als er sich neben mich setzt, legt er mir das kalte Pad an die Wange und reicht mir den Kakao mit einer Haube aus Sahne. Ich umklammere die Tasse mit meinen Fingern und sauge jeden Funken Wärme in mir auf.

»Geht es Daisy gut? Möchtest du mir erzählen, was passiert ist?«

Ich drehe den Kopf zur Seite und blicke in seine dunkelbraunen Augen. Dass er direkt an Daisy gedacht hat, lässt mich beinahe lächeln, wäre die Gesamtsituation nicht so verdammt beschissen. »Sie ist zum Glück bei einer Freundin«, antworte ich und schlürfe am heißen Kakao.

»Irgendwie ist es absurd. Ich wollte nie, dass jemand Mitleid mit mir hat. Nach Manons Tod habe ich die Blicke nicht ertragen, die mir meine Freundinnen, Nachbarn und Verwandte zugeworfen haben. Selbst der Postbote hat mich jedes Mal so angeschaut, als wäre er höchstpersönlich für den Tod meiner Schwester verantwortlich. Vielleicht ist das einer der Gründe, weshalb ich mich niemals jemandem anvertrauen wollte. Vielleicht habe ich mich aber auch dafür geschämt, was bei mir zu Hause los ist. Das auszusprechen, tut weh.«

»Ich weiß, was du meinst. Besonders mit den Blicken. Die Leute glauben, sie schenken einem Trost, wenn sie dir zeigen, dass sie mitfühlen. Aber was man in der Situation braucht, ist kein Trost, denn den gibt es nicht«, erwidert er und spricht mir damit aus der Seele.

»Es ist komisch, ausgerechnet mit dir darüber zu reden.«

»Wieso?«

»Meine Familiensituation ist der Grund, weshalb ich keine Beziehung möchte. Weil mein Leben das reinste Chaos ist, weil meine Familie auseinanderbricht und ich in meinem Leben keinen Platz für solche Gefühle habe. Ich ... ich war noch nie verliebt, aber ich habe mich auch nie bereit dazu gefühlt. Als ich jünger war, gab es für mich nur die Musik. Klar gab es mal die ein oder andere Schwärmerei, aber mehr war das auch nicht. Und als ich älter wurde, als Manon starb, da hat sich alles verändert. Besonders meine Mutter hat sich verändert. Sie ...« Meine Tränen sind noch nicht einmal richtig getrocknet, da tropfen schon die nächsten von meinem Kinn und versickern im Stoff von Yeonjuns Pullover.

»Es fing mit Streitereien an. Sie wurde immer wütender und zog sich von Tag zu Tag mehr zurück. Irgendwann habe ich es dann mitbekommen. Wie ... wie sie meinen Vater geschlagen hat. Es war eine Backpfeife. So fing es an. Doch ihre Wut wurde immer größer, und sie fand ein Ventil im Alkohol. Manchmal weiß ich gar nicht mehr, was genau sie so verändert hat. War es der Verlust oder doch der Alkohol? Jedenfalls wurde es schlimmer. Aus der flachen Hand wurde eine Faust. Aus Gebrüll wurden fliegende Teller und Weinflaschen. Und Dad ... Er lässt alles einfach nur über sich ergehen. Ich weiß nicht, ob er sich jemals gewehrt hat, zumindest habe ich es nie mitbekommen. Wenn Daisy zu Hause war, habe ich mich immer bemüht, dass sie nichts hört oder sieht.«

»Oh, Hope.« Er nimmt mir den mittlerweile fast leeren Ka-

kaobecher aus der Hand und stellt ihn auf den Tisch, bevor er seine Arme ausbreitet und ich in ihnen Zuflucht finde. Sein Körper ist warm, und sein Atem kitzelt meine Stirn. »Du musst damit nicht allein klarkommen. Ich weiß, wie es sich anfühlt, wenn man glaubt, das Bindeglied zu sein, das die Familie zusammenhalten muss. Aber dabei darfst du niemals dich selbst vergessen. Du hast eine beste Freundin, die dir zuhört und hilft, sobald du Hilfe brauchst. Du hast einen besten Freund, mit dem du reden kannst und der immer für dich da ist. Aber es gibt auch noch andere Optionen. So wie du es beschreibst, scheint es kein einmaliger Ausrutscher gewesen zu sein. Zumindest deinem Vater gegenüber nicht.«

»Ich weiß. Es ist nur so schwer, zuzugeben, wenn das eigene Leben zerfällt und man nicht der glückliche Sonnenschein ist, für den einen alle halten. Am Tag der Aufführung habe ich den Entschluss gefasst, meine Eltern anzusprechen. Bis gerade eben wussten sie nicht einmal, dass ich alles mitbekommen habe. Damit, dass unser Gespräch so endet, hätte ich niemals gerechnet. Ich wusste, es würde nicht leicht werden. Aber das? Ich weiß einfach nicht mehr weiter. Ich weiß nicht mehr, wie ich Daisy schützen soll.«

»Hast du mal darüber nachgedacht, eine Beratungsstelle für häusliche Gewalt aufzusuchen oder anzurufen?« Yeonjun streicht mir in gleichmäßigen Bewegungen durch das Haar, was einen beruhigenden Effekt auf mich hat, und langsam weicht auch die Kälte, die vor wenigen Minuten noch in jeder Zelle meines Körpers nagte.

»Nein. Ich hatte mal die Nummer des Hilfetelefons gewählt, aber sobald eine Person am anderen Ende ranging, habe ich wieder aufgelegt. Es kam einfach kein Wort über meine Lippen. Ich wusste nicht, wie ich anfangen soll, was ich sagen soll. Man hört und liest ja immer wieder über Gewalt an Frauen oder Kindern. Aber dass die Frau ihren Mann schlägt, scheint ein noch viel größeres Tabuthema zu sein. Ich habe auch nicht viel dazu im Internet gefunden. Vielleicht war ich deshalb so sprachlos und habe nicht die richtigen Worte gefunden, als man mich am Telefon begrüßt hat und fragte, wie es mir geht«, gestehe ich.

»Sollen wir ein wenig recherchieren? Vielleicht könnten wir auch morgen zu einer Beratungsstelle gehen. Also falls du nicht allein gehen möchtest. Manchmal ist es zu zweit einfacher, sich zu etwas zu überwinden«, sagt er und schaut mich mit einem so zarten Lächeln an, dass beinahe all die negativen Gedanken verblassen.

»Vielleicht. Lass uns morgen darüber reden. Heute möchte ich einfach nur vergessen. Wenigstens für ein paar Stunden.«

Draußen verzieht sich der Sturm, und die Sonne kämpft sich wieder am wolkenverhangenen Himmel durch. Sie strahlt in Yeonjuns Wohnung und lässt alles mit einem Mal heller aussehen.

Er küsst meine Schläfe, und obwohl wir bisher nicht über die Nacht, in der ich ihm betrunken meine Liebe gestanden habe, gesprochen haben, ist es nicht komisch zwischen uns, sondern so vertraut wie immer. Selbst wenn er nicht dasselbe für mich empfindet wie ich für ihn, wird er immer mein Lieblingsmensch bleiben. Ich habe immer Angst davor gehabt, diese Gefühle könnten unsere Freundschaft ruinieren. Und mit meinen Eltern habe ich auch das beste Beispiel dafür, was aus Liebe werden kann. Doch ich bin mir sicher, dass die Verbindung, die Yeonjun und ich haben, sich von nichts und niemandem trennen lässt.

Kapitel 30

Hope

Sonnenstrahlen küssen meine nackten Beine und hinterlassen eine wohlige Wärme auf meiner Haut. Als ich meine Augen öffne und den Arm zur Seite ausstrecke, bemerke ich, dass ich in dem riesigen Boxspringbett ganz allein liege. Auf dem Kopfkissen neben mir liegt ein kleiner Zettel: *Ich bin kurz Frühstück holen* – Y.

Ich muss lächeln und erinnere mich daran, wie ich gestern Abend an Yeonjuns Schulter angelehnt auf dem Sofa eingeschlafen bin, während eine Doku über Tiere im Ozean im Fernsehen lief. Ich bin erst wieder aufgewacht, als ich bemerkt habe, wie er mir unter die Arme und Kniekehlen griff, um mich hochzuheben und ins Bett zu tragen.

Gähnend strecke ich alle viere von mir, bevor ich aufstehe und das Fenster öffne, um ein wenig frische Luft ins Schlafzimmer zu lassen. Mit nackten Füßen und nur in einem Shirt von Yeonjun gekleidet, tapse ich auf dem dunklen Holzboden ins Wohnzimmer. Meine Tasse von gestern und die leere Schokoladenverpackung liegen noch immer auf dem Couchtisch. Nach dem Streit mit meinen Eltern zu ihm zu kommen war die einzig richtige Entscheidung. Nirgendwo sonst fühle ich mich so geborgen. Selbst jetzt, da ich ganz allein in seiner Wohnung bin, fühle ich mich wohl. Ich räume die Überbleibsel von gestern weg und gehe in die Küche, um die Gießkanne zu füllen und die Pflanzen in Yeonjuns Wohnung zu wässern. Zumindest die, die regelmäßig gegossen werden müssen. Spätestens seit meiner Einweisung, bevor er nach Busan geflogen ist, kenne ich seine Pflanzen fast besser als meine eigenen.

Ich bin gerade dabei, die große Strelitzia zu gießen, als sein Telefon plötzlich klingelt und ich in der Bewegung innehalte. Kurz überlege ich, ob ich abnehmen soll, entscheide mich aber doch dagegen. Auch wenn ich mich hier wie zu Hause fühle, ist es immer noch sein Zuhause. Ich sollte mich vielleicht nicht *allzu* wohl hier fühlen. Bei dem Gedanken muss ich kurz kichern.

»Dies ist der Anrufbeantworter von Lee Yeonjun. Bitte hinterlassen Sie eine Nachricht nach dem Signal«, spricht eine weibliche, monotone Stimme aus einer Ecke des Wohnzimmers.

Kurz darauf ertönt das Piepen. »Guten Morgen, Mr Lee. Berrington mein Name aus der Praxis für Humangenetik Dr. Peterson und Kollegen. Ich rufe Sie an, da Sie gestern erneut nicht zu Ihrem Termin um halb vier zur molekulargenetischen Diagnostik erschienen sind. Wie Ihnen bereits vorab schriftlich mitgeteilt wurde, fallen Gebühren an, sobald ein Termin ohne Absage nicht wahrgenommen wird. Leider sind wir dazu gezwungen, Ihnen eine Rechnung zu stellen. Falls es sich um ein Missverständnis handeln sollte, rufen Sie uns gerne zurück. Vielen Dank.«

Die Frau hat so schnell gesprochen, dass ich die Aufnahme am liebsten noch einmal abspielen würde. Humangenetik? Molekular was? Ich habe nur Bahnhof verstanden. Eines hat sich jedoch sofort in mein Gedächtnis gebrannt. Halb vier. Das bedeutet, er hat den Termin meinetwegen verpasst und darf nun Geld dafür blechen, weil ich heulend vor seiner Tür stand.

Super, Hope. Du hast ihm nicht nur all die Probleme deines Lebens auf-

356

geladen, er hat deinetwegen auch noch einen scheinbar wichtigen Termin verpasst.

Ich verdrehe die Augen und gieße die restlichen Pflanzen, bevor ich in die Küche gehe und sowohl den Wasserkocher als auch die Kaffeemaschine anmache. Eine leichte Gänsehaut macht sich auf meiner Haut breit, als ich das Küchenfenster öffne und der Wind durch die Wohnung zieht. Sonnenstrahlen durchfluten den Raum, und das Zwitschern der Vögel ist so laut, dass ich glaube, sie sitzen direkt über dem Fenster.

In der Schublade unter dem Kaffeevollautomaten entdecke ich eine noch geschlossene Packung meines Lieblingstees, Kirsch-Holunder. Er muss es sich gemerkt haben und ihn extra für mich gekauft haben. Für ihn kann er auf keinen Fall sein, da er ihn mal probiert hat und scheußlich fand.

Gerade als der Kaffee dabei ist, in die graue Tasse zu laufen, und ich meinen Tee aufgieße, höre ich, wie die Tür aufgeschlossen wird. »Ich komme wohl genau richtig. Hier riecht es sehr verlockend.« Yeonjun stellt eine Papiertüte mit der Aufschrift *Bakers Finest* auf den Tisch und grinst bis über beide Ohren mehr den Kaffee als mich an.

»Ich wusste nicht, worauf du Lust hast, also habe ich quasi das ganze Sortiment gekauft. Hast du gut geschlafen?«, fragt er mich und holt zwei Teller aus dem Schrank.

Während ich aussehe, als hätte ich in eine Steckdose gefasst, sieht er wie immer zum Anbeißen aus. Ich beobachte ihn dabei, wie er ins Wohnzimmer geht und auf den rot blinkenden Knopf des Anrufbeantworters drückt. Erneut ertönt die Stimme der Arzthelferin. Yeonjuns Schultern verspannen sich sichtlich, bevor er die Arme auf der Kommode abstützt und nach unten blickt. Ganz starr steht er da und lauscht den Worten.

»Möchten Sie diese Aufnahme löschen?«, fragt die mechanische Stimme des Anrufbeantworters und sagt kurz darauf: »Ihre Nachricht wurde gelöscht.«

Er dreht sich um, und in dem Moment, in dem ich sein Gesicht sehe, spüre ich sofort, dass etwas nicht stimmt. Seine Miene ist ernst. So ernst, wie ich sie bisher noch nie gesehen habe.

»Es tut mir leid, dass du meinetwegen den Termin verpasst hast. Ich werde das bezahlen, immerhin ist es meine Schuld«, sage ich schnell und gehe auf ihn zu.

»Nein. Ist schon okay. Ich wollte sowieso nicht hingehen.« Als er mir in die Augen sieht, erkenne ich, wie ausdruckslos sie sind. Er scheint mit den Gedanken weit weg zu sein. Sein Kiefer ist angespannt, und seine ganze Haltung strahlt aus, wie unwohl er sich gerade fühlt. Angst macht sich in mir breit, und ich frage mich, was los ist. Wieso macht er einen Termin, wenn er sowieso nicht hingehen möchte, und wieso sagt er ihn nicht vorher ab, wenn er doch weiß, dass sonst Kosten auf ihn zukommen?

Das Wort Humangenetik kommt mir wieder in den Sinn.

»Yeonjun? Was war das denn für ein Termin?« Meine Stimme ist leise, und alles, was ich höre, ist mein immer nervöser werdender Herzschlag. »Das klang wichtig.«

»War es nicht. Komm. Lass uns essen«, beschwichtigt er mich, während er an mir vorbeigeht und sich an den Küchentisch setzt. Die Sonne scheint ihm direkt ins Gesicht und lässt seine sonst so dunkelbraunen Augen hell leuchten. Ich möchte mich gerade zu ihm setzen, da klingelt plötzlich mein Handy im Schlafzimmer.

»Ich komme gleich. Fang ruhig schon an, bevor dein Kaffee kalt wird.« Mit hastigen Schritten laufe ich rüber ins Schlafzimmer. Auf dem Display leuchtet die Nummer unseres Festnetztelefons auf, und sofort werde ich stutzig. Wahrscheinlich möchten meine Eltern einfach nur wissen, wo ich bin, aber wieso rufen sie mich nicht wie sonst auch mit dem Handy an?

»Hallo?«

»Hope? Hope, wo bist du?« Mir stockt sofort der Atem. Daisys Stimme lässt das Blut in meinen Adern gefrieren. Sie klingt, als würde sie weinen.

»Ich bin bei Yeonjun. Was ist denn los?«

»Papa hat mich von Rosie abgeholt, und seit wir wieder da sind, streiten Mama und Papa. Kannst du nach Hause kommen? Sie sind so laut. Ich hab Angst.« Sie beginnt wieder, zu weinen, und sofort schießen auch mir Tränen in die Augen.

»Ich bin sofort bei dir. Geh in dein Zimmer und hör ein wenig Musik.«

»Okay. Beeil dich.« Sie legt auf. Für ein paar Sekunden stehe ich wie versteinert einfach nur da, bis ich nach Yeonjuns Pullover greife, den er mir gestern gegeben hat. Innerhalb kürzester Zeit bin ich angezogen und stehe im Flur.

»Was ist los?« Yeonjun sieht mich mit zusammengezogenen Augenbrauen an.

»Ich … ich muss gehen. Das war Daisy. Sie streiten sich wieder und … sie bekommt alles mit, und wenn Mum …« Weiter komme ich nicht. Ich habe das Gefühl, dass mir alles entgleist.

Yeonjun hält sich sein Handy ans Ohr und bestellt ein Taxi.

»Ich begleite dich. Wenn du möchtest, bleibe ich draußen, aber ich lasse dich nicht allein hinfahren.« Er legt mir eine Hand auf die Schulter. Ich bin ihm so dankbar, und obwohl ich sagen möchte, dass er nicht mitkommen braucht, nicke ich bloß. Denn wenn ich ehrlich bin, dann habe ich Angst. Große Angst.

Während der Taxifahrt schießen mir tausend Gedanken durch den Kopf. Geht es Daisy gut? Hat sie auf mich gehört und ist in ihr Zimmer gegangen? Wie können sich unsere Eltern nach gestern wieder streiten, und das auch noch, während Daisy im Haus ist? Haben sie denn gar nichts verstanden? Je länger ich drüber nachdenke, desto wütender werde ich.

Erst als Yeonjun den Fahrer bezahlt, merke ich, wie schnell die Fahrt vorbeiging und dass wir bereits da sind.

»Soll ich draußen warten?«

»Bitte komm mit. Vielleicht könntest du mit Daisy aus dem Haus gehen?«, schlage ich ihm vor, weil Daisy auf keinen Fall mitbekommen soll, wenn auch noch ich laut werde, und ich weiß schon jetzt, dass ich mich beim besten Willen nicht beherrschen werde können. Dafür brodelt die Wut zu sehr in mir. Wie ein Vulkan, der kurz vorm Ausbrechen ist und alles um sich herum niederbrennt.

Als ich die Tür aufschließe, rast mein Herz wie verrückt. Daisy scheint sich nicht an meine Worte gehalten zu haben, und ich kann es ihr kein bisschen verübeln. Das Gebrüll unserer Eltern ist selbst unten im Flur deutlich zu hören, während meine kleine Schwester auf mich zugelaufen kommt und mit tränenüberströmtem Gesicht ihre Arme um mich schließt.

In der Hocke wische ich ihr die Tränen aus dem Gesicht und versuche, ein Lächeln aufzusetzen. »Magst du mit Yeonjun ein Eis essen gehen?«

Sie schüttelt den Kopf. »Ich will bei dir bleiben.«

Ihre Worte schneiden in mein Fleisch, und am liebsten würde auch ich einfach nur losheulen. Aber das geht jetzt nicht. »Ich komme nach. Versprochen. Wie wärs, wenn ihr schon einmal für mich bestellt? Du weißt doch noch, was meine Lieblingssorten sind, oder?«

Sie grübelt und nickt schließlich. »Haselnuss und Mango.«

Ich nicke und streichle ihr über den Kopf.

»Wollen wir los, Daisy?« Yeonjun hockt sich neben mich und

streckt Daisy seine Hand entgegen. Als sie die Hand ergreift und nickt, kann ich die Tränen kaum noch zurückhalten, und ich bin mir sicher, dass meine Augen bereits schimmern.

Ich gebe ihr einen Kuss und schaue den beiden hinterher, bevor ich die Tür schließe und wutentbrannt die Treppen nach oben eile. In meinem Kopf ist Leere. Keine Ahnung, was ich sagen möchte, was ich tun soll, was ich fühlen soll.

»Meine Schuld? Ach so. Natürlich. Ich war immer für dich da, habe dir jegliche Hilfe angeboten, habe alles ertragen, was du mir an den Kopf geworfen hast. Und du sagst, es ist meine Schuld? Ich habe immer für unsere Familie gekämpft, und du hast nichts anderes getan, als deinen Kummer in Alkohol zu ertränken! Für dich haben immer andere Schuld! Aber sag mir, Aurelle, was ist mit dir? Was ist mit deiner Schuld?« Es ist das erste Mal, dass ich meinen Dad so mit Mum reden höre und er ihr gegenüber so laut wird.

Irgendwas fällt zu Boden, und ich stürme ins Schlafzimmer hinein. »Spinnt ihr? Sind bei euch jetzt komplett die Sicherungen durchgebrannt?«

Mit großen Augen und offenen Mündern starren mich beide an, überrascht darüber, mich zu Hause zu sehen.

»Was machst du hier?«, fragt Dad entsetzt.

»Was ich hier mache? Daisy hat mich angerufen, völlig aufgelöst und weinend. Ja, richtig. Eure achtjährige Tochter.« Dads Mund beginnt zu zucken, und ich erkenne sofort das schlechte Gewissen in seinem Blick. »Habt ihr sie komplett vergessen, während ihr euch wie wild anschreit? Glaubt ihr, sie hört das nicht? Glaubt ihr, sie hat keine Angst? Ich halte das nicht mehr aus! Wir halten das nicht mehr aus! Das hier muss ein Ende haben. Ich hätte lieber geschiedene Eltern als solche, die sich gegenseitig das Leben ruinieren.«

Diesen Gedanken hatte ich schon so oft, dass ich gar nicht mehr mitgezählt habe. Ich habe mir vorgestellt, wie es wäre, wenn sich meine Eltern scheiden lassen würden. Am Anfang habe ich noch geglaubt, es würde meine Welt nur noch mehr zum Wanken bringen, und Daisys sowieso. Doch irgendwann habe ich es mir beinahe gewünscht. Habe gehofft, dass sie einen Schlussstrich ziehen. Bin nach der Uni nach Hause gekommen und habe nur darauf gewartet, dass sie das Gespräch mit mir suchen, um zu sagen, dass sie sich scheiden lassen.

»Hope.« Mum kommt auf mich zu, doch ich weiche zurück. Ich erkenne den Schmerz in ihren Augen, und vielleicht auch einen Funken Bedauern. Plötzlich bricht sie zusammen, geht in die Hocke und nimmt ihr Gesicht in die Hände. Sie weint. So laut und so stark, dass sie nur schwer Luft bekommt. »Es ...« Das Sprechen fällt ihr schwer. »Es tut mir so leid.«

Ich nicke nur, weil ihre Worte ihre Taten nicht wiedergutmachen. Ob sie sich auch bei Dad entschuldigt hat? Das kann ich mir kaum vorstellen. Wenn die beiden sich ansehen, ist da keine Liebe mehr zu spüren. Manchmal glaube ich, sie haben angefangen, sich zu hassen.

»Eine Scheidung wäre nicht die Lösung. Wie soll Daisy damit umgehen?«, fragt Dad.

»Wie soll sie hiermit umgehen?«, schreie ich jetzt. »So aufzuwachsen, mit Eltern, die sich nur noch ignorieren, anschreien oder gar schlagen, ist tausendmal schlimmer, als mitzubekommen, wie die Ehe ihrer Eltern endet.«

»Du hast recht«, entgegnet mir Dad und sieht zu Mum rüber, die sich mittlerweile aufgerappelt hat, um sich auf die Bettkante zu setzen. »Aurelle, wir haben erst neulich darüber gesprochen, dass uns räumliche Distanz guttun würde.«

Sie nickt und fährt sich durch das hellbraune mit blonden

Strähnen durchzogene Haar. »Ich werde zu Claire fliegen, um einen freien Kopf zu bekommen. Ich halte es in diesem Haus nicht mehr aus. Alles erinnert mich an Manon, ihr erinnert mich an Manon, und ich weiß, ihr habt keine Schuld daran und ich bin hier diejenige, die einen Fehler nach dem anderen begeht. Aber ich weiß einfach nicht, wie ich diesen Schmerz betäuben kann.«

Es ist das erste Mal seit Monaten, dass ich das Gefühl bekomme, dass sie ihre Fehler einsieht. Ich kann mich nicht einmal daran erinnern, wann ich sie zuletzt so besonnen erlebt habe.

»Mum, du brauchst Hilfe. Nicht von deiner Schwester, du brauchst professionelle Hilfe, was das Alkoholproblem angeht und die Trauerbewältigung. Wir haben alle jemanden verloren, den wir lieben. Du weißt, wie es ist, eine Schwester zu haben. Wie stark dieses Band untereinander ist. Daisy und ich haben unsere große Schwester verloren. Wir leiden auch.« Trotz der Wut, die noch immer in mir lodert, weicht auch etwas in mir auf. Die Frau, die da zusammengekauert auf dem Bett sitzt und mit einem Mal ganz klein wirkt, ist noch immer meine Mutter und wird es auch immer bleiben. Was nicht heißt, dass ich ihr verzeihe. Trotzdem möchte ich, dass sie Hilfe bekommt und wieder die Alte wird.

»Flieg nach Frankreich. So können wir auch getrennt voneinander darüber nachdenken, wie es weitergehen soll.« Dad legt seine Hand auf ihre Schulter.

»Ich ... ich fliege morgen.« Mum schaut zwischen Dad und mir hin und her, während ihr die Tränen über die Wangen strömen. »Vorher möchte ich mich noch bei Daisy entschuldigen und ihr erklären, dass ich nur meine Schwester besuche und alles gut ist.«

»Egal, wofür ihr euch entscheidet. So wie jetzt kann es nicht weitergehen. Denkt an Daisy. Sie ist zu jung, um so etwas ertragen zu müssen.«

»Und an dich«, sagt Dad, und seine Augen sind mit Tränen gefüllt. Ich blicke ihn an. »An Daisy und an dich«, wiederholt er noch einmal und zieht mich in seine Arme.

Kapitel 31

Hope

Mum ist seit gestern in Frankreich. Als sie sich von Daisy verabschiedet hat, waren sie und Dad für eine kurze Zeit plötzlich wieder eine Einheit, ein Team, und bei dem Anblick habe ich fast geglaubt, alles könnte wieder gut werden. Doch kurz vor ihrem Abflug haben sie sich erneut in die Haare bekommen und sind ohne eine Verabschiedung auseinandergegangen.

Mit dem heißen Kaffee in der Hand gehe ich auf Tisch elf zu. »Hi, Zoe. Seid ihr wieder in London?« Ich begrüße die beste Freundin meiner Chefin und reiche ihr ihren Kaffee. Ihr rotes Haar trägt sie zu einem unordentlichen Dutt, aus dem einige Strähnen rausfallen. Kate hat mir neulich erst erzählt, dass Zoe und ihr Freund Noah gerade in Kanada waren.

»Wir sind vorgestern angekommen. Der Jetlag hat mich beinahe ausgeknockt, weshalb dies sicher nicht der einzige Kaffee sein wird, den ich heute bestelle. Kannst du Kate Bescheid geben, dass ich da bin?« Sie lehnt sich im Stuhl zurück und trinkt zufrieden seufzend einen Schluck der schwarzen Brühe.

»Na klar«, antworte ich.

Heute Morgen habe ich gemeinsam mit Aidan das *Cosy Corner* aufgemacht. Kate kam ein paar Stunden später, da sie noch einen wichtigen Termin hatte. In einer halben Stunde habe ich Feierabend, weshalb Mora eben gekommen ist, um mich abzulösen.

»Kate?«, rufe ich und klopfe gleichzeitig laut an die Küchentür. Als sie mir nach einer Minute und weiteren energischen Klopfversuchen noch immer nicht geantwortet hat, öffne ich die Tür und finde sie ganz in ihrem Element vor. Mit Kopfhörern und irgendeinen Musicalsong singend tänzelt sie mit einer Schüssel und einem Löffel in der Hand durch die Küche. Plötzlich bemerkt sie mich und lässt vor Schreck beinahe alles fallen.

Sie zieht sich die Kopfhörer aus den Ohren und sieht mich mit einem breiten Grinsen im Gesicht an. »Oh, Hope. Hast du schon Feierabend? Sehen wir uns dann übermorgen?«

»Nein, erst in ...« Ich neige meinen Kopf zur Seite und werfe einen Blick auf die Uhr, die über der Tür hängt. »In genau zwanzig Minuten. Ich wollte dir nur Bescheid geben, dass Zoe da ist.«

»Mist. Ich habe total die Zeit vergessen. Könntest du den Teig in die Muffinform geben und in den Ofen schieben?«, fragt sie mich und legt die Backschürze auf den Küchentresen.

»Das sollte ich hinkriegen.«

»Super. Du bist ein Schatz. Und falls ich gleich zu vertieft in Zoes Erzählungen über Kanada bin und nicht mitbekomme, wie du gehst, wünsche ich dir schon einmal einen schönen Feierabend.« Ihre hellbraunen Augen leuchten, während sich ihre Lippen zu einem Lächeln verziehen. Es gab eine Zeit, da hat sie kaum gelacht. Im Gegenteil. Sie wirkte immer in Gedanken versunken, in sehr dunklen Gedanken.

Als ich gerade die Ofentür schließe, vibriert mein Handy in der hinteren Hosentasche. Normalerweise habe ich es in meinem Rucksack im Büro, wo wir auch unsere Jacken lagern. Kate hat zwar nichts dagegen, wenn wir es bei uns tragen, allerdings fällt es mir viel zu oft aus der Hosentasche, und das Band, an dem das

Handy den ganzen Tag um die Schulter baumeln kann, ist für die Arbeit im Café nicht gerade praktisch.

Das Display zeigt mir eine Benachrichtigung von Instagram an. Mir fällt nicht eine einzige Person ein, die mir dort schreiben könnte. Jeder weiß, dass ich Social Media so sehr meide, wie es nur geht. Meinen Instagram-Account habe ich nur, weil mich Mora damals dazu gedrängt hat, täglich Videos aus Peru in meine Story zu posten. Was ich ihr zuliebe dann auch getan habe.

In der App wische ich nach links, um die Nachricht zu löschen, weil mir irgendein Typ geschrieben zu haben scheint, bis mir plötzlich der Name auffällt. Dowon? Yeonjuns Bruder?

Hi Hope! ☺ *Ich möchte dich mit meiner Nachricht gar nicht überrumpeln. Obwohl vielleicht schon ein wenig. Immerhin kommt sie für dich aus dem Nichts.*
☺ *Es ist nicht meine Art, mich in die Angelegenheiten anderer einzumischen. Auch nicht in die meines Bruders. Aber ich kenne diesen Vollidioten leider zu gut und möchte, dass er glücklich ist. Auch wenn er mir den Kopf abreißen wird … hier. Vielleicht magst du dir das mal anschauen. Ich weiß nicht, ob er darauf gehofft hat, dass du den Webtoon von allein findest, denn für gewöhnlich sind all seine Webtoons auf Koreanisch. Nur diesen hier hat er auf Englisch geschrieben.*
https://comic.naver.com/webtoon/title/
as_yellow_as_a_sunflower

Ohne zu zögern, klicke ich auf den Link. Wie in Trance gehe ich zu der kleinen Sitzecke in der Küche rüber und lasse mich auf die Bank fallen. Das Cover zeigt eine Frau von hinten mit braunen Locken, sie trägt ein gelbes Kleid, und in ihrer Hand baumelt ein Strauß Sonnenblumen, der eine Spur aus Blütenblättern hinter sich herzieht.

Der Zeichenstil ist ganz anders als der, den ich von Yeonjun kenne. Die Bilder, die er von mir gemalt hatte, waren so realistisch, dass sie wirkten wie eine Schwarz-Weiß-Aufnahme des Momentes. Die Bilder hier sind in einem mangaähnlichen Stil.

Als ich auf die erste Seite blättere, bleibt mir sofort der Atem weg. Das sind wir. Er umklammert die Tasse auf dem Tisch und sieht im Sitzen zu mir auf. Ich trage die Schürze, die ich auch jetzt gerade anhabe, und meine Haare sind zu einem Pferdeschwanz gebunden. *Stalkst du mich*, steht in einer der Sprechblasen.

Während ich eine Seite nach der nächsten verschlinge, macht mein Herz Saltos. Jedes neue Kapitel gibt unser Kennenlernen, unser Anfreunden, unsere Zuneigung und unsere Gefühle wieder. Obwohl ich all das selbst erlebt habe, ist es, als könnte ich jetzt durch den Webtoon in seine Gedankenwelt blicken. Es ist unsere Geschichte aus seiner Sicht erzählt, auch wenn die Figuren anders heißen. Mein Name ist in seinem Webtoon Huimang, während er Yoon heißt. Bei dem kleinen Sternchen neben Huimang steht ganz unten links, dass der Name Hoffnung bedeutet.

Ich merke gar nicht, wie die Zeit vergeht und dass ich schon lange Feierabend habe, interessiert mich auch nicht. Stattdessen kann ich nicht aufhören, es mir anzuschauen. Von Kapitel zu Kapitel wird die Zerrissenheit von Yoons Charakter immer deutlicher. Wie sehr sich unsere Gedanken doch ähneln. Auch er hat Angst, unsere Freundschaft für Liebe zu riskieren. Aber was auf all den Seiten immer deutlicher wird, ist, wie groß seine Angst vor der Zukunft im Allgemeinen ist.

Bei dem Kapitel mit der Überschrift *Als würde sie erblühen* bleibe ich stehen. Schon auf der ersten Seite erkenne ich den Tag. Ich trage das schwarze Kleid, das ich bei der Orchesteraufführung anhatte, und ein paar Seiten weiter stehe ich in dem gelben Kleid ganz allein mit meiner Geige auf der Bühne. Die nächste Szene zeigt Yeonjun, oder hier besser gesagt Yoon, wie er im Publikum sitzt. Alles um ihn herum wirkt unscharf, und in seiner Gedankenblase steht: *Ich bin verliebt in die Farbe Gelb. In Sonnenblumen. In jeden Ton, den sie mit ihrer Geige erzeugt. In Huimang. Ich bin verliebt in sie, obwohl ich es nicht sein sollte. Ich sollte sie nicht mit in den Abgrund reißen.*

Yeonjuns Zeichnungen verschwimmen hinter einem Schwall aus Tränen. Was auch immer er mit dem Abgrund meint, ich bin bereit, mit Yeonjun zu springen. Ich will die Liebe nicht mehr aus meinem Leben verbannen. Ich will sie zulassen. Mit all dem Schmerz, der damit verbunden sein könnte. Es ist mir egal.

In der Nacht nach dem Auftritt habe ich meinen Gefühlen freien Lauf gelassen. Ich war betrunken und habe nicht groß darüber nachgedacht, was ich sage. Jetzt möchte ich es richtig tun. Möchte endlich komplett ehrlich zu ihm und zu mir selbst sein.

Dank des Londoner Feierabendverkehrs an diesem Freitagnachmittag stehe ich nach einer Stunde vor Yeonjuns Haustür, als er gerade, nach dem zehnten Versuch, ihn anzurufen, endlich abnimmt. »Hi. Sorry, dass ich erst jetzt rangehe. Ich war bis gerade eben unter der Dusche.«

»Also bist du zu Hause?« Mein Herz schlägt so stark, dass ich befürchte, dass es ihm vor die Füße springt, sobald er die Tür öffnet.

Ich war so festgefahren in dem Gedanken, kein Interesse am Verliebtsein zu haben, dass ich gar nicht bemerkte, wann genau es geschah. Ich weiß es wirklich nicht. Es ist einfach passiert. Langsam und doch unaufhaltsam.

»Ja. Wieso?«, fragt er mich und klingt ein wenig irritiert.

»Ich stehe unten vor deiner Tür. Machst du mir auf? Ich muss dir etwas sagen.« Keine Sekunde später summt es, und ich laufe die Treppen nach oben, als ginge es um Leben und Tod. Als hätte ich keine Zeit und meine Gefühle keinen Platz mehr, um verschlossen in mir zu verweilen. Alles will raus.

Er öffnet die Tür. Seine Haare sind nass, und das weiße T-Shirt klebt an seinem Oberkörper, als hätte er es sich schnell übergeworfen, als ich angerufen habe. Yeonjun sieht verboten gut aus, und als er mich anlächelt, werden meine Knie so weich, dass ich glaube, den Halt zu verlieren.

»Deinem Gesichtsausdruck nach zu urteilen ist es ernst. Habe ich etwas angestellt? Geht es Daisy gut? Ist etwas passiert?« Er legt eine warme Hand auf meine Schulter, zieht mich sanft in die Wohnung und schließt die Tür hinter mir. Der Geruch von frischem Duschgel und Kaffee steigt mir in die Nase. Auf seinem Schreibtisch steht eine dampfende Tasse, und sein Computer ist an. Vermutlich wollte er sich gerade an die Arbeit machen.

»Hope?«

»Hm?« Ich drehe mich wieder zu ihm um und schaue ihm in die dunklen Augen. Plötzlich verschwindet die Selbstsicherheit, die ich noch bis eben verspürt habe.

»Du wolltest mir etwas sagen«, erinnert er mich und bleibt mitten im Wohnzimmer stehen.

Nervös beiße ich mir auf die Unterlippe und spiele mit den Fingern mit dem Anhänger meiner Kette. »Ich bin nicht wirklich gut darin, darüber zu sprechen, was hier drin ist«, fange ich an und lege meine Hand auf die Brust. »Wer weiß, ob ich das hier jetzt überhaupt tun würde, wenn mir dein Bruder nicht geschrieben hätte.«

»Dowon? Was meinst du?« Seine Augen werden groß, und er

sieht mich nervös an. Die Panik steht ihm ins Gesicht geschrieben.

»Ich habe dich mal gefragt, ob du mir deinen neuen Webtoon zeigst oder wie ich ihn finden kann, und du hast damals geantwortet, dass du ihn mir erst zeigst, wenn du ihn beendet hast. Eine Zeit lang habe ich ihn im Internet gesucht, doch irgendwann aufgegeben, nachdem ich ihn einfach nicht finden konnte. Heute hat ihn mir Dowon geschickt, und auch wenn der Webtoon nichts damit zu tun hat, was ich empfinde, hat er mir den nötigen Schubser gegeben.«

»Hope ...«

Kapitel 32

Yeonjun

»Nein, warte.« Sie unterbricht mich sofort. »Ich möchte einmal alles loswerden, ganz unabhängig davon, was du fühlst oder was du sagen möchtest.« Sie macht einen Schritt auf mich zu und legt ihren Kopf leicht in den Nacken, um mir in die Augen sehen zu können. Während sie so entschlossen vor mir steht, gerät meine Welt ins Wanken, und ich würde nichts lieber tun, als feige meine Beine in die Hand zu nehmen und wegzurennen. Ich schäme mich für diesen Gedanken, und doch weiß ich, dass ich nicht bereit für ihre Worte bin, für ihre Aufrichtigkeit und für ihren Mut.

»Mein Leben war schon immer bunt, und dazu zähle ich auch die grauen, selbst die schwarzen Tage. Aber du hast Farben in mein Leben gebracht, die ich zuvor noch nicht kannte und die unmöglich auszuradieren sind. Egal, was die Zukunft für dich, für mich oder für uns bereithält, du hast Spuren hinterlassen, die für immer bleiben werden, und dafür bin ich dir unendlich dankbar.« Mit den Fingern fahre ich mir nervös durch die Haare und beobachte jede noch so kleine Regung in Hopes Gesicht. »Ich habe nicht geahnt, wie dringend ich einen guten Freund brauchte, eine Schulter zum Anlehnen, jemanden, bei dem ich mich ausheulen kann. Mir fiel es schon immer schwer, Gefühle zuzulassen. Vielleicht ist es die Angst vor einem Verlust. Davor, mich zu verabschieden, jemanden zu verlieren, der mir zu viel bedeutet.«

Verlust. Ein Wort, das mich seit Jahren begleitet. Meinen Vater sterben zu sehen, mitzubekommen, was die Krankheit mit ihm gemacht hat, was am Ende noch von ihm übrig geblieben ist, das hat mich verändert. Jeder Mensch wird eines Tages sterben, und doch hofft jeder, dass es so friedlich wie möglich passiert. Bei meinem Vater war es alles andere als das. Es war brutal. Und das mitanzusehen, wünsche ich niemandem.

»Und genau das ist der Grund, weshalb das hier ...«, ich zeige zwischen ihr und mir hin und her, »nicht funktioniert. Und sosehr sich mein Herz vielleicht auch danach sehnt, deine Worte zu hören, weiß mein Verstand, dass es keine gute Idee ist. Genau vor diesem Moment hatte ich immer Angst. Davor, dass aus unserer Freundschaft mehr wird. Ich wusste es von der ersten Sekunde an und habe es trotzdem zugelassen.«

»Was ist so verkehrt daran, wenn wir beide doch dasselbe fühlen? Ja, wenn aus Freundschaft Liebe wird und man sich darauf einlässt, geht man immer ein Risiko ein. Die Liebe könnte irgendwann erlöschen, und am Ende bleibt nicht einmal mehr Freundschaft übrig. Doch wir könnten so glücklich sein. *So glücklich.*«
Hope schnappt nach Luft, weil sie so schnell gesprochen hat, dass sich die Wörter beinahe überschlagen haben. Ihre blauen Augen sehen mich voller Hoffnung an, während ihre Stirn in Falten liegt, weil sie nicht verstehen kann, was mich zurückhält. Niemand versteht es. Nicht einmal die Menschen, die Bescheid wissen. Nicht einmal meine Mutter oder mein Bruder.

»Du sollst nicht glauben, mich zu brauchen. Dass du dein Leben von mir abhängig machst. Den Gedanken ertrage ich nicht«, platzt es aus mir heraus, und ich gehe einen Schritt zurück, um Abstand zwischen uns zu bringen. Denn alles, was ich gerade eigentlich tun möchte, ist sie an mich zu ziehen und ihre Nähe zu spüren.

»Ich brauche dich nicht, weil du mein Leben lebenswert machst. Das ist es auch ohne einen Partner an meiner Seite. Ich brauche dich, weil ich dich brauchen will. Weil ich glaube, dass wir gemeinsam unbesiegbar sind, weil wir ein Team sind, weil wir uns guttun und weil wir uns den Spiegel vors Gesicht halten, wenn wir es am meisten brauchen.« Hope schiebt sich die Haare hinters Ohr und atmet tief durch. »Meine Gefühle für dich bedeuten nicht, dass ich mich von dir abhängig machen möchte, Yeonjun. Ich liebe dich, und ich wünschte, ich könnte dir sagen, wann das passiert ist. Wann mein Herz angefangen hat, schneller zu schlagen, wenn ich dich sehe. Wann ich anfing, mich an deiner Seite so wohlzufühlen wie sonst nirgendwo.«

Ich schließe die Augen und versuche, mein rasendes Herz zur Ruhe zu bringen. Wie sie selbst schon gesagt hat, könnten wir so glücklich sein. Wir wären perfekt füreinander, das habe ich sofort gemerkt. Und obwohl ich wusste, dass ich dabei bin, mich in sie zu verlieben, habe ich es nicht unterbunden. Weil der Gedanke daran, dass sie kein Teil meines Lebens ist, mir fast noch mehr wehtat als der daran, vielleicht eine Zeit lang ihr größtes Glück und dann aber ihr größter Fluch zu sein.

Für einen Moment sagt niemand etwas. Nur das Gezwitscher der Vögel ist von draußen zu hören. Ich durchbreche die Stille und hebe meine Lider. »Ich ... ich weiß ehrlich gesagt nicht, was ich dir sagen soll.«

Wie wäre es mit der Wahrheit, Yeonjun? Meine innere Stimme verspottet mich und versucht, mich wachzurütteln.

Sag es einfach.

Sag es einfach.

Sag es einfach.

Die Worte wiederholen sich immer wieder in meinem Kopf, und alles, was ich tun müsste, ist den Mund zu öffnen und sie freizulassen. Und obwohl es so leicht klingt, ist es so schwer. Vor Jahren schon habe ich dieses Thema angefangen zu begraben, habe stets abgeblockt, wenn meine Mutter damit anfing, und mich vor der Realität gedrückt. Weil es der Weg war, der mir am einfachsten erschien.

»Ich habe dir nicht gesagt, dass ich dich liebe, um es auch aus deinem Mund zu hören. Ich habe es dir gesagt, damit du es weißt, und noch viel mehr, damit ich mich nicht mehr selbst belügen muss. Wenn du vorhast, dies weiter zu tun, dann nur zu. Belüg dich ruhig selbst, aber glaube nicht, ich wäre dumm. So wie du die ganze Zeit wusstest, dass ich dabei bin, mich in dich zu verlieben, so habe auch ich es von dir gewusst. Ich habe es mit jedem Kuss gespürt, mit jeder Umarmung gefühlt und mit jedem Wort von dir gehört.«

»Hör auf, Hope.« Meine Stimme klingt so unsicher, dass ich mir selbst kaum glaube. Ich drehe mich weg. Gehe zum Fenster rüber und lehne meine Stirn gegen das kalte Glas. »Es ist vollkommen egal, ob ich dasselbe empfinde.«

»Ist es nicht. Wie kann das egal sein?« Mit jedem Wort wird sie lauter. Ich höre leise ihre Schritte auf dem Parkettboden und spüre ihre Nähe, sobald sie hinter mir zum Stehen kommt.

»Es ist egal, weil ich dir nicht geben kann, was du brauchst.«

»Woher willst du wissen, was ich brauche?«, fragt sie mich, und die Wut in ihr ist deutlich zu hören. Ich verstehe es, ich bin genauso wütend. Auf mich, auf die Situation, auf meinen Vater, auf einfach alles.

Ich drehe mich ruckartig um und sehe ihr direkt in das Ozeanblau, in dem ich jedes Mal wieder zu ertrinken drohe. »Brauchst du keine Zukunft?«

»Wovon redest du?«

»Mit mir hättest du nämlich keine!«, brülle ich ihr entgegen, obwohl sie es nicht verdient hat. Obwohl sie nichts für die Gefühle kann, die mich innerlich zerreißen. Ich gehe an ihr vorbei, weil ich es nicht mehr ertrage, ihr in die Augen zu sehen.

»Yeonjun, was ist los? Wieso redest du immer von der Zukunft, wenn du doch derjenige bist, der mir beibrachte, im Hier und Jetzt zu leben? Du warst es, der mir den Kopf gewaschen hat und gesagt hat, dass ich mit zwanzig nicht mein komplettes Leben planen muss. Dass ich mich einfach treiben lassen soll, ohne zu viel an die Zukunft zu denken.« Hope greift nach meinem Arm, doch ich reiße mich von ihr los.

»Das sollst du auch. Und …« Ich setze mich aufs Sofa und vergrabe mein Gesicht in meinen Händen. »Ach, Fuck.«

Langsam setzt sie sich neben mich. Es tut weh, sie so von mir zu stoßen. Die Angst und Verunsicherung in ihrem Gesicht zu sehen. Sie versucht krampfhaft, sich an mich zu klammern, und am liebsten würde ich dasselbe tun.

Meine Augen brennen, weil ich so sehr dagegen ankämpfe, die Tränen zurückzuhalten. Für einen kurzen Moment vergesse ich all meine Bedenken. »Ich will das auch. Dich. Liebe. Eine Zukunft. Alles.«

»Dann nimm es dir«, flüstert sie und durchbricht damit meine Mauer.

»Mein Vater ist an Chorea Huntington gestorben. Ich weiß nicht, ob dir das etwas sagt«, platzt es aus mir heraus. Es ist für sie keine neue Information, dass mein Vater gestorben ist. Das Beschissene daran ist das Wie. Wie er gelitten hat und wie grausam es war, es mitansehen zu müssen.

Sie schüttelt den Kopf.

»Es ist eine seltene Erbkrankheit des Gehirns und bricht meistens ab dem dreißigsten Lebensjahr aus. Manchmal früher. Manchmal später. Ich bin siebenundzwanzig, Hope. Bei meinem Vater begann es wohl bereits mit einunddreißig. Es fing damit an, dass er immer depressiver wurde. Wir alle, aber vor allem er selbst, wussten nicht, was los war. Das zog sich über einige Jahre, und wir haben geglaubt, Antidepressiva könnten das Problem lösen. Irgendwann konnte er aber keine Gesichtsausdrücke mehr deuten. Er erkannte nicht mehr, ob jemand wütend oder traurig war.« Mit einem Mal schießen mir Bilder durch den Kopf, die ich lange Zeit eingesperrt habe. Bilder, in denen mein Vater verzweifelt im Wohnzimmer zusammenbrach, weil er die Welt nicht mehr verstanden hat.

»Er verlor mit den Jahren die Kontrolle über seinen Körper. Es fing mit Muskelzuckungen an, bis er sich so gut wie gar nicht mehr bewegen konnte und in einer Einrichtung gepflegt werden musste, was uns all unser Geld kostete. Und dann kam die schlimmste Zeit. Die, in der alles plötzlich so schnell ging. Er wurde dement, hat uns an schlechten Tagen nicht mehr erkannt und an guten einfach nur unsere Namen vergessen. Das Sprechen wurde zum Ding der Unmöglichkeit, und manchmal glaube ich, dass ich mich gar nicht mehr an seine Stimme erinnern kann, weil die Zeit, in der er stumm war, sich so sehr in mein Gedächtnis geprägt hat.«

Hope nimmt mein Gesicht in ihre Hände und wischt die Tränen von meiner Haut. Auch ihr Blick ist glasig. Für eine Sekunde öffnen sich ihre Lippen, doch sie scheint nicht zu wissen, was sie dazu sagen soll. Verständlich. Es gibt nichts, das man sagen könnte, um einem diesen Schmerz, diese unerträglichen Erinnerungen zu nehmen, also fahre ich einfach fort. Lasse alles raus.

»Seine Schluckbeschwerden wurden immer schlimmer, sodass er nicht mehr dazu in der Lage war, richtig zu essen. Ich werde den Anblick meines bis auf die Knochen abgemagerten Vaters nie wieder vergessen können. Man hat versucht, ihn mit Flüssignahrung zu ernähren, doch auch das funktionierte irgendwann nicht mehr zur Genüge, sodass er kurz davor war, parenteral ernährt zu werden. Also durch eine Nährstofflösung, die mithilfe von Kathetern in die Blutbahn geleitet wird. Dazu kam es aber nie. Vorher starb er bei einer Sache, die für uns alle so normal und belanglos erscheint. Beim Versuch, zu essen. Er verschluckte sich und erstickte. Egal, wie es am Ende passiert: Huntington endet immer mit dem verfrühten und unwürdigen Tod. Man kann bestimmte Symptome mit Medikamenten bis zu einem gewissen Grad lindern. Aber niemals die Krankheit und ihren Verlauf.«

Ich lege meine Hände auf ihre. Unsere Finger verschränken sich wie von selbst ineinander, und ich weiß nicht, wer von uns beiden mehr Halt braucht. Sie, weil ich sie mit der Flut an Informationen überfordert habe und sie nicht weiß, wie sie reagieren soll. Oder ich, weil ich mich zum ersten Mal geöffnet habe.

»Verstehst du jetzt, wieso ich nicht wie die meisten anderen in die Zukunft blicken kann? Wieso ich dir nicht alles geben kann, ohne es dir dann wieder wegnehmen zu müssen?«, frage ich sie und starre auf unsere Hände.

»Ich bin mir nicht sicher. Auf der einen Seite verstehe ich, wieso du so denkst. Auf der anderen hast du dasselbe Recht auf ein glückliches Leben wie alle anderen auch. Wenn ich über das nachdenke, was du mir eben gesagt hast, dann macht es mir Angst. Alles andere wäre gelogen. Aber wenn du geglaubt hast, dass du mich damit von dir wegstoßen kannst, dann hast du dich getäuscht. Es gibt nichts, das mich dazu bringen könnte, nicht an bei dir sein zu wollen. Ich werde immer deine Freundin sein.«

Ich beuge mich vor und lehne mich mit dem Gesicht gegen unsere ineinander verschlungenen Hände, bevor mein Seufzer den Raum erfüllt. »Ich wünschte, ich wäre so stark wie du. Oder wie Dowon.«

»Hat er die Krankheit auch? Du meintest ja, es sei eine Erbkrankheit.«

»Ich ... Oh Gott, jetzt kommt der erbärmlichste Teil von alldem. Ich weiß nicht mal, ob ich die Krankheit in mir trage. Die Chancen stehen fünfzig zu fünfzig. Dowon hat schon vor langer Zeit einen Gentest machen lassen. Zum Glück fiel dieser negativ aus, ansonsten müsste ich nicht nur Angst um mein eigenes Leben, sondern auch noch um seines haben. Ich selbst habe mich nie getraut. Die Krankheit ist ein Erbe, das ich nicht ausschlagen kann. Das Wissen darüber, ob ich es in mir trage, könnte alles nur noch schlimmer für mich machen. Ich habe einige Ärzte getroffen, die mir davon abgeraten haben, den Test zu machen, wenn es nicht wirklich erforderlich sei, wie beispielsweise bei der Planung einer eigenen Familie. Andere wiederum haben versucht, mich zu ermutigen, und ich stand schon so oft kurz davor, nur um am Ende einen Rückzieher zu machen und nicht hinzugehen.«

Ich lasse sie los und stehe auf. Die Mauer, in die Hope mit ihrer Art Risse geschlagen und die sie fast zum Einsturz gebracht hat, ist mit einem Mal wieder meterweit hoch und schottet mich ab. Dass sie nun weiß, wieso ich mich nicht auf eine Beziehung einlassen kann, bedeutet nicht, dass sich die Situation verändert hat.

»Ich würde dir gerne sagen, was du zu hören verdienst. Aber das kann ich nicht. Du kennst jetzt die Wahrheit, aber das ändert nichts an der Tatsache, dass ich das hier zwischen uns nicht kann. Es tut mir leid, Hope. Wirklich. Aber ich denke, es ist besser, wenn du gehst.« Ich wage es nicht, sie noch einmal anzusehen, und starre stattdessen aus dem Fenster.

Mit pochendem Herzen und einem Kloß im Hals, der mir beinahe die Luft zum Atmen abschnürt, höre ich, wie sie aufsteht und näher kommt. Erneut bleibt Hope direkt hinter mir stehen. Sie legt ihre Arme um mich, und kurz spanne ich mich unter ihrer Berührung an. Doch dann schließe ich die Augen und lasse es zu, weil mir ihre Nähe alles gibt, was ich gerade brauche, und gleichzeitig möchte ich sie aus meiner Wohnung und aus meinem Leben jagen. Weil sie es nicht verdient hat, einen Mann zu lieben, der einen Stempel mit einem Ablaufdatum hat.

»Ich bin immer für dich da. Du kannst den Gentest machen, und egal, wie das Ergebnis aussieht, ich werde an deiner Seite sein. Du kannst ihn nicht machen, und ich werde an deiner Seite sein. Es hat lange gedauert, bis ich mir eingestehen konnte, dass ich dich liebe. Und selbst wenn du nicht das Gleiche empfinden würdest, bleibe ich an deiner Seite. Als deine beste Freundin. Ich bleibe. Immer.«

Langsam löst sie sich von mir. Ich drehe mich zu ihr um, weil ich noch einmal die Sommersprossen in ihrem Gesicht sehen möchte, die geschwungenen Lippen, die kleine Stupsnase und die tiefblauen Augen. Mein Herz schreit mich an, sie zu bitten, hierzubleiben. Es bettelt darum, sie nicht gehen zu lassen. Doch mein Verstand weiß, dass ich ihr das nicht antun kann. Eine Beziehung eingehen, mit dem Wissen, dass sie mich so leiden sehen könnte, wie ich meinen Vater leiden sah? Ich würde es nicht ertragen, ihr das anzutun.

»Ich verstehe, weshalb du mich wegstoßen möchtest. Aber es wird nicht funktionieren. Und auch wenn ich mir eingestehen muss, dass du Zeit für dich und deine Gedanken brauchst, werde ich nicht aufhören, an dich zu denken oder etwas für dich zu empfinden. Ich werde warten und hoffen. Hoffen, dass du dein Leben lebst. In vollen Zügen. Entscheide dich nicht für mich. Entscheide dich für das Leben«, sagt sie und verlässt meine Wohnung. Als die

Tür hinter ihr ins Schloss fällt, klafft ein großes, schwarzes Loch in mir. Leere.

Kapitel 33

Hope

Es ist Ende August. Obwohl die Sonne draußen scheint, es warm ist und alle noch in kurzen Sachen rumlaufen, habe ich das Gefühl, als würde es in mir Herbst werden. Als würden die Blätter an den Bäumen ihre satte grüne Farbe verlieren, helle Tage immer dunkler werden und Kälte sich in mir breitmachen. Vielleicht liegt es daran, dass Mum gestern aus Frankreich zurückkam und die Stimmung zu Hause seitdem sehr angespannt ist. Es fühlt sich an, als würden wir uns als Familie in der Schwebe befinden. Irgendwo zwischen zwei Wegen und zwei möglichen Versionen einer Zukunft.

Vielleicht wirkt meine Welt aber gerade auch einfach nur so grau, weil mit jedem Tag, der verstreicht und an dem Yeonjun und ich keinen Kontakt haben, die Angst immer größer wird, dass ich ihn verlieren könnte. Ich lehne mich mit dem Rücken an die Lehne meines Schreibtischstuhls und starre auf die Website des King's Colleges. In ungefähr zwei Wochen beginnt das letzte Jahr meines Studiums. Unglaublich, wie schnell die Zeit vergeht. Manchmal kommt es mir so vor, als hätte ich erst vor wenigen Wochen damit angefangen. Ich wünschte, Manon könnte sehen, wie sehr ich in der Musik aufgehe. Als wir noch jünger waren, hat sie mich immer darin bestärkt, das Geigenspielen zum Beruf zu machen, während Mum versucht hat, es mir auszureden und stattdessen einen richtigen Job zu machen. Dass jeder Mensch eine andere Definition von *richtig* hat, wird sie wohl niemals begreifen.

Obwohl ich schon den ganzen Tag versuche, mich von dem Chaos in meinem Leben mit Animes, dem Geigespielen oder Videoanrufen mit Mora abzulenken, kreisen meine Gedanken immer wieder zurück zu Yeonjun. Ich frage mich, was er wohl gerade macht? Ob er auch an mich denkt? Nimmt er sein Handy in die Hand und starrt so lange auf meinen Namen, bis das Display von allein wieder schwarz wird? Geht er nachts schlafen mit der gleichen Sehnsucht im Herzen?

Ich öffne unseren WhatsApp-Verlauf. Die letzten Nachrichten sind alle von mir. Am Anfang wollte ich ihm einfach nur mitteilen, dass er mich kontaktieren kann, sobald er reden möchte. Doch die Nachrichten wurden immer verzweifelter, immer ehrlicher. Die letzte ist von gestern Abend und enthält nur drei Worte: *Ich vermisse dich.*

In meinem Kopf habe ich versucht, mir auszumalen, wie es wohl ist, mit solch einer möglichen Krankheit zu leben. Mit dem Wissen, dass es mit hoher Wahrscheinlichkeit in einem steckt und früher oder später ausbricht. Als ich nach unserem Gespräch zu Hause war, habe ich zwei Dinge getan: geheult und gegoogelt. Nur, um am Ende noch mehr zu heulen.

Als er mir davon erzählt hat, habe ich zuerst gedacht, dass ich persönlich diesen Gentest sofort machen würde, weil ich diese Gewissheit bräuchte. Doch je mehr ich über die Krankheit erfahren habe, desto besser konnte ich verstehen, weshalb man es vielleicht auch einfach gar nicht wissen möchte. Denn wenn man es hat, gibt es keinen Ausweg. Keine Chance auf Heilung. Kein normales, unbeschwertes und langes Leben.

Trotzdem möchte ich, dass Yeonjun weiß, dass jeder Mensch, der in sein Leben tritt und dem er davon erzählt, selbst entscheiden kann, ob er dafür bereit ist. Zeit ist kostbar, das wissen wir alle. Und egal, wie viel einem davon noch bleibt, jeder hat es verdient, aus dieser Zeit die schönste seines Lebens zu machen. Ich wünsche mir nichts mehr, als dass er das begreift. Am liebsten würde ich ihn treffen, ihm alles persönlich sagen, seine Stimme hören und in seine Augen blicken. Ihm sagen, dass ich bereit für alles bin. Dass ich bleiben würde. Dass ich mit ihm zusammen stark sein würde.

Jetzt ahne ich auch, wieso er neulich so reserviert und angespannt war, als ich ihn auf den verpassten Termin aufmerksam gemacht habe. Die Frau auf dem Anrufbeantworter hat von Humangenetik gesprochen. Wollte er sich an dem Tag testen lassen? Und hatte er wirklich nicht vor, hinzugehen, oder war doch ich der Grund dafür, wieso er den Termin nicht wahrgenommen hat?

Ein leises Klopfen reißt mich aus meinen Gedanken. Und als ein kleiner Schatten in mein Zimmer fällt, weiß ich sofort, wer es ist. Mit einem Lächeln auf den Lippen stehe ich auf und gehe zu Daisy rüber. Sie trägt bereits ihren Schlafanzug mit dem Smiley-Muster.

»Hope?« Ihre Stimme klingt, als wäre sie gerade erst aufgestanden, dabei ist es neun Uhr am Abend. »Bringst du mich ins Bett? Dad wollte das machen, aber ich habe ihm gesagt, dass du mich ins Bett bringen sollst.«

Ich nicke, und gemeinsam gehen wir rüber in ihr Zimmer. Ich knipse das kleine Nachtlicht an, während sie sich auf das Bett setzt. »Kann ich dich etwas fragen?«

»Natürlich, mein Engel. Was ist los?«, möchte ich wissen und öffne gleichzeitig die Zöpfe, die links und rechts auf ihren Schultern baumeln und die ich ihr heute Nachmittag geflochten habe. Ich fange an, sie ihr neu zu binden.

»Mögen sich Mum und Dad nicht mehr?«

Mitten in der Bewegung halte ich inne. Ihre Frage trifft mich völlig unvorbereitet. Nachdem sie vor fast zwei Wochen den Streit zwischen unseren Eltern mitbekommen und mich angerufen hat, hat sie kein einziges Wort mehr über die Situation verloren.

Ich suche fieberhaft nach den richtigen Worten. Wünschte, ich hätte mir vorab eine Antwort auf diese Frage zurechtgelegt. Doch ich muss mir selbst eingestehen, dass es diese gar nicht gibt. Was soll man einem Kind sagen, wenn die Ehe der Eltern langsam, aber sicher zerbröckelt und man selbst nicht weiß, wohin der gemeinsame Weg als Familie einen führt?

»Mum und Dad werden sich immer mögen. Egal, was passiert.«

»Und lieben? Lieben sie sich noch?« In ihrem Gesicht ist keine Traurigkeit und auch keine Angst zu sehen. Nur Neugier.

Ihre grünen Augen erinnern mich so sehr an Manon. Während es am Anfang schwer für mich war, Daisy in die Augen zu gucken, finde ich es heute umso schöner, wie ähnlich sie ihr doch ist.

»Die Frage kann ich dir leider auch nicht beantworten. Das wissen wohl nur Mum und Dad selbst. Aber eins weiß ich: Sie werden niemals aufhören, uns zu lieben. Und das ist das Wichtigste. Dass wir uns als Familie lieben«, antworte ich ihr, obwohl ich mir nicht sicher bin, wie es weitergehen soll.

Jedes Mal, wenn ich an Mum denke, ist da so viel Wut in mir. Ich bin weit davon entfernt, sie zu hassen. Doch ich bin noch weiter davon entfernt, ihr zu verzeihen. Als sie weinend auf dem Bett saß und sich entschuldigt hat, habe ich zwar gespürt, dass sie es ernst meint, habe sie aber trotzdem durch andere Augen gesehen. Vielleicht werde ich das jetzt immer. Sie hat Dad wehgetan. Sie hat mir wehgetan, und auch wenn sie Daisy gegenüber nicht gewalttätig geworden ist, so hat sie auch ihr unweigerlich wehgetan. Eine einzige Entschuldigung macht all das nicht ungeschehen.

»Also ich werde dich immer lieben, Hopi.«

»Ich werde dich auch immer lieben, Daisy.«

Mit frisch geflochtenen Zöpfen legt sie sich hin und zieht sich die Decke bis unters Kinn. Ihr Lächeln und die zwei tiefen Grübchen in ihren Wangen machen mich so glücklich, dass ich mir sicher bin, wir werden alles gemeinsam durchstehen. Neben ihrem Bett steht ein alter Kassettenrekorder. Dass er noch funktioniert, ist ein Wunder. Wobei, eigentlich auch nicht. Die Technik von damals scheint um einiges langlebiger zu sein als die heutige. Schon als kleines Kind habe ich mit dem alten Kasten Hörspiele zum Einschlafen gehört, und vor mir hatte Manon ihn zum Einschlafen genutzt. Dass Daisy die Geschichten von Drachen, starken Prinzessinnen und mutigen Hexen genauso sehr liebt wie ich damals, bringt mich jedes Mal zum Strahlen.

Ich drücke auf Play, gebe ihr einen Kuss auf die Stirn und streiche ihr ein letztes Mal durchs Haar, bevor ich ihr Zimmer verlasse.

»Schlaf gut.«

Gerade als ich die Tür hinter mir schließe, macht sich mein Magen mit einem lauten Grummeln bemerkbar. Kurz überlege ich, ob ich mir noch etwas zu essen machen soll oder nicht, weiß aber, dass ich nicht mit Hunger ins Bett gehen kann. Es gibt viele Dinge, die ich nicht ausstehen kann, und das gehört definitiv dazu. Lieber pfeife ich mir nach Mitternacht noch einen Burger rein, als mit leerem Magen einzuschlafen.

Aus dem Wohnzimmer ertönen Stimmen vom Fernseher, Dad schaut seine Nachrichten, während Mum wahrscheinlich irgendwo anders ist, nur nicht bei ihm. Mein Magen führt mich auf direktem Wege in die Küche.

»Hope?«

Ich strecke den Kopf am Türrahmen vorbei und spähe aufs Sofa. Erstaunt blicke ich auf die Szene vor mir, weil neben Dad, entgegen meiner Erwartung, auch Mum sitzt. »Ich wollte mir ein Sandwich machen«, lasse ich die beiden wissen. »Möchtet ihr auch eins?«

Beide verneinen gleichzeitig.

»Hast du Daisy ins Bett gebracht?«, fragt Dad.

Ich nicke mit dem Kopf und möchte gerade wieder in der Küche verschwinden, als nun Mums Stimme mich erneut von meinem Vorhaben abhält. »Hättest du gleich ein paar Minuten für uns? Wir würden gerne mit dir reden.«

Sofort vergesse ich den Hunger. Viel mehr noch ist er plötzlich gar nicht mehr da, weil die Steine in meinem Magen so schwer wiegen, dass sie jeden Zentimeter ausfüllen. Wir waren alle den ganzen Tag zu Hause, und es wäre mehr als einmal die Möglichkeit da gewesen, mit mir zu sprechen. Stattdessen haben sie gewartet, bis Daisy schläft. Ich weiß nicht, ob das ein gutes Zeichen ist oder ob meine Nervosität ihre Daseinsberechtigung hat.

»Mach dir ruhig erst etwas zu essen«, sagt Dad. Doch ich bin bereits dabei, mich auf die Kante des Sessels schräg gegenüber von ihnen zu setzen. Beim besten Willen werde ich keinen einzigen Bissen runterbekommen, bis ich nicht weiß, worüber sie mit mir reden wollen.

Kurz nachdem Mum gestern Morgen zu Hause ankam, haben die beiden Daisy und mich in den Zoo geschickt. Während Daisy sich über jedes einzelne Tier gefreut hat, waren meine Gedanken nur bei unseren Eltern. Was passiert zu Hause? Sprechen sie sich aus? Wird es eskalieren? Kommen wir heim und platzen mitten in einen heftigen Streit? Nichts von alldem ist passiert. Stattdessen war Mum auf der Arbeit, als wir zurückkamen, und Dad saß im Garten mit einer Tasse Kaffee in der Hand.

Mum trägt ihr hellbraunes Haar offen, was sie wirklich selten tut. Es lässt sie weniger streng aussehen. In ihrem grauen Hausanzug sitzt sie vor mir und faltet die Hände in ihrem Schoß. »Ich möchte mich noch einmal aufrichtig bei dir entschuldigen, Hope. Ich hätte niemals meine Hand gegen dich erheben dürfen, und auch nicht gegen deinen Vater. In Frankreich ist mir einiges klar geworden, und Claire hat einen großen Teil dazu beigetragen, um mir die Augen zu öffnen. Ich weiß, dass der Schaden, den ich angerichtet habe, schon viel zu groß ist. Doch ich bereue das alles. Ich bin nach eineinhalb Wochen kein neuer Mensch, aber ich weiß, ich brauche Hilfe. Professionelle Hilfe.«

»Weißt du, was ich nicht verstehe?«, frage ich sie und verenge die Augen.

»Hm?«

»Wieso jetzt? Woher kommt diese plötzliche Einsicht? Hast du vorher gar nicht gemerkt, was du tust?« Diese Frage habe ich mir schon oft gestellt. Ob sie in solchen Momenten nicht Herrin ihrer Sinne war.

»Ich weiß es nicht. Vielleicht liegt es daran, dass du dazwischengegangen bist. Dass mir damit das erste Mal bewusst wurde, dass ich auch eure Leben beeinflusse. Vielleicht lag es auch an dem Moment, in dem ich dir wehgetan habe, oder ...«

»Wieso gab es diese Momente nicht schon, als du Dad wehgetan hast? Ich verstehe es einfach nicht. Und auch dich, Dad, verstehe ich nicht. Du bist ein erwachsener Mann. Ich meine damit nicht, dass du hättest zurückschlagen sollen. Aber es einfach über dich ergehen lassen? Was hast du dir dabei gedacht?«, frage ich ihn.

In seinen Augen erkenne ich Scham. Er weicht meinem Blick aus und guckt überall hin, nur nicht zu mir. »Am Anfang war ich in einer Schockstarre. Ich habe deine Mutter nicht mehr wiedererkannt und wusste nicht, mit der Situation umzugehen. Es gibt keine Ausrede dafür, keinen richtigen Grund. Ich war einfach feige und blind.«

»Wir haben beide Fehler gemacht und als Eltern versagt. Vor allem ich. Und das ist mit nichts auf der Welt zu entschuldigen. Ich werde mir einen Therapieplatz suchen, um die Trauer aufzuarbeiten.« Mum wendet ihren Blick von mir ab und sieht an mir vorbei zu einem Familienfoto, das uns zeigt, als wir noch komplett waren.

»Und was ist mit einem Entzug? Du trinkst nicht wie früher mal ein Glas Wein am Abend. Der Alkohol ist zu einer Sucht geworden, und auch dabei brauchst du Hilfe.« Ich finde es gut, dass sie sich selbst eingesteht, dass sie um eine Therapie nicht drum herum kommt und dies der richtige Weg für sie ist. Aber allein dadurch wird sich ihr Alkoholproblem nicht in Luft auflösen, auch wenn sie dort den Auslöser der Sucht behandelt.

»Ich glaube nicht, dass ich süchtig bin.«

»Das sagen alle Süchtigen«, entgegne ich trotzig, weil ich mit dieser Antwort schon beinahe gerechnet habe. »Mum, bitte. Such dir dafür Hilfe. Wenn nicht für dich selbst, dann wenigstens für uns.«

»Ich lasse es mir durch den Kopf gehen. Was wir dir aber eigentlich sagen wollten ...« Sie spielt an ihrem goldenen Ehering, bevor sie mich ansieht und zwischen ihren Augenbrauen die tiefe Falte zum Vorschein kommt.

Ich bin bereit, sage ich mir selbst immer und immer wieder in Gedanken. Egal, was kommt. Ich bin bereit, es zu hören und mich dem zu stellen.

Mum scheint nicht die richtigen Worte zu finden und sieht zu Dad rüber, der ihr zu Hilfe kommt. »Deine Mutter und ich haben gestern intensiv miteinander gesprochen. Während sie weg war, haben wir uns getrennt voneinander Gedanken gemacht, wie es weitergehen soll, was wir noch füreinander empfinden und wie wir für dich und Daisy die Eltern sein können, die ihr verdient.«

»Wir sind uns schnell einig geworden«, ergänzt Mum, und obwohl Tränen ihre Wange hinabfallen, erkenne ich die Entschlossenheit in ihren Augen. »Es ist für uns alle das Beste, wenn dein Dad und ich getrennte Wege gehen. Nicht als Eltern, aber als Paar. Zwischen uns ist zu viel passiert, das man nicht mehr vergessen oder aufarbeiten kann. Wir werden trotzdem ein Team bleiben. Vor allem für Daisy. Du bist erwachsen und verstehst die Dinge ganz anders, als sie es in ihrem Alter kann. Wir möchten eine Familie bleiben, auch wenn es für deinen Vater und mich das Beste ist, wenn wir uns räumlich und als Ehepaar trennen.«

Dad rutscht bis nach vorne an die Sofakante und legt seine Hand auf mein Bein. »An unserer Liebe für euch beide wird sich nichts ändern, Hope. Und wir wollen, dass du dein Leben so lebst, wie du es möchtest.«

»Als du gesagt hast, dass du nur wegen Daisy noch nicht ausgezogen bist, war das ein Schlag ins Gesicht, und den habe ich anscheinend wirklich gebraucht«, gibt Mum zu und wischt sich mit dem Ärmel ihres Shirts die Tränen aus dem Gesicht. »Ich wünschte, ich könnte ihr all die Liebe und Fürsorge entgegenbringen, die sie braucht, aber aktuell bin ich dazu nicht in der Lage, und es war hart, dies einzusehen. Wir haben uns auf ein geteiltes Sorgerecht geeinigt, möchten aber beide, dass sie erst einmal die meiste Zeit über bei deinem Dad bleibt. Deshalb werde ich ausziehen und mir eine Wohnung in der Nähe suchen. Es ist wichtig, dass ich mich erst um meine Probleme kümmere, und dein Dad ist sowieso der beste Vater, den sich eine Tochter wünschen kann. Das weißt du.«

Ich nicke und spüre die Tränen auf meiner Haut. Mein Herz tut weh und fühlt sich gleichzeitig erleichtert an. Als hätte ein kleiner Teil endlich wieder zu schlagen begonnen, der lange Zeit stillstand. Ich habe mir diesen Moment einfacher vorgestellt. Habe mir oft ausgemalt, wie es sein würde, wenn meine Eltern sich tatsächlich trennen. Und obwohl ich weiß, dass dies ein Ende und zugleich einen Neuanfang bedeutet, tut es trotzdem verdammt doll weh.

»Wir würden gerne die nächsten Tage auch mit Daisy darüber sprechen und würden dich bitten, dabei zu sein«, fügt Dad hinzu.

»Natürlich«, antworte ich schniefend. »Ich werde nicht von Daisys Seite weichen und euch unterstützen.«

Mums Tränen trocknen langsam, doch die dunkle Spur ihrer verwischten Mascara bleibt. »Wir lieben dich, Hope. Besonders ich konnte dir das seit Manons Tod nicht mehr zeigen, und auch schon vor ihrem Tod habe ich einiges falsch gemacht. Aber das möchte ich ändern. Wirklich. Ich will und werde an mir arbeiten. Versprochen.«

Ich nicke bloß, denn mir fehlen die Worte, weil ich weiß, dass es nicht leicht wird. Dass uns als Familie eine schwere Zeit bevorsteht. Doch ich glaube ganz fest daran, dass wir es schaffen. Und für jeden von uns hoffe ich, dass sich alles zum Guten wendet.

Kapitel 34

Hope

Meine Finger liegen auf den kühlen Tasten. Ich war noch nie gut im Klavierspielen, weshalb ich seit zwei Wochen mit Gabriels Hilfe versuche, ein Lied zu spielen, das bei ihm und auch bei Yeonjun aussah, als wäre es das Leichteste auf der Welt. Doch im Gegensatz zur Geige bin ich beim Klavier zu verkopft.

»Wie viel sich doch in ein paar Monaten verändern kann.« Mora steht am geöffneten Fenster. Ihre schwarze Mähne weht ihr von hinten ins Gesicht, weshalb sie im Sekundentakt dabei ist, sich die Haare hinter die Ohren zu schieben. Als ich ihr vor drei Wochen endlich erzählt habe, was aktuell alles in meinem Leben los ist, ist sie aus allen Wolken gefallen. Ich weiß nicht, was sie mehr schockiert hat: dass sich meine Eltern scheiden lassen oder dass ich Yeonjun meine Liebe gestanden habe.

Dreiunddreißig Tage. Fast fünf Wochen. Mehr als ein Monat. So lange ist es her, seit er mir von seiner Krankheit erzählt hat und ich ihm von meinen Gefühlen. Geduld war noch nie meine Stärke, und doch habe ich gehofft, dass es mir leichter fallen würde. Dass ich nicht jeden Tag aufs Handy starre, den Finger über seinem Namen schwebend, bereit, ihn anzurufen. Dass ich nicht jeden Abend an ihn denken muss und mich frage, was er gerade macht. Dass ich nicht von morgens bis abends *Yellow* von Cenji höre. Dass es weniger wehtut, ihn zu vermissen.

Mora hat recht. Es braucht nicht viel Zeit, um ein Leben zu verändern. Manchmal reicht eine Sekunde. Ein Lächeln. Ein Wort. Manchmal aber auch genau das Gegenteil. Schweigen. Distanziertheit. Beides habe ich innerhalb der letzten sechs Monate deutlich gespürt. Das eine mit Yeonjun, das andere mit Mum und Dad, und obwohl alles kopfsteht, glaube ich, endlich wieder atmen zu können. Die Entscheidung meiner Eltern zu akzeptieren, fiel mir nicht schwer. Tief in mir drin wusste ich, dass es für sie keinen anderen Ausweg gibt.

»Hope?«

»Sorry. Ich war ein wenig in Gedanken«, gebe ich zu, während ich an ihr vorbei aus dem Fenster blicke. Es ist Ende September, die Uni hat wieder angefangen und der Sommer sich verabschiedet. Die Blätter an den Bäumen haben sich noch nicht einmal bunt gefärbt, und doch ist es so kalt, dass ich es bereue, mir heute nichts Dickeres angezogen zu haben.

»Wie geht's dir? Und ich meine, wie geht es dir wirklich?« Sie erzittert kurz und schließt dann das Fenster. Mit verschränkten Armen setzt sie sich auf die Fensterbank, direkt über der Heizung, nachdem sie die hochgedreht hat.

Wer hätte gedacht, dass der Sommer so schnell vorbei ist und mit ihm vielleicht auch Yeonjuns und meine Freundschaft. Der Gedanke tut weh und lässt mich die Lippen fest aufeinanderpressen. Die Drachen fliegen zwar noch immer mit kräftigen Schwingen in meinem Bauch, aber mittlerweile schwebt sogar über ihnen eine dicke Regenwolke.

»Ich denke, ich bin okay.« Ich friemele an dem Saum meines Kleides herum. »Mum hat eine Wohnung in Aussicht, die wirklich nur wenige Straßen vom Haus entfernt ist, und Daisy … Ich weiß nicht, wie sie es macht, ob sie es auch irgendwie geahnt hat oder ob es kindliche Naivität ist, aber sie scheint alles ziemlich gut aufgenommen zu haben. Sie freut sich sogar schon darauf, bald zwei Orte Zuhause nennen zu dürfen.«

»Und Yeonjun? Hast du etwas von ihm gehört?«

Ich schüttle den Kopf und kreise mit den Fingern über meine Schläfen. Seit heute Morgen habe ich Kopfschmerzen, die sich selbst nach einer Schmerztablette nicht verabschieden wollen. »Nein. Absolute Funkstille. Und das kotzt mich an. Ich bin nicht wütend auf ihn, dass er sich nicht meldet. Ich bin einfach nur ... leer.«

Manchmal frage ich mich, ob sich so Liebeskummer anfühlt. Diese unstillbare und ins Mark schneidende Sehnsucht nach jemandem, der nicht da ist, oder der sich bewusst dazu entschieden hat, nicht da zu sein. Egal, wie man das Gefühl in meiner Brust nennen möchte, eins ist klar: Es tut verdammt weh, nicht bei ihm zu sein. Ich vermisse alles an ihm. Das Gefühl von Zuhause, einem Safe Space, dem Menschen, bei dem ich mich am wohlsten fühle. Was ich jedoch am meisten vermisse, ist unsere Freundschaft.

»Wieso rufst du ihn nicht einfach an, anstatt ihm ein Video zu schicken?«

Für besagtes Video befinden wir uns nämlich im Proberaum des King's Colleges. Ich spiele bei Weitem nicht perfekt, und trotzdem möchte ich nicht mehr warten. Yeonjun soll wenigstens durch diese kleine Aufnahme wissen, dass ich an ihn denke.

»Ich möchte ihn zu nichts drängen. Wenn er meint, er kann gerade nicht mit mir und meinen Gefühlen umgehen, dann muss ich das wohl oder übel akzeptieren. Und wenn er mich irgendwann vermisst, wird er schon den Kontakt suchen. Mit dem Lied möchte ich ihm nur zeigen, dass ich noch immer da bin.«

Mora verzieht die Augenbrauen und sieht mich entgeistert an. »Das ist das Dümmste, was ich seit Langem gehört habe. Die Menschen springen nur sehr ungern über ihren eigenen Schatten, und oftmals brauchen sie jemanden, der sie schubst. Du meinst es gut, und du respektierst ihn, keine Frage. Trotzdem könnte es ein Fehler sein, bloß zu warten, bis etwas passiert, anstatt es selbst in die Hand zu nehmen.«

»Wow. Welchen Ratgeber hast du denn gelesen?«, frage ich sie und schaue auf die Hände in meinem Schoß. In dem bunten Kleid, das ich auch in der Wilton's Music Hall anhatte, sitze ich auf dem Hocker vor dem Klavier. Meine Beine stecken dieses Mal in einer Strumpfhose, weil alles andere viel zu kalt wäre. Ich weiß nicht, ob ich dieses Kleid trage, weil ich den Sommer nicht gehen lassen möchte oder die Momente mit Yeonjun.

»Dafür braucht man keinen Ratgeber zu lesen, und jetzt halt den Mund und fang an zu spielen.« Sie hält mein Handy in der Hand, und auf dem Foto hinter der durchsichtigen Hülle lächelt mich Manon an.

Langsam zählt sie von drei runter, bevor sie auf Play drückt und ich die Noten in meinem Kopf abrufe, die ich die letzten Tage auswendig gelernt habe. Die ersten Töne von *Can't Help Falling In Love* von Elvis durchfluten den großen Raum. Es war das erste Lied, das Yeonjun mir genau hier vorgespielt hat, und auch das Lieblingslied seiner Mutter, wie er mir damals erzählt hat.

Ich schließe die Augen und lasse einige Momente Revue passieren. Den neunzehnten April, einen Tag vor meinem zwanzigsten Geburtstag, an dem ich zum ersten Mal Yeonjuns Hand ergriffen habe und mich mit *Hi, ich bin Hope* vorgestellt habe, nachdem ich ihn als Stalker betitelte.

Den Tag, an dem er mir zum ersten Mal seinen richtigen Namen genannt hat und er sich wie eine Melodie in meinem Kopf festgesetzt hat.

Den Tag, als wir im Barbican Conservatory waren. Wie er vor dem Gebäude seinen Arm hob, um mit seiner Hand die blendende Sonne aus meinem Gesicht zu vertreiben. Wie er mir Fotos seiner Heimat gezeigt hat und wir auf der Brücke die Schildkröten unter uns beobachteten.

Den Tag, an dem wir stundenlang unterwegs waren, erst im *God's Own Junkyard* und später, tief in der Nacht, auf dem Dach eines Parkhauses, wo er mir gesagt hat, dass ich gut bin, so wie ich bin. Wo er mich in eine Umarmung gezogen hat, die mir so viel Trost und Hoffnung wie lange nichts mehr gespendet hat.

Den Tag, an dem wir Animes geschaut und Pizza bestellt haben. Als meine Geldbörse zerriss und Yeonjun, direkt nachdem der Lieferbote ging, Faden und Nadel aus einem Schrank holte, um sie wieder zusammenzuflicken.

Den Tag, als ich auf seinen Schultern saß und Kirschen vom Baum pflückte. Als ich seine Zeichnungen von mir in seiner Wohnung fand. Als er mir einen Strauß Sonnenblumen schenkte. Als ich ihn vom Flughafen abgeholt habe. Als wir nach Brighton gereist sind. Als wir uns das erste Mal geküsst haben und ich ab spätestens dem Tag mein Herz an ihn verloren habe. Als wir uns mitten in der Nacht getroffen haben, um gemeinsam den Mond zu betrachten.

Da sind so viele Erinnerungen, die ich nie mehr aus dem Kopf bekommen werde, und es auch gar nicht möchte. So viele Momente, die ich mit ihm geteilt habe und die dank ihm zu etwas Besonderem geworden sind. Egal, was auch passiert, ich werde niemals aufhören, dankbar dafür zu sein, dass er in mein Leben getreten ist.

Erst als Mora zu klatschen beginnt und sie schon längst das

Handy beiseitegelegt hat, merke ich, dass ich fertig bin. Ich war so sehr in meine Gedanken vertieft und bin mir nicht einmal sicher, ob ich jeden Ton getroffen habe.

»Zeig mal her«, bitte ich Mora und stehe auf.

»Du schienst in einer ganz anderen Welt zu sein. Die Zeit habe ich genutzt, um das Video Yeonjun zu schicken.« Sie blinzelt schnell hintereinander und setzt einen Unschuldsblick auf.

»Was ist, wenn es sich nicht gut angehört hat?« Ich überbrücke die letzten Meter zwischen uns und nehme mein Handy zur Hand. Er hat das Video bei WhatsApp noch nicht gelesen und war das letzte Mal vor drei Stunden online. Ich könnte es noch löschen.

»Hättest du es dann noch mal aufgenommen? Ich kann dir mit meinem unmusikalischen Gehör nur sagen, dass es sich schön angehört hat, aber viel schöner war es, dir beim Spielen zuzusehen. Du hast gelächelt. Bis über beide Ohren, und du sahst einfach glücklich aus. Ich glaube, es wird ihm guttun, genau das zu sehen.« Sie packt ihre Trinkflasche zurück in den Rucksack und wirft ihn über die Schulter.

Bevor ich überhaupt irgendwas erwidern kann, legt sie ihre Arme um mich und seufzt. »Ich muss jetzt los, meine Schicht im *Cosy Corner* beginnt gleich. Treffen wir uns morgen wieder zur selben Zeit vor dem Campus?«

»Ja, machen wir, und grüß Kate von mir.« Ich habe die nächsten Tage frei, bis ich am Wochenende mit Mora zusammen den Laden schmeiße, weil Kate und Aidan einen Ausflug zu ihren Eltern nach Edinburgh machen wollen.

Mora löst sich von mir und ist schon halb aus der Tür draußen, da dreht sie sich noch einmal zu mir um. »Denk nicht zu viel nach, Hope. Mach einfach.«

Der Himmel über mir wird von Sekunde zu Sekunde dunkler. Die Wettervorhersage hat Regen angekündigt, und genau danach sieht es gerade aus. Meine Schritte werden schneller, während ich mein Ziel fest im Blick habe.

Nachdem Mora das Video von mir aufgenommen hat, bin ich heimgefahren. Das Haus war leer, und aus irgendeinem Grund habe ich die Stille, die mich mit einem Mal dort umgab, nicht ausgehalten. Also habe ich meine Sachen abgelegt und bin wieder raus, ohne zu wissen, wohin. Kurz vor der Bushaltestelle fing mein Magen so laut an zu knurren, dass ich der älteren Dame neben mir entschuldigend entgegenlächelte.

Mittlerweile befinde ich mich auf der Catherine Street. Ein kurzer Blick in WhatsApp verrät mir, dass Yeonjun mein Video noch immer nicht angesehen hat. Ob er zu beschäftigt ist? Oder wagt er es nicht, auf meinen Namen zu klicken?

Nur noch wenige Schritte trennen mich vom YORI und meinem Bibimbap. Bei dem Gedanken an das Essen läuft mir beinahe das Wasser im Mund zusammen. Es ist Wochen her, seit ich das letzte Mal in dem koreanischen Lokal war und mich mit Yeonjun weiter durch die Speisekarte gearbeitet habe. Es fehlen nicht mehr viele Gerichte, und dann habe ich mich einmal komplett durch die Karte gefuttert.

Gerade als meine Finger den Türgriff berühren und ich das Restaurant betrete, bricht der Regen aus den Wolken, und innerhalb von einer Sekunde schüttet es in Strömen. Blitzschnell gehe ich ins Warme. Das Donnern des Himmels verstummt, als die Tür hinter mir zufällt, und ich spüre die Blicke der wenigen Leute im Restaurant auf mir. Jeder Zentimeter meiner Haut kribbelt, und als ich den Kopf hebe und mich umschaue, weiß ich auch, wieso.

Geradeaus durch, in der hinteren Ecke des kleinen Lokals, sitzt Yeonjun. Der Blick aus seinen dunklen Augen durchbohrt mich, und ich versuche, irgendwas in seinem Gesicht zu erkennen. Freude. Verwirrung. Unmut. Irgendwas. Doch ich sehe nichts davon. Seine Miene ist ausdruckslos, und ich frage mich, ob er dasselbe Nichts auch in meinem Gesicht sieht.

Unschlüssig, was ich jetzt machen soll, stehe ich noch immer am Eingang und vergrabe meine Hände in den Taschen meiner Jacke. Ein älteres Paar sitzt am Fenster und genießt sein Essen, während der Kellner mit einem breiten Grinsen auf mich zukommt. »Wie schön, dich mal wieder zu sehen. Yeonjun sitzt hinten.« Er nickt mit einer Kopfbewegung über seine Schulter.

»Hi. Könnte ich vielleicht das Bibimbap ohne Fleisch zum Mitnehmen haben?«

»Natürlich. Möchtest du solange etwas trinken?« Seine schwarze Schürze mit der gelben Aufschrift hängt etwas schief.

»Nein danke«, antworte ich und gehe auf Yeonjun zu. Er hält in der Bewegung inne, war gerade dabei, sich die Gabel in den Mund zu schieben, und sieht mich einfach nur an. Mein Herz rast, als würde es mit meinem Verstand um die Wette laufen. Das eine sagt mir, dass ich mit ihm reden soll, und der andere, dass ich mich umdrehen und gehen soll. Was meine Entscheidung noch viel schwerer macht, ist sein eingefrorenes Gesicht. Ich weiß nicht, ob er mich näher bei sich haben oder lieber wegstoßen möchte.

»H-Hallo«, kommt es stotternd über meine Lippen, und ich muss mich wirklich zwingen, nicht zu lächeln. Denn trotz der ganzen Ungewissheit, diesem Gefühlschaos und den rauschenden Wellen an Emotionen in mir, überwiegt die Erleichterung, ihn zu sehen.

Sein schwarzes Haar fällt ihm stärker ins Gesicht als sonst, und der Länge nach zu urteilen hat er es, seit wir uns das letzte Mal gesehen haben, nicht mehr geschnitten. Er trägt einen Strickpullover und sieht noch besser aus als in jeder Erinnerung, als auf den Fotos, die ich mir täglich von ihm angesehen habe.

Ich setze mich ihm gegenüber und starre auf die Muttermale in seinem Gesicht, die ich schon hunderte Male mit meinen Fingern miteinander verbinden wollte. Tränen schießen mir in die Augen, weil mir gerade bewusst wird, wie viel ich ihm erzählen möchte, wie gerne ich ihn berühren würde und was ich für sein Lachen geben würde. Seine Unterlippe zuckt kurz, und er schließt die Augen ein paar Sekunden länger als normal. Als er sie wieder öffnet, trifft mich diese Dunkelheit in seiner Iris mitten ins Herz. Er sieht traurig aus, so traurig.

Wir schauen uns an, und keiner sagt ein Wort. Ich frage mich, ob er hier ist, weil er so wie ich zu sehr in Erinnerungen schwelgt. Das ist lächerlich. Bevor wir uns anfreundeten, war er hier bereits ein Stammgast. Es gäbe hundert andere Orte, die er besuchen könnte, um an gemeinsame Momente zu denken. Doch nur weil ich das mache, heißt es nicht automatisch, dass er es auch tut.

Ich möchte gerade wieder aufstehen, da ertönt seine Stimme und lässt alles um uns herum verblassen. »Hallo, Flummi.«

Meine Welt steht still und mein Körper so sehr unter Strom, dass ich mich gar nicht traue, mich zu bewegen, aus Angst, er könnte Dinge tun, die ich nicht tun sollte. Meine Hand nach ihm ausstrecken. Ihn umarmen. Ihn küssen.

Ich blinzle die Tränen weg und lasse ein Lächeln zu. Auch seine Mundwinkel biegen sich leicht nach oben, bevor er einen großen Schluck Wasser aus seinem Glas trinkt.

»Wie geht es dir?«

Seine Augen fixieren den Anhänger meiner Kette. »Ich arbeite viel.«

»Das beantwortet meine Frage nicht«, erkläre ich und stütze meinen Arm auf dem Tisch auf und mein Kinn in meine Hand.

Ich will, dass er mehr redet. Dass ganze Wasserfälle aus seinem Mund kommen, damit ich im Klang seiner Stimme ertrinken kann. Meine Lippen erinnern sich noch immer an jeden Kuss, während ich auf seine blicke. Meine kribbelnde Haut an jede Berührung, während ich auf seine Hände schaue.

»Ich glaube, ich kann deine Frage nicht beantworten«, sagt er schließlich und versucht, sich das Haar aus dem Gesicht zu schieben. »Und wie geht es dir?«

Moras Worte kommen mir wieder in den Sinn. Ich soll nicht zu viel nachdenken, sondern einfach machen. Und genau das tue ich. »Ich könnte deine Frage zwar beantworten, allerdings würde es Stunden dauern, weil es so vieles gibt, das ich dir erzählen möchte. Bei jedem noch so kleinen Ereignis kommt sofort der Gedanke: Das muss ich Yeonjun erzählen.« Ich schnaube verbittert, weil ich weiß, wie absurd sich das anhört. »Dann fällt mir aber wieder ein, dass du vielleicht gerade gar nicht meine Stimme hören möchtest. Dass du mich vielleicht nicht einmal ansatzweise so sehr vermisst wie ich dich. Oder dass du vielleicht nicht dazu bereit bist, um zu dem Yeonjun und der Hope zurückzukehren, die wir mal waren.«

»Es ist so viel Zeit vergangen, dass ...«

Dass du mich vergessen hast? Dass du gemerkt hast, dass die Gefühle gar nicht so stark waren wie gedacht? Dass du begriffen hast, dass dein Leben ohne mich unkomplizierter ist?

Die Angst vor dem, was er sagen könnte, schnürt mir beinahe die Kehle zu.

»... ich viel nachdenken konnte. Vielleicht mehr, als es gut für mich wäre. Das Problem ist nur, ich weiß noch immer nicht, wohin mit mir und meinen Gefühlen. Ich wünschte, ich könnte dir was anderes sagen, und jetzt, wo ich dich sehe und du vor mir sitzt, da würde ich gerne hundert andere Dinge sagen als genau das. Aber sie kommen nicht über meine Lippen.«

Langsam legt er seinen Arm auf den Tisch und streckt seine Hand nach mir aus, und gerade, als ich kurz davor bin, sie zu ergreifen, macht er einen Rückzieher. Er schluckt schwer und seufzt.

»Ich verstehe, dass du Angst hast. Angst vor der Zukunft, der Krankheit, die du eventuell haben könntest, und allem, was damit einhergeht. Aber es gibt eine Sache, vor der ich dir die Angst nehmen möchte. Vielleicht glaubst du, es wäre verkehrt, mich zu lieben, wenn du die Befürchtung hast, es könnte kein Für-Immer geben. Und es tut mir leid, das jetzt sagen zu müssen, aber das gibt es nie. Für-Immer existiert nur in Fantasybüchern. Ich kann morgen über die Straße laufen, und es braucht nur eine Sekunde, und alles ist vorbei.«

Er schüttelt den Kopf. »Das ist etwas anderes. Es ist nicht vorhersehbar, und du musstest nicht jahrelang leiden, bis dein Leben auf qualvolle Art und Weise ein Ende genommen hat. Und es musste dich niemand leiden sehen und daran zerbrechen.« Yeonjun lehnt sich zurück und legt die Hände in den Nacken.

»Du bist nicht zerbrochen. Du sitzt immer noch vor mir, und du bist verdammt stark. Und weißt du was? Das bin ich auch. Ich bin stark genug, um selbst zu entscheiden, was ich verkrafte und was nicht. Wenn du es nicht verkraftest, okay. Aber dann sag mir nicht, dass du uns keine Chance gibst, weil du Angst hast, dass mich die Zukunft verletzen könnte. Dann sag die Wahrheit. Sag, dass du Angst vor deinen eigenen Gefühlen hast, und nicht vor meinen.«

Seine Lippen teilen sich, und die Worte scheinen ihm auf der Zunge zu liegen. Doch dann schließt er den Mund und bleibt stumm. Sekundenlang. Minutenlang. Wir sitzen einfach nur da.

Die Luft zwischen uns wirkt elektrisiert, als könnte der kleinste Funken ein ganzes Inferno auslösen.

»Hier, dein Bibimbap.« Der Kellner durchbricht die Stille zwischen uns, und ich nehme die Papiertüte dankend entgegen, bevor ich bezahle und aufstehe. Yeonjun beobachtet jede meiner Bewegungen, lässt mich nicht aus den Augen, und als ich ihn direkt ansehe, erkenne ich es: die Zerrissenheit. Er möchte, dass ich bleibe, und gleichzeitig, dass ich gehe. In diesem Moment hämmert die Wut mit brennenden Fäusten gegen meine Bauchdecke. Ich bin nicht wütend auf ihn, auf mich, auf uns. Ich bin wütend auf das Leben und all die Tücken, die es für mich bereithält.

»Auch wenn ich mich wiederhole, möchte ich dir sagen, dass ich für dich da bin. Und wenn du nicht bereit bist und nie bereit sein wirst, meine Gefühle zu erwidern, dann ist das okay. Aber bitte, bitte lass mich wieder in dein Leben und lass uns nicht auseinandergehen, als wären wir nie beste Freunde gewesen.« Ich beiße die Zähne zusammen und drehe mich um.

»Es tut mir leid, Hope«, höre ich ihn sagen, als ich schon auf dem Weg zur Tür und hinaus in den strömenden Regen bin.

Kapitel 35

Yeonjun

Mit der Tüte in der Hand und ohne einen Regenschirm tritt Hope nach draußen. Noch bevor sie um die Ecke verschwindet, ist ihr Haar durchnässt, und ich kralle mich an der Stuhlkante fest. Ich möchte ihr hinterherrennen, ihr sagen, wie sehr ich sie liebe und dass ich einen Scheiß auf die Zukunft gebe. Und doch hält mich irgendwas zurück. Die Erinnerung an meinen Vater. An meine Mutter, die seinen Anblick irgendwann nicht mehr ertragen hat, ohne zu weinen. An die Hilflosigkeit, die ich tagtäglich gespürt habe.

Als Hope das YORI betrat, blieb mein Herz stehen, nur um Sekunden später zu einem Sprint anzusetzen. Die letzten Wochen waren grau und trostlos, als wäre mit ihr die Sonne aus meinem Leben verschwunden. Manchmal realisiere ich nicht ganz, dass wir nur ein halbes Jahr miteinander verbracht haben und in dieser Zeit so viele Gefühle entstanden sind, von denen ich gar nicht wusste, dass ich sie empfinden kann.

Ich ziehe mein Handy aus der Hosentasche und öffne die WhatsApp-Nachricht, die ich vor einigen Stunden von Hope bekommen habe. Dass ich sie bisher nicht geöffnet habe, zeigt nur mal wieder, wie feige ich bin. Die letzten Wochen über habe ich jeden Tag Nachrichten an sie getippt, nur um sie unmittelbar danach wieder zu löschen und niemals abzuschicken.

Es ist ein Video. Hope sitzt am Klavier. Es muss der Proberaum der Uni sein. Als wäre es gestern gewesen, erinnere ich mich an den Tag, als sie mich das erste Mal dorthin mitnahm und ich nach langer Zeit mal wieder an einem Klavier sitzen konnte. Das Gefühl, zu spielen, war unglaublich, und ich hatte beinahe vergessen, wie sehr es mich erfüllt.

Beim ersten Ton erkenne ich sofort, dass es sich um *Can't Help Falling In Love* von Elvis handelt. Hope schließt die Augen, und auch wenn sie ab und zu einen falschen Ton spielt, ist es vermutlich das Schönste, das ich jemals gehört und gesehen habe. Ich schaue mir das Video nicht einmal eine Minute an, weil alles in mir nach ihr schreit. Nach Liebe. Nach Leben. Nach Glücklichsein.

»Ich bezahle beim nächsten Mal. Sorry, Minjun«, rufe ich zum Tresen rüber und renne aus dem Restaurant.

Die sonst so belebte Straße ist wie leer gefegt. Die meisten Menschen stehen unter einem Vordach oder haben sich in den Läden einen Unterschlupf gesucht. Ich laufe in Richtung der Bushaltestelle, in der Hoffnung, dass ich Hope noch erwische. Wieso war ich nur so blind? Sie hat mit allem recht, was sie gesagt hat. Kein Mensch hat ein Für-immer. Jeder muss irgendwann gehen. Die eine Person früher, die andere später.

Habe ich mir jemals gewünscht, nicht der Sohn meines Vaters zu sein? Nein!

Habe ich mir jemals gewünscht, nicht bis zum Schluss an seiner Seite geblieben zu sein? Nein!

Habe ich es verdient, so wie jeder andere Mensch auch, glücklich zu sein? Ja!

Ich biege in die Seitenstraße ab, das nasse Haar klebt mir an der Stirn und der Pullover eng an meinem Körper. Und obwohl es eiskalt ist, friere ich nicht. Obwohl der Verkehr um mich herum laut ist, höre ich nichts außer meinen Puls, der in meinen Ohren dröhnt. Obwohl die Wolkendecke dunkle Schatten auf London wirft, strahlt Hope heller als die Sonne, als ich sie vor mir erblicke.

Der Saum ihres bunten Kleides klebt an ihren nassen Beinen, während sie die Straße entlanggeht und die Tüte mit ihrem Essen eng an ihre Brust drückt. Ich beschleunige meine Schritte, laufe so schnell, dass meine Lunge brennt. »Hope!«, rufe ich, doch sie scheint mich nicht zu hören.

»Hope!« Uns trennen nur noch wenige Meter voneinander, als sie abrupt stehen bleibt. Mein Kopf ist so leer und mein Herz so voll. Gleich brauche ich nur noch meinen Arm auszustrecken, um sie zu berühren, da dreht sie sich plötzlich um. Das Schimmern in ihren Augen lässt mich glauben, dass es nicht nur der Regen auf ihrem Gesicht ist, der die Lichter der Londoner Straße widerspiegelt.

Ich mache den letzten Schritt auf sie zu und bleibe vor ihr stehen. Ihre Augen weiten sich, auf ihren Lippen erscheint ein zaghaftes Lächeln, und sie möchte gerade etwas sagen, da ziehe ich sie an mich, lege meine Hände an ihre Wangen und küsse sie, als wäre es das erste Mal. Die Papiertüte fällt zu Boden, und der Regen prasselt auf uns ein, während mich all meine Gefühle überkommen und ich endlich weiß, was Hope damit meinte, als sie gesagt hat, dass ich leben soll.

Jeder Zentimeter von mir ist von einer Gänsehaut übersät, das Feuer in mir brennt lichterloh, und mein Herz, mein Herz zerspringt beinahe vor Glück.

Als wir uns schwer atmend voneinander lösen, drücke ich meine Lippen auf ihre Stirn. »Ich will das nicht. Ich will dich nicht gehen lassen, und ich will verdammt noch mal nicht mehr ängstlich sein. Ich habe es so satt«, wispere ich gegen ihre Haut.

Hope hebt ihren Arm und fährt mit dem Zeigefinger von dem Muttermal an meiner Wange zu dem an meinem Kinn. »Das wollte ich schon so lange tun. Die zwei Punkte miteinander verbinden und damit eine imaginäre Linie auf deine Haut malen.«

»Ich liebe dich, Hope. Und ich bin es so leid, feige zu sein. Mir ist scheißegal, wie die Zukunft aussehen wird, solange du ein Teil von ihr bist. Als du gerade gegangen bist, habe ich mit einem Mal begriffen, dass nichts schmerzhafter ist, als dich zu verlieren«, gestehe ich und schiebe ihr die nassen Haarsträhnen hinters Ohr. »Ich will das hier und alles, was dazugehört.«

Ihre Mundwinkel zucken kurz, bevor sie sich zu einem strahlenden Lächeln durchringen, während der Regen von ihrer Haut abperlt. Ihre Finger krallen sich in meinen nassen Pullover, bevor sie mich zu sich zieht und küsst.

Ich falle und falle und falle. Und doch weiß ich, dass ich selbst beim Aufprall sanft landen werde, solange Hope bei mir ist.

Epilog

Hope

Zwei Monate später

»Was? Das ist das Ende?«, frage ich mit hervorgeschobener Unterlippe und einem möglichst wehleidigen Blick. Vor einigen Minuten habe ich eine Benachrichtigung bekommen, dass Yeonjun ein neues Kapitel seines Webtoons *As Yellow As A Sunflower* hochgeladen hat. Ich habe keine Sekunde gezögert und sofort draufgeklickt, um es mir anzusehen. Damit, dass am Schluss des Kapitels das Wort Ende steht, habe ich nicht gerechnet.

»Ja. Aber keine Sorge, es war nur die Kennenlerngeschichte.« Yeonjun zwinkert mir vom Schreibtisch aus zu.

»Also wird es eine Fortsetzung geben?« Aufgeregt richte ich mich auf dem Sofa auf und falte die Hände ineinander, als würde ich ihn anflehen.

Das Grinsen in seinem Gesicht verrät alles. »Wenn es dir nichts ausmacht«, entgegnet er und kommt auf mich zu. Jedes Mal, wenn ich auf seinem Sofa sitze, in seinem Bett liege oder an seinem Küchentisch esse, kommt es mir surreal vor. Nicht, weil es das erste Mal wäre. Im Gegenteil, ich war schon so oft in seiner Wohnung. Aber in jedem Blick, in jedem Wort und jeder Berührung so viel Liebe von ihm zu erfahren, das haut mich immer wieder aufs Neue um.

»Wann müssen wir eigentlich los?«

»So in einer Stunde«, antworte ich, nachdem ich einen Blick auf die Uhr an der Wand geworfen haben. Es ist erst zehn Uhr am Morgen. Mum hat heute Geburtstag, und es wird das erste Mal sein, dass sie Yeonjun kennenlernt, während Dad ihn keine zwei Tage, nachdem wir zusammenkamen, in die Mangel genommen hat. Dabei kannte er ihn schon vorher. Dass er plötzlich wie ausgewechselt sein würde, nur weil seine Tochter auf einmal einen Freund hat, hätte ich nicht gedacht. Er hat ihn regelrecht einem Verhör unterzogen. Doch es hat nicht lange gedauert, bis die Stimmung wieder lockerer wurde, und nun könnte man sagen, Dad und Yeonjun sind quasi beste Freunde geworden.

Mum wohnt nun seit einigen Wochen in der kleinen Wohnung nicht weit von unserem Haus entfernt. Sie hat eine Therapie begonnen und geht auch zu Treffen der Anonymen Alkoholiker. Das Verhältnis zwischen uns hat sich seit ihrem Auszug von Tag zu Tag verbessert, und auch wenn wir noch lange nicht dort angekommen sind, wo wir zu Lebzeiten von Manon als Familie waren, so sehe ich mittlerweile einen Lichtblick und weiß, dass wir auf dem richtigen Weg sind.

»Ich muss zugeben, ich bin ganz schön nervös.« Mit hochgezogenen Schultern und den Händen in den Hosentaschen sieht er mich schüchtern an.

»Wird schon schiefgehen«, antworte ich schmunzelnd.

»Das sind natürlich sehr aufmunternde Worte.« Yeonjun setzt sich neben mich und seufzt.

»Hey! Was soll ich denn sagen? Wenn wir im Januar nach Busan fliegen, bin ich wahrscheinlich nur mit Beruhigungstabletten ruhigzustellen. Wenigstens weißt du schon, dass dich meine halbe Familie liebt. Dad schwärmt fast jeden Tag von dir, und Daisy fragt mich ständig, wann du das nächste Mal vorbeikommst. Deine Familie hingegen kennt mich noch gar nicht.« Die Flugtickets liegen seit einigen Tagen im Flurschrank und warten nur darauf, benutzt zu werden. Auch wenn ich mich riesig freue, gemeinsam mit Yeonjun in seine Heimat zu fliegen, macht mich der Gedanke manchmal doch fast wahnsinnig.

Er stupst mich mit seiner Schulter an. »Meine Familie liebt dich jetzt schon. Glaub mir. Allein dafür, dass ich endlich diesen Gentest gemacht habe und nicht zum hundertsten Mal davongelaufen bin.«

Vor einem Monat waren wir gemeinsam im Zentrum für Erbkrankheiten, und seit drei Wochen liegt das Testergebnis nun in dem Sideboard unterm Fernseher. Versiegelt und ungeöffnet. Weil ihm – und auch mir – das Ergebnis am Ende doch egal war.

Der Arztbrief läuft nicht weg. Ich habe diesen Test nun gemacht, und wenn ich das Gefühl habe, dass ich die Gewissheit brauche, dann kann ich jederzeit nach ihm greifen und ihn öffnen. Und egal, was am Ende auf diesem Blatt Papier steht, es wird nichts an meiner Liebe zu dir und unserer Beziehung ändern. Das waren seine Worte, als er den Umschlag im Schrank verstaut hat.

Als er seinen Kopf auf meine Schulter bettet, schlagen die Drachen in meinem Bauch Saltos. Noch immer prangt auf dem Bildschirm meines Handys das Wort *Ende* in dicken schwarzen Buchstaben. Doch wir beide wissen, dass es erst der Anfang ist.

Content Note (Achtung Spoiler!)

• •

Liebe Leser:innen,

ich möchte euch darauf aufmerksam machen, dass *Everything We Lost* sensible Themen enthält.

Es geht in der Geschichte unter anderem um Alkoholmissbrauch, häusliche Gewalt und Traumata nach Tod und Verlust.

• •

Danksagung

Danke an alle, die das hier gerade lesen.

Danke, dass ihr Hopes und Yeonjuns Geschichte gelesen habt. Danke, dass es euch gibt. Egal, wie dunkel eure Tage auch manchmal aussehen, vergesst nicht, dass wir ohne die Dunkelheit auch niemals den Mond und die Sterne sehen würden und dass es auch immer wieder hell wird.

Vergesst niemals, wie stark ihr seid.

Ich möchte mich bei meinen wunderbaren Testleserinnen bedanken. Danke an Tine, Janika, Larissa, Aileen, Wiktoria, Elle, Franzi, Vally und Jessi. Danke für eure Zeit, eure Worte, euren Zuspruch, alles.

Ich danke meiner Familie, meinem Freund, meinen Freundinnen und meiner Katze Nala. Danke, dass ihr immer für mich da seid und mir die Kraft gebt, die ich manchmal brauche.

Ein großer Dank an meinen Verlag, meine Lektorin und einfach allen aus dem Forever Team.

Eure Jennifer

Man bereut nur die Dinge, die man nicht getan hat.

Schmerz. Verlust. Depression. Als Ruth an die Uni in Belfast zurückkehrt, will sie genau das hinter sich lassen – ein Neuanfang, nachdem sie vor einem Jahr ihren besten Freund bei einem Unfall verloren hat. Womit sie nicht rechnet, ist Dominic, der nerdige, sarkastisch veranlagte Einzelgänger, der plötzlich immer wieder in ihrem Leben auftaucht und es so tatsächlich schafft, sie allmählich aus ihrer Einsamkeit herauszuholen. Schnell wird klar, dass die Anziehung zwischen den beiden größer ist, als sie zugeben wollen. Doch die Vergangenheit lässt sich nicht einfach verdrängen, und Ruth merkt bald, dass sie nicht die Einzige ist, die mit ihren Dämonen zu kämpfen hat ...

»Eine ergreifende Geschichte mit fesselnden, tiefgründigen Charakteren und einzigartigen Gefühlen - ich konnte dieses Buch nicht mehr aus der Hand legen!« Ayla Dade, SPIEGEL-Bestsellerautorin

Emily Bähr
Catching Stardust
Roman

Klappenbroschur
Auch als E-Book erhältlich
forever.ullstein.de